Hasta
que
Caiga
el Telón

DAVID EBSWORTH

SilverWood

Publicado en 2018 por el autor
con SilverWood Books Empowered Publishing
Primera edición: 2017

SilverWood Books Ltd
14 Small Street, Bristol, BS1 1DE, United Kingdom
www.silverwoodbooks.co.uk

ISBN 978-1-78132-645-9 (libro en rústica)
ISBN 978-1-78132-646-6 (ebook)

Catalogación en la publicación por la Biblioteca Nacional del Reino Unido
El registro CIP de la presente obra está disponible
en la Biblioteca Nacional del Reino Unido

Diseño de página y composición tipográfica por SilverWood Books
Impresa sobre papel de origen sostenible

David Ebsworth es el seudónimo del escritor, Dave McCall, ex negociador y Secretario Regional del Transport & General Workers' Union de Gran Bretaña. Nació en Liverpool (Reino Unido) pero ha vivido en Wrexham, en Gales del Norte, con su esposa, Ann, desde 1981, y también en la Provincia de Alicante desde 1997. Tras su jubilación, Dave comenzó a escribir profesionalmente en 2009.

Para más información sobre el autor y su trabajo, visite la página www.davidebsworth.com.

Kelly Thornhill (traducción original al español) vivió durante 17 años en Sudamérica y, a su regreso a Gran Bretaña en 2013, se estableció como proveedora especializada en servicios de enseñanza y traducción a través de su compañía, Adventures in Spanish. Actualmente reside en Cheshire (Reino Unido) con su joven familia.

Para más información sobre Kelly y su trabajo, visite la página www.adventuresinspanish.co.uk.

Cam-Lan Lien (proceso de revisión, edición y corrección), nacida en Zúrich (Suiza), vivió durante 15 años en España, donde realizó sus estudios de Traducción e Interpretación. Su especialidad es la traducción y revisión, así como la gestión de consultas lingüísticas en los idiomas español, alemán e inglés. Actualmente reside en Suiza.

Para más información póngase en contacto con Cam-Lan a través de: camlanlien@gmail.com.

Otras obras de David Ebsworth

The Jacobites' Apprentice
Una historia sobre la Rebelión de 1745. Finalista en los premios Indie de la
Historical Novel Society en 2014

The Assassin's Mark
Un thriller político ambientado hacia el final de la Guerra Civil Española.
La primera de las historias de Jack Telford y de la cual *Hasta Que Caiga el
Telón* es una secuela. "Esta es una novela que no podrás soltar."
– Rachel Malone, Historical Novel Society

The Kraals of Ulundi: A Novel of the Zulu War
Retoma la historia de la Guerra Zulú por donde la dejó Michael Caine.
"Una lectura lograda, rica, bellamente producida y muy gratificante que
vuelve a traer a la vida una era menos conocida de la historia."
– Christoph Fischer, Historical Novel Society

The Last Campaign of Marianne Tambour: A Novel of Waterloo
Acción e intriga basada en las hazañas de la vida real de dos mujeres que
lucharon, por derecho propio, en el ejército de Napoleón. "¡Magnífico!
David Ebsworth realmente ha dado vida a estos dramáticos acontecimientos.
Su descripción de la lucha es particularmente vívida y convincente."
– Andrew W. Field, autor de *Waterloo: The French Perspective* y el volumen
acompañante, *Prelude to Waterloo, Quatre Bras*

The Song-Sayer's Lament
"Un entramado rico, glorioso e intrincado de la época que conocemos
como la Alta Edad Media, con ecos de Rosemary Sutcliff y su magnífica
Sword at Sunset, y Mary Stewart con su serie *Crystal Cave,* es un relato
dinámico y feroz de los antiguos dioses versus lo nuevo, de la antigua política
y el honor sustituido por la conveniencia venal - y de la humanidad frente
a una enfermedad implacable durante la primera gran plaga. Está llena de
autenticidad y corazón. ¡Me encantó!"
– Manda Scott, autora de la serie best seller *Boudica* y el libro *Into the Fire*

Dedicado a la memoria de mi querido amigo, Chamorro.

Dedicado también al trabajo de La Asociación para la Recuperación
de la Memoria Histórica, del International Brigades Memorial Trust, y de los
Abraham Lincoln Brigade Archives.

Y dedicado a la familia de Joe C. Dwek CBE por su apoyo considerable
en el proceso de la publicación de esta novela.

Para Ángela.

Capítulo Uno

Viernes, 30 de septiembre de 1938

Telford no podía sacarse de la cabeza la imagen de la mujer que acababa de matar. Estaba casi convencido de que merecía morir. Y, si no la hubiera ahogado primero, estaba seguro de que ahora estaría muerto él en su lugar.

"Por lo menos, tan seguro como puedo estar de cualquier cosa en este momento". Jack se estremeció, desnudo a excepción de su traje de baño, mientras se agachaba entre las tumbas y los monumentos de granito, los rododendros y las agujas de pino esparcidas bajo sus pies descalzos y sucios. Estaba sufriendo un shock, como supuso. "Y frío. Dios, cómo odio tener frío". Todavía le goteaba el agua de la bahía de San Sebastián en septiembre. La sal le escocía también en el vientre hambriento. Y le dolían los arañazos profundos que Carter le había producido antes de sucumbir y ser arrastrada lejos de él.

"¿Qué hora será?", se preguntó. Era de mañana todavía, claro. Pero no más de las diez. No podía ser. Ella había estado segura de que podían ir a nadar y volver al hotel con tiempo suficiente para tomar su tren hasta Irún y la frontera francesa antes de las once y cuarto. Pero el chico que les había llevado las toallas los iba a estar esperando en la cabaña. ¿Y cuánto tiempo pasaría antes de que aquel muchacho diera la alarma? Jack no tenía ni idea, pero eso era un problema.

Al fin y al cabo, Carter-Holt era una celebridad. Poseedora de la codiciada Gran Cruz del Mérito Militar de Franco. Una de las más famosas corresponsales internacionales de la derecha de su época. "¡Dios mío!", pensó, "si solo supieran". Una tapadera fenomenal para una de las agentes de Stalin. Su descabellado plan de asesinar al Caudillo en el momento en que todos ellos le fueron presentados en Santiago de Compostela, por lo menos aquellos del grupo de turistas que quedaban

1

todavía después de Covadonga. Telford fue un cómplice voluntario en el plan de Carter. Sin embargo, todo se fue al traste, acabando en una farsa.

"Si solo lo hubiera dejado". Pero no lo hizo. Y durante el viaje de regreso a San Sebastián había llevado las cosas al extremo. Descubrió que el plan de Carter incluía usar a Jack como chivo expiatorio para cubrirse, inculpándolo de la muerte de Franco si el intento hubiera tenido éxito. Aún peor, ella por fin admitió su papel en la muerte de la desafortunada Julia Britten, cuando el tour —por la Ruta de Guerra del Norte— había comenzado hacía menos de dos semanas. Al parecer, Julia la había descubierto y tuvo que pagar el precio por ello. A su manera, Julia y luego Jack, pecaron de curiosos, optaron por la curiosidad ante la conformidad y ambos pagaron por ello.

Viajaban todos juntos, catorce personas, atraídas por motivos distintos a este tour de los campos de batalla, un tour organizado por el gobierno rebelde de Franco. Un acto de propaganda. De los fascistas. Una buena propaganda, ya que aún estaba en juego el resultado de la guerra cuando, tras más de dos años desde el golpe militar de los nacionales, estos no habían logrado expulsar inmediatamente a los republicanos del Frente Popular, partido elegido democráticamente. Y estos tours salían ahora una vez por semana, atrayendo a gente —naturalmente en su mayoría afectos a Hitler y Mussolini— procedente de toda Europa para escuchar los mitos que creaban en torno a la figura de Franco, el cruzado que luchaba contra la amenaza roja.

"¡Todos viajando juntos!", incluido los Holden. Simpatizantes nazis. Miembros destacados de la asociación anglo-alemana. Ellos todavía estaban en el Hotel María Cristina y esperando el mismo tren a casa. Incluso si el botones no daba la alarma, la entrometida Dorotea Holden seguro que lo haría.

"Menos de una hora", se dijo Jack. "Regreso al hotel e invento una historia sobre un accidente o...". Pero allí estaban los arañazos en la panza de Jack. "Y si examinan la habitación de Carter", pensó, "¿después qué? ¿Qué ocurrirá? ¿Y si el cuerpo aparece en la orilla del mar?" De todas formas, había algo más en su cerebro embotado. Un instinto latente en el subconsciente. Ya que no fue por pura casualidad que Telford al salir del agua se fuese hasta la explanada —el Paseo Nuevo— y corriese posteriormente por el sendero que llevaba a través del bosque por esta ladera norte del Monte Urgull hasta el cementerio inglés en el que se encontraba ahora.

Cerca de él estaba el monumento de piedra rojiza con figuras militares y la dedicatoria: *En memoria de aquellos valientes soldados británicos que dieron sus vidas por la bandera de su país y por la independencia y la libertad de España.* Pero Jack se agachó en la sombra de una lápida en particular. Más pequeña. Una inscripción más personal: *Coronel F.C. Telford. Muerto el cuatro de julio de 1837.*

En realidad, no tenía ni idea de quién podría ser esa persona. Solo que era uno de los diez mil hombres de la legión de voluntarios británicos que vinieron aquí a luchar y morir por España en una guerra civil anterior —cien años antes— como tantos hombres de las Brigadas Internacionales lo habían hecho más recientemente. Al menos, hasta que el gobierno republicano, ahora con sede en Barcelona, decidió que fuesen repatriados todos. Pero Telford se imaginó que volvía a ver al coronel, como había hecho en la playa solo una hora antes, en compañía del fantasma de su padre que se quitó la vida cuando Jack aún era un niño. El pálido espectro de un joven con uniforme escarlata que susurraba al oído de Jack. "¿Lucharás ahora? ¿O sigues siendo un cobarde pacifista?" La misma burla que antes.

—La maté, ¿verdad? —dijo Jack—. ¿No es eso lo que querías? Traté de ayudar a matar a Franco también, por el amor de Dios.

Sin embargo, sabía que tenía asuntos pendientes aquí en España. Entendía que el tiempo corría en su contra, comiéndose sus minutos disponibles. Dio un rápido vistazo alrededor para comprobar que no estaba siendo observado, y entonces se arrastró a través de los arbustos, corriendo por el sendero que ascendía a la cima del Monte Urgull. Jack rechazó la ruta más fácil y optó por caminar entre los espesos arbustos con sus resinas urticantes, sus ejércitos de hormigas, su canto de pájaros y los incesantes chirridos de grillos, hasta que llegó por fin a las ruinas del Castillo de La Mota. Al menos ya no tenía frío. De hecho, había sudado un poco. Su guía, el fascista irlandés Brendan Murphy, los había traído aquí al comienzo del tour, y Jack esperaba que hoy no hubiera otros intrépidos viajeros en las murallas. Tenía suerte. Nadie. Así que trepó por encima de las piedras caídas, ahora bajo la plena luz del sol, y se dirigió a la antigua capilla, desde donde tenía, a través de los árboles, unas vistas impresionantes de la ciudad y su bahía.

La bahía. El cuerpo de Valerie Carter-Holt estaba ahí abajo en algún lugar, quizás yendo para atrás y para adelante con la marea. "No", pensó, "la marea acaba de cambiar ahora". Y vio otra vez cómo, después de la confesión, de las palabras airadas, ella le esperaba en el agua, bajando los tirantes de su bañador. Esos pequeños senos exquisitos.

—¿Suelto mi pelo Jack? —había dicho, y luego comenzó a jugar con el alfiler ornamental que sostenía su moño. "El alfiler, Jack. ¿Por qué tenía el alfiler?" Se convenció a sí mismo de que estaba envenenado. Otra herramienta asesina. Ella había luchado, por supuesto. Luchó como una leona. Jack echó un vistazo a los tajos que le había dejado en la barriga.

"Me queda un poco de tiempo entonces", pensó. Pero solo hasta que se active la alarma. Menos de una hora. Y si encontrasen muerta a Carter-Holt, se convenció a sí mismo, su única esperanza de escape sería que dieran por hecho que Jack se había ahogado con ella. Así que no volvería al hotel.

"¿Escapar? ¿Cómo exactamente? Si regreso ahí abajo, a la ciudad antigua, me van a reconocer. Estúpido, inglés de cara rosada. Orejas grandes. Nariz roja. En bañador. Necesito dinero. Algo con que vestirme".

Más que nada, en ese momento, necesitaba un cigarrillo. Y sus cigarros estaban en el Hotel María Cristina. Junto con su ropa. La maleta cara de fin de semana —de Greaves de Londres— de cuero marrón, estampada con sus iniciales. Un lujo raro para un periodista con una remuneración modesta como Jack. Los recortes de periódicos que había recopilado y las notas llenas de todas las observaciones que había hecho, el material que había escrito, durante las últimas dos semanas, su misión de investigación en nombre del *Reynold's News*. La maleta también contenía su libro *Gramática Española* de Hugo. Y ese ejemplar del *Lenguaje Internacional del Doctor Esperanto* de Richard Geoghegan. También estaba el álbum de recortes de Julia Britten. No en la bolsa, sino en su mesita de noche. El álbum le había dado una pista sobre su muerte y el posible papel de Carter-Holt en ella. "¿El álbum encontraría su camino de regreso a Inglaterra?", se preguntó. ¿Y cuánto tardarían en llegar a Londres las noticias de su ahogamiento? ¿Cómo se tomarían sus amigos y familiares las noticias? ¿Cuánto tiempo tardaría en poder decirles que, después de todo, seguía con vida? Pero necesitaba ropa para vestirse y algo de dinero en el bolsillo para poder permanecer libre el tiempo suficiente para enviarles la feliz noticia.

"Entonces a robar lo que necesitas, Jack, hijo mío".

"Gran idea. Y entonces, cuando encuentren el cuerpo de Carter, a merced de las olas, el inglés, Telford, también desaparecido, ¿crees que no harán preguntas? ¿Piensas que esos pobres desgraciados de aquí abajo poseen tanto dinero y ropa como para no denunciar el robo?"

Debajo de él podía ver a las esposas y madres de los pescadores tendiendo su colada. Toda una tentación. Una pesca de clase distinta, ondeando, brillando, goteando de los palos y de las cuerdas tendidas por encima de la tierra quebrada en el borde del barrio que se encontraba a sus pies. A la derecha, dos buques de vapor modestos en una dársena, los barcos más pequeños flotando en la segunda, encontrándose ahora al resguardo de las olas entre los muelles de la dársena, pero todavía con el hedor aceitoso de su trabajo mañanero invadiendo el aire y provocándole náuseas. Algunas lanchas de pesca más grandes varadas junto al muelle y un par de camionetas, cuyos dueños estaban gestionando negocios.

"¿Y si robamos un poquito por aquí y un poquito por allá?", pensó. "Y quizás un día volveré, a pedir perdón, a arreglar las cosas".

"Ah sí, Jack. Qué patéticamente inglés".

Echó otro vistazo por la esquina de la capilla vieja. Nadie aún. Probó con la antigua puerta tachonada. Abierta. No había mucho en el interior. En la pared lejana, un crucifijo. Un par de bancos rotos. Ningún altar. Pero, en la oscuridad, se podía distinguir un lampadario. Pequeñas velas votivas. En su mayoría solo los cabos de ellas. "¿Encendidas para quién?", pensó. Para los pescadores seguro que no. Ellos tenían su propia iglesia, abajo, en el barrio. Pero sabía que las velas habían sido prendidas por otros visitantes de este lugar. Una oración por el alma de un pariente enfermo de cáncer, un niño perdido, un marido moribundo. Jack no era un hombre religioso, pero tampoco estaba totalmente libre de las inherentes supersticiones humanas de las que, según creía, todas las religiones derivaban. De forma que con cierta aflicción tocó la oscura y desmoronada caja de pino que estaba atornillada a la polvorienta piedra junto al lampadario y dejó los dedos descansar un momento sobre la ranura para monedas de la tapa cerrada con clavos. Probó la firmeza de su fijación y la encontró un poco suelta. Dos manos temblorosas por un sentimiento de culpabilidad trataron de liberar la caja sacudiéndola. Miró a su alrededor buscando una herramienta, una palanca. Luego se detuvo. Alarmado. Creyó oír un sonido. Alguien huyendo con sigilo hacia fuera. Sonaba como el roce suave de una suela de zapato. Un único paso en la grava polvorienta. Una pausa, seguida segundos después de otro movimiento furtivo. El corazón de Telford se aceleró. Se apretó contra la pared, comenzó a asustarse y enseguida se maldijo a sí mismo por tonto, cuando un lagarto, de seis pulgadas de largo, entró corriendo por la puerta y se detuvo justo en la entrada. Jack lanzó una patada en su dirección y luego renunció a todo pretexto de cautela. Levantó sus manos unidas en un puño y golpeó la caja de dinero con tanta fuerza que los lados se astillaron, las monedas cayeron con un tintineo al suelo y la caja se quedó colgando de los oxidados tornillos medio desprendidos.

Jack metió los dedos en el interior, sacó unos cuantos billetes sucios, todos de una peseta y, sorprendentemente, no todos impresos como el dinero de Burgos, del gobierno alternativo de Franco, el único que constituía la moneda de curso legal aquí en la zona de los nacionales. Dos de ellos eran pesetas republicanas. Sin valor. Y dudaba que estuvieran aquí desde antes de que San Sebastián cayera en manos de las fuerzas de Franco. Así que algún alma mezquina había decidido ponerlos en la caja de limosnas, suponiendo, por lo visto, que a Dios no le importaría, o que no podría reconocer la diferencia. Aquello le hacía sentirse menos culpable de quedarse con el contenido. Las monedas también eran una bolsa mixta pero, en total, el *heist* —como los americanos lo llamaban en esos días— le había hecho más rico por no más de doce pesetas. Mejor que nada, pensó, dedicándole una involuntaria y cortés reverencia al crucifijo.

Echó otra mirada por la puerta de entrada y volvió a salir al sol abrasador, agarrando su nueva fortuna con fuerza dentro de su puño empapado de crimen. Siguió la muralla hacia la izquierda hasta una de esas construcciones redondas de los centinelas españoles —una *garita*, como recordó de un cuento infantil de piratas— desde la cual, a través de los árboles, podía avistar la tentación: el hotel. El edificio picado por las balas de los días cuando los partidarios rebeldes de Franco se habían defendido contra la milicia vasca local. Pero San Sebastián se había rendido a los nacionales hacía solo dos años y se encontraba ahora en las firmes garras de los fascistas. Regresar al hotel no era una opción.

El silbido de un tren en la distancia, justo detrás del casco antiguo y cerca de la catedral. Pequeñas señales de humo que salían por encima de los tejados. Pero no era el tren para Irún y la frontera. Simplemente era demasiado temprano todavía para eso. Pero era otra tentación. Qué rápido podría escaparse, si solo fuera posible llegar hasta aquella estación. Pero seguía teniendo un problema. Sin ropa. Y con doce pesetas.

Jack tomó una decisión. Regresó a lo largo de las murallas, trepó sobre las rocas sueltas de una antigua pared, se arrastró por el áspero sendero, se rasguñó las piernas ensangrentadas con una variedad local de cardo y luego siguió la ruta serpenteante, corriendo medio agachado para poder mantener los barcos y el barrio de los pescadores siempre a la vista.

Se paró en seco.

En la siguiente curva del camino había un puesto de guardia. El peligro de un guardia civil con su tricornio pulido. Jack no tenía buenos recuerdos de los guardias civiles. Su recepción en la frontera no fue muy amistosa. Y después de la muerte terrible de Julia Britten —asesinato, como ahora sabía— hubo interrogatorios. Se acordaba de ese cabrón, el teniente Enrique Álvaro Turbides del Servicio de Orden Público y Prevención de la Guardia Civil. Telford murmuró por dentro una súplica rápida e hipócrita para que el centinela se centrara en la ciudad, no en el castillo, y luego empezó a retroceder por el camino por el que había venido. Contenía la respiración. Su corazón latía tan rápido que estaba seguro de que el soldado podía oírlo. Sus dolorosos pies descalzos sobre la grava de repente parecían hacer un ruido absurdamente fuerte. Pisó unas piedras, casi gritó. Se encogió mientras el guardia civil comenzaba a girar hacia él, tocando la correa del rifle a la altura de su hombro. Pero el tipo miraba hacia abajo, al bolsillo de pecho de su chaqueta. Jack se escabulló detrás del tronco de un pino, embriagándose con la dulzura de su resina. Intentó aquietar los latidos de su pecho, el temblor de sus manos, hasta que un olor más irresistible le hizo olvidar la propia esencia del árbol y juró en silencio. El guardia civil se había encendido un cigarrillo y el divino humo a la deriva casi le hizo llorar a Telford.

Las voces de las mujeres llegaban hasta él desde las casas, más fuertes que el olor a humo de leña en que eran transportadas. Voces estridentes. De la manera en que los españoles solían hablar. Parecía que estuvieran siempre a punto de pegarse cuando, en realidad, estaban probablemente discutiendo sobre el precio de lentejas en el mercado local. La palabra inglesa *fishwives* —pescaderas arrabaleras— le vino a la mente, porque esto era exactamente lo que serían esas mujeres del barrio. Estaba todavía por encima de ellas, agazapado, casi frenético, detrás de las almenas del más bajo de los muros defensivos del castillo, contra el que habían construido las antiguas casas de dos pisos, un par de ellas mirando hacia el muelle, las estrechas callejuelas separaban una fila de casas de la siguiente.

A través de las lánguidas cuerdas de la colada al sol, más allá, un grupo madrugador de escolares era conducido, de dos en dos, al acuario. Había sido una idea estúpida. La única que se le había ocurrido. Pero estúpida. Demasiadas personas alrededor. Y él mismo en bañador. Tendría suerte de durar cinco minutos sin ser capturado. Y los tendederos que habían parecido tan tentadores hacía diez minutos, ahora resultaban completamente inalcanzables. Pero aun así bajó bordeando la muralla, dirigiéndose a los escalones que podía ver a la izquierda, cerca de los bloques más altos, más cerca aún del casino y la moderna brillantez blanca del Real Club Náutico con su embarcadero.

Su primer golpe de suerte. Al igual que todas las otras casas a lo largo del muelle, la última por la que pasó antes de llegar a la escalera, contaba con un balcón de madera y la amable señora que vivía allí había optado por utilizar su barandilla orientada hacia el sur en lugar de los tendederos comunitarios. Aún mejor, no había ruido en la casa. Pero la única prenda que parecía más o menos útil eran unos pantalones de lona, del tipo que había visto con frecuencia llevar a los pescadores durante sus viajes a lo largo de la costa. Depositó el dinero, cogió los pantalones y enseguida supo que eran demasiado grandes para él. Todavía estaban húmedos y seguían oliendo a pescado. Aun así se los puso con gratitud sobre sus piernas desnudas, tensó y anudó el cordón por encima de las caderas y guardó las pesetas en un bolsillo profundo. Los pantalones le llegaban solo hasta las espinillas, aunque no podría haberse sentido mejor vestido si hubiera sido equipado en *Savile Row*, la calle londinense de tiendas de ropa para caballeros opulentos.

Para lograr un efecto dramático, se frotó un poco de mugre en la cara y en el cabello de color castaño apagado. Luego se miró la piel pálida de su torso. Sabía que todavía tenía un aspecto absurdamente incoherente. Sin embargo, tendría que bastar, y Telford empezó a salir con mayor confianza, ya no tratando de esconderse, sino cojeando un poco con sus delicados pies, pisando dolorosamente cada filo agudo del camino pedregoso de entre las casas. Pero encontró el siguiente regalo de los dioses en la primera esquina. Unas cuerdas de tender que no había visto antes, atadas entre las paredes de un callejón que bajaba en cascada hasta la costa. Unos cuantos pares de calzones de hombre que decidió ignorar, a pesar de que los pantalones ya le estaban rozando las nalgas, y la camisa basta de un obrero. En algún lugar dentro de la casa se escuchó a una mujer regañando a sus hijos y Jack descolgó hábilmente la prenda de la cuerda gruesa. Pero en aquel momento casi se le salió el corazón del pecho cuando escuchó a un perro gruñir, bajo y amenazador, justo detrás de él.

Telford se giró, sobresaltado y nervioso. No era más aficionado a los perros que a la Guardia Civil. Sin embargo, aquí, la amenaza era más inmediata. No se había percatado de la bestia —un mestizo de pelo de alambre mostrando sus colmillos—, ya que esta había estado disfrutando de la sombra al socaire de la casa de enfrente, mientras, justo a la vuelta de la esquina, había un anciano sentado tranquilamente en una silla de mimbre. Jack estaba paralizado. El perro empezó a adoptar una posición de ataque y el pelo de su cuello se erizó, el gruñido ahora era un rumor profundo y continuo.

—¿Quién es? —dijo el viejo en español. Y Jack vio que estaba ciego. La cicatriz de una mala quemadura en su frente y en el lugar donde deberían haber estado sus ojos. Y la impresión que le causó esa lesión cogió a Jack por sorpresa. Un recuerdo de algunas líneas de *Sansón Agonista*. Todavía estaba en estado de shock, claro, por los traumas de la mañana. Ya lo sabía. Pero el viejo también le recordó a Julia Britten, la concertista de piano ciega del grupo, asesinada aquí, en el Hotel María Cristina. Julia le había gustado. Mucho. Y Jack se dio cuenta de que estaba temblando mucho, ahogando un sollozo. Al mismo tiempo, las imágenes pasaron una tras otra por su cabeza, como secuencias de la *Pathé News* proyectadas con demasiada rapidez. Imágenes que duraban menos de un instante, pero que inspiraron a Jack una de sus mejores ocurrencias. Conocía pocas palabras de euskera. Pero aquellas que poseía las desplegó ahora, temblando, mientras hablaba.

—*Burkide* —dijo, camarada, luego—, *Kamarada. Lagun.* —Amigo.

Los ojos invidentes del viejo apuntaron en su dirección, olfateó una vez, luego extendió los dedos, encontró el cuello del perro y rascó el pelaje para calmar a la criatura. Murmuró algo también, aunque Jack no tenía ni idea de si era para él o para el sabueso. Pero decidió tomarlo como una bendición, una despedida, y dijo su propio adiós, aunque ahora en castellano.

—Gracias, amigo —dijo, luego descolgó la camisa, se la puso pasándola por encima de la cabeza, agradecido de que estuviera casi seca, y dio su primer paso cauteloso en el muelle, aunque con frecuencia mirando hacia donde seguía sentado el hombre. Pero su atención pronto fue atraída por uno de los camiones que había visto antes. Aún seguía allí. En realidad era una furgoneta. Un escudo de armas estampado en la puerta de la cabina. Y una leyenda estarcida en blanco sobre su cuerpo de lona azul oscuro. *Gran Hotel La Perla*, leyó. Y la dirección: *Plaza del Castillo, 1. Pamplona*. Jack consultó su mapa mental de España. Asociaba aquel topónimo con Hemingway y *Fiesta*. Algún lugar hacia el sur y al este, pensó. No demasiado lejos, pero fuera de San Sebastián, al menos. Navarra, ¿no? Le vino el recuerdo de que Pamplona fue una de las primeras ciudades tomada por los rebeldes. Que el general Mola, otro de los líderes de la rebelión, había estado allí al inicio del conflicto, antes de su muerte.

El conductor estaba discutiendo acalorado con otros tres hombres en la puerta de algún tipo de almacén. Un almacén frigorífico, tal vez. Era imposible entender la conversación, pues, todos se estaban gritando. Pero, por lo visto, el conductor había ganado el debate, ya que el mejor vestido de los tres finalmente se encogió de hombros, agitó sus brazos con rabia y, aún gritando, desapareció para volver a salir unos segundos después con una caja de madera llena de hielo de donde sobresalían las cabezas de pescado.

El conductor, todavía reacio a ceder, le arrebató la caja y la metió por la parte trasera de la furgoneta, cerró de un golpe el portón trasero y ató con poca firmeza las solapas de la lona.

—¡Cabrones! —gritó, en un último desafío, mientras subía al asiento del conductor y ponía en marcha el motor. Telford conocía esa palabra en particular. En el momento en que los tres hombres le dieron la espalda, y antes de que tuviera tiempo para pensarlo demasiado, corrió tan rápido como le permitieron sus pies descalzos, intentando alcanzar un asidero y esperando conseguir un viaje gratis a Pamplona.

Capítulo Dos

Sábado, 1 de octubre de 1938

El estómago de Jack todavía se rebelaba después de sus propios padecimientos del día anterior.

El largo y sinuoso camino a Pamplona no le había proporcionado uno de sus viajes más cómodos. Puede que el pescado hubiese sido conservado en hielo, pero eso no lo hacía menos maloliente. Su hedor, combinado con los gases de escape de la furgoneta, el aceite del motor ardiendo como una antorcha, y el traqueteo y bamboleo en las curvas sinuosas le había provocado casi durante tres horas un *mal de mer* insoportable. Mucho peor que cualquier cosa jamás experimentada en el ferry de Dover.

Y aunque había sacado continuamente su cabeza por entre las solapas de la lona trasera del vehículo, recordaba muy poco del viaje. Reconoció Irún, por supuesto, pero eso fue mucho antes de que empezara la pesadilla, antes de que el conductor doblara hacia el sur por la carretera señalizada con el nombre de Bera y comenzara a subir las montañas.

Además, hubo un control de carretera, claro. Ese momento aterrador cuando la furgoneta se desaceleró casi hasta detenerse, y Jack pensó que podrían haber llegado a su destino. Casi saltó, pero al escuchar la inconfundible voz de las autoridades militares exigiendo papeles, se dio cuenta de que era demasiado tarde para ello. Y ese maldito idiota de conductor decidió discutir sobre ello. Jack reconoció la palabra *pescado* en español, sabiendo que todo se habría acabado si el soldado o guardia civil, decidía buscar atrás. Pero no lo había hecho y, después de interminables gritos, volvieron a retomar el camino. Jack se asomó por un hueco entre las solapas y vio que era, efectivamente, un vehículo de la Guardia Civil el que los había detenido, estacionado de costado en la carretera. ¿Buscándolo a él? No, pensó. Demasiado rutinario. Y, gracias a Dios, pudo resistir el siguiente ataque de vómito hasta que los cabrones estuvieron fuera de la vista, ocultos detrás de una curva.

Después de cruzar el río Arga las afueras del este de Pamplona habían comenzado finalmente a animarse a su alrededor, reconocibles por el volumen del tráfico y la continua expansión de los suburbios que se sucedían uno tras otro. De modo que cuando volvieron a dirigirse hacia el norte, subieron por la calle de la Estafeta y pasaron por la plaza de toros, Jack sabía que debían estar cerca del centro y, aprovechando la primera oportunidad que tuvo, saltó de la furgoneta a la vía concurrida. Siguió un poco la furgoneta hasta que la vio detenerse frente a la estrecha elevación lateral del Gran Hotel La Perla. Recordó vagamente que Hemingway se había hospedado allí, viendo a los toros correr por la Estafeta durante las fiestas de San Fermín. Pero Jack, demasiado cansado para seguir pensando en ello, volvió sobre sus pasos hasta la esquina de la Estafeta y la calle Javier. A su derecha, los escalones conducían a una gran plaza, la Plaza del Castillo. Llena de gente bulliciosa. Cafés elegantes a los cuales nunca permitirían entrar a esta versión pobre de Jack Telford. Pero la calle Javier parecía más prometedora. Una calle estrecha, cuesta abajo, llena de sombras a esta hora, así que la siguió, ignorando las miradas de extrañeza que le dirigían los viandantes con los que se cruzaba. Más allá de una librería se encontró con un bar y un estanco. Se detuvo, desesperado por tener el coraje suficiente para entrar, pero luego siguió adelante hasta que, en la siguiente esquina, llegó a una iglesia, San Agustín. La palabra "santuario" le vino a la mente, y siguió caminando por la calle Javier buscando algún lugar donde poder descansar con cierta comodidad. Nada. Así que regresó caminando a lo largo de la fachada más moderna de la iglesia y llegó a una pequeña puerta trasera, abierta, que daba paso a un claustro, el cual terminaba abruptamente en el extremo sur, como si alguna vez hubiese pertenecido a un complejo más grande. Y allí, en un rincón oscuro, se acomodó con su vientre dolorosamente rasguñado, sus pies doloridos y pinchados, sus tripas todavía revueltas, para hacer un balance de su situación y dormir en una sucesión de espasmódicas pesadillas.

Sus ansias por un cigarrillo habían sido mitigadas por su dolor de estómago, pero a última hora de la tarde, sus náuseas se habían convertido en un hambre famélica y casi podría haber matado por un cigarrillo. Pero esa desafortunada elección de palabras de repente le volvió a recordar su contrición: el odio hacia sí mismo, y el miedo al castigo. Su familia no era católica, pero había crecido entre familias que sí lo eran, y de alguna manera había asimilado su sentimiento aplastante de culpabilidad. Otro cálculo a realizar. Se había aventurado a salir de su guarida, arrastrando los pies por la acera hasta llegar al estanco que había visto antes. Allí, después de murmurar algo y señalar, consiguió comprar un paquete de veinte Superiores envuelto en papel y una caja de cerillas. Echó un vistazo a los titulares de los periódicos: el *ABC de Sevilla*; ejemplares del *Heraldo de Aragón* y *La Gaceta del Norte*; *El Pueblo Vasco* también; y, por supuesto, el *Correo Español*, el órgano oficial de la Falange. Luego se dio cuenta de que era un imbécil. Aunque pareciese increíble, todavía era el mismo día. Aún no podría haber noticias de San Sebastián todavía, de ninguna manera. Pero, por lo menos, la calada de humo de tabaco había calmado su ansiedad cuando salió del estanco. Y una expedición igualmente exitosa al bar le había provisto de una barra de pan —ya no muy tierna a esta hora del día— y una porción de queso mucho más grande de lo que realmente quería comprar.

Regresó con su botín a la iglesia, dos pesetas más pobre, y aprovechó el agua fresca que brotaba de la fuente en el centro del jardín claustrado. Luego contó las horas lentamente, escondido en un rincón, masticando el queso y su propio pan sacramental, mientras el sonido de la campana que llamaba a la gente a la misa vespertina atravesaba toda la iglesia. No se atrevió a fumar otra vez hasta que los ruidosos feligreses salieron al finalizar el servicio y el lugar volvió a quedarse en silencio. Y allí pasó la noche.

Por la mañana estaba lloviendo. Su estómago rebelde reclamaba su atención, haciéndole pensar en los aspectos prácticos. Un cuarto de baño, entre otras cosas. Así que, con la campana sonando nuevamente en la elegante torre por encima de Jack, se deslizó por el portón, adoptando casi instintivamente el mismo andar errático, de pies arrastrados de la tarde anterior. Murmurando para sí mismo. Adoptando la viva imagen del tonto del pueblo de Pamplona, porque, como había notado en su expedición para ir a comprar los cigarrillos, bajo este disfraz la gente rara vez le miraba a la cara.

En el estanco no habían llegado aún los periódicos, pero el bar de enfrente estaba abierto. Había dos ancianos sentados en taburetes en la barra, gritándose el uno al otro, como de costumbre. Voces ásperas, imposiblemente profundas. Pero por lo demás todo parecía normal. Si esperaba un grito de alarma, se quedó decepcionado. La culpa todavía le carcomía. Pero la llamada de la naturaleza fue aún más fuerte, y se quedó observando los movimientos dentro del bar hasta que se sintió lo suficientemente seguro como para entrar a su interior sombrío y lleno de humo de tabaco.

—¡Fuera! —gritó un hombre con barba de tres días detrás de la barra—. ¡Salga de aquí!

Jack casi le sonrió. Su comportamiento como pobre mendicante debía ser más convincente de lo que había pensado. Pero abrió su puño, mostró al camarero su escasa provisión de pesetas, y el tipo gruñó, señalando con su cabeza la mesa a modo de permiso para entrar.

—¿Coñac? —dijo Jack—. Por favor.

Hubiera preferido un café pero la monstruosa cafetera de latón y cobre que se encontraba en el otro extremo de la barra daba la impresión de no haber conocido al producto genuino desde hace mucho tiempo. Así que optó por la misma bebida que vio pedir a otros clientes, y se sentó en un rincón oscuro, mirando a su alrededor hasta que, afortunadamente, uno de los hombres salió por una puerta trasera y regresó minutos más tarde, subiéndose la bragueta. Jack dejó su vaso y salió por la misma puerta hasta un pequeño patio. Cajas, barricas y, escondida detrás, una choza mal construida sin puerta, con muchas cucarachas y con un hueco en el suelo que servía de retrete. El hedor era horrible, pero por lo menos había trozos de periódico colgando de una cuerda y un cubo de metal para depositar los pedazos usados; y Jack, educadamente, usó sus fósforos, prendiendo fuego al contenido cuando terminó.

De vuelta dentro del bar, pagó su cuenta contando sus céntimos con avaricia y volvió a salir a la calle arrastrando sus pies. El dueño del estanco estaba colocando los diarios recién llegados y Jack agarró un ejemplar del *Diario de Navarra*. Se dio cuenta de que los titulares eran alegres, las notas llenaban la página entera, las fotos triunfantes celebrando que era el cumpleaños de Franco. Y noticias aún más buenas para los fascistas de Europa en las páginas centrales. El continente entero parecía estar venerando la Conferencia de Múnich, la decisión del Primer Ministro Chamberlain de apaciguar a Hitler aún más, dándole vía libre en la región de los Sudetes. Jack tenía ganas de llorar. ¿No veía nadie lo que estaba pasando realmente en el mundo? ¿Qué era lo que había dicho el líder de los guerrilleros republicanos en Covadonga? Luchar contra los fascistas aquí en España o acabar luchando contra ellos en todas partes. "Cristo todopoderoso", pensó. Y luego se preguntó cómo su propio periódico informaría de ello. La edición de la mañana. ¿Cuál sería el titular del *Reynold's News*? Ninguna de estas tonterías saldría de Sydney Elliott, eso estaba seguro. Si Jack conocía en algo a su jefe, sabía que probablemente sería el único editor en Gran Bretaña que condenaría a Chamberlain como el payaso que ciertamente era. Pero Jack de pronto se sintió muy perdido y solo, se encontró sollozando en silencio, y el tendero a su lado, enojado, le exigió el dinero por el diario. Otros veinte céntimos gastados. Quería seguir examinando las noticias en los diarios locales, pero el propietario ahora le miraba de modo sospechoso, así que Jack regresó al jardín claustrado y repasó las páginas en busca de cualquier noticia sobre San Sebastián. Nada. Y si hubieran encontrado el cuerpo de Carter-Holt, habría merecido una mención. Seguramente. Pero ni una palabra sobre su desaparición. O la de Jack.

Mañana, entonces. Quizás mañana. Pero mientras, se acomodaba en su reclusión, masticando su último trocito de pan y otro pedazo de queso, algo llamó su atención en el periódico. Una de las muchas noticias sobre Pamplona. La tradujo lo mejor que pudo, lamentando otra vez la pérdida de su libro, la *Gramática Española* de Hugo. Aun así entendió el sentido de la nota que decía que la ciudad se preparaba para recibir otra afluencia de peregrinos por el Camino de Santiago. Al parecer, de entre las muchas cosas que España debía agradecer al Caudillo, se encontraba también su llamamiento a la juventud católica de Europa para que viniera a ver como la reconquista de esta parte del país, arrebatada a los rojos, había hecho que la famosa ruta de peregrinación volviera a estar segura.

"¿Es que no había sido siempre una ruta segura?", se preguntó Jack. "Por lo menos hasta que Franco invadió todo el camino con sus malditos ejércitos".

Jack estuvo en París durante la Exposición Internacional de 1937, y el Pabellón Español no solo mostraba allí la ahora famosa pintura de Picasso, sino también una escultura imponente de Alberto Sánchez Pérez que llevaba el título: *El pueblo español tiene un camino que conduce a una estrella*. Era un obelisco con un sinuoso sendero en espiral que conducía a una estrella en la cima. Una referencia a la religiosa ruta de peregrinaje, por supuesto. Pero también un símbolo de esperanza para la república secular. La visión de que España, a pesar de la guerra civil, tenía un objetivo. Un sueño. Una esperanza.

"¿Y a dónde lleva el Camino, Jack?", se preguntó. Al final llevará a Santiago de Compostela, por supuesto. Pero antes de eso estaba Burgos. Y en Burgos se encontraba Franco.

A Telford le había sorprendido la falta de seguridad alrededor del Generalísimo cuando se lo habían presentado. Tan cerca. Pero tan lejos a la vez. Burgos. Era ahora la capital del bando nacional, ¿no? Entonces, ¿cómo estaría la situación allí? ¿Cuánto podría acercarse a Franco una segunda vez?

"Un asunto pendiente", pensó. "Luchar contra los fascistas aquí o acabar luchando contra ellos en todas partes".

Todo lo que necesitaba era un plan para ir de Pamplona a Burgos.

La misa de doce atrajo una multitud. Casi una reproducción del servicio al que el grupo de turistas había asistido —la mayoría de ellos, al menos— en Irún, dos semanas atrás. Fue un domingo, por supuesto. Pero, aquí en Pamplona, un gran número de devotos parecían ansiosos por recibir la eucaristía cualquier día de la semana. La respetuosa reunión delante de la puerta principal de la iglesia. Ninguna mujer esperando fuera, en la llovizna. Todos hombres. O muy jóvenes, o muy mayores. Aquellos en edad para luchar estarían en el frente, tal vez. Trajes oscuros. Sombreros, boinas, muchas de ellas las grandes boinas rojas de los carlistas. Después, la llegada de los dignatarios. Saludos fascistas. Gritos de ¡Arriba, España!

Todos entraron, se unieron a las mujeres ya sentadas en los bancos, y Jack se sentó detrás de ellos, aún tratando de mantener cierta distancia. Pero eso no era un problema, pues no parecía haber nadie interesado en compartir espacio con un mendigo descalzo y extraño, apestando a pescado. Menos mal. Enseguida empezó a trabajar mentalmente en los detalles de su estrategia entre las reverencias al altar, el incienso, el acto de penitencia, el *Agnus Dei* y la comunión. Entonces Jack se acercó al altar para tomar el cuerpo y la sangre de Cristo, tratando de asegurarse de que el sacerdote le prestase atención.

"¿Qué tipo de sacerdote eres?", se preguntó. "¿Un ejemplo honorable de tu vocación? O uno de aquellos que cuando comenzó la rebelión apuntaron con el dedo. ¿Cuántos opositores políticos al golpe de estado han sido masacrados aquí?", se preguntó. "Y no solamente aquí. En otros mil lugares". Fusilados solamente porque votaron de una determinada manera en las elecciones del año treinta y seis. Y sí, conocía todas las historias sobre las llamadas atrocidades rojas también: los sacerdotes asesinados; partidarios de la derecha fusilados en la locura aleatoria inicial; y el terror que le siguió cuando comenzó la insurrección. Pero esto de los nacionales era diferente. Telford sabía que era diferente. Sistemático. Planificado. Por Franco mismo. Para limpiar España de su democracia.

Y cuando el servicio terminó, con la mayor parte de la congregación finalmente saliendo, Jack permaneció en su asiento, esperando para ver cómo funcionaban las cosas en esta iglesia de San Agustín. Afortunadamente, no esperaba solo. Pero pocos de los que se habían quedado permanecieron en sus asientos originales y, en su lugar, esas dos docenas de feligreses restantes comenzaron una indecorosa carrera hacia el confesionario recóndito. Una vieja que usaba dos bastones los empleó para sacar ventaja y abrirse paso a golpes para ser la primera. Él no era católico, así que nunca se había confesado, y no tenía ni idea si, en esta iglesia en particular, las confesiones tendrían lugar tan poco tiempo después de la misa. Pero asumió por la agitación y los empujones por llegar primero que el inicio del turno de confesión debía ser inminente. Aun así transcurrió un tiempo considerable antes de que el sacerdote volviera a aparecer y en ese periodo intermedio había llegado aun más gente. Otra mujer mayor; una mujer más joven con dos niños corpulentos y rebeldes; un hombre de mediana edad a quien le faltaba una pierna y que usaba una muleta. Cada uno de ellos se acercó al grupo e hizo la misma pregunta.

—¿Quién es el último?

El sacerdote de hábito negro caminó enérgicamente hacia el grupo, arreglando su estola verde, la exasperación grabada en su rostro. Les bramó, y todos se alejaron al final de los bancos, lejos de la tentación del pecado de escuchar a escondidas. Todos salvo la señora con los bastones que se acercó al confesionario y fue ayudada por el sacerdote a arrodillarse. Tardó un rato. Más largo, más doloroso, le parecía a Jack, de lo que su corta confesión merecía. Y los otros siguieron su ejemplo, en el orden asignado. Telford se esforzaba por escuchar el proceso, preparando las palabras para cuando llegara su turno. Se movió hacia delante ahora y tomó asiento más cerca del confesionario. El aburrimiento se instaló y sus párpados se volvieron pesados mientras intentaba entender los pecados por los cuales estas personas buscaban la absolución. Ya se habían ido todos, solo quedaba el último de ellos, el hombre de una sola pierna, incorporándose con dificultad del lugar incómodo donde se había apoyado contra la pared. Jack fue a ayudarle y luego se arrodilló en el cojín. A través de la celosía, dijo las palabras que había aprendido de memoria, escuchando a los más ruidosos que habían confesado antes que él.

—En nombre del Padre y del Hijo y del Espíritu Santo. Amen.

Y el sacerdote le respondió en una voz aburrida.

—Ave María Purísima.

—Sin pecado concebido —dijo Jack.

—¿Cuándo fue su última confesión? —preguntó el sacerdote.

Jack vaciló.

—¿Habla inglés, padre? —dijo.

Silencio. Entonces Jack se dio cuenta de que todo su plan se había construido sobre la esperanza de que el sacerdote hablara algunas palabras de su idioma. Tal vez, aunque fueran solo unas pocas, rezó.

—*¿English?* —dijo el sacerdote. ¿Inglés?

—*I'm Irish, Father* —mintió Jack. Soy irlandés, padre.

—*How long sin' you las' confess?* —volvió a preguntar el sacerdote con un acento inglés raro. ¿Cuándo fue su última confesión?

—Un año, padre —dijo Jack, todavía en inglés—. Y maté a alguien. Vine a España para luchar contra los rojos. Pero terminé matando a uno de los nuestros. El sacerdote de mi parroquia dijo que todos los buenos católicos debían luchar por el general Franco. Así que me alisté con O'Duffy.

—O'Duffy, ¿quién es?

—Un luchador por nuestra fe, padre. Político. Pero también era nuestro general. Nos trajo hasta aquí desde Dublín. Voluntarios. Buenos chicos católicos. Estuve en Jarama. Un lugar llamado Ciempozuelos. Muchos de los míos murieron allí. Asesinados por nuestros propios compañeros. Un error, dijeron. Una compañía de las Islas Canarias. Acababa de llegar al frente.

—En guerra —dijo el sacerdote—, esas cosas pasan. Y debe apurarse, hijo. Otros esperan.

—Soy el último, padre —dijo Jack, y escuchó al sacerdote suspirar.

—¿Mató a gente allí? —dijo—. Es la obligación de un soldado.

Matar en la guerra es diferente. Aquí estamos matando por Dios.

—No —dijo Jack—. Fui a un hospital. Enfermo. Vasculitis. Y en la cama, al lado, había un oficial. De la compañía de las Islas Canarias. Lo maté, padre. Luego huí. Intenté volver con mi regimiento. Pero ya se habían embarcado para volver a Dublín. Ahora me quiero arrepentir. Hacer el Camino de Santiago. Rogar por el perdón de Dios. Y luego rendirme. Al ejército. Aceptar mi castigo.

Silencio otra vez.

—¿Lo mató a propósito? —dijo el sacerdote.

—A propósito. Sí, padre.

—Entonces no le puedo dar la absolución completa, hijo. Hasta que se rinda. ¿Comprende?

Jack sabía del secreto de confesión. La teoría, por lo menos. ¿Pero hasta qué punto podía seguir tomando a este sacerdote por tonto?

—Entiendo, padre. ¿Informará a la Guardia Civil?

—Sabe usted que no puedo. Debe hacerlo usted. Ahora. O después del camino. ¿Caminará? ¿Hará la penitencia?

—Lo haré —dijo Jack—. Si encuentro zapatos. —Luego murmuró el Acto de Contrición que conocía. De hacía mucho, mucho tiempo. Y solo en inglés—. Dios mío, perdóname por mis pecados con todo mi corazón. He pecado contra Ti, a quien debo amar sobre todas las cosas.

Esperaba una respuesta, pero el sacerdote simplemente murmuró una oración, y cuando terminó la oración, Jack vio la sombra del rostro del sacerdote acercándose a su lado de la celosía.

—En el Camino —dijo el sacerdote en inglés— deberá rezar el rosario. Todos los días. ¿Comprende?

—Comprendo, padre. Lo comprendo.

—Entonces vaya en paz, hijo.

—Gracias a Dios —dijo Jack. Se levantó del reclinatorio y comenzó a andar por el pasillo en dirección a la entrada. El asunto no había salido del todo como había querido. Había confiado demasiado en su educación literaria del Instituto Secundario Selectivo de *Royal Worcester*. Victor Hugo. *Les Misérables* firmemente asentado en el currículum. Pero este sacerdote no era el Obispo Myriel. Y Jack no era ningún Jean Valjean. No había ningún candelero de oro aquí. Pero escuchó la puerta del confesionario abrirse y cerrarse detrás de él.

—¡Espere! —gritó el sacerdote. Y Jack casi se hizo encima, temiendo que el viejo tonto quizás había decidido ignorar el secreto de confesión después de todo. Se giró lentamente y vio al sacerdote frotándose las manos—. Hay cosas que necesita usted, hijo. Para el Camino. Zapatos. Otras cosas. Pero dígame su nombre, hijo.

Jack sonrió.

—Sí, padre —dijo, en su mejor acento irlandés—. Mi nombre es Murphy. Brendan Murphy.

Capítulo Tres

Domingo, 2 de octubre de 1938

No había candeleros. Pero los regalos del padre Ignacio valían su peso en oro. Un par de zapatos con suela de esparto —llamados alpargatas, recordó Telford—. Pantalones de obrero, pesados y útiles. Una raída capa de lana marrón que quizás podía servir por lo menos como manta. Un morral de lona. Taza y plato de esmalte. Navaja y brocha de afeitar. Un sólido bastón, bendecido, para ayudarlo en su camino. Una pequeña réplica de hierro con forma de concha de vieira de la colección personal del sacerdote y la cual, una vez atada en la parte superior del bastón, era un símbolo del apóstol Santiago, tal y como el cura le había explicado. Un préstamo —Jack insistió de modo convincente en que debía ser así— de diez pesetas más. Y, lo más preciado de todo, una carta firmada por el sacerdote. Un escrito confirmando que el portador, Brendan Murphy, hacía un peregrinaje hasta el sagrado santuario de Santiago el Apóstol y que le debían asistir en todo lo posible. En el reverso de la carta, algunas instrucciones básicas para el primer tramo de su viaje.

Las preguntas del sacerdote y las disimuladas respuestas de Jack se habían vuelto más espesas que un enjambre de moscas alrededor del jamón de un mesón. ¿Qué había pasado con su uniforme?, le había preguntado el padre Ignacio. Lo había tirado, insistió Jack, cuando estaba huyendo. ¿También las botas? Robadas, cuando dormía al borde del camino, junto con su navaja de afeitar y otras pertenencias personales. ¿Y dónde estaba el hospital en el que mató al oficial? En Valladolid. Cuando huyó decidió dirigirse a la frontera con Francia. Luego Dios le había hablado. No muy lejos de Pamplona. Sobre el Camino. ¿Cuánto tiempo había estado huyendo entonces? Muchos meses, había dicho. ¿Pero cómo se alimentaba? Mendigando. Robando también. Sí, otro pecado. Un par de Avemarías añadidas a su recital diario del Rosario.

Las oraciones preescritas le recordaron otra cosa al padre Ignacio. Un regalo final. Si el señor Murphy realmente iba a realizar su penitencia, debía llevar un rosario con él, ¿no? Y sacó del bolsillo de su sotana un conjunto de rosario y crucifijo. Parecían ser de marfil, pero Jack pensó que debían ser más bien de celulosa, marfil francés. Un acabado hermoso, de todas formas, con una hilera de perlas enlazadas entre sí mediante eslabones que parecían ser de plata. Por primera vez, Jack empezó a sentir culpa de verdad e intentó rechazar la ofrenda. Después decidió que la mejor forma para desviar más preguntas y, a la vez, aliviar su propio remordimiento, sería hacerle al sacerdote su propio interrogatorio.

Se encontró en terreno más seguro preguntando sobre la vida del padre Ignacio. Reminiscencias sobre el pueblo de su nacimiento. Sus razones para seguir esta vocación. Su primera parroquia. Su mudanza a Pamplona. Todo llevó su tiempo por la mezcla tortuosa de execrable inglés y escaso español. Pero cuando Jack comenzó a indagar acerca de los sucesos violentos ocurridos en la ciudad después de la insurrección —el "Movimiento", como decidió llamarlo con cuidado, usando el elegante nombre por el cual los seguidores de Franco se referían a su sedición— la comunicación entre ellos comenzó a deteriorarse. Y, cuando llegó la hora de acostarse, esta vez en casa del sacerdote, estaba convencido de que el padre Ignacio mismo estaba metido hasta el cuello en las atrocidades que se cometieron allí.

Todo aquello ayudó a Telford a dormir mejor.

Inició el camino temprano. Lavado y afeitado, su objetivo del día era Puente La Reina. Veinticuatro kilómetros —más o menos— según el padre Ignacio, quien le había entregado un regalo adicional de despedida: un paquete de pan, queso y salchicha ahumada para su morral. Un último adiós, mientras el sacerdote estaba distraído con los preparativos para la misa y Jack se fue, pasando por la Plaza del Castillo, con todas las campanas dominicales de otras tantas iglesias de Pamplona resonando en sus oídos. Fuera de la iglesia continuó por el arbolado Paseo de Sarasate con sus monumentos y estatuas, manteniendo su cabeza agachada cuando pasaba junto a las boinas rojas de los centinelas carlistas de la Comandancia Militar de Navarra. Bordeó la fortaleza de la Ciudadela, bajó por la calle Fuente del Hierro y siguió por esta vieja calle hasta que, por fin, le llevó a campo abierto, a través de interminables campos de rastrojos de trigo, salpicados con los brotes verdes de un cultivo invernal.

Libertad. Las lluvias de ayer habían desaparecido del todo. Con el sol brillante y uno de los interminables horizontes españoles por delante. El camino subía suavemente hasta un pueblo envuelto en neblina que reconoció como Cizur Menor. Una iglesia. No, dos iglesias para ser más preciso. Unos pocos pinos desmedrados. Milanos volando en círculos y chillando. El tufillo de mierda de vaca de algún lugar, junto con el olor constante a aceite de oliva quemado. La picazón del sudor en su cuello y por su espalda.

"Bueno, aquí estás, Jack", se dijo a sí mismo. "En el Camino de Santiago". Uno de ellos, por lo menos. El Camino Francés, llamaban a este. Una ruta diferente a la que el grupo del tour había tomado —la ruta costera— cuando visitaron Santillana del Mar. No sabía cuántos había en total. Pero todos conducían a Santiago. Al lugar donde fueron encontrados los restos del santo. Por un obispo guiado hasta allí por una estrella. *Compostela*. El campo de la estrella.

Pero, de todas las rutas, esta era la más famosa. La más importante. Porque pasaba por Burgos, en estos momentos la capital de la España nacional. "Y en Burgos", pensó, "está Franco, el monstruo, en su guarida".

—Nunca lo harás —escuchó la voz de su padre a su lado en inglés, por lo menos, la voz que imaginaba que tenía su padre, un acento suave de Worcester, del medio-oeste de Inglaterra—. No tienes las suficientes agallas.

—¿Y quién diablos eres tú para hablar de agallas? —Jack se burló del espectro, su padre llevaba el viejo uniforme caqui del ejército británico. La única forma en que Jack lo recordaba, de la fotografía sepia en la pared del salón principal.

—Piensas que es fácil —dijo su padre—. Pero no tienes ni idea.

Jack había intentado imaginarse hasta qué punto tendría que haber sido de espantosa la existencia en las trincheras para conducir a un hombre al suicidio, abandonando a su familia, a la vida misma, por no seguir allí.

—No —murmuró Jack—. Ninguna idea. Pero mataré al maldito Franco de todos modos.

Sus pies ya le quemaban cuando se cruzó con los feligreses de Cizur Menor. Tres kilómetros andados y le quedaban más de veinte por delante. "¿Pero qué importa?", pensó. "Lo puedo hacer en etapas más fáciles, quizás. No tiene sentido matarme". Y se maldijo a sí mismo por la frase, pensando en su padre otra vez, acordándose de que de hecho tenía sentido. El tictac de un reloj, un reloj con minutos y horas de fluida consistencia. Como el tiempo real, tan efímero y tan eterno a la vez, dilatado hasta un tedio sin fin. Pero siempre limitado. Y, aquí, gobernado por la certidumbre de que, tarde o temprano, el cadáver hinchado de Carter-Holt terminaría apareciendo en una playa vizcaína.

Se forzó a seguir caminando. Otra aldea a su derecha, y luego nada más que la carretera estrecha, subiendo con más pendiente ahora entre los interminables campos de color de paja. Una hora después paró para remojar los pies en un arroyo a la sombra de unos eucaliptos, intercambió unos breves saludos con un canoso pastor de cabras que se encontraba en la orilla de enfrente, mientras los cencerros del abundante rebaño de cabras del anciano resonaban y chasqueaban, con moscas negras zumbando alrededor de los ojos de los animales. Una pausa para fumar uno de sus preciados Superiores, seguida por más monotonía, caminando solo, el comienzo de las dudas sobre si había sido inteligente elegir este camino, no solo en el sentido figurado, sino también en el político. El sol apretaba y no tenía sombrero. Jack no solía llevar sombreros. Una rebelión menor contra la moda de aquellos tiempos. Y nunca se le hubiera ocurrido robar uno. Pero se puso la capa por encima de la cabeza para así tener un poco de sombra y siguió caminando penosamente una hora más, hasta que la vía dobló a la izquierda y vio con horror que comenzaba a subir el flanco de una cima considerable. El padre Ignacio no había dicho nada de alpinismo. Pero Jack debería haberlo sabido. Había estado en España solo dos semanas, pero todavía se preguntaba por qué nunca se había dado cuenta de cómo el país se erizaba de montañas, aquí más que en cualquier otro lugar que hubiese visitado. Más que en ningún otro lugar de Europa, imaginó, fuera de Suiza.

Jack se forzó a sí mismo a seguir, parando con frecuencia, su pecho le dolía por el exceso de esfuerzo a medida que la inclinación aumentaba, hasta que llegó a una iglesia de color bizcocho y un conjunto de casas rurales envueltas en humo de leña. Según la nota del sacerdote esta localidad debía ser Zariquiegui, aunque fue imposible saber cómo se pronunciaba el maldito nombre. Un servicio acababa de terminar en la iglesia y, con la nota del padre Ignacio en su mano, jugaba con las sílabas del nombre del pueblo en su lengua, calculando el número de puntos que podría sacar en un juego de Crucigrama Léxico. Su concentración fue interrumpida por las personas que salían de la iglesia, o las pocas almas vivientes que no se encontraban en la adoración. Pero escuchó a un hombre que, sentado en una pila de madera, corregía con desprecio su pronunciación.

—Zariquiegui —dijo el hombre—. ¡Za-ri-qui-*e*-gui! Es donde estamos. —Y no hubo ninguna señal de bienvenida en sus palabras.

El hombre tenía alrededor de cuarenta años, ojos de loco, el traje polvoriento y camisa sin cuello, su cara áspera como papel de lija, la nariz doblada, deforme.

—Gracias —respondió Jack.

Al mismo tiempo escuchó el primer zumbido distante. Le llevó un momento descubrir la fuente, pero por fin los vio. Bombarderos en formación. Volando bajo. Rumbo a la aldea desde el oeste. Debían ser alemanes, entonces. O italianos. O de ambas nacionalidades. Hitler y Mussolini habían enviado sus aviones a España a los pocos días del comienzo de la rebelión. Y el primer instinto de Jack fue el de correr. Porque ya había visto antes el caos y la pesadilla de violencia que habían descargado en aldeas como Durango y Guernica. ¿Pero hacia dónde iban? A Barcelona quizás, ahora la base del gobierno republicano de Negrín, aislada del resto de su territorio más al sur. O al Ebro, donde las fuerzas de la República todavía resistían, por lo menos hasta donde sabía Jack, a pesar de que la batalla de meses de duración estaba casi perdida. Ahora los aviones estaban más cerca, fácilmente distinguibles, con el rugido profundo de sus motores.

Telford juró, escupió en la carretera, luego se dio la vuelta, sorprendido por su reacción involuntaria. Pero parecía que nadie se había dado cuenta. El hombre miraba los aviones también, con una sonrisa de maníaco a juego con la locura en sus ojos. Bailaba alegremente cantando al ritmo:

—*¡Arriba, escuadras, a vencer, que en España empieza a amanecer!*

"Fascistas de mierda", pensó Jack, y se alejó yendo al otro extremo de la aldea, encontrando su camino impedido por otro tipo de procesión. Detrás de él los feligreses también estaban protegiendo sus ojos del sol para ver mejor a los bombarderos, o aplaudiendo con deleite al verlos, o retomando la misma canción.

—*¡España una, España grande! ¡España libre! ¡Arriba, España!*

Y, por delante, este segundo grupo de lugareños también se había detenido, gritando.

—*¡Arriba, España!*

En medio de ellos había una mujer, medio-arrastrada, medio-empujada por la calle, y ahora forzada a arrodillarse mientras tiraban de su pelo hacia atrás, forzándola a mirar hacia arriba a los aviones también, mientras un viejo pistolero desdentado espetó palabras en su cara.

—¡Mira! —gritó, agitando el cañón del revólver ante sus ojos—. ¡Mira! Muerte a los rojos. —Pero la mujer no mostró miedo. Estaba terriblemente delgada. Ojos hundidos profundamente en las sombreadas cuencas y la piel estirada sobre las mejillas y la mandíbula.

Jack caminó más rápido, sintiendo que el lugar se cerraba a su alrededor, los aviones directamente sobre sus cabezas ahora. Pero no podía mirar. Sabía que sin ellos Franco nunca podría haber llegado tan lejos, tan cerca de la victoria. Y su propio país no había hecho nada para evitarlo. Peor, Gran Bretaña presidió el Comité de No Intervención, el cual impidió a la mayoría de los países del mundo libre ayudar a la asediada democracia de España, mientras que, al mismo tiempo, hacían la vista gorda ante la participación beligerante de Alemania e Italia. "Territorio enemigo", pensó. Luego escuchó a alguien corriendo detrás de él. Se dio la vuelta, casi sabiendo lo que pasaría a continuación. El loco de la pila de madera. Gritándole a él. Ininteligible. Jack se encogió de hombros.

—*What?* —dijo. ¿Qué?

El hombre gritó más fuerte, señalando los aviones, comenzó a regañar a los vecinos, mientras Jack se esforzó en captar una o dos palabras. Pero sus gestos eran suficientemente claros. Señaló los bombarderos, aplaudió y le dijo a Jack que hiciera lo mismo.

—Peregrino —dijo Jack, sacudiendo la cabeza y tratando de enseñarle una sonrisa amable. Y agitó la carta del padre Ignacio en la cara del hombre, quien lo empujó a un lado. Se la quitó de la mano. Jack intentó cogerla, y sintió como el hombre agarraba su capa.

—¡Rojo! —gritó el hombre otra vez—. Traidor rojo. —Palabras

que Jack, a pesar de su escaso conocimiento del idioma, podía entender sin problema.

—No —dijo Jack—. Irlandés. Soldado del Caudillo. Soldado de Franco. Ahora, peregrino.

Consiguió reunir las palabras suficientes para preguntar qué era lo que había hecho la mujer. Estaba de pie otra vez, siendo empujada hacia la iglesia.

—Hija de puta —respondió el hombre.

Pero Jack sabía que era simplemente una expresión figurativa. Improbable que fuera literalmente la hija de una prostituta. Y encajó el resto de las piezas. La esposa de uno de los hombres que estaban luchando por la República. Un traidor rojo, como toda su familia. La aldea la había enviado lejos. No querían a los de su clase aquí. Pero hoy había vuelto. Y había sido capturada.

—Muy bien —asintió Jack, en vez de decir nada, y agachándose para recuperar su carta. Pero el hombre la pisó. Deliberadamente.

—Venga, irlandés —dijo—. Venga a ver cómo tratamos a las putas rojas.

Telford no tenía ningún deseo de hacerlo, pero fue arrastrado por la estela de la procesión. La multitud se había detenido ahora, formando un semicírculo justo a un lado de la iglesia. La gente escupía a la mujer, gritándole diferentes insultos, todos al mismo tiempo, como una versión viciosa del *imbroglio* de una ópera.

Solo una mujer permanecía separada de la multitud. Meticulosamente vestida, remilgada, en el mismo umbral de la iglesia, con una niña pequeña vestida de blanco y aferrada a ella. Los rasgos de la matrona eran duros, labios fruncidos en una cruel sonrisa mientras, desde una de las casas cercanas, otro hombre llegó corriendo, blandiendo un par de tijeras. Se rompió la serenidad de la cautiva en cuanto vio lo que el hombre llevaba en sus manos y, por primera vez, dejó de mirar al frente y se giró mirando a sus torturadores de uno en uno, gritándoles con gesto desafiante a cada uno de ellos. Pero al hacerlo su mirada cayó sobre la estampa que había en el pórtico de la iglesia, y sus desafiantes protestas se convirtieron en un sollozo ahogado.

—¡Mi María! —Jack la escuchó llorar. Para entonces el lugareño ya había comenzado a trabajar con sus tijeras, cortó dos mechones de pelo, negros como el ala de un cuervo, que flotaron hacia abajo, cayendo sobre las piedras y las rodillas de la mujer. Ella luchó mientras hombres y mujeres de todas las edades la maltrataban, agarrando sus piernas, sujetando sus brazos e inmovilizándole la cabeza con los dedos puestos alrededor de su cara.

En algún sitio dentro de la cabeza de Jack su cerebro luchó por encontrar las palabras. Palabras en español. Pero no venían. Se dio cuenta también de que el tipo de la pila de madera aún tenía agarrado su brazo, y Jack se soltó de un tirón, lleno de furia.

—¡No! —gritó—. ¡Paren esto! —Pero nadie le prestaba atención y las tijeras continuaron cortando, cortando, cortando. Los mechones caían más gruesos y más rápido. Jack quiso coger a uno de los matones que agarraban la cara de la mujer, pero el loco lo arrastró hacia atrás y lo tiró al suelo.

—¿Qué hace? —le gritó el hombre. Jack forcejeó con él y, al mismo tiempo, trató de incorporarse y quitarse la mano que le retenía.

—*Take your filthy hands off me* —gritó. Quite sus mugrientos manos de mí—. *And let that woman go.* —Y dejen libre a esa mujer.

Pero no lo hicieron. Había sangre ahora, chorreando por los cortes causados por el mal uso de la tijera, y parecía que la mujer había caído en un estado de inercia resignada, con la cabeza agachada mientras que, en la iglesia, la vieja matrona y la niña vestida de blanco todavía miraban.

—La chica —gritó Jack, señalando hacia la iglesia—. ¿Quién es?

—Hija de la puta de su madre —gruñó el hombre.

"Eso no puede ser", se dijo Jack. ¿La hija de esta mujer? Si era así, ¿qué tipo de barbaridad era esta? ¿Por qué la vieja matrona no se había llevado a la niña? ¿Dónde estaba la reacción de la niña?

—*You must stop this!* —gritó Jack de nuevo. ¡Deben parar esto! Esta vez se soltó y se lanzó contra el hombre que empuñaba la tijera. En un gesto inútil, por supuesto, porque la humillación casi había terminado, la cabeza de la mujer ahora despojada de cabello, salvo por unos pocos mechones, su melena reducida a un rastrojo harapiento.

"Como los campos de trigo", pensó, cuando en ese mismo momento alguien le golpeó.

—¡Mi María! —lloró la mujer una vez más, y Jack vio que, por fin, la niña del vestido blanco estaba siendo alejada. Ni siquiera una mirada atrás. Nada. Telford tenía al hombre de las tijeras agarrado ahora, tratando de alejarlo de su víctima. Demasiado poco, demasiado tarde. Se dio cuenta de que lloraba, gritándoles a través de sus lágrimas y su rabia que eran cabrones fascistas. Fue golpeado de nuevo. Y una vez más. Lo tiraron al suelo, lo patearon y lo inmovilizaron, mientras que el viejo pistolero le gritaba y le clavaba el revólver en la panza una y otra vez.

Los aldeanos se rieron de él, despreciando su debilidad. Convocaron a sus hijos a venir a presenciar el espectáculo. Luego lo arrastraron a una caseta de almacenaje y cerraron la puerta de golpe, dejando el cerrojo oxidado tan suelto que Jack podría haber abierto la puerta de una sola patada. Pero estaba paralizado, incapaz de reaccionar. Quizás era producto del esfuerzo realizado por la mañana, al que no estaba acostumbrado. Quizás el resultado de las impresiones acumuladas durante las últimas dos semanas, y especialmente durante los últimos dos días. En parte, por lo menos, le tranquilizó el consuelo de que no le hubiesen disparado sin más y lo hubiesen tirado a una cuneta. Sin embargo, todavía no entendía del todo la frivolidad de los aldeanos y no estaba seguro si solo habían postergado su ejecución en vez de conmutarla. O si iban a avisar a la Guardia Civil.

En la profundidad de su virilidad herida, se preguntó quién le iba a extrañar ¿La madre y la hermana que solía ver cada segundo jueves del mes? ¿Sydney Elliott, quien le había dado un puesto en el *Reynold's News* y se arriesgó con él por recomendación de Sheila Grant Duff? ¿Sheila misma quizás? Sheila, con quien trabajó en el Plebiscito del Sarre en el año treinta y cinco. Una amiga, nada más. Una amiga demasiado profesional para permitirse ser otra cosa. La había llamado desde Santiago, dictándole su crónica. Solo tres días antes. Le costó una fortuna. Ciento cuarenta y siete pesetas. Dos libras esterlinas. Por Dios, como deseaba haber tenido ese dinero en Pamplona.

Sin embargo, no fueron los guardias civiles los que vinieron a visitarle a su prisión improvisada, sino el párroco. Entró por la puerta como una paloma nerviosa, la pequeña cabeza picoteando hacia adelante y hacia atrás mientras balbuceaba algunas palabras preso del pánico. Las mangas de su sotana se agitaron mientras trataba de devolverle el bastón y la carta ensuciada, pero ni una palabra de inglés y, a partir de la cacofonía de su español, Jack solo pudo distinguir repetidas referencias al padre Ignacio y Pamplona.

Por su parte, Jack intentó hacer preguntas sobre la mujer, sobre su hija. Preguntas sencillas, las cuales el sacerdote decidió no entender. Pero el incidente tenía un lado bueno, pensó Jack, cuando el pequeño y regordete hombre lo hizo volver a salir a la luz del sol, agarrando su capa para quitarle el polvo que se había prendido durante la lucha. Ningún rastro ahora de la mujer que había sufrido el ataque. Ni de su hija, si Jack realmente había entendido todo correctamente. Los feligreses del sacerdote estaban colocados en fila fuera, arrepentidos, pero no más amables. Sin embargo, con regalos. Pan. Una bota de vino. Y, a pesar de su hambre, la dignidad de Jack le hizo ignorar las ofrendas. El sacerdote usó señas para hacerle entender que podía quedarse a pasar la noche, pero Jack rechazó la oferta, claro.

El alivio de su liberación lo motivó a subir el camino hasta el punto más alto de la ladera de la montaña, donde siguió la curva hacia la derecha, a lo largo de la cresta, desde la cual pudo ver su ruta descender delante de él. Será más fácil caminar a partir de allí, aunque su mente seguía turbada por su fracaso en ayudar a aquella mujer. Varios vehículos de motor pasaron a su lado, incluso un autobús abollado que escupía humo, aunque nadie pensó en pararse. Y a última hora de la tarde ya había pasado por tantos escenarios monótonos de los pueblos de España que Jack pensó que tenía suficientes para el resto de su vida. Estaba convencido de que había pasado por el mismo grupo de granjas por lo menos dos docenas de veces, y había sentido varios ataques de *déjà vu* cuando alcanzó las afueras de Uterga y Muruzábal. Las mismas casas de dos y tres pisos, paredes de piedra gruesa y, arriba, la pintura descascarada. Techos de teja cerámica. Así como iglesias aparentemente iguales, apareciendo siempre en un punto idéntico cuando doblaba una esquina.

Pero al menos nadie más lo molestaba, y al entrar a Obanos consultó otra vez la nota del padre Ignacio y se dio cuenta de que solo le faltaban tres kilómetros más para su meta del día. Pero Jack pensó que tres podrían ser demasiados. Era una buena caminata hasta el centro del pueblo, un lugar agradable, a través de un arco que una vez debía haber formado parte de la muralla del pueblo. Más adelante había un tablero, pintado con esmero, que le decía que se encontraba delante de la iglesia de San Juan Bautista. Un poco más grande que aquellas por las que había pasado anteriormente y, como siempre, había otra misa en pleno progreso. Por lo que tendría que esperar un rato antes de que pudiera acercarse al sacerdote del lugar para intentar conseguir alojamiento.

Mientras esperaba en la plaza, miró a su alrededor, vio que había vuelto a la civilización. Un bar agradable. Un garaje con una bomba de gasolina CAMPSA. En la gasolinera estaba aparcado un modelo del automóvil favorito de Jack. Un Talbot M75 de 1931 de seis cilindros. Amarillo dorado. Embellecedores y parachoques negros. Al lado del coche, con un pie en el estribo y el codo descansando despreocupadamente en la puerta del conductor, un inglés. Sin duda un inglés. Pelo color arena. Pantalones blancos y un suéter de cricket. Probablemente de la misma edad que Jack, alrededor de los treinta años. Y, mirando furiosa desde el asiento del pasajero, una de las mujeres más atractivas que Jack había visto nunca.

Capítulo Cuatro

Lunes, 3 de octubre de 1938

—¿Qué tal la habitación, amigo? —le preguntó el inglés.

Le había dado a Telford cobijo la noche anterior, tan pronto como Jack rompió el hielo, imitando el encantador acento irlandés y preguntando si podía hacer algo para ayudar. No podía, pero Frederick Barnard se lo agradeció. Su hermosa pasajera estaba simplemente enfadada por el precio que habían pagado por la gasolina, 85 céntimos por litro. Un robo a plena luz del día, insistió. Pero, qué más se podía esperar uno, había dicho, con esos bandidos fascistas ahora al mando. Y aún se enojó más cuando su compañero insistió en llevar a Jack hasta Puente La Reina. Después Barnard condujo el Talbot con la marcha reducida a segunda a través de un estrecho pasaje románico abovedado hacia un puente que, según Frederick, se llamaba Puente de Los Peregrinos y al cual el pueblo debía su nombre.

—Ha sido muy amable de su parte conseguirme alojamiento —respondió Jack, después de adoptar con cuidado su acento irlandés, mientras se acomodaba en el asiento de la suegra—. Es bueno tener una cama auténtica para variar.

—¿Pero es que no había bañera en la habitación? —La mujer arrugó su bonita nariz otra vez, como lo había hecho con frecuencia durante el viaje desde Obanos.

—La ropa, me temo —dijo Jack, incapaz de pensar en cualquier razón plausible para el hedor de mercado de pescado que todavía se aferraba a él—. Debo parecer un vagabundo.

—Un poco, sí —dijo Barnard, más interesado en la arquitectura, frenó hasta casi detener el coche cuando llegaron a la mitad del puente, su punto más alto—. Aquí había un santuario antes. En realidad una capilla. La estatua de Nuestra Señora del Puy. Muy famosa. Nos podría haber acompañado anoche. A visitar la iglesia. Un sitio extraordinario.

—Seguro que hubiera sido un placer —mintió Jack, mientras echaba un vistazo atrás, al pueblo. Había que admitir que era una vista increíble. La luz del amanecer bañaba el lugar en un cálido resplandor ocre.

—¿Las reglas del peregrinaje le permiten semejantes lujos, señor Murphy? —dijo la compañera de Barnard, la elegante Josefina Ruiz Delgado—. Aunque supongo que si ni siquiera se molesta en recorrer el Camino, aceptar tales comodidades no será una cuestión relevante.

El Talbot volvió a arrancar rugiendo y bajó por el otro lado del puente, saliendo del pueblo, a campo abierto, y Jack decidió no tomarse sus comentarios de forma personal.

—Nos debería haber acompañado para cenar —dijo Barnard acelerando.

—Fue un día largo, caluroso —le dijo Jack—. Un día raro. Y me habría encantado caminar, señorita —dijo a Josefina—, pero el señor Barnard puede ser muy persuasivo cuando quiere algo.

Ella era de la Ciudad de México. Barnard la había conocido en la universidad de allí, donde estaba estudiando arquitectura española.

—¿Por qué si no deberíamos estar aquí? —dijo ella—. ¿En este desierto lleno de enemigos de la libertad?

Se volvió y lo miró con furia y Jack se imaginó la sarta de invectivas que debió haberle dirigido a Frederick por su temeridad de llevarlo. Pero también se imaginó el discurso que el Brendan Murphy real le habría dado a modo de respuesta. Sobre cómo tantos de los que luchaban por Franco eran simplemente creyentes que querían proteger su fe católica. Cómo luchaban por un nuevo orden mundial. Sobre cuánto había hecho Franco para restaurar los valores tradicionales de España. Jack mismo había sido sometido al sermón en Galdakao. Pero no podía recordarlo todo. Solo esa parte.

—Este es mi hogar ahora, señorita —dijo—. Y no lo llamaría desierto.

—Y está de permiso, señor Murphy —dijo Frederick Barnard rápidamente—. ¿No es lo que dijo? ¿Haciendo el Camino por razones de salud?

—Algo así —le dijo Jack—. Tengo un tipo de vasculitis. —Había decidido evitar cualquier mención del papel de Brendan Murphy como guía, ya que Barnard le había dado todos los detalles de su propio viaje hasta ahora. Habían tomado el tren nocturno de París a Bayonne para posteriormente recoger el coche. Condujeron hasta San Sebastián y, por supuesto, se alojaron en el Hotel María Cristina. Debieron haber llegado un par de días antes de que Jack volviera allí, por suerte, y desde entonces no se habían movido de Pamplona, así que era poco probable que hubieran tenido noticias de los dos ingleses desaparecidos. Pero mejor estar seguro.

—¿Y ustedes dos? —cambió de tema Jack— Han venido hasta aquí para verificar los detalles de un libro, ¿verdad? Una novela, ¿sí?

—¡Cielos, no! —se rió Frederick—. Historia de la arquitectura española. La condenada cosa me llevó diez años. Y entonces, justo cuando iba a ser publicada, algún profesor de Harvard publicó un artículo afirmando que los elementos de mi investigación sobre el Codex eran incorrectos. ¿Se lo puede creer? He estado visitando estos sitios desde que era un chiquillo. Y ahora hemos tenido que volver a cruzar todo el Atlántico solo para probar que el maldito hombre está equivocado.

—¿El Codex? —dijo Jack—. Disculpe pero…

—El Calixtinus, amigo mío. Siglo doce. El Libro Cinco en concreto habría sido justo lo suyo, señor Telford. Es básicamente una guía de viaje para los que siguen la ruta por el Camino Francés. En ella aparecen listados todos los lugares de interés religioso que hay por el camino. Una obra asombrosa. Y en mi propio libro incluyo el primer mapa moderno que muestra las ubicaciones exactas de todos estos lugares. Una tarea extenuante, se lo puedo asegurar. Pero inmensamente emocionante. Y luego viene a contradecirme este tío yanqui que ni siquiera ha estado en la península, que yo sepa.

—Qué frustrante para usted —dijo Jack—. Y mire, la señorita tiene razón. Puede dejarme en cualquier lugar. En realidad debería estar caminando.

—Pero le falta tanto todavía —dijo Frederick—. Y yo no creo que Santiago el Apóstol le negara a un hombre con vasculitis un poquito de asistencia. Por lo menos déjenos llevarle hasta Logroño. —Jack vio a Josefina estremecerse, sacudir la cabeza y murmurar alguna palabrota mexicana—. O a Burgos. De todos modos —continuó Barnard—, todavía no nos ha dicho usted por qué el día de ayer fue tan extraño. Ni cómo se ha hecho todos esos rasguños. Es intrigante.

—¿Estos? —dijo Jack, y tocó los rasguños al lado de su ojo—. Solo una pelea estúpida con unos lugareños allí atrás. Estaban rapando a una pobre mujer cuyo marido está combatiendo con los rojos. Lo justo, supongo. Pero no eran maneras de tratar a una mujer, ¿no les parece?

Josefina bufó con sorna.

—Ay señor. ¿Solo la raparon? —dijo con desprecio—. Tiene que haber visto y hecho cosas mucho peores usted mismo, señor Murphy. ¿No? Leemos los reportajes en la prensa. Sobre la manera en que los animales de Franco se comportan, cuando toman los pueblos del Frente Popular.

—Mi amor… —comenzó Frederick.

—No —dijo Jack—. Está bien, claro. Solo que… Bueno, ocurren muchas cosas en la guerra, señorita. Pero ayer, no fue tanto la mujer misma, fue algo que pasó allí, si me comprende. En el Camino mismo. Y allí estaba esa niña. Una niña pequeña. Dijeron que era la hija de la mujer. Creo que es lo que me dijeron. Solo que…

—Solo que usted no sabía —dijo Josefina— que es muy común en estos pueblos que se lleven a los niños de las familias que usted llama rojas. Se los llevan y se los dan a aquellos que quieren criarlos como buenos católicos. Como seguidores leales de Franco.

Eso Jack no lo sabía. No recordaba haber visto referencias de una cosa así en los diarios británicos. Y tampoco pudo decidir si se sentía más avergonzado por su ignorancia como periodista o por la de su nuevo *alter ego*, Brendan Murphy, el soldado franquista. Pero, junto a la vergüenza, sentía una ira más profunda. Por la manera en que Franco y sus matones hacían la guerra contra los niños, con tanta impunidad. Aquello intensificó aun más su odio hacia el monstruo.

—Supongo que tendrá unas ideas muy claras sobre todo eso —dijo Jack—. Dado el apoyo que México ha enviado a la República.

—No todos en mi país apoyan a la República —le espetó. Y volvió a darse la vuelta, mostrando sus ojos encendidos en llamas—. Hay muchos partidarios de Franco. Fascistas. —"*Como usted*", parecían gritar los ojos.

"De todos modos", pensó Jack, "México es el único otro país en el mundo, junto con Rusia, que les ha prestado ayuda directa". Dos millones de dólares en ayudas, según escribió Sydney Elliott en uno de sus editoriales. Y había muchos mexicanos allí, luchando con los voluntarios de las Brigadas Internacionales. Hijos de los revolucionarios de Pancho Villa, supuso. Pero ahora estaban retirando a las Brigadas. Un gesto del presidente del Gobierno Negrín. Esperando una tregua quizás. Eso, o bien eran las primeras señales de aceptación de que la República había sido vencida. "¡Dios mío!", pensó. "Pero sin Franco como Generalísimo de los ejércitos, ¿no se podía darle la vuelta a todo esto? Aunque, paso a paso, ¿eh Jack? Primero, hay que llegar a Burgos".

—Y usted, señor Barnard —dijo Jack—. ¿Qué opina de todo esto un historiador de arquitectura profesional?

—¿Yo? —dijo Frederick—. Oh, no soy más que un amateur talentoso en esta contienda. No, señor Murphy. Lo siento, pero me temo que me tiene usted por algo que no soy. Verá, de profesión soy diplomático británico. Así que no puede esperar un posicionamiento por mi parte.

El Talbot levantó polvo a lo largo del camino a través de una sucesión de aldeas, ascendiendo y descendiendo colinas, con Frederick Barnard parando en una cantidad desconcertante de iglesias góticas medievales, monasterios, castillos, puentes y albergues de peregrinos abandonados, por toda la zona de Estella, narrando leyendas del Rey Sancho Ramírez y otras historias pasadas de caudillos moros, viñedos y Carlomagno. Y durante los pocos momentos en los que no estaba absorto en todo eso, Barnard tenía la costumbre de cantar. Muy fuerte. Trozos de ópera italiana. Un ruido terrible, como el aullido de un sabueso afligido, aunque aquello le dio tiempo a Jack para pensar. Su vida ya había sido tocada de cerca por un diplomático británico en las últimas dos semanas, y parecía asombroso que ahora estuviera aquí, en compañía de otro. Empezó a sentir como el siguiente plan iba tomando forma. Jack no creía en la providencia divina. Sin embargo, aquí seguramente…

—¿Le gusta la música, señor Barnard? —gritó Jack.

—Solo le gusta asesinarla —dijo Josefina. La primera vez, pensó Jack, que su humor había mejorado algo.

—Oh, perdón —dijo Barnard haciendo una mueca—. Habíamos escuchado a *Il Trovatore* viajando en el transatlántico. Y ahora no puedo sacarme la maldita canción de la cabeza. Y luego estuvimos en San Sebastián. ¿Lo mencioné? En el hotel. Había ocurrido una tragedia terrible. Un accidente horrible. —Jack querría que no dijera más y contempló el paisaje que pasaba a su lado—. Una concertista de piano. Dudo que haya oído hablar de la dama. —Telford sintió un poco de indignación por la parte que le tocaba a Brendan Murphy—. Pero la vi actuar varias veces —continuó Barnard. "Sí", pensó Jack. "Yo también. Pobre Julia"—. Solo que ahora —dijo Frederick— algunas de las sonatas que le oí tocar están mezcladas con Verdi. Es el diablo mismo. —Jack casi sollozó cuando, al final de la mañana, el coche se detuvo en la sombra de otro campanario en el corazón de Los Arcos.

—Parece un lugar decente para comer —dijo Josefina, y señaló a un mesón al otro lado de la plaza, en la esquina de un callejón estrecho; puertas y ventanas abiertas hacia la calle; jamones colgando por encima de la barra; y un interior bastante sombrío.

—Bien por mi parte —dijo Barnard, y se largó a cruzar la calle empedrada, abriéndose paso entre una fila de vacas que estaban siendo careadas por la aldea—. ¿Quiere almorzar, señor Murphy? Invito yo.

Jack estaba famélico y decidió ignorar la mala cara de Josefina.

—Muy amable, claro —dijo, y les siguió de cerca, quitándose la capa y poniéndosela en el hombro. Pero cuando llegaron a la entrada del mesón y pudo ver un poco mejor, se dio cuenta de que un par de guardias civiles estaban apoyados en el extremo opuesto de la barra, con los rifles a su lado—. Aunque quizás me fumaré antes un cigarrillo aquí afuera —dijo Jack—. Igual comeré más tarde. Si tengo hambre.

—Como quiera —le dijo Frederick Barnard, mientras que Josefina hizo un gesto despectivo con la mano en el aire y ni siquiera miró para atrás. Aunque, para entonces, Jack ya se había alejado algo del mesón. Encendió un cigarrillo y se sentó cerca del tronco de un viejo olivo, a la sombra de una fuente con abrevaderos a cada lado.

"Eres un maldito tonto", Jack se dijo a sí mismo. "Los guardias civiles no tienen motivo para desconfiar. ¿Y cómo diablos vas a acercarte a Franco si te sobresaltas cada vez que hay un policía?" Por eso se convenció de que lo que necesitaba era un plan nuevo. Y le daba vueltas al asunto mentalmente. "Esta noche", decidió. "No, esta noche no. Mañana por la mañana".

Todavía estaba planeando los pasos que debía dar, una y otra vez, que se encontró demasiado absorto para oír la llegada de Josefina.

—¿Le quedan más cigarros, señor Murphy? —dijo ella, asustándolo. Se levantó, buscó en su morral, esperando que ella no lo tomara como costumbre. Luego encendió un cigarrillo para cada uno de ellos.

—¿Ya han comido? —preguntó él.

—Solo algo de queso y chorizo —respondió—. Estaba bueno. Me hizo recordar a casa.

—¿Y el señor Barnard?

—Oh, hablando con sus amigos, los guardias civiles. —Ella advirtió su rictus de miedo—. Pero usted, señor Murphy, ¿está de permiso, dijo? —Jack se volvió para contestar, pero ella ya se había acercado a él—. ¿O es que está huyendo? —susurró, y sopló humo en su cara—. ¿Un desertor, quizás?

—*Jesús, Mary and Joseph* —dijo Jack. Jesús, María y José—. Usted tiene mucha imaginación, señorita. No, siento decepcionarle pero realmente tengo vasculitis. Es una baja por enfermedad. Después regresaré a mi regimiento.

—Justo a tiempo para clavar una última bayoneta en el cuerpo de la democracia española, supongo —dijo ella con desprecio.

—A lo mejor queda tiempo para un acuerdo de paz —dijo Jack, aunque no creía que una cosa así fuera posible. Pero Brendan Murphy lo hubiera dicho.

—O es el hombre más optimista del mundo, o el más idiota. La lucha en el Ebro casi ha terminado. El Frente Popular ha sido derrotado otra vez. Se debería sentir contento consigo mismo. ¿Y ahora? Su Franco solo necesita limpiar Barcelona. Luego un ataque final a Madrid, abrirse paso hasta Valencia. Y ¡ya! —Hizo un gesto de lavado de manos—. Todo acabado.

—La vida está llena de sorpresas —dijo Jack—. Nunca se sabe. Mire lo que les pasó a los generales de Franco. Balmes. Sanjurjo. Mola. Lo mismo podría pasarle al Caudillo.

—Ah, entonces ya sé la respuesta. —Apagó el cigarrillo—. Es el tonto más grande del mundo. Balmes fue asesinado por Franco porque solo era un tibio respecto a la rebelión. Tanto Sanjurjo como Mola murieron en accidentes de avión. ¿Coincidencia? Supongo que sí. ¿Pero usted piensa en serio que con Franco muerto no habrá alguien para calzar sus zapatos? Esa perra hija de puta de su mujer. O Queipo de Llano. Algún títere de Hitler o Mussolini. ¿Piensa usted que ambos invirtieron tanto en todo esto para después simplemente verlo escurrirse entre sus dedos?

"No", pensó Jack, "no pienso eso". Y recordó aquellas palabras. "Si no luchas contra los fascistas aquí, tendrás que luchar contra ellos en algún otro lugar". Pero de repente empezó a dudar de su propio plan de acción. Aunque era todo lo que le quedaba ahora. Entonces veía a Frederick Barnard salir del mesón saludándoles.

—Supongo que tiene razón —dijo Jack—. Pero, ¿cuánto tiempo se quedará en España, señorita?

Ella le miró sorprendida. Decepcionada quizás. Una mujer que disfrutaba con un debate animado y que ahora se veía privada de ese placer.

—Oh —dijo—. Una semana más en España, luego volveremos a Francia. Navegamos hacia Nueva York desde Southampton el día veinte de este mes.

"Así que probablemente queden diez días", pensó Jack, "antes de que Frederick necesite su pasaporte en la frontera francesa. Tal vez diez días, si tengo suerte, antes de que se dé cuenta de que le falta".

Capítulo Cinco

Martes, 4 de octubre de 1938

—Otra noche de lujo, señor Murphy —dijo Josefina cuando Jack finalmente bajó a desayunar a la mañana siguiente.

—Ustedes me han mimado demasiado, señorita —le dijo con una sonrisa, negándose a morder el anzuelo—. Pero ya no más. Hoy será el *shank's pony* para el pobre Brendan, me temo.

—¿Un poni? —preguntó ella, y Frederick escupió el café en su servilleta.

—Un modismo inglés, querida —dijo—. Parecido al caballo de San Fernando. El señor Murphy quiere decir que seguirá a pie.

—Y ustedes, ¿ya han hecho las maletas, listos para el camino también? —dijo Jack. Se había levantado temprano, vigilando la habitación de la pareja, esperando que siguieran la misma rutina que en Puente La Reina: dejar la maleta preparada; bajar para desayunar; y luego darle una propina al conserje por traer el equipaje. Solo rezaba que su estimación en cuanto a los pasaportes también fuera la correcta.

—Con muchas ganas de seguir —dijo Frederick—, aunque me hubiera gustado que aceptase mi oferta. Al menos hasta Burgos. —Hizo una mueca. Y Jack percibió que Josefina le estaba dando con el pie a Barnard por debajo de la mesa, porque había bajado la cabeza aún más hacia su plato de huevos—. Bueno, desayunemos entonces —sugirió Frederick Barnard, antes de que Jack tuviera la oportunidad de rehusar su ayuda otra vez—. Estos huevos son una maravilla.

Miró hacia la mesa de servicio donde estaban dispuestos varios platos con comida.

—Gracias —dijo Jack—. Esa oferta sí se la voy a aceptar. —Tomó de la mesa unos cubiertos envueltos en una servilleta y se sentó junto a Frederick. O, más bien, al lado de la llave de la habitación de

Frederick. Luego puso su llave con el llavero casi idéntico al lado, dejó caer casualmente la servilleta encima. Dio un paso hacia los platos del desayuno, luego se detuvo y se golpeó la frente con la palma de la mano—. Oh, no. Esperen —dijo—. Quiero mostrarles algo. Antes de que se vayan. Les va a gustar, creo. —Y, levantando la servilleta, sacó la llave de la pareja antes de dejar la suya en su lugar.

—Una sorpresa —dijo Barnard—. Qué encantador.

—Solo será un minuto —les dijo Jack. Salió con pasos decididos del comedor, pero, una vez afuera, en el área de recepción del Gran Hotel, subió los dos pisos corriendo, subiendo los escalones de dos en dos. Había dejado una manta a mano justo detrás de su propia puerta sin cerrar con llave y la agarró. Luego cruzó el pasillo. Forzó la cerradura de Barnard. La abrió y entró rápidamente. El equipaje estaba sobre la cama. Dos maletas grandes. Sin cerraduras obvias pero con correas y broches sólidos. Escogió el que tenía las iniciales de Frederick. Dedos torpes en el cuero y el latón. Forzando sus oídos para percibir el más mínimo ruido fuera. Un clamor como el oleaje del mar retumbando en sus orejas.

Dentro de la maleta todo estaba ordenado. El suéter de cricket. El neceser de baño. Pantalones. Una bolsa de zapatos. Jack sacó las cosas con cuidado, una por una, recordando el orden y la posición exacta. Y allí, debajo de los zapatos, un portadocumentos de cuero. Estaba temblando mucho, sudando, mientras metía los dedos por debajo de la solapa encontrando finalmente los papeles de Barnard. Las palabras mágicas, blanco sobre azul oscuro: *Diplomatic Passport*. Jack lo sacó y, un poquito más abajo, descubrió un traje de lino. Lo sacó también. Y una camisa. Los reemplazó con la manta que tenía más o menos la misma forma. Luego volvió a colocar la capa superior. No estaba del todo satisfecho con el resultado, pero tenía que valer. Volvió a cerrar la maleta. ¿Cuánto tiempo llevaba? Minutos, supuso, aunque le parecían horas. Seguro que ya se estarían preguntando dónde estaba. Miró por el pasillo. Cerró la puerta detrás de él con llave. Lanzó la ropa y el pasaporte en su habitación. Bajó la escalera. "Cuidado Jack, cuidado". Tenía el corazón en un puño, palpitando. Y, cuando entró al comedor, se horrorizó al ver a Frederick y Josefina levantándose de sus sitios, Barnard alcanzando la servilleta.

—Ah, están aquí todavía —gritó Jack—. Bien. No, solo miren esto antes de que se vayan. Por favor. Se sentó y los invito a tomar asiento de nuevo —. Por favor.

Jack sacó de su bolsillo el rosario que le había regalado el padre Ignacio, lo entregó deslizándolo sobre la mesa y, mientras que la pareja lo miraba con curiosidad, levantó la servilleta, se enjugó la frente, luego devolvió la llave robada a su lugar y la volvió a cubrir.

—¿El rosario tiene algún significado especial, señor Murphy? —dijo Barnard.

—Un regalo —le dijo Jack sonriendo—. Pero me dijeron que es una antigüedad muy rara. Muy antigua. Pensé que podría usted decirme algo al respecto.

—¿Está usted pensando en venderlo quizás? —dijo Josefina con bastante cinismo.

—¡Santa Madre de Dios, no, para nada! —exclamó Jack—. Aunque solo Dios sabe, he estado tentado un par de veces. Uno no se hace rico con el sueldo de un soldado, señorita.

Frederick Barnard le sonrió.

—Bueno, disculpe señor Murphy pero me temo que no es mi especialidad. —Le devolvió el rosario, y Jack se encogió de hombros.

—No importa —dijo—. Solo era curiosidad. Ahora, que tal estos huevos.

Jack comió su desayuno pero miró de reojo a la recepción, donde Barnard pagó la cuenta y dio una propina al portero para que le bajara sus maletas. Pero Josefina todavía revoloteaba cerca de la mesa.

—Dicen que no es bueno —le dijo ella— caminar tan lejos con el estómago lleno. Pero quizás no tiene la intención de caminar mucho, ¿no, señor Murphy?

"¿Soy tan transparente?", se preguntó Jack. Esperaba que ella estuviera preocupada por él. Pensaba que, si hubiera pasado más tiempo en su compañía, quizás se hubieran hecho amigos. Más que amigos. Ella era, después de todo, asombrosamente atractiva.

—No tanto, no. —Tomó la carta del padre Ignacio de su bolsillo, le dio la vuelta y consultó las notas—. ¡Mire! —dijo—. Desde aquí. Logroño hasta… Ah, Nájera. Veintinueve kilómetros. Tiene razón, claro. Es una distancia bastante larga. Pero después de todos los mimos que he recibido estos dos días, será fácil. Me siento como un hombre nuevo. Pero usted, señorita. Usted va a ser más prudente, espero. Puede hablar mal de Franco conmigo pero no en público. ¿Comprende?

—¿Es una amenaza, señor Murphy? —se rió ella—. Quizás olvida que estoy viajando con un diplomático británico.

"No", pensó Jack, cuando ella se fue al guardarropa de las damas, "no lo he olvidado".

—En serio —le dijo Frederick, presionando unos cuantos billetes de diez pesetas en la mano de Jack en las escaleras de entrada del Gran Hotel—. Insisto. Simplemente una donación pequeña para ayudarle en su camino.

Josefina ya estaba sentada en el Talbot. Ni siquiera se había despedido, pero Jack se preocupaba más por las maletas, ahora cargadas y seguras en el portaequipajes, sin que Barnard las hubiera examinado demasiado de cerca.

—Bueno, prefiero tomarlo como un préstamo —dijo. "Otro préstamo"—. Está bien tener un poco de dinero para emergencias, ¿sabe?

Se despidieron con un apretón de manos y Jack los vio salir por el portón del hotel a la calle General Zurbano, para luego girar a la izquierda y salir del pueblo. Sin embargo, Jack ya había contado el dinero, cincuenta pesetas, y volvió corriendo a su habitación, donde envolvió con cuidado el traje y la camisa dentro de su capa. Luego hizo un nudo con la cuerda para atar cada extremo, colgándolo sobre un hombro —como una manta enrollada— y el morral de lona por el otro. No se podía imaginar una razón por la cual Frederick y Josefina pudiesen volver, pero cabía la posibilidad y no tuvo la intención de quedarse allí por más tiempo del que fuera necesario.

Entregó su llave en recepción y salió luego a la luz resplandeciente de la mañana. Su parada inicial, el estanco local. Un vistazo rápido a los diarios. Primero el *ABC*. Una fotografía a toda página de Chamberlain en la portada. *Paz para Europa*, decía. *Paz para el Futuro*. En la página cuatro, elogios para Hitler y su actitud responsable frente a las nego-ciaciones de Múnich. "Increíble", pensó Jack. "¿Responsable? Cuando acaba de anexionar con éxito Checoslovaquia". Página ocho, el valor de los italianos de Mussolini luchando aquí para reconquistar España de los rojos. Y a partir de la página nueve, un sin fin de homenajes a Neville Chamberlain. Nada sobre San Sebastián. Nada en el *Diario de Navarra* tampoco, pero compró un ejemplar de todas formas, y otro paquete de Superiores.

Segunda parada, una tienda de ropa para caballeros en la calle

General Vara de Rey. Desde el suelo hasta el techo, de pared a pared, cajones con frentes de cristal llenos de prendas de lino, de lana. El embriagador aroma del apresto y el almidón. Rieles de chaquetas y pantalones perfectamente clasificados. Muestras en los exhibidores de cuellos postizos, alfileres para camisas, corbatas y broches, tirantes, guantes y cinturones. Mostradores de sombreros, estantes de zapatos. Y tras un rato, convenció al tendero de que, en serio, quería comprar un par de zapatos decentes, estando obligado a mostrarle al hombre que disponía de las garantías necesarias. "Alabado sea Frederick Barnard", pensó, antes de decidirse por un modelo que en Inglaterra hubiese definido como *Oxfords*. La parte superior de piel de becerro maravillosamente suave. Casi verde oliva. Un ajuste perfecto. Pero casi cinco pesetas. Pensó en comprar calcetines también, pero no recordaba la palabra, y tuvo la agradable sorpresa de ser obsequiado con un par de todas formas.

—*Gratis* —repetía el hombre—. *Gratis*.

Jack se inclinó ostensiblemente para agradecer el regalo.

—Gracias. Y, por favor, ¿el autobús para Burgos? —dijo en español. El vendedor lo acompañó hacia afuera, señalando hacia atrás por donde había venido, dando las instrucciones por señas.

A pocas calles de allí, por la calle Sagasta, una multitud de autobuses se agolpaba frente al bullicioso mercado de San Blas, un edificio moderno con enormes ventanas arqueadas, bordeadas y destacadas con ladrillo rojo. Era un caos. Ninguna manera obvia para determinar sus destinos. Y cada autobús pertenecía a una empresa diferente. Los Hispanos. Cinco Villas. Automóviles Luarca SA. Pasajeros deambulando en las densas nubes de humo de los tubos de escape, gritando, golpeándose uno a otros con el equipaje, cestas de comida, jaulas de aves de corral.

—¿Burgos? —preguntó repetidamente. Hasta que, por fin, alguien señaló un viejo vehículo Saurer cubierto de polvo, a través del cual las palabras pintadas a mano y apenas discernibles decían Autobuses Jiménez. Para su sorpresa había una anciana al lado del vehículo ofreciendo a los pasajeros una taza de espeso chocolate caliente, por el cual parecía pedir siete pesetas. Pero después de un rato, Jack entendió que el chocolate era gratis y que las siete pesetas eran, en realidad, el precio del billete para viajar hasta Burgos.

*

"Un lápiz", pensó. "Debería haberme llevado un lápiz. Papel".

Extrañaba el proceso de escribir. Llevaba muchos días sin hacerlo. Pero ahora intentó escribir dentro de su cabeza. Grabar las palabras en su memoria. Escribió mentalmente sobre los olores que se agolpaban a su alrededor, además de los de los demás pasajeros. En la ropa de los pasajeros, aceite de cocina quemado. Ajo en los alientos. Humo de cigarros saliendo de las bocas de hombres viejos. Mierda de gallina y plumas de las jaulas en sus rodillas. Perfume barato en el pelo de madres irritables. Cuero viejo machacado por traseros impacientes. El olor de tinta del papel de periódico en una docena de pares de manos, mientras la gente discutía y gritaba, hacia atrás y hacia delante, a través del pasillo. El viaje estaba empezando a encantarle.

Jack mantuvo su caja de zapatos, la capa enrollada y el morral en equilibrio sobre sus rodillas y se quedó sumergido en su ejemplar del *Diario de Navarra*. Más noticias sobre Múnich. El trato que permitió a Hitler anexionar aquellas zonas de Checoslovaquia, las tierras de los Sudetes, con una predominancia de germano-parlantes, pero que, en realidad, le dio vía libre para agregar el país entero a su Reich fascista. Todo en nombre de la paz. ¿Cómo podía ser tan estúpido el mundo? Creyendo que podía apaciguar a Hitler con la concesión de los Sudetes cuando en realidad solo le estaba alentando a tener una ambición mayor. Difícil pararlo, por supuesto. Nadie quería otra guerra. Nadie estaba realmente preparado para luchar. Nadie salvo Hitler y Mussolini, quienes habían podido aprovechar su implicación aquí en España para realizar un ensayo general. "Pero se podrían haber impuesto sanciones. Y podríamos por lo menos haber parado a Franco. Tal vez todavía no es demasiado tarde para ello".

Se le ocurrió que un atentado a la vida de Franco seguramente significaría la pérdida de la suya. ¿Un asesino solitario? ¿Cómo podría evitar ser capturado? Y Jack no era especialmente valiente. Pero la idea de que un acto sencillo —el asesinato de Franco y una victoria para la República, incluso a última hora, con un posible efecto dominó, frenando las ambiciones de Hitler y Mussolini— quizás podría salvar a Europa de otra guerra horrenda, era suficiente para apaciguar el temor de Jack. En sus primeros días de escuela la "Gran Guerra" había sido el conflicto librado por varias coaliciones europeas contra Napoleón, cien años atrás. Pero todo eso cambió en 1917 con la matanza en el Frente Occidental.

Y, por aquel entonces, el padre de Jack ya había muerto. Deshonra para la familia por su suicidio. La simple sensación de abandono de Jack. La obsesión enfermiza de su madre con el pacifismo. Ella, por cierto, estaría alabando hoy día a Chamberlain como un héroe, lo sabía. Paz a toda costa. Pero la vida nunca fue así de simple. Y, sin duda, nunca lo fue para Jack Telford. Pero estaba en su camino. En su misión.

Sin embargo, su plan tenía un fallo. Claro. La falta de un arma. Un instrumento de justicia. Dudó que alguien hubiera sido asesinado con éxito con el bastón de un peregrino. Estaba el Astra automático de Carter-Holt, pero había quedado atrás en el Hotel María Cristina junto a la cámara equipada con su pistola de pequeño calibre, escondida detrás de la lente. Las balas de punta hueca también. Así que pensó en otras posibilidades. No un cuchillo. No su navaja de afeitar. Estaba seguro de que nunca podría usarlo —ni siquiera contra Franco—. Debía adquirir otra arma entonces. O construir algún tipo de dispositivo explosivo. O usar simplemente un tarro de mermelada relleno de combustible y con un trapo como mecha, lo que se conocía como bomba de gasolina.

El tiempo pasaba como un asno cojo, penosamente lento, mientras el autobús tosía y escupía pasando por cada aldea y pueblo idénticos, con Jack despertando en cada una de las cien ocasiones en que se detenían para recoger pasajeros o deshacerse de ellos. De vez en cuando le preguntaba a alguien dónde estaban y comparaba los nombres con la nota del padre Ignacio. Nájera. Santo Domingo de la Calzada. Belorado. Atapuerca. Hasta que, por fin, después de siete horas, llegaron a Burgos.

Tenía una dirección en Burgos, aunque no le servía. El nombre de una iglesia que le había dado el padre Ignacio. Un sacerdote que le daría alojamiento a un peregrino honesto. Pero el padre Ignacio había fechado la carta de presentación. Obvio que Jack —o mejor dicho, Brendan Murphy— no podría haber llegado allí tan rápido sin hacer trampa.

Entonces, algún tipo de hotel.

El autobús le dejó, junto con los demás pasajeros restantes, en su terminal en la calle Miranda. Siguió a algunos de ellos hasta una esquina, miró a la derecha y vio las blancas torres en el horizonte y los chapiteles de filigrana que solamente podrían ser de la catedral, enmarcada por abedules y sauces. Avanzó en esa dirección. Tráfico sobre un puente románico que cruzaba el río y una entrada arqueada, enorme, tallada con estatuas medievales, que daba paso al casco antiguo. Había un laberinto de callejones angostos, algunos de los edificios dañados por las bombas. Y después de unos minutos caminando, un bar, lleno de hombres mayores, golpeando fichas de dominó, tirando cartas, bebiendo coña y gritando a sus vecinos. Unido al bar, formando parte del mismo establecimiento, un comedor, una cantina, comenzando a llenarse con las familias de los trabajadores locales. Y, por encima de ambos, un cartel declarando que se trataba del Hostal Toledo. Parecía no haber una puerta separada, así que Jack se aventuró a entrar en el bar. Su entrada causó un momento de silencio congelado, pero vio una pizarra con precios, clavada al lado de una puerta interior. Difícil de descifrar, pero calculaba que le costaría seis pesetas alquilar una habitación. Una parte considerable del dinero que le quedaba. Aunque estaba demasiado arruinado para ser melindroso.

Jack se dirigió al hombrecillo sudoroso y rechoncho que estaba sacando brillo a los vasos con el faldón de su camisa grasienta.

—¿Doce pesetas? —dijo, señalando hacia arriba.

—¿Peregrino? —preguntó el hombre sonriendo, a través de su barba gris de tres días. Señaló con su cabeza el bastón de Jack, la concha de vieira de hierro. Luego hizo un gesto de caminar con sus dedos—. ¿Camino?

—Sí —dijo Jack—. Camino. —Mostró la carta del padre Ignacio para identificarse, firmó en un registro maltratado con el nombre de Brendan Murphy. Y fue entonces cuando notó la plétora de adornos religiosos detrás del mostrador. Un cartel descolorido de una fiesta sacra. Una pintura de poca calidad de la Virgen. Un conjunto de estatuillas, Cristo sobre un borrico y Cristo en la cruz. Un crucifijo en la pared. Entonces Jack también puso su mano en el corazón y asintió—. Peregrino. Sí.

El hombre le hizo entender que para los peregrinos la tarifa era solamente de cuatro pesetas y cincuenta céntimos, y Telford pensó que ese precio podría incluir una comida. Aclaró que quería quedarse dos noches, y pronto estuvo instalado en una habitación en el segundo piso, diminuta, oscura y ruidosa, con el clamor de la calle de abajo, pero bastante limpia. Había un perchero para colgar ropa. Desempaquetó con cuidado el traje de lino, esperando que algunas de las arrugas se alisasen durante la noche.

Volvió a bajar y se tomó el estofado de lentejas con tocino que le sirvieron con unos trozos de pan seco y vino tinto áspero. Después salió al callejón, se encendió un cigarro y trató de idear su siguiente movimiento. Primero, averiguaría dónde podría estar el cuartel general de Franco para comprobar si el monstruo estaba en la ciudad. Si era así, ¿cuáles eran sus rutinas? ¿Dónde realizaría la oración? ¿Sería más vulnerable en la iglesia, como cuando Jack lo vio en Santiago de Compostela? Parecía una posibilidad razonable. Pero solo hasta que dobló la próxima esquina y encontró otro estanco.

Delante del estanco había un cartel. Las palabras *Diario de Burgos* impresas en él. Una propaganda del periódico de la ciudad, edición de la tarde. Y, abajo, una hoja de papel pegada al cartel, con un título moteado. ¡Muerte! Una heroína extranjera de la Reconquista. Jack entró, ya sabiendo lo que iba a encontrar. Una pequeña pila de periódicos. El título repetido hasta la mitad de la portada y, al lado, una fotografía granulosa. Algo desenfocada. Pero inconfundible. La cara de Valerie Carter-Holt mirándole a él.

Capítulo Seis

Miércoles, 5 de octubre de 1938

Telford apenas había dormido. Estudió el artículo hasta que se mareó con la pequeña letra y le dolieron los ojos por la luz chispeante que le daba la bombilla colgada del techo. Pero pensó que ahora entendía casi a la perfección las palabras españolas.

> Se ha descubierto esta mañana en las playas de San Sebastián el cuerpo de una joven mujer inglesa. Ahora identificada como la señorita Valerie Carter-Holt, hija de Sir Aubrey Carter-Holt, Secretario del Primer Lord del Almirantazgo Británico. La señorita Holt fue condecorada con la Cruz Roja del Mérito Militar por el mismo Generalísimo Franco a principios de este año por su valentía como corresponsal extranjera, informando para la España Nacional sobre la gran victoria en Teruel, donde fue herida. Se cree que la señorita Holt se ahogó accidentalmente mientras nadaba. Un hombre inglés también ha desaparecido. Las autoridades están investigando el caso.

Jack entendió, desde luego, que las palabras eran una cosa, pero lo que se leía entre líneas, completamente otra. Los puntos no mencionados eran tal vez más importantes que aquellos detallados en la página. Habrían alertado al Hotel María Cristina y abierto la habitación de Carter-Holt. ¿Y una vez allí? Habrían hecho unos descubrimientos interesantes. Ninguna mención sobre el contenido de la habitación de la mujer. Razonable, quizás, ya que era inconcebible que le hubieran contado todo a la prensa. Pero había una línea sobre un hombre inglés sin nombre. Debían conocer la identidad de Jack. Claro que lo conocían. Entonces, ¿por qué no identificarlo?

Su estómago se retorció, la cabeza se llenó con las imágenes renovadas de las intimidades que compartió con Carter-Holt. Sin embargo, ninguna fue más íntima que la de sus momentos finales. Cuando reunió las fuerzas suficientes, se vistió con el traje de lino fino de Frederick Barnard, llenó sus bolsillos, movió los dedos de los pies dentro de los *Oxfords* poco familiares y bajó al bar, con el diario del día anterior debajo de su brazo. Atrajo las miradas extrañadas tanto de los clientes como del propietario.

—¿Peregrino? ¿Seguro? —dijo el hombre. El propietario llevaba la misma camisa sudada y grasienta de la noche anterior, pero su sonrisa habitual se había congelado casi hasta una mueca de incredulidad.

—Sí —le dijo Jack—. Peregrino. —Y se fue a una mesa donde intentó leer el resto de las noticias. Pero fue demasiado difícil concentrarse y, después de una tostada con aceite y sal, un trago de insípido café, fumó su primer cigarrillo del día mientras caminaba hasta la catedral. Andaba como si estuviese siendo vigilado. Por lo menos, esa fue la sensación que tenía. Con la cabeza gacha. Abrazando las sombras. Paradas frecuentes para comprobar con cautela si le estaban siguiendo u observando.

Las calles estaban concurridas. Comerciantes con carretas. Niños yendo a la escuela. Hombres de camino al trabajo. Mujeres luchando bajo la carga de las cestas y bultos. Burócratas bulliciosos. Y militares. Por todas partes. El caqui pálido de los oficiales de la Guardia Civil. La ropa descolorida por el sol de miembros del Estado Mayor de Franco. Las boinas rojas de los comandantes del batallón carlista de los requetés. Las camisas azules de la Falange. La arrogancia de la Legión Cóndor de Alemania con sus pantalones de montar y sus gorras forrajeras. El verde claro de los comandantes y coroneles italianos. Todos con un aire de seguridad intimidante, mientras caminaban por las calles sin ningún tipo de urgencia. Alguna que otra evidencia de los daños causados por las bombas, por supuesto. Pero nada reciente. Prisioneros de guerra en grupos, ocupados en limpiar los escombros.

Jack lo había visto todo antes, y ahora se preguntaba qué dirección debía explorar. ¿Hacia atrás al puente? Pero al final decidió seguir a un grupo de italianos que iban con paso seguro por la calle adoquinada de Santa Águeda, doblando a la izquierda a la calle Barrantes y pasando por delante de una iglesia. Siguieron avanzando junto a una pared de piedra sólida a la derecha, cubierta con tejas y protegida con alambre de espino. Doblaron por el Paseo de la Isla y llegaron unos minutos más tarde a un portón fuertemente custodiado. Los centinelas eran todos moros con turbantes, controlando estrictamente la fila de personas que querían visitar el palacio gótico de revestimiento de ladrillos rojos y piedra caliza blanca que se podía ver al otro lado del muro. Pidieron y revisaron las credenciales de todos. Detuvieron a las limusinas que iban llegando por la avenida bordeada de árboles, donde la guardia mora, con chaquetas escarlatas y capas blancas ondeantes, se ejercitaba con sus caballos.

¿Pero era esa la sede de Franco? Sí, debía ser esa. Pero Jack solo tuvo tiempo para memorizar estos pocos detalles mientras pasaba por delante, sabiendo que no debía pararse ni demostrar demasiado interés. Cruzó el paseo bordeado de árboles y bajó corriendo hasta el centro de la avenida, donde se encontró con un grupo reducido de hombres que estaban homenajeando a uno de los relicarios expuestos a lo largo del paseo. Aunque, incluso allí, no se atrevió a quedarse mucho tiempo. Luego dobló a la derecha en la siguiente esquina, una calle tranquila con nadie más a la vista, y allí esperó durante unos minutos, fuera de la vista, asomándose por detrás del muro, observando, esperando ver al Caudillo. Pero Franco no apareció. Y había otra cosa más que Jack tenía que hacer.

Esta vez se encontró leyendo su propio artículo. Volvió a repasarlo una vez más. Un artículo escrito en el bar del Hotel Sabadell, justo al otro lado del río en la calle de la Merced. Un artículo garabateado en las páginas de un cuaderno que había conseguido en el estanco. Garabateado a lápiz. Fechado para que Sydney Elliott pudiese saber que estaba todavía vivo, en el día presente, por lo menos. Pero tenía la certeza de que esas serían las últimas palabras que dirigiría al mundo exterior. Y lo que Sydney pensaría hacer con eso, no podía imaginarlo. Jack dado por desaparecido en San Sebastián, pero escribiendo desde Burgos en una fecha más reciente. Al mismo tiempo en que el asesinato de Franco estaría, con suerte, dominando los titulares del mundo entero. No quería mencionar su plan directamente por el miedo supersticioso a que eso podría gafar sus intenciones —*jinx*, como dirían los americanos—. Pero la alusión en su artículo era bastante clara. Y el artículo era una continuación inmediata, pensó, del que había reportado por teléfono desde Santiago de Compostela.

En las calles de Burgos, comenzó, *el alto mando alemán de Hitler y el italiano de Mussolini caminan codo a codo con el del general Franco. Estas son* las fuerzas que, con culpa compartida, continúan hundiendo con impunidad la flota de la marina mercante británica en el Mediterráneo. Siguen matando y mutilando a mujeres y niños españoles inocentes, mientras que el Primer Ministro Chamberlain pronuncia discursos piadosos sobre la paz para nuestra época. El texto era una repetición de los puntos que había desarrollado en otra redacción anterior: sobre cómo se había recompensado a Hitler por su implicación en España con todos los minerales y materias primas que necesitaba para completar su programa de rearme. Sobre cómo la embajada británica en España era conocedora de estos hechos. Sobre su creencia de que Gran Bretaña estaba al borde de otro conflicto global —pero esta vez causado por Gran Bretaña al hacer la vista gorda sobre España—. Pero aún seguía creyendo en que no estaba todo perdido. Que Franco todavía podría fracasar. "Si solo…"

Jugó con la idea de incluir una nota personal para Sidney, pero al final la descartó. ¿Qué podría decir, después de todo, sin ser deshonesto? Y no podía decir la verdad. Cualquier otra cosa sería banal, inútil. Así que simplemente terminó con la firma *Jack* al final del artículo. Luego añadió *Hostal Toledo, Burgos*, para completar. Tuvo éxito en mendigar un sobre de la recepción, así como un bolígrafo para escribir la dirección. Pero tuvo bastante dificultades a la hora de explicar que quería enviar la carta por correo, y pensó que lo había logrado cuando el tipo detrás del mostrador se ofreció a llevarla, pero luego se la devolvió rápidamente a Jack cuando vio que el destino era Londres. Aunque por lo menos colaboró dibujando un pequeño mapa del itinerario para llegar a la oficina de correos.

—Correos —repitió, mostrando a Jack que debía seguir por el río hasta el próximo puente —el que había cruzado anoche, seguramente— a la Plaza Conde de Castro.

Jack se alegró de poder salir del lugar, porque parecía alojar alguna convención de sacerdotes católicos. Sotanas negras por todos lados, agrupadas en el vestíbulo de la entrada, en la puerta misma, así que tuvo que abrirse paso entre un grupo de ellos —entre su olor mixto de aceite para el cabello, tabaco e incienso— para llegar a la acera. Todavía miraba hacia atrás cuando pisó la carretera con la intención de cruzar, para ver más de cerca el Río Arlanzón, pero sin prestar ninguna atención al flujo del tráfico.

La bocina del camión sonó como una trompeta en el día del juicio.

Jack giró y, en vez de saltar hacia atrás, se quedó paralizado, sus intestinos casi se vaciaron con el susto. Los frenos del vehículo chirriaron. Se giró de costado. Cajas repletas de fruta volando de la parte trasera abierta. Un estallido. Metrallas de trozos de granadas rebotando libres. Entonces una mano le agarró del cuello y lo arrastró a un lugar seguro, mientras que el camión por fin se detuvo en seco.

—*This is twice I save you* —escuchó decir una voz familiar, femenina y melódica. Palabras inglesas con un fuerte acento español. Ya van dos veces que le he salvado. Y los adentros de Telford se revolvieron, el escalofrío del miedo disipado por el cálido alivio de haberse salvado, todo envuelto en la alegría, el asombro y la emoción palpitante del reencuentro con una conocida. Telford miró abajo a la cara pequeña y elegante, enmarcada por su cofia familiar.

—Hermana María Pereda —dijo sonriendo—. ¿Qué diablos…? —Luego el escalofrío del temor volvió. ¿Habrá leído los diarios? Mientras tanto, el conductor del camión había saltado de su cabina, gritaba con rabia y agitaba los brazos señalando su carga, los sangrientos pedazos de cientos de granadas.

—Por favor, señor —le dijo a Jack con ceño fruncido—, no debe decir blasfemias. ¿Pero pensé que se había vuelto a Inglaterra?

¿Qué le podía decir Jack? Por el momento nada, ya que ella había salido corriendo a la carretera como una oscura tormenta de polvo, moviendo el dedo y la boca al unísono hasta que silenció al conductor, mandándolo a seguir infeliz por su camino.

—Decidí quedarme en España un tiempo más —dijo Jack, cuando por fin había vuelto a la acera—. Venir y hacer un poco el Camino de Santiago.

—Entonces debe caminar con más cuidado, señor Telford —sonrió—. ¿Piensa que Nuestra Señora no tiene mejores cosas que hacer que enviarme a mí para cuidar de usted? Pero el Camino. ¿Lo ve? Se lo dije. Lo sabía. Usted es un hombre bueno. Por eso le salvé. La primera vez.

La primera vez fue en la plaza en Santiago de Compostela. En el momento en que debería haberse producido el intento de asesinato de Franco, ideado por Carter-Holt. El plan se había ido a la porra, pero la hermana María Pereda, felizmente inconsciente, había sentido que algo estaba mal y se había parado enfrente de Jack en ese momento crucial. Más tarde le había dicho que se le notaba el miedo en la cara. No sabía por qué. No necesitaba saberlo. No quiso caer en el pecado de la curiosidad. Pero le advirtió de los peligros de alejarse demasiado de tierra segura, de adentrarse demasiado en el bosque. "Si solo supiera", pensó.

—Y usted, hermana María Pereda. Iba a volver a Covadonga. Para encender una vela por la hermana Berthe Schultz.

Hubo dos monjas en el grupo de viaje e insistieron en usar siempre sus títulos formales. Un requerimiento de su orden, la Orden de Nuestra Señora de la Luz Santa. Enviadas por el director del sanatorio suizo-alemán, Herr Alexander, un buen amigo del Führer. Una entrega de flores para felicitar a Franco. Pero la hermana Berthe Schultz había sido otra de las víctimas del tour. Su misión había fracasado tanto como la de Carter-Holt.

—Me iré mañana —dijo la monja—. Pero primero vengo aquí. Para reunirme con el padre Josemaría. —Dijo el nombre como si Jack debiera conocer al hombre, pero entonces vio la ignorancia absoluta en los ojos de Telford. —Padre Josemaría Escrivá —explicó—. Un gran hombre, un señor. Será un santo, creo. Por su visión. Cree que cada persona debe trabajar para obtener la santidad. Nuestro Señor le habló. Que enseñara que esa es la obra de Dios. *Opus Dei*. Y ahora está aquí en Burgos, trabajando en su gran libro. ¿Sabe como se llama, señor Telford? —El entendimiento comenzaba a nacer en él, y miró hacia atrás al hotel, los sacerdotes todavía agrupados en la puerta. De hecho había oído hablar del Opus Dei. Se había convertido en una de los *bêtes noires* de Sydney Elliott, un nuevo culto, según su editor, dentro de la Iglesia católica. Fascista por naturaleza. Pro-Hitler. ¿Todo eso era cierto? No tenía ni idea. Pero de pronto recordó el momento en que se había despedido de la monja solo un par de días antes, su sorpresa al darse cuenta de lo bien que le caía, a pesar de sus creencias plenamente fascistas. ¿Pero el padre Josemaría Escrivá como fundador del Opus Dei? No, eso no lo sabía. ¿Y ese gran libro?

—Lo siento, hermana María Pereda —dijo—. Pero temo que…

Ella sacudió la cabeza.

—En inglés —dijo— se llama *The Way*. En mi idioma, *El Camino*. ¿Entiende? Usted hace el Camino de Santiago y aquí llega al Hotel Sabadell, donde el padre Josemaría está escribiendo *El Camino*. ¿No es verdaderamente una obra de Dios? —Dio un paso atrás, lo miró otra vez—. Pero no está vestido para caminar, señor Telford.

No, admitió, no lo estaba. Pero la preguntó si le gustaría acompañarlo, dar un paseo por el río hasta la oficina de correos. Porque necesitaba ganar tiempo con urgencia para así inventarse una historia plausible.

Para una persona que se abstenía del pecado de la curiosidad la monja tuvo muchas preguntas. Sobre el viaje en tren a San Sebastián después de que ella se había despedido de él en la estación en Santiago, justo la tarde del jueves anterior. Ni siquiera había pasado una semana entera. Sobre la señorita Valerie, que parecía muy enojada cuando subió al tren. La hermana María Pereda esperaba que hubiesen arreglado su amistad durante el viaje. Eran buenos amigos al fin y al cabo, ¿no? Muy buenos amigos, ¿no?

—Colegas en realidad —dijo Jack—. Nada más. —No deseaba hablar de Carter-Holt. Ni siquiera pensar en ella. Y hubo cosas que necesitaba saber por su parte. —Pero cuénteme —vio el brillo en sus ojos apagarse cuando cambió de tema—, debía obsequiar con flores al Caudillo. ¿Las entregará aquí en su lugar?

—Me dicen que no es posible. —Miró atrás con tristeza hacia el otro lado del río. —El Caudillo trabaja tan duro por la gente. Todos los días. En el Muguiro.

—¿Muguiro?

Ella se detuvo, señaló hacia el otro lado del Arlanzón con su corriente rápida y clara, hacia el puente que Jack había cruzado para llegar al Hotel Sabadell. Una garza voló lánguidamente por debajo de la arcada central del puente.

—Allí —dijo—. Detrás de los árboles. No puede verlo desde aquí. El Palacio de la Isla. Pero la mayoría de la gente lo llama el Muguiro. Por la familia a la que pertenece. Pero ahora es el hogar del Generalísimo. Y su familia. Y nuestro gobierno también. No sale muy a menudo. Excepto en ocasiones importantes.

—Creo que debo haber pasado por delante —dijo Jack—. Antes. Estaba rodeado de guardias marroquíes. —Sí, le dijo, ese era el lugar, y Telford resistió la tentación de recordarle que el gobierno legítimo de España estaba actualmente operando desde Barcelona. Suprimió también cualquier burla sobre la cruzada cristiana de Franco contra el gobierno, depositando tanta confianza en las tropas musulmanas de Marruecos, las que, aquí, hasta formaban parte de su guardia personal—. ¿Pero va a misa allí también? —preguntó.

—Claro que no —se rió ella. —Hay una misa cada mañana en la catedral. A las siete. El Generalísimo va a misa allí. Cada día. Para rezar con la gente. Es un hombre astuto, señor Jack. —Le sonrió con esos ojos hermosos y tomó su brazo—. Y tiene razón. Podría llevarle las flores allí. Es lo que la hermana Berthe Schultz hubiera querido.

Supuso que debería sentirse culpable. Pero su plan por fin estaba tomando forma. Podía imaginarse el escenario. Franco se mezclaba con la congregación adoradora como hizo en Santiago de Compostela. Vulnerable. Distraído por aquellos que, como la hermana María Pereda, querían tocarlo. Recibir una bendición de su salvador. Para presentarle sus regalos. Sus flores. Y Jack vislumbró el futuro. Un disparo solitario resonando por la catedral. La multitud aturdida. La guardia luchando, demasiado tarde, por abrirse camino entre la muchedumbre para llegar a su maestro caído. La mirada de incredulidad en la cara de la monja cuando comprendiera lo que Jack había hecho, cómo la había traicionado. La imagen le retorció las tripas. Porque, al fin y al cabo, a la monja le tenía mucho cariño. Más que eso. Sabía que ella lo quería también, igual que lo creía de cualquier mujer que le mostraba algo más que un interés fugaz. Un defecto en su carácter del cual era absolutamente consciente. Creyó que ella también estaba atraída por él. Sin embargo, otra imagen se interpuso en su mente.

—Había una chica —murmuró—. Una chica joven. Viniendo por el camino, atrás, en un pueblo. No recuerdo el nombre del lugar. Pero la chica se llamaba María también. ¿No es raro?

La imagen cambió. No solo una niña solitaria, sino cientos de ellas, miles, separadas de sus madres para ser reeducadas. Y encima de ellas, devorándolas a puñados —como la figura familiar del grotesco ogro de Goya—, Franco. Era una fantasía. Lo sabía. Pero alimentó su fría furia de todos modos.

—Es el nombre de muchas niñas aquí en España —dijo ella. Luego debió haber sentido algo en el tono de su voz, porque de repente la encontró mirándolo fijamente a los ojos, como ya había hecho una vez antes—. Allí está otra vez, señor. ¿Qué es lo que teme? ¿Qué le pasó a la niña en el pueblo?

—Oh, nada —dijo Jack, y le ofreció su sonrisa más tranquilizadora—. Solo fue coincidencia. Pero vamos. Tenemos una carta para enviar.

Y en algún lugar, pensó, una pistola para encontrar.

Capítulo Siete

Jueves, 6 de octubre de 1938

El cielo estaba todavía clareando cuando se encontró con la monja a la mañana siguiente en las escaleras de la entrada principal de la catedral en la Plaza de Santa María.

—Señor —sonrió, agarrando las flores que había comprado—, hoy está vestido para caminar.

Se ajustó un poco más la capa vieja del padre Ignacio por el frió de la mañana.

—Estaré en el camino en cuanto la vea a salvo tomando el autobús a Covadonga —mintió. No tenía intención real de caminar a ninguna parte hoy, porque sus pies todavía le dolían de las horas que había pasado la noche anterior caminando por las calles, avenidas y callejones de Burgos, llenos de ampollas por culpa de los zapatos nuevos, buscando en vano una armería. Sabía que no tenía el dinero suficiente para comprar un arma, aunque no descartó la posibilidad de más robos. Sin embargo, en ese caso, no encontró nada salvo una ferretería en cuyo escaparate había, entre todo tipo de chatarra, una reliquia de revólver dañada. Volvería más tarde, pero, por ahora, necesitaba averiguar si, incluso con un arma a su disposición, podría acercarse tanto a Franco como para usarla. Dependería del tamaño de la multitud, supuso. Los devotos ya se estaban reuniendo. Mujeres ancianas envueltas en mantones oscuros, arrastrando los pies hacia adentro para tomar sus lugares habituales en los bancos, mientras una campana solitaria repicaba en algún lugar dentro de la estructura extravagante de la catedral. Quince minutos para las siete. Llamando a los fieles para la primera misa.

—Martinillo —dijo la hermana María Pereda, mirando arriba a la fachada de la catedral—. Un hombre pequeño de madera —explicó, cuando Jack no mostró ningún signo de comprensión—. En el reloj de la iglesia. Dentro lo verá. Golpea la campana. —Imitó la acción, poniéndose rígida en posición de firmes como si ella misma estuviera hecha de madera—. Cuatro veces cada hora —dijo—. *Dong*. Y luego, cada hora, otro hombrecito, Papamoscas, abre y cierra su boca y saluda con los brazos. —Imitó eso también e hizo reír a Jack.

"La primera vez desde cuando…", pensó.

Pero para él no hubo respiro, cuando la monja se giró y subió corriendo a la sombra de la entrada. Allí arriba bajó la voz hasta un susurro, le mostró la figura del Papamoscas y el famoso reloj arriba en lo alto y a un lado de la entrada. Le llevó por la nave lateral del lado norte hasta las capillas laterales cerradas con verjas de hierro, llenas de figuras sacras policromadas con pan de oro, con plata, de un arte medieval espeluznante. Luego se puso un dedo sobre los labios y lo atrajo hasta el crucero, hizo una O con su boca y señaló la escalera dorada con doble tramo. Hizo una genuflexión cuando llegó al cruce entre la nave y el crucero.

—Setecientos años —susurró, y Jack supuso que hablaba de la antigüedad de la catedral. Sus susurros atrajeron miradas enfadadas de los penitentes tempraneros arrodillados en sus silenciosas y estáticas contemplaciones. Pero ella siguió a pesar de todo, señaló el retablo, una confección rara del gótico y del flamenco, y el coro tallado en madera. Pero la hermana María Pereda guardó su mejor sorpresa para el final, llevando a Jack al centro del cruce, donde se hallaba una losa rosada de mármol. Una inscripción en latín, la cual Jack se esforzó en descifrar.

—*Rudericus Didaci Campidoctor* —leyó. Y se encogió de hombros.

—Rodrigo el Campeador —murmuró ella con gran reverencia.

—¿El Cid? —musitó Jack. ¿De verdad? Conocía muy bien la historia. Por lo menos tal y como era relatada en el cantar de gesta. Jack ya había visitado la tumba de aquel otro héroe medieval, don Pelayo, el rey Arturo de España. Había estado en Covadonga. Y ahora, se encontraba frente a la tumba de Rodrigo Díaz de Vivar. Lo que le hizo pensar en Frederick Barnard, en cuántas páginas de su *Historia de la Arquitectura Española* habrá dedicado a este único edificio, a la tumba del Cid. Pero solo le dedicó un pensamiento fugaz a la cuestión de si Frederick ya se habría dado cuenta de que le faltaba el pasaporte. En lugar de eso, su mente se llenó con la carga depresiva de la mortalidad. Su propia mortalidad. Las tumbas y los muertos. Le pareció que había tres fieles nuevos en la congregación: el espectro de su padre fallecido; el fantasma escarlata del coronel F.C Telford; y, unida a ellos, la figura conocida más recientemente del líder guerrillero que murió en Covadonga, junto con la hermana Berthe Schultz y todos los demás.

"Esperándome", pensó. "Bueno, no tendrán que esperar mucho".

—Nos salvó —dijo la monja— de nuestros enemigos. —Jack tardó un minuto en darse cuenta de que hablaba todavía de Rodrigo—. Como el Generalísimo nos debe salvar ahora. En estos días el Generalísimo es nuestro Cid, nuestro Caudillo. —Podría haber sido una señal, un apunte teatral. Uno que le hizo morder la lengua antes de dar una respuesta que, de otra manera, le hubiera dicho. Pues, en ese momento preciso el silencio venerable fue roto por voces altas, atrás en la entrada. Las cabezas se giraron y un grupo de recién llegados entraron a la nave, conducidos desde la puerta por una pareja de matones vestidos de gabardina—. ¡Venga! —dijo la hermana María Pereda. Le tomó del brazo y lo arrastró por el pasillo hasta la puerta más cercana, acordándose justo a tiempo de hacer la reverencia y la señal de la cruz antes de volver a salir afuera al sol de la mañana, metiéndose en medio de un grupo de gente que había ahora arriba en la escalera. Fue menos caótico que la última vez, la semana anterior, cuando Franco había aparecido en Santiago, pero la secuencia era prácticamente la misma: un par de escoltas motociclistas rodeando la fuente de la plaza; luego unas limusinas; y, encabezando "el desfile", el Fiat 2800 Phaeton del Estado. Allí estaba. El general Francisco Franco y Bahamonde.

Como la primera vez que lo vio, Jack se sintió desilusionado por la baja estatura de la criatura. La sencilla gorra de campaña legionaria del Caudillo colocada en un ángulo desenfadado sobre la cabeza satánica. El bigote, fino como una línea de lápiz, era más cruel que elegante. Las botas de caballería pulidas hasta el punto de presunción. Los pantalones de montar, ostentosos. Y la capa militar dándole un aire de villano de pantomima cuando se movió dramáticamente hacia un lado para poder ayudar a su esposa, Carmen Polo, a bajar del coche. El habitual collar de perlas blancas. Abrigo negro. Mantilla negra. Ella, a su vez, se giró hacia el interior del vehículo para ayudar a su hija a salir a la plaza.

—Ay, Carmencita —dijo la monja—. ¡Qué guapa es!

"Sí", pensó Jack, "pero no había pensado en la niña". La hija de Franco llevaba un vestido blanco de comunión y se parecía mucho a su madre. ¿Cuántos años? Doce quizás. O trece. Y aunque Telford ahora tenía pocos escrúpulos para matar a Franco en público, en presencia de la esposa del monstruo, estaba menos seguro de hacerlo con la chica como testigo.

—¿La niña viene aquí todos los días? —preguntó.

—Por supuesto —dijo la hermana María Pereda, y se metió entre la gente de la pequeña multitud, levantando el ramo de flores para protegerlo. Sincronizó la maniobra a la perfección y se encontró con la familia del general cuando llegaron arriba, al final de las escaleras. Pronunció un breve discurso, aunque Jack no podía oír sus palabras. Asumió que debía haber transmitido saludos y felicitaciones de Herr Alexander y del Sanatorium Deutsches Haus, así como de su propia casa madre en Axenstein. En todo caso la señora de Franco tomó las flores de la monja, mientras que otros extendían sus manos para tocar el uniforme de su marido, para recibir su bendición, para absorber la salvación.

Jack se quedó discretamente detrás de la multitud, apoyándose en su bastón de peregrino, satisfecho de saber que Franco, de verdad, merecía morir. Pero cuando el Caudillo se libraba de la multitud y llevaba a su mujer e hija al interior de la iglesia, hubo un momento breve en que el monstruo se detuvo. Se volvió en dirección a Jack. Algún sexto sentido quizás. Sí, lo era, sin duda. Esa expresión curiosa que tienen aquellos que reconocen vagamente a alguien, pero no pueden recordar el quién, el cuándo, el dónde o el por qué.

Más tarde Jack le pagó al propietario grasoso del Hostal Toledo el precio de una noche adicional, comida y cama. Estaba seguro ahora de que no necesitaría más. Aún tenía que conseguir un arma, pero había decidido que, a la mañana siguiente, Franco moriría. Quizás podía incluso usar aquel atisbo de reconocimiento por parte del general para su ventaja. Para aproximarse más y poder asesinarlo. Lo había pensado durante la misa y después, mientras se despedía de la hermana María Pereda con la promesa de volver a encontrarse con ella. Un adiós final delante del autobús, antes del tortuoso viaje que la llevaría hasta Covadonga.

—Le devuelvo eso —dijo, y sacó del hábito la copia del *Beano*, el comic inglés juvenil que Jack le había regalado la semana anterior. Para que se divirtiera.

—¿Lo ha terminado? —le preguntó Jack.

—Creo que hay muchas cosas que no entiendo del inglés —sonrió excusándose—. Sigo pensando en la hermana Berthe Schultz, en lo que diría ella de los personajes del *Beano*. Sobre las cosas tan malas que hacen. —Hojeaba las páginas de las tiras cómicas. Daniel Peludo. El Buen Rey Coke. Puffing Billy. Frosty McNab. Pansy Potter. Willie Winkie Taimado. Y, en la tapa, Eggo el Avestruz.

—Hacen reír a los niños —dijo Jack—. Los hace felices. —Pero de repente se sintió como un tonto. Deshonesto. *Willie Winkie Taimado*. Y, como no le solía ocurrir cuando estaba en la compañía de la monja, algo enfadado. "Un discurso sobre el mal comportamiento", se enfureció consigo mismo, "y sobre el dar un mal ejemplo, viniendo de alguien que piensa que las acciones de Franco son elogiables"—. En un mundo imperfecto —añadió.

—Es por eso por lo que debemos seguir el ejemplo del padre Josemaría. Vivir nuestras vidas para que cada uno de nosotros trabaje para llegar a ser un santo. Para hacer la Obra de Dios. El *Opus Dei*.

—Y Franco —dijo Jack—. ¿Es lo que él intenta hacer? ¿Actuar como un santo?

—Por supuesto, señor. Usted debería saberlo mejor que nadie. Usted hace el Camino de Santiago. Todos nuestros santos tienen su propio camino, marcado por Dios. Y Santiago tiene el mayor camino de todos. Santiago Apóstol. Castigo de paganos. Dios nos lo mandó para liberarnos de los infieles. Tal y como envió al Caudillo. Un día será un santo también, señor Jack. Ya verá. —Y le ofreció su sonrisa más dulce, mientras el conductor gritaba la última llamada para los pasajeros. La hermana María Pereda levantó su maleta, y dos ancianos se apresuraron para ayudarla a subir a bordo—. No creo que nos volvamos a ver —dijo—. Eso me pone triste. Pero Dios protege a sus caminantes. Y verá. —Alzó su dedo—. Qué pronto el Caudillo se convertirá en un santo.

Jack le devolvió la sonrisa mientras ella caminaba por el pasillo del autobús. Un saludo de despedida por la ventana. "No", pensó, "no nos vamos a volver a encontrar". Y su partida le llenó con una tristeza profunda, teñida con el alivio también de que ella no estaría allí mañana. Ni para lamentar su muerte ni para despreciar sus acciones.

"Pero, ¿es eso lo que estoy haciendo?", pensó, mientras que el vehículo salía traqueteando por la calle Miranda en una nube de humo de escape y se alejaba con un estruendo entre los edificios. "¿Ayudando a crear un mártir?" Puede que fuese inevitable, pero si la hermana María

Pereda esperaba ver la beatificación de Franco, Jack Telford estaba contento de ayudar al pequeño cabrón malvado a dar el próximo paso en su viaje.

Jack se quedó sentado en su cama durante un tiempo, pasando las páginas del *Beano* una vez más hasta que finalmente lo tiró a la caja vacía de zapatos y, en su lugar, levantó el pasaporte de Frederick Barnard. Su plan original era casi ridículo. Iba a llegar hasta la sede de Franco, haciéndose pasar por Barnard el diplomático. Pero este nuevo plan era mejor. Matarle en la escalera de la catedral sería bastante sencillo, se dijo ahora, y solamente tenía que cerrar su mente ante la posible presencia de la esposa del general y su hija.

Volvió a levantar el *Beano*, arrancó las páginas centrales y las usó de relleno para los *Oxfords*, algo para proteger sus ampollas reventadas. Luego se puso el traje de lino de Frederick Barnard dejándolo tan impecable como pudo y volvió a la ferretería que había descubierto. El revólver antiguo seguía allí en el escaparate, entre un montón de cubos galvanizados, aperos agrícolas, planchas, bolsas de tornillos, herramientas de mano, llaves, cerraduras, bisagras y cadenas.

En el interior, el dueño, con una cara marcada por la viruela, lo miró con sospecha. O por lo menos era la sensación que tuvo Jack. No era la clientela habitual, supuso. Y corría el riesgo, por supuesto, de que el hombre saliese corriendo directamente a la Guardia Civil. Pero esperaba que su falsa identidad como Frederick Barnard pudiera hacerles seguir un rastro equivocado justo el tiempo suficiente como para llegar a la mañana siguiente y presentarse como Brendan Murphy el peregrino.

—Por favor —dijo al hombre en español—. ¿La pistola? —Señaló al escaparate—. ¿Cuánto vale?

—¿Papeles? —le pidió el hombre. Jack le enseñó el pasaporte y observó mientras el tendero anotaba unos detalles en un papelito al lado de una caja registradora con ornamentos extravagantes. Luego metió la mano en el caos del escaparate—. Es muy antigua —dijo, entregándole el arma.

"¿Muy antigua?", pensó Jack, mientras guardaba el pasaporte en su bolsillo. "Eso es quedarse corto". Estaba oxidada, el tambor suelto y tenía la inscripción *Oviedo, 1866* grabada sobre el arco guardamonte del gatillo. Nada útil.

—¿Hay otras? —consiguió preguntar Jack, provocando un torrente de preguntas que se esforzaba por entender o responder. A pesar de un intercambio tortuoso, se quedó satisfecho porque había logrado hacerse entender. Un diplomático. ¿Lo ve? El pasaporte otra vez. Británico. Un amigo de la España Nacional. Debía conducir por las montañas. Historias de guerrilleros. Bandidos. Necesitaba un arma. Pero tenía muy poco dinero. El hombre le preguntó cuánto. Treinta pesetas. Y el tipo se rió de él, mirándole como si fuera demente. Por treinta pesetas ni siquiera podía comprar este viejo pedazo de basura—. ¿Pero hay otras? —insistió Jack.

El hombre sacudió la cabeza, señaló un par de escopetas tentadoras pero poco prácticas colgadas en la pared. —No —dijo Jack, por lo que el hombre sacó un revólver pimentero por debajo del mostrador, más viejo aún que el revólver. Ahora le tocó a Jack reírse. Y, por fin, un negocio redondo. Lo mejor de todo. Incrustada de mugre, claro. Pero era un arma automática: el monograma de B&H en la empuñadura marrón de baquelita; sobre la corredera, el nombre de una compañía francesa; el año 1904. Ocho milímetros, le dijo el hombre. Luego movió el seguro y la pequeña palanca detrás del disparador, lo cual liberó la munición. Estaba cargada. ¿Siete balas? ¿Ocho? En cualquier caso suficiente para su propósito.

¡Pero el precio! Cien pesetas, dijo el hombre.

—Treinta —Jack le dijo. Puso los billetes en el mostrador mientras que el tipo blasfemaba, guardando la automática otra vez.

—Cien —gruñó el hombre.

Jack puso un billete de diez pesetas más sobre el mostrador.

—Cuarenta —dijo.

El hombre sacudió la cabeza, aunque de mala gana afirmó que aceptaría noventa. Pero Jack había llegado a su última peseta y veinte céntimos. Todo en monedas. Las sacó del bolsillo de sus pantalones, las dejó encima de los billetes e hizo entender al tipo que no le quedaba nada más. Nada. Solo eso. Y de su chaqueta sacó el rosario del padre Ignacio. Los ojos del hombre se agrandaron. Levantó el rosario, entrecerró los ojos y lo levantó hacia la luz, examinando los alfileres, los enlaces y los bucles.

—¿Plata? —dijo.

Sí, plata, Jack le aseguró. No estaba seguro, pero el tendero pareció convencido. Y Jack le dijo con paciencia su oferta final. Se llevaría el arma. El tendero se quedaría con las cuarenta y una pesetas con veinte céntimos. Y el rosario. Más el pasaporte diplomático. Muy valioso. Jack necesitaría recogerlo, claro. Y entonces, cuando lo hiciera, devolvería la pistola. El hombre se quedaría con el efectivo, el rosario, y todavía podría volver a vender el automático. Era suficiente para convencer al tipo. Aunque le devolvió con cuidado el pasaporte por encima del mostrador después de haber tomado nota de los detalles. Su lenguaje de señas era una traducción impecable del español que usó para asentar el trato. Siete días, explicó. Para que Jack volviera con la pistola. Si no vuelve, avisaría a la policía.

Para la cena hubo estofado de lentejas con tocino otra vez, más vino tinto barato. Mucho vino tinto. Bastante, esperó Jack, para que le ayudara a dormir. Necesitaba dormir. Pero primero quería acostumbrarse al arma. Practicar. Palanca de seguro. Liberar el cargador. Sacar las balas, una por una. Tirar de la corredera. Revisar que no hubiese balas en la recámara. Gatillar el arma en seco. Volver a meter las balas en el cargador. Accionar la corredera otra vez. Levantó el cañón, listo para la acción. Otra vez el seguro. Repitió la secuencia una docena de veces. Un traqueteo rítmico con un fondo de nubes de humo imaginario que ardía durante toda la noche en las ensoñaciones de Jack por las vías de acero frío entre sus dedos. Hasta que finalmente guardó la pistola debajo de su almohada, se puso su ropa de caminante y se tumbó en la cama completamente vestido, intentando despejar su cerebro, apagar sus temores.

Su mente se llenaba de conversaciones, en las cuales intentó dar explicaciones a su madre, a su hermana, a Sheila Grant Duff y a Sydney Elliott. Visitas de su padre y del Coronel F.C. Telford, más inquietantes que las de *Un Cuento de Navidad*. Los fantasmas de los muertos de Covadonga también. Julia Britten, por supuesto. Las negociaciones con el tendero representadas mil veces. Varias carreras locas por el pasillo oscuro hasta el baño. Vómitos en el inodoro. Visiones de su propia condena saltando al foco de carteles de cada género cinematográfico: comedia, romance, drama, tragedia. Horas interminables, en las cuales el sueño no llegaba, no concediéndole el alivio deseado.

Y estaba todavía despierto cuando antes del amanecer, mientras intentaba mantener firme la mano para afeitarse y así estar preparado para el día, se oyó el rugido fuerte de un camión circulando a gran velocidad por la calle, la luz de los faros a través de su persiana, el rechinar de los engranajes, el chillido de neumáticos, gritos y conmoción, el ruido de botas en el pavimento, la puerta del Hostal Toledo abierta de un golpe y los pasos pesados golpeteando al subir las escaleras.

Capítulo Ocho

Viernes, 7 de octubre de 1938, por la mañana

Como un conejo sorprendido, Telford se quedó inmóvil. Simplemente paralizado. No hubo tiempo para pensar en luchar o escapar. Ni siquiera para tener miedo. No hubo tiempo para pensar en esconder el arma. Ni tiempo para recordar los ejercicios para usarla. Ni tiempo para despedir a los fantasmas de su noche insomne.

"¿A cuántos más se los han llevado así?", pensó, cuando abrieron su puerta de una patada. Jack soltó la navaja de afeitar, levantó las manos y retrocedió hasta la ventana, mientras que la habitación se llenaba de un caos de uniformes de la Guardia Civil, rifles levantados y voces españolas roncas, manos maníacas agarrándole, aferrando sus brazos. Lo sacaron al pasillo, empujándolo y pinchándolo hasta el piso de abajo. Ni siquiera se molestaron en revisar la habitación. Simplemente lo maltrataron pasando frente al propietario sorprendido. Lo metieron en la parte trasera de un camión que estaba esperando fuera. Ataron flojamente las solapas de la lona. Le pegaron en las costillas cuando murmuró una protesta débil. Se rieron de él cuando rodó hacia atrás y hacia delante por el suelo de metal acanalado cada vez que el camión giraba por una esquina.

Se detuvieron bruscamente y Jack, mirando por un hueco en la lona, vio los árboles que bordeaban la avenida en la que habían parado. Se levantó apoyándose en un codo, reconoció que se encontraban en el Paseo de la Isla y no le llevó mucho tiempo darse cuenta de por qué habían parado. Uno de los guardias civiles retrajo la solapa, mientras que los otros se empujaron entre ellos para posicionarse, estiraron sus cuellos para captar la misma imagen que Jack estaba presenciando en ese momento, la visión de los faros del Fiat 2800 encabezando el convoy majestuoso que se dirigía a la misa de la mañana. Un vistazo breve antes de que una bota golpeara su hombro, estrellándolo contra el acero cubierto de barro endurecido y alguien le escupiera en la cara.

"Franco en la catedral. Y yo aquí, en su cuartel general". No era así como se suponía que debía pasar. "La ferretería", suponía. "Pero ¿por qué no registraron la habitación?" Se imaginó que habrían enviado a otros para hacer eso. Detectives. Agentes. Miembros del servicio de inteligencia de Franco, quizás. Telford tenía el estómago revuelto. Las náuseas lo sacudieron y el hombro le dolía como un demonio. Cada músculo de su cuerpo palpitaba, pero logró levantar el brazo, limpiarse la saliva de la mejilla antes de que el camión lo zarandease otra vez al girar por una entrada, los engranajes rechinaron, los neumáticos patinando en la gravilla, el motor chisporroteando y finalmente muriendo en un traqueteo de humo maloliente de tubo de escape.

Lo arrastraron afuera hasta el patio, mientras las llamas del amanecer se desplegaron en el cielo desde el oeste, proyectando un agudo relieve en los muros del distrito dañados por las bombas, arrojando sombras profundas de las siluetas del turbante de un centinela moro, y ardiendo en los ladrillos de la mansión Muguiro. Pero sus captores no llevaron a Jack a la escalera de entrada de la mansión, sino a las dependencias, establos y garajes, a la parte de atrás, a la izquierda. Un cuarto trastero arriba, donde lo empujaron a una silla y, lo más cruel de todo, lo dejaron allí. Solo. Nada aparte de su fértil imaginación por compañía. Y lo que parecía una eternidad por delante.

El sobre estaba en la mesa delante de él como una acusación muda, el nombre de Sydney Elliot, la dirección de la oficina del *Reynold's News*, garabateada con la letra de Jack. Y el hombre que lo había arrojado allí no le había hablado todavía, simplemente daba al sobre golpecitos repetidos con la punta de su boquilla de cigarrillos absurdamente larga. Conducta aristocrática. De uniforme —aunque hecho con una tela tan lujosa que lo podrían haber sacado de *Savile Row*—. Cara enjuta. Cabeza pequeña. El pelo negro, liso y aceitado bajo una boina carlista roja, tan rígida que le sentaba como el birrete de un académico.

—Entonces —dijo el hombre—, ¿quién es usted? —Hablaba un inglés impecable. La precisión recortada de una educación privada. La pronunciación absurda de quien tiene una patata caliente en la boca.

—Usted sabe —dijo Jack en inglés— que Inglaterra es el único país en el mundo en el cual la clase superior tiene su propio acento identificable, ¿verdad?

—¿Le ofende?

Jack se sintió transportado hacia atrás en el tiempo, a sus días en el Instituto Secundario Selectivo de *Royal Worcester*. Todavía en el tercer año inferior. Corriendo por el pasillo. Un delito por el que lo convocaron a presentarse ante Jasper, el monitor cabecera. Seis azotes fortísimos.

Si algo me ofende —citó Jack, más o menos—, intento levantar mi alma tan alta para que la ofensa no pueda alcanzarla.

—Ah, Descartes. Bravo, señor. Bravo. Entonces déjeme que yo le ayude. —El tipo sacó un estuche de plata del bolsillo del costado de su uniforme, extrajo un cigarrillo de papel negro y presionó el filtro dorado dentro de la boquilla—. Está registrado en el Hostal Toledo bajo el nombre de Brendan Murphy. El dueño dice que usted es un peregrino. Dice que le mostró una carta. Escrita por un sacerdote en Pamplona. Añadiendo que es además un soldado. ¿Es correcto?

—¿Sobranie? —Jack sonrió, sus ojos hambrientos, incapaz de apartar su mirada anhelante del cigarrillo—. Una elección inusual.

—Redstones of London. Un tabaco fino, hombre. Le ofrecería uno. Solo que, si de verdad es un soldado debo asumir que también es un desertor.

No era el interrogatorio que Jack se había esperado. Estaba claro que había guardias en el exterior de la habitación. Pero ninguno dentro. Este imbécil pretencioso estaba solo. Y ninguna de las preguntas hacía referencia a Franco. Ni a la pistola. Ni a Carter-Holt. Entonces, ¿qué quería este idiota? ¿O era alguna táctica elaborada? Acercó una mano al sobre y le dio la vuelta lentamente.

—Yo quería hacer el Camino. Pensé que sería más fácil si fingía ser un soldado. Pero no lo soy. Por lo tanto tampoco un desertor.

—Pero esta carta está firmada con "Jack". Y dirigida a un hombre llamado Sydney Elliott. *Reynold's News* es un periódico. Lo recuerdo. De Londres. Un periodicucho socialista inmundo, que yo recuerde.

—Sí, soy yo. Jack Barnard. —Telford quizás había encontrado una brizna de hierba a la que agarrarse. Quizás era una detención rutinaria. Para nada vinculada a sus planes. Rutina, sí. Un control de extranjeros. Los guardias civiles lo habían tratado brutalmente, pero desde entonces…— Si pudiera regresar al hostal, podría mostrarle mi pasaporte. Está en el bolsillo de mi chaqueta.

Ni siquiera había soñado que necesitaría su pasaporte otra vez, incluso se había sentido algo decepcionado cuando el tendero rechazó esa parte de su oferta. Fue una buena oferta, pensó. Pero al menos la maldita cosa aún estaba en posesión de Jack.

—¿Barnard? —dijo el hombre. Golpeó la boquilla del cigarro contra sus dientes—. ¿No Murphy?

—El primer nombre que me vino a la mente, me temo. Simplemente compré una radio. Murphy B31. Un buen modelo. Seis libras y diez chelines. Sin las baterías, por supuesto. Es donde escuché un programa sobre la ruta de los peregrinos.

—¿Haciendo el Camino? —El hombre se rió—. Pero tomándose el tiempo y el esfuerzo para escribir mentiras groseras sobre la España Nacional. En realidad sobre su propio país. Una nación tan buena. Es difícil comprender cómo la podía traicionar así.

—Se llama libertad de expresión. Democracia. Si estudió usted a Descartes, debería reconocer por lo menos las características.

—En Stonyhurst nos enseñaron tratar a Descartes con precaución extrema.

¿El mismo Stonyhurst? Jack recordó Stonyhurst de su propio tiempo en la Universidad de Manchester. Un colegio Jesuita. Famoso. En algún lugar cerca de Clitheroe. "¿Entonces quién es?", pensó. Y luego recordó de nuevo la historia de Arthur Koestler. Koestler escribía para el *News Chronicle*. Una leyenda internacional en el mundo del periodismo. Rabiosamente antifranquista. Pero capturado por las fuerzas nacionales, solo su fama le salvó del pelotón de fusilamiento. Luego se hizo un intercambio de prisioneros. Organizado por el oficial de prensa de Franco, el cual, Jack recordó, tenía educación inglesa. Don Pablo Merry del Val. Su padre, anteriormente embajador español en Gran Bretaña, el hijo, ahora uno de los representantes claves de Franco en Londres. ¿Podría ser este interrogador el oficial de prensa de Franco?

—Stonyhurst —repitió Jack—. Esto realmente tiene que ver con mi artículo, ¿no es cierto? —Sentía el alivio filtrarse por sus huesos.

—Yo me lo tomaría mucho más en serio, señor Barnard. Trabajar en España como corresponsal sin autorización es un asunto muy grave, señor. Será usted católico, ¿no?

—Claro.

—Pero mintió a un sacerdote en Pamplona para adquirir documentación falsa.

—Un pecado. Sí, lo sé. Confesaré en la próxima oportunidad que tenga.

—¿Y la monja que le acompañaba a correos?

—La conocí por casualidad. Le pedí que me indicara una dirección donde podría enviar la carta. Insistió en llevarme personalmente. Un acto de caridad. ¿Fue ella la que me entregó?

Por fin, el hombre sacó un encendedor de su otro bolsillo, acercó la punta del Sobranie a la llama y, con altivez, sopló una nube de humo ligero hacia las vigas del techo.

—No. La oficina de correos, señor Barnard. ¿Pero qué debo hacer con usted? Si de verdad quería hacer el Camino de Santiago, solo tendría que haber presentado la petición para hacerlo. El general Franco, después de todo, ha vuelto a abrir la ruta. Pero aquí está. Y la ropa, señor. —Usó la boquilla del cigarro como puntero, lo movía hacia atrás y delante en la dirección de la capa de Jack para mayor énfasis—. Debe ser un hombre con recursos. Sin embargo, se viste como un pordiosero. Todo huele a fraude, me temo. Además, haciéndose pasar por un ex-soldado. El aroma de espionaje, señor, ¿no está de acuerdo? Un delito capital como, igualmente, lo podría ser su periodismo no autorizado.

El alivio que Jack estuvo experimentado durante poco tiempo ahora se había evaporado totalmente.

—Mire, amigo mío —dijo—, solo quería hacer el Camino como penitencia. Cuestiones de mi vida privada, ¿sabe? Prefiero no hablar de ello, si no le importa. Pero podría mostrarle el pasaporte. ¿Y darle mi palabra tal vez? Mi palabra de honor de no enviar más despachos.

Jack se esforzó por controlar su pánico. ¿Delitos capitales? La notoriedad de Koestler, en efecto, había sido su salvación, pero esa era una garantía que Telford no poseía —en ninguna de sus identidades actuales—. Además corría el peligro de que Merry del Val a lo mejor solo lo estuviese reteniendo para que examinaran la habitación en el hostal. ¿Y después qué? "Dios mío", pensó, "¡qué desastre!"

—¿Su palabra de honor? —dijo el hombre—. La palabra de un caballero inglés. Pero desgraciadamente uno que ya ha estado involucrado en tanta duplicidad. —Se paseaba por la sala, y luego miró fijamente a Jack—. Por otro lado —dijo por fin—, nuestras relaciones con el gobierno británico son delicadas en este momento. Delicadas y críticas. Dudo que les moleste demasiado si nos deshacemos de un socialista agitador más, pero, de todas formas…

De vuelta en el Hostal Toledo, bajo guardia armada, Jack intentó explicar al dueño que todo estaba bien y quiso encontrar la palabra española para *mistake*. Un error. No por primera vez se dio cuenta de que, durante cualquier crisis, es el departamento lingüístico del cerebro de uno, el que normalmente se apaga primero. Pero no importaba, porque el soldado de la Guardia Civil no estaba de humor para permitir al prisionero mantener relaciones sociales, le obligó a darse prisa y a subir a la habitación, donde Jack sacó rápidamente el pasaporte antes de que su escolta sintiera curiosidad por cualquier otra cosa. Jack aún encontró tiempo para recoger los Superiores y sus fósforos.

—Vuelvo —gritó al dueño en español, mientras lo arrastraron afuera pasando por delante de la barra otra vez—. Una hora. Y vuelvo.

"¡Maldito sea, espero que sí!", pensó, y le ofreció a su compañero silencioso uno de sus cigarrillos. Fumó uno él mismo para poder concentrarse mejor.

Intentó calcular si Frederick Barnard habría llegado ya a Burgos. ¿Y si Barnard simplemente había denunciado el pasaporte como objeto perdido? Y luego tenía el pequeño problema de explicar a Merry del Val —si era realmente él— por qué tenía un pasaporte diplomático. Por qué el nombre del pasaporte era Frederick, y no Jack. Pero aún tenía tiempo. Para inventar. Era periodista, al fin y al cabo. Entonces, para la hora en que le llevaron de vuelta al puesto de centinela en la entrada de la Mansión Muguiro, ya lo había ensayado bien. La foto en el pasaporte de Frederick Barnard fácilmente podría pasar por la imagen de Jack. ¿Y el nombre? Sí, su nombre real era Frederick. Jack era simplemente un apodo. De su juventud. Usaría el pasaporte diplomático a su favor también. Sobre todo si era cierta la preocupación de Merry del Val por las frágiles relaciones internacionales que había mencionado.

"¿Pero de todas formas, qué significa eso, Jack?", pensó. Luego se maldijo. "No hay tiempo para distracciones. Mantén la concentración. Piensa, hombre. Una posición menor, por supuesto. ¿Pero dónde? Ningún lugar en el distrito español o sudamericano, eso seguro que no. Algún lugar apartado. Pero no tan lejos. ¿Dinamarca? Sí, Copenhague. ¡Por qué no! Y la propia historia de Barnard para cubrirse. Un diplomático junior, pero con una pasión por la arquitectura medieval. Pensando en escribir un libro sobre los tesoros del Camino. Pero que había estudiado periodismo. Amigos del sector. Me había pedido Elliott que escribiese unas breves líneas mientras estoy aquí en España. Enviarle un artículo. Pareció una buena idea en aquel momento. El dinero extra. Hábitos caros, ya sabe. Aunque quizás se había pasado un poco con el contenido. Se da cuenta ahora. Indudablemente le iba a costar el puesto. ¿Eso no sería castigo suficiente?"

Ofrecería entregar el pasaporte, volvería al hostal el tiempo justo para recoger sus cosas, luego regresaría a la mansión Muguiro para que lo acompañasen a la frontera. Una oferta irresistible, sin duda. Solo necesitaba una noche más. Pero no en el hostal. Se escondería en algún lugar. Cerca de la catedral quizás. Esperando la aparición final de Franco en la misa. Hacer lo que tenía que hacer. Pero en la portería Jack comenzó a sentir que algo andaba mal. Cuando entraron había un hombre vestido de civil que se comportaba tan obviamente discreto, evitando con tanto cuidado cualquier tipo de contacto visual, que no podía ser otra cosa que un policía. El hombre se puso detrás de ellos y bloqueó la entrada. Y el intercambio de palabras entre el guardia de Jack y el sargento del escritorio fue gutural y escaso, obviamente a propósito, poniéndoselo difícil para entender una sola palabra de su conversación. Por primera vez el guardia civil sacó su rifle como si tuviese la intención de usarlo, se volvió hacia Jack, entrecerró los ojos y cabeceó hacia la puerta.

—¡Fuera! —gruñó.

Jack entendió y obedeció, pero sus piernas comenzaron a temblar, el pánico se apoderó de él oprimiéndole el pecho. Intentó repasar su conversación con Merry del Val. ¿Habrá sido algo que había dicho? ¿Algún detalle que habían comprobado y que ahora encontraron carente de veracidad? Y allí estaba el policía vestido de civil. Percibió el ruido de sus pasos detrás de ellos por el camino. Pero no volvieron a las dependencias externas. En su lugar entraron a la casa principal por una puerta lateral, recorrieron un pasillo pintado de color crema, a lo largo del cual había oficinas en las que soldados y civiles curiosos detuvieron su trabajo para mirarlo. Luego bajaron por una escalera embaldosada hasta el sótano. Pasaron por cocinas donde ollas y sartenes sonaban, el aroma de pan recién hecho atormentaba su panza hambrienta. Más pasillos, hasta que llegaron a lo que podría ser el otro extremo de la mansión. Había un grupo de hombres allí, pero dejaron de hablar en cuanto Jack y su guardia se acercaban. Lo miraron fijamente. Sintió como su coraje le fallaba, su vejiga aflojándose. Sus piernas casi se doblaron antes de que el guardia lo empujase a un cuarto de ladrillos débilmente iluminado. Una bodega. Otra mesa. Esposas y un rollo de soga fina en la mesa. Dos sillas. El mismo hombre de antes, pero ahora con la cabeza descubierta, sin la boina roja, examinando con cuidado la etiqueta de una botella polvorienta y fumando otro Sobranie. Un segundo hombre. Un pequeño bruto enjuto y fuerte. Rasgos árabes. Mangas subidas, sonriéndole a Jack de una manera que se le congeló la sangre y le dio ganas de mear. Hubo una instrucción y el guardia civil le quitó a Jack la capa de sus hombros, lo empujó a la silla y agarró las esposas.

—¡Oiga! —gritó Telford—. ¡Traigo el pasaporte! —Pero entonces el guardia civil le retorció una muñeca detrás de la espalda, cerró una de las cadenas alrededor con un chasquido y la otra por los husos del marco posterior de la silla. Jack, aterrorizado, quiso ponerse de pie, luchar para liberarse, pero sintió su cara explotar y el mundo dando vueltas en una violenta punzada de dolor. El hombre con aspecto árabe le gritaba a través del miasma de miedo, ayudando al guardia civil a asegurar la otra cadena, unir sus muñecas y atarlas a la silla. También se resistió, aunque débilmente, cuando usaron la soga del mismo modo para atar cada una de sus piernas a las patas traseras de la silla, sus rodillas separadas dolorosamente de tal forma que su vientre y sus partes íntimas quedaron terriblemente expuestas. Intentó, estúpidamente, cerrarlas para protegerse, pero la posición en que estaba atado lo hizo imposible. Así que en su lugar intentó despejar su mente. Y cuando lo hizo, esforzándose por recuperar la racionalidad, un nuevo olor llenó sus fosas nasales. Humo. Ni del Sobranie ni del crudo tabaco negro de las marcas locales. Un puro. Pasos. La puerta cerrándose. El suave tintineo de cristal sobre madera cuando Merry del Val devolvió la botella de vino a su lugar en la estantería.

—Teniente —dijo Merry del Val, en forma de saludo y con un grado de respeto que un simple rango de teniente no merecía. Pero Jack experimentó una sensación parecida al asombro. No. Era aprensión, en realidad. Las mismas sensaciones que Jack había tenido en las ocasiones anteriores en que se había encontrado con el recién llegado que ahora entraba a su campo visual. El hombre que enviaron a investigar la muerte de Julia Britten. Y los sucesos en Covadonga. Un hombre que no había confiado en Jack, incluso entonces. Un hombre grande. Como un oso. Muy bronceado. Labios anchos y húmedos. Nariz ganchuda. Bigote negro acicalado. El teniente Enrique Álvaro Turbides del Servicio de Prevención y Orden Público de la Guardia Civil. Ni siquiera se molestó en dedicarle una mirada a Jack. Simplemente consultó su caro reloj americano. Impaciente. Un gesto simple. Justo lo suficiente como para hacerle saber a Jack de manera elocuente que el teniente había decidido que esto no iba a llevar mucho tiempo.

Capítulo Nueve

Viernes, 7 de octubre de 1938, por la tarde

Su labio se sentía como si hubiera reventado, la carne interior y los fluidos burbujeando por la herida. También se había mordido la lengua por los golpes recibidos. Porque todo había llevado más tiempo del que sus torturadores habían anticipado, siendo su único momento de diversión cuando Jack vació su vejiga.

Pero Jack aún se aferraba a su cuerda salvavidas, ignorando la incomodidad mojada. Primero, pensaba que su labio podría no estar tan dañado como lo sentía —las heridas en el labio, como sabía, normalmente dolían de forma exagerada. Segundo, que la paliza hasta ahora se había limitado a un par de bofetones en la cabeza y algunos puñetazos bien puestos. Tercero, que el entumecimiento ocasionado en sus miembros por las ataduras parecía ahora haberse extendido por el resto de su cuerpo con un efecto anestésico, por lo que cada golpe infligido causaba menos dolor que el anterior. Y cuarto, que aquella insensibilidad lo había arrojado a la deriva de un estado en el que el tiempo perdió todo sentido. Estas cuatro cosas proporcionaron a Jack una letanía, un rosario privado para recitar, mientras que el interrogatorio avanzaba a lo largo del día.

—Su estómago, por lo menos, parece comunicativo, señor Telford —se burló Merry del Val. Era verdad, y a Jack le sorprendió el hecho de que su estómago hubiera estado rugiendo sin control durante mucho tiempo. A pesar del dolor y la incomodidad, alguna parte de su rebelde sistema todavía ansiaba ser alimentada. ¿Cómo era posible?— Estoy seguro de que el teniente estaría de acuerdo en proveerle algo de comida —el español continuó— si contara la verdad.

—Me acaba de decir —murmuró Jack, con sus los labios hinchados— que no podía fiarse de ninguna palabra que dijera.

—Como buscadores de la verdad es también necesario que dudemos.

¿Lo ve? Descartes otra vez. Pero según mi experiencia, Telford, pocos hombres desean enfrentarse al Todopoderoso con una mentira en sus labios.

—¿Ateos? —dijo Jack.

—No existe tal cosa como un ateo, hombre, cuando el tornillo del garrote esté apretando su cuello. Y ya tenemos el meollo de la historia, ¿no es cierto? —Volvió a tirar a un lado el retazo desgarrado de la camisa de Jack, metiendo el dedo en uno de los rasguños más profundos de su cuerpo, uno que aún no se había curado del todo—. Llega a San Sebastián con Valerie Carter-Holt, una heroína de la Reconquista. Y usted, un autoproclamado simpatizante rojo. El cuerpo de la pobre señorita termina apareciendo a orillas del mar solo unas horas después. Carne y sangre debajo de sus uñas. La desaparición de usted. Sus mentiras, engaños. Y aquí aparece de nuevo en Burgos. Con esos rasguños en su vientre y pecho. No presenta defensa alguna. Y el teniente tiene razón, Telford. A un tribunal militar no le quedaría otra que declararle culpable de asesinato. La pena capital, una conclusión inevitable, incluso sin tener en cuenta el otro asunto. Su actividad ilegal como periodista enemigo. La única pregunta es por qué. No por qué la mató, sino por qué decidió venir aquí a Burgos.

Puede que Jack no estuviera pensando claramente, pero estaba lo bastante alerta como para entender el error. Ya lo habían desafiado con la naturaleza de sus descubrimientos. Los Holden —aquellos nazis partidarios de la asociación anglo-alemana y líderes autonombrados del grupo de turistas— habían comunicado la desaparición tan pronto como vieron que Jack y Carter-Holt no habían vuelto a tiempo para su tren a la frontera. La búsqueda. El cuerpo de Carter-Holt encontrado no mucho después. Un gran revuelo para buscar a Jack. Pero todas las hipótesis iniciales sobre su paradero fueron erróneas, como Jack había previsto. Le invadió una sensación desproporcionada de autosatisfacción. Pero aun así no podía explicarse el fallo. En una búsqueda, incluso en una superficial, deberían haber por lo menos inspeccionado la habitación de Carter-Holt, haber encontrado la cámara. Y el arma. ¿Por qué no lo habían mencionado?

—¿Saben de mi desaparición? —preguntó Jack—. ¿En Inglaterra?

—Los Holden comunicaron su desaparición a la embajada británica en Hendaya —respondió Merry Del Val—. Ellos, a su vez, me parece, se pusieron en contacto con el *Reynold's News*. Y su periódico, estoy seguro de ello, ya habrá publicado su obituario. Por nuestra parte, retrasaremos nuestro comunicado el mayor tiempo posible, por supuesto. Pero lo debe tener claro, señor Telford. Para el resto del mundo usted ya está muerto.

—Si ya estoy muerto, no tendría ningún sentido contar nada.

El guardia civil teniente Turbides, todo cabreado, le dijo algo al oficial de prensa, una diatriba larga y vehemente.

—¿Lo ve? —Merry del Val le dijo a Jack cuando el teniente finalmente había vuelto con su puro—. El teniente entiende más inglés de lo que usted cree. O quizás es simplemente su experiencia en estos asuntos. Pero es importante recordar, dice, que hay más vidas que la suya en juego.

Jack reflexionó un momento, decidió que su cerebro estaba demasiado embotado para entender.

—¿Quién? —dijo, realmente perplejo. Un farol, por supuesto. Una de aquellas cosas que solían decir los detectives.

—El teniente dice que ha dejado un rastro que cualquier tonto podría haber seguido. Ropa robada en San Sebastián. Unas simples consultas en los pueblos principales de la región, una vez que quedó claro que no se había dirigido a la frontera. Entonces, Pamplona. El dueño del estanco. Luego fue fácil llegar hasta el viejo sacerdote. El padre Ignacio. Ya llevamos tiempo sospechando de él. A lo mejor le debemos algo, señor Telford, por habernos ayudado a encajar la pieza final.

Jack fue sacudido por su insensibilidad en todo el cuerpo, saliendo en defensa del sacerdote.

—No —dijo, sacudiendo la cabeza para despejar la mente—. Mentí al sacerdote también. Le convencí de que yo era un hombre de Franco. Me creyó. Pensó que estaba apoyando su causa de mierda, no la mía.

—¿Seguro? —Merry Del Val se rió, y le hizo la traducción a Turbides. Jack no entendió la respuesta del teniente, pero la amenaza y malicia en su tono fue bastante clara.

—¿Qué le ha pasado al padre Ignacio? —preguntó Jack.

—Si lo que dice es verdad, señor Telford, entonces Dios ahora es el que va a juzgar al padre Ignacio. —La sangre de Jack se heló en las venas. "¿Qué significa eso?", pensó. "No podrían…" Pero Merry Del Val siguió—. ¿Lo ve? —dijo—. El dolor y el caos que usted ha causado. Y también está la chica, por supuesto.

—¿La chica? —pensó en la niña, atrás en… ¿Por dónde quedaba el maldito lugar? Nombre raro. Zariquiegui. Eso era. Pero entonces Jack se dio cuenta de que estaba tras una pista falsa.

—Oh, vamos, Telford. Fue una red impresionante. El sacerdote. Luego su amiguita roja de México. ¿Supongo que ahora me va a decir que también robó esto? —Movía el pasaporte delante de la cara de Jack—. Qué astuto ha sido al organizar con el hombre inglés la denuncia así. Fingió su inocencia muy bien, este inglés, me dice el teniente.

—Apenas los conozco —protestó Jack—. No hay ninguna maldita red. Solo yo. ¡Yo!

"Josefina", pensó.

—Hubiéramos detenido a la mexicana de todas formas, supongo —dijo Merry del Val—. No tiene ninguna habilidad para controlar su lengua, esa bruja. Muchos ciudadanos leales felices de presentarse a atestiguar sobre la sedición que ella quiso fomentar. Y luego su amigo Barnard pretendiendo reclamar inmunidad diplomática para los dos. Solo que no tiene documentación para probar su posición. Le dio su pasaporte diplomático a usted, señor Telford, ¿no es cierto? Un error serio por su parte. Y para cuando sus amigos de la embajada hayan logrado probar que nos hemos equivocado, será demasiado tarde para la señorita Josefina Ruiz Delgado.

—Por el amor de Dios, lo robé.

Jack luchó contra las ataduras otra vez, siendo recompensado con un golpe a la parte trasera de su cráneo por el matón árabe.

—¿Ella es su punto débil, señor Telford? Bueno, quizás se encuentra usted en una posición mucho mejor para salvarla que la embajada en Hendaya.

—¿Cómo sé si la tiene bajo custodia? —dijo Jack.

—Ah, le desaconsejo seriamente pedir una prueba física, hombre. Debería siempre tener cuidado con lo que desea, ¿sabe?

—Ni siquiera sé qué es lo que quieren de mi.

—Una simple confesión de que asesinó a la señorita Carter-Holt nos ayudaría. Usted. Solo. Y luego, quizás, nos explica su presencia aquí en Burgos. La naturaleza de su red de espionaje.

—No hay ninguna maldita red de espionaje —rugió Jack—. Y la muerte de Valerie fue un accidente. Nada más que un accidente. Quizás la culpa fue mía. No lo sé. Me hizo entrar en pánico. Pensé que nadie me iba a creer. Y decidí hacer el Camino como penitencia.

Merry del Val escuchó con paciencia, transmitiéndole las palabras a Turbides otra vez. Y cuando por fin se volvió hacia Telford, hubo una desilusión paternal en su voz.

—Me temo que esto nos hace la vida muy difícil a todos nosotros —dijo—. Particularmente difícil para el teniente. Después de todo, es su obligación investigar la muerte de una verdadera heroína. Una heroína de la España Nacional. Pero si usted se niega a cooperar, señor Telford, no nos deja ninguna alternativa más que hacerle la vida dolorosa y difícil a usted también. Y ampliar el campo de nuestra investigación. La santa monja, por ejemplo. Está de camino a Covadonga, según tengo entendido.

Jack se dio cuenta de que hay cosas peores que la tortura. Por ejemplo, la simple ausencia de la misma. Mientras que lo maltrataban solo podía pensar en lo que le estaba ocurriendo: la mera lucha para sobrevivir; hacer frente a los golpes; y experimentar altibajos, a través del sufrimiento que le producía el grandísimo dolor que sentía en sus miembros atados, aquella sensación para la cual no hay mejor nombre que el de un hormigueo. Pero al dejarlo solo, otros demonios le asaltaron sin misericordia.

El silencio perturbador de una inquietud profunda: por las agonías todavía por venir, las crueldades imaginadas, quizás peores que las ya experimentadas; y por la hermana María Pereda. Tanto por la posibilidad de que la podría haber puesto en peligro como por la certeza de que iba a perder su buena opinión sobre él. Los gruesos muros blancos de la culpa: por el padre Ignacio; por Josefina Ruiz Delgado; y hasta por Carter-Holt. El hedor rancio y sudoroso de la vergüenza: por su fracaso de llevar adelante el plan; por su disposición a renunciar a él para siempre si solo pudiera escapar de este lugar; y, más aún, por la certeza de que, si le dieran la oportunidad de sacrificar a Josefina, al sacerdote, casi a cualquiera, para salvar su propia vida, la aprovecharía sin pensárselo. El asqueroso sabor vomitivo de la más profunda y oscura humillación: de cómo su vida ahora se había degradado en las manos de estos hombres; de lo fácil que era deshonrarlo tanto; de la insignificancia de su existencia; de la burbuja solitaria que ahora definía su existencia; y su inutilidad total. Las abrasiones de la soga de su propia sedición: por abandonar a su familia y amigos; por el duelo que habrían sufrido con las noticias de su muerte; por la mentira con la que terminarían viviendo sus vidas, no conociendo nunca la verdad sobre su destino, y nunca poder buscarle justicia. Así que arremetió contra la imagen de su padre fallecido, el espectro parado ahora delante de él otra vez.

—¿Por qué? —gritó Jack, con lágrimas llenando sus ojos—. ¿Por qué estás aquí y no allá? ¿Por qué no vas a buscarlos a ellos en vez de a mí? Cuéntales dónde estoy. Cuéntales lo que ha pasado.

Y todavía estaba gritando cuando sus acosadores volvieron a entrar en la sala, el marroquí llevaba ahora una caja de madera endeble que puso encima de la mesa.

—Usted es un tipo afortunado, Telford —dijo Merry del Val—. ¿Lo sabe? Nos hemos puesto en contacto con la embajada. Hendaya. La señorita Carter-Holt era una ciudadana británica, después de todo. Y la posición eminente de su padre en el almirantazgo. Va en contra de nuestro mejor juicio, pero, como he dicho, hay puentes que reconstruir. Así que, si insisten, si creen que es un asunto para su sistema de justicia británica, parece que no tenemos otra elección.

Las palabras llevaron un tiempo para asentarse en su cabeza.

—¿Me van a dejar libre?

—Lamentablemente, sí. —Merry del Val metió la mano dentro de la caja, sacó un papel mecanografiado con un sello oficial en la parte superior—. Simplemente debe firmar esta declaración.

—¿Declaración?

—¿Un descargo de responsabilidad, más bien. Para decir que le estamos entregando a las autoridades británicas, y su firma para confirmar que le hemos tratado bien.

Jack sonrió.

—Solo desátenme —dijo—. Firmaré la maldita cosa si puedo sostener un lápiz. ¿Y quieren que escriba un testimonio sobre la hospitalidad de la España Nacional también? —"Política de mierda", pensó. Sabía lo mal que pintaban las cosas para la República. La campaña en el Ebro casi terminada, las fuerzas republicanas en retirada y, ahora, solo quedaban las armas suficientes para defender Cataluña. Después de eso, solo era una cuestión de tiempo. Pero había pensado que Gran Bretaña estaría un poco menos impaciente por besarle el culo a Franco. Bueno, por lo menos Jack estaría libre para continuar la lucha, mientras que haya una lucha para seguir. Si todavía tenía la posibilidad de volver a su plan, lo haría. Si no, encontraría alguna otra manera. O en España, o desde

Inglaterra. Todo dependía, supuso, de esa hoja de papel. Porque sabía que habían dejado libre a algunos de los miembros capturados de las Brigadas Internacionales con la condición de que no volvieran a España. Pero a algunos de ellos que aun así volvieron al país, los habían capturado y llevado al paredón, se decía—. Desátenme. Déjenme verla.

El teniente Turbides murmuró algo siniestro, luego encendió otro puro. Un cigarro gordo. Una nube fresca de humo.

—El teniente dice que todo a su tiempo, señor Telford. Solo un par de preguntas rápidas primero. —Merry del Val dejó la página escrita a máquina, alcanzó la caja otra vez. Sacó unos recortes de periódico. Jack los reconoció. Del *Manchester Guardian* y *The Times*. Los mismos recortes que Jack trajo consigo en el viaje y que dejó en el hotel en San Sebastián. Estaba a punto de hablar, pero entonces mantuvo su boca cerrada. "¿Y si firmo", pensó, "pero no me dejan libre? Solo un desaparecido más, los cabrones se quedan con mi firma librándose de cualquier responsabilidad".

Merry del Val entregó los recortes al marroquí y, al mismo tiempo, Turbides pasó su encendedor al hombre que se quedó con los trozos de papel de prensa entre sus dedos, encendió los bordes y los dejó quemar hasta las puntas de sus dedos. "Entonces han examinado las habitaciones también. ¿Y ahora qué?" Sacaron los blocs de notas de Jack a continuación, esos que había llenado con observaciones durante las semanas previas. Luego su libro de gramática española de Hugo, seguido por el apreciado ejemplar del libro *Lenguaje Internacional del Doctor Esperanto* de Richard Geoghegan. Hasta que la sala estaba llena de un humo mucho más acre que el del puro, y fragmentos de ceniza negra flotando por todas partes.

—Escoria —dijo Jack, tratando de sofocar una nueva y profunda sensación de pérdida—. No tienen ninguna intención de liberarme ¿no es cierto?

—Un colega mío una vez hizo una sabia observación —le dijo Merry del Val sonriendo—. Que una vez que se le quita a un hombre todo lo que posee, solo quedaría una forma de hacerle daño. Se le devuelve algo. Solo que se le devuelve roto, sin posibilidad de reparación. Su esposa. Su hija. En este caso, Telford, su libertad.

Y funcionó. Porque las anteriores esperanzas de Jack resbalaron y tropezaron por la pista de nieve de la euforia y chocaron contra las rocas de hielo, abajo en las profundidades, en la grieta de la desesperación, mientras Merry del Val tomó un objeto más de la caja. La familiar tapa del álbum de recortes de Julia Britten.

—¡Eso no es mío! —Jack gritó.

El marroquí dio un paso adelante para tomar el álbum, pero Merry del Val sacudió la cabeza. Lo abrió y pasó algunas páginas.

—¿Pero dejado a su cuidado, supongo? ¿O robado? ¿De alguna otra víctima?

—Está loco —Jack señaló con la cabeza a Turbides—. Él sabe muy bien que no fui yo. —Vaciló, inseguro de cuál serían las consecuencias si continuaba hablando—. Julia Britten fue asesinada por su preciosa heroína de la España Nacional —profirió, aunque el teniente de la Guardia Civil ya estaba gritándole, apuñalando el aire con esos dedos que sujetaban el puro.

—Ya sabemos que usted mató a la señorita Carter-Holt —dijo Merry del Val—. El teniente lo sabe. ¿Así que por qué no a la señora Britten también? Pero, ¿por qué razón, Telford? ¿Y por qué ha guardado el álbum? Ella descubrió algo que usted prefiere mantener en secreto, ¿verdad?

—Es lo que le gustaría pensar, ¿verdad? Bien fácil. Dos muertes embarazosas resueltas en un día.

Merry del Val tiró el álbum por toda la sala. En los ojos de Jack, un acto más violento y terrible que cualquier cosa a la que él mismo había sido sometido hasta ahora. Las lágrimas llenaron sus ojos de nuevo, inesperadas e imposibles de reprimir. Le había prometido cuidarlo y asegurarse de que encontrara su camino de regreso seguro a Inglaterra. Y ahora…

—Creo que estamos todos un poco más preocupados por lo que planeaba hacer a continuación, *old boy* —dijo Merry del Val, y tomó su próxima prueba de la caja. La pistola que Jack había comprado —alquilado en realidad— aquí en Burgos. Luego una segunda pistola, agitada en la cara de Jack. La Astra automática de Carter-Holt—. Y quizás podría explicarnos específicamente estas? —El hombre sacó con cuidado un par de cámaras *Agfa Box Forty-Four*—. Dos de ellas. Pero esto —señaló una de las cámaras con su mano derecha— tiene un interior un tanto interesante.

Jack recordó el mecanismo ingenioso. Cañón de calibre pequeño conectado a la parte trasera del obturador de la lente. Balas mortales de punta hueca, el plan de Carter-Holt para que Jack, en vez de sacar una foto inofensiva, lo usaría para asesinar a Franco. "Y la ironía", pensó. "Si solo me hubiera dicho la verdad, probablemente hubiera estado dispuesto a hacerlo de todas formas". Pero no lo había hecho. Lo engaño. Le dejó creer que, mientras que él hacía la foto, sería Carter-Holt quien cometería el asesinato. Con la pistola Astra. Pero Jack sabía más ahora. La Astra era para matar a Jack. Y Carter-Holt sería una heroína una vez más. La mujer que mató al asesino de Franco. Pero todos los del tour la habían visto con la cámara muchas veces. Así que necesitaba otra y dejó una en su cuarto de hotel.

—¿Dónde las han encontrado? —dijo Jack, aunque ya sabía la respuesta.

—Acaban de llegar de San Sebastián —le respondió Merry del Val con una sonrisa—. El teniente ordenó requisar su habitación en el Hotel María Cristina. Las encontramos allí, por supuesto.

"No", pensó Jack. "Habrían revisado esa habitación hacía días. ¿El viernes pasado? Tan pronto como comunicaron nuestra desaparición. O cuando encontraron su cuerpo. Debía haber sido un verdadero rompecabezas. Su maleta. La pistola. Una cámara-arma".

—Debe haber sido difícil para usted —se río Jack, sabiendo ahora que nunca iba a salir vivo de esto—. ¿Qué estaría haciendo su heroína de la España Nacional con todas las herramientas de un asesino mercenario, me pregunto?

—Las encontraron en su habitación, señor Telford, no en la de la señorita Carter-Holt.

—Puede que a mí me haya engañado —dijo Jack—, pero a Franco le hizo quedar como un tonto. Fíjese en el Caudillo abrochándole la Cruz Roja del Mérito Militar a la misma mujer que planeaba matarle. —Todavía se estaba riendo, pero ahora el matón marroquí tenía su cabeza agarrada como un tornillo de banco, la mantenía totalmente inmóvil mientras el teniente Enrique Álvaro Turbides, del Servicio de Prevención y Orden Público de la Guardia Civil, apartó el grueso puro de sus labios, quitó la ceniza con un golpecito y sopló hasta que la punta encendida brillaba y chispeaba como los pozos del infierno. Sin embargo, habló tranquilamente, mientras miraba la cara convulsa y contorsionada de Jack.

—El teniente quiere saber algo más —dijo Merry del Val—, sobre la cámara. Se pregunta cuál de sus ojos tenía previsto usar. Para matar al Caudillo.

Capítulo Diez

Sábado, 8 de octubre – sábado, 22 de octubre de 1938

Preguntad ahora dónde está ese Gran Libertador, y encuéntralo
Ciego en Gaza, atado a la noria, entre los esclavos.

Las palabras giraban, una y otra vez, en la cabeza de Jack, cayéndose por el vórtice de sus propias agonías. Las agonías de Sansón. Un gran hueco, un dolor ardiente que nunca lo dejaba pero que ardía con una insistencia intolerable durante los momentos breves de su consciencia. La visión obstruida a través del único ojo que le quedaba, pero incluso con ese era apenas capaz de enfocar algo. Los tormentos sufridos durante la noche interminable, dejado solo, tumbado y retorciéndose en el suelo duro, incapaz de distinguir si todavía sufría torturas o si su cerebro simplemente interpretaba otra vez aquellas a las que había sido sometido. Los olores incrustados en sus fosas nasales. Sus pestañas chamuscadas, encogiéndose mucho antes de que el puro acariciase el párpado. La mezcla inextricable del humo de tabaco y el olor enfermizo de su propia carne chisporroteante. El olor correoso y persistente de los dedos sudorosos del teniente cuando los metió y empujó aparentemente dentro del cráneo de Jack. Y luego el líquido ardiente, como aceite, cuando se derritió su córnea. El recuerdo lejano de otro camión. Un camión abierto. El sol. La parada delante de una entrada y, sobre la entrada, Santiago matando paganos. Pero este Santiago parecía estar vivo, luchando contra los moros en alguna realidad distorsionada hasta que, por fin, Jack cayó una vez más a la oscuridad.

—*Can you hear me?* —¿Me escuchas?

Jack decidió ignorar la voz del hombre. "Ahora todo está limpio y ordenado", pensó, y se acordó de que habían traído a un sacerdote de algún lugar. Para escuchar su confesión. Cuando amenazaban con tomar el ojo derecho también. Hubiera confesado cualquier cosa en ese momento. "Todo está limpio y ordenado". Confesiones testificadas y recordadas por el sacerdote. Sí, había planeado matar a Franco. Sí, había matado a Julia Britten porque ella había descubierto su plan. Sí, había matado a Carter-Holt porque le había confrontado con el asesinato. Solo Turbides y Merry del Val supieron la verdad. O la intuyeron. El mito de la lealtad de Carter-Holt frente a la España Nacional, intacto. La reputación de Franco también, como consecuencia. Pero esta voz no pertenecía a Merry del Val. ¿Un auténtico acento británico? ¿Norteño?

Jack abrió su ojo derecho hinchado, vio que un vagabundo estaba inclinado sobre él. Sucio, camisa rota. Sin afeitar. Una manta raída alrededor de sus hombros. Por encima de su cabeza, una ventana. Sin vidrio, pero con una lona rota aleteando en el viento frío y silbante que escocía en las muchas heridas de Jack. ¿Y el olor de hoy? Difícil de definir, pero desgarrador.

—Olor —dijo Jack en su propio idioma.

—Te acostumbras —dijo el vagabundo—. Pero escucha, necesito limpiar eso.

—Oh, Dios mío. —Jack se contrajo mientras otro espasmo de fuego rastrilló la cavidad de su ojo izquierdo y las partes circundantes de su cráneo.

—Te puedo dar una aspirina —se disculpó el hombre—. Es todo lo que tenemos. Pero debo limpiar esa herida. —Gritó por encima de su hombro unas palabras en un español chapurreado y una monja apareció a la vista por detrás de él con un tazón en mano. Solo que, al igual que el vagabundo, parecía ser algún tipo de versión mendiga de una monja, su hábito tan andrajoso como la camisa del hombre—. No, no lo toques —le dijo a Jack, que apenas se había dado cuenta de que había levantado su mano—. Dios todopoderoso —maldijo el hombre—. Necesito sacar de aquí todos estos restos chamuscados de pestañas.

El agua estaba fría. Fría como el hielo. Jack se estremeció primero. Quiso impedir que el hombre le tocase. Pero unos minutos más tarde el proceso le comenzó a calmar y se dejó llevar por algo que parecía un descanso más calmante, el descanso de agotamiento. Pero no duró mucho y el dolor lo volvió a despertar totalmente. La sala destartalada que vio parecía estar llena de otros desharrapados, por lo menos, en ese rincón sombrío del final, más allá de la división improvisada con una manta que separaba esta sección del resto, donde algunos otros gemían o gritaban en delirio, y la monja-enfermera mojaba sus frentes. Ella vio que estaba despierto y llamó en español.

—Doctor, ¡venga!

El vagabundo volvió, levantó el mentón de Jack para examinar el ojo.

—¿Puedes sentarte? —preguntó—. Quizás eso te ayude. Evitaría que la hinchazón empeore.

—¿Dónde? —dijo Jack, cuando el vagabundo lo ayudó a apoyarse en una pared. Todavía no entendía por qué estaba vivo, en absoluto, por qué no lo habían matado simplemente en aquella habitación. Y no estaba del todo seguro de si estaba contento de haber sobrevivido. Hubo un lapso en el cual había caído en un lugar de paz, se resignó a la convicción de que sus tormentos habían terminado. Para siempre.

—¿Nuestro pequeño palacio? San Pedro de Cardeña. Me recuerda a casa. ¿Pero qué hay de ti? ¿Qué diablos has hecho para merecer todo esto? No eres uno de nosotros, ¿verdad?

—¿Uno de vosotros?

—Prisioneros de guerra, muchacho. Internacionales. Y los demás. —Le hizo un gesto con la cabeza a la monja que pasaba por allí con otro sacerdote, aunque su cara estaba seria y no intercambiaban ninguna palabra entre ellos. El sacerdote se agachó al lado de un bulto cerca de la pared de enfrente. Otro paciente de esta extraña enfermería. Cara de una palidez mortal. Respiración apenas audible, áspera. El sacerdote habló, pero la monja se puso delante de él, buscó dentro de la camisa del hombre, levantó un crucifijo de su pecho y espetó alguna invectiva a la cara del sacerdote.

—¿Qué dijo? —susurró Jack.

—Es el joven Jamie. Irlandés. Peritonitis. Dice que él es un católico de verdad. Que el sacerdote, en cambio, no tiene ni derecho a llamarse cristiano. Que Jamie ya hizo las paces con Dios a su manera. Pero es todo una mierda, ¿eh? Ella está aquí por ser vasca. De Guernica. No quiere seguir con la mentira fascista de que el pueblo fue destruido por los anarquistas. Se niega a mantener la boca cerrada sobre la verdad.

—Yo estuve. En Guernica.

—Sí, claro que estuviste. ¿Y Jamie? Jamie vino aquí para luchar contra los fascistas. Como el resto de nosotros. ¿Pero ahora? Solo le queda luchar por sobrevivir en este lugar de mierda.

Pasaron dos semanas. El dolor había remitido un poco, comenzando a picar. Un buen signo, dijo el médico —a quien Jack ahora conocía como Bob Keith, un médico estudiante de Halifax—. Partido Comunista de Gran Bretaña, por supuesto, y el único médico de las Brigadas Internacionales lo bastante estúpido, se jactó, como para haber sido capturado en el frente. En Calaceite. Pero la picazón se convirtió en una tortura misma y Jack cometió en repetidas ocasiones el error de rascar la venda.

—Diablos —dijo Bob—, lo sabía. Te has infectado la puta herida.

Ya no estaba en la enfermería y ahora supo que tenía suerte. La mayoría de los pacientes, como Jamie, simplemente habían muerto allí. Así que Jack se alegró de que lo hubieran llevado al patio, abierto a las corrientes de aire, juntándolo con el resto de la desharrapada compañía para la rutina regular del campo de concentración. Fue una vez un monasterio, se había enterado, pero ahora estaba abandonado al deterioro. Había alguna conexión con El Cid aquí también. O por lo menos es lo que dijeron los otros muchachos. Y les debía mucho a los otros. Lo habían arrojado aquí sin nada salvo su ropa rasgada y sus zapatos con suela de alpargata. Sin navaja de afeitar. Sin cigarrillos. Sin nada. No era el único. Pero tampoco era uno de ellos, por lo que la buena voluntad de sus compañeros de compartir con él sus propias provisiones limitadas, algún que otro cigarrillo, lo conmovió profundamente.

—¿Tienes algo? —dijo—. ¿Para la picazón?

—No seas estúpido. Trata de mantenerlo limpio. Aunque no debes preocuparte por la septicemia. Perdón, el pus. Saldrá por su cuenta. Lávalo regularmente. Luego cúbrelo de nuevo con una parte limpia de la venda. Si tienes suerte, no habrá ningún trastorno sistémico.

—¿Lavar?

—Sí, ya lo sé —dijo Bob Keith—. Pero haz lo que puedas. —Quinientos prisioneros. Cinco grifos de agua fría. Y, la mayoría de los días, no más que unas gotas.

Todos fueron arreados por guardias armados fuera de la larga cámara espartana y llevados dos pisos más abajo al patio cuadrangular del monasterio. Rutina normal matutina. Mástil de bandera. Escuadrón de soldados. El estandarte rojo y amarillo de la España Nacional izado con las notas discordantes de una corneta. Y el sargento, el que ellos llamaban el Palo, gritando una letanía.

—¡España! —gritó, y levantó su brazo en el saludo fascista.

—¡Una! —le devolvieron el grito sus hombres, sacando sus brazos con el mismo entusiasmo, mientras que los prisioneros —quizás cuatrocientos de ellos, congregados alrededor en los cuatro lados de la plaza— participando de forma obligatoria con una reacción menos fervorosa, y la mayoría con apenas una parodia del saludo.

—¡España! —gritó El Palo, y recibió la respuesta deseada.

—¡Grande!

Pero cuando el sargento gritó España por tercera vez, el cuadrilátero estalló, los gritos de los prisioneros ahora ahogando a los de sus captores.

—¡Libre! —chillaron. Su grito de batalla. Al que se sumaron también aquellos prisioneros vascos y asturianos invisibles en las secciones más alejadas de la prisión. Y cuando fue necesario gritar el nombre del Caudillo una y otra vez, cambiaron con gritos roncos ¡Fran-co! ¡Fran-co! por ¡Fuck-You! ¡Fuck-You! La expresión inglesa para ¡Jódete!

—Siempre podrías tratar de aplicarte unas gotas de la sopa —dijo Bob, mientras pasaron por las ollas del desayuno para recoger su ración—. Solo asegúrate de sacar las migas de pan.

Jack examinó el contenido de su tazón y se preguntó si el agua caliente, el vinagre, el ajo y el aceite de oliva tendrían más uso como bálsamo que para nutrirse. La mayoría de los días la sopa había pasado directamente por su cuerpo y lo había llevado a pelear por un turno de urgencia en una de las cavidades en el piso que servía como letrina.

—¿Se ve tan mal como se siente? —quiso saber.

—No ganarás ningún concurso de belleza. Peor que eso, el párpado está tan dañado que nunca volverá a cerrarse. Significa que el globo ocular mismo sufrirá deshidratación. Infecciones recurrentes. Pero cuando se cure un poco, puedo poner unas cuantas suturas, cerrar el párpado de forma permanente. No quedará bonito. Aunque mejor. Ah, y los Seis Secretos están interesados en tu historia. Después de la cena enviarán a alguien a llevarte hasta ellos.

¿Después de la cena? El agua sucia de lentejas y alubias de la tarde. Y antes de eso, el curso diario de estudios cristianos. Apropiadamente igualitario. Trataban a todos como si fueran igual de estúpidos, igual de marginados de la civilización, sin importar si eran rojos ateos, judíos codiciosos, protestantes paganos, budistas inescrutables, o incluso católicos desatinados, ortodoxos orientales o de alguna otra clase. Sin embargo, muchos del grupo de estudio de la biblia, como Jack descubrió, eran asistentes reincidentes que, cuando habían llegado al final de uno de los cursos, lograban suspender el sencillo examen final e inmediatamente volvían a empezar de nuevo.

—Al menos el Palo y sus hombres nos dejan en paz mientras estamos aquí dentro —le había contado uno de los regulares. Pero no hubo forma de evitar al Palo más tarde, cuando, después de que habían pasado un rato en su propio rellano, fueron convocados todos a la oración obligatoria antes de poder comer. Y, antes de la oración, la obligación habitual de satisfacer el sadismo de los guardias. Tuvieron que volver a bajar las escaleras y salir al patio, pero ahora con los cabrones alineados en ambos lados, todos con bastones o mangos de piqueta, forzando a los grupos de prisioneros a correr baquetas, siendo golpeados en sus nalgas, muslos y espaldas. Y muchos de los hombres habían tenido que sufrirlo, día tras día, durante meses. Cómo habían sobrevivido tanto tiempo, Jack no tenía ni idea. Acribillados por los piojos. Viviendo cara a cara con todo tipo de alimañas en ese montón de ruinas. Más que medio famélicos. Barridos por el escorbuto. Pero él había desarrollado su propia estrategia. La primera vez fue más bien un accidente, la venda se cayó hasta cubrir ambos ojos, forzándole a aguantar hasta casi ser el último en la línea. Y, para entonces, los guardias ya se habían cansado de su deporte. O quizás iba incluso más allá de su espectacular grado de crueldad el golpear a un hombre ciego. Desde entonces Jack fingía ceguera total siempre que podía, creando una de las raras paradojas por la cual a veces parecía que fueran ellos los que no podían verle a él. Y normalmente lo dejaban la mayor parte del tiempo a su aire, ligeramente divertido por el juego paralelo del que era responsable y en el cual él era el protagonista. El juego en que los prisioneros-compañeros, dándose cuenta del valor potencial de Telford, se peleaban por el privilegio de ser su acompañante, un papel que también ofrecía algo de inmunidad, a pesar del riesgo de recibir golpes aún peores en la melé por ganar la codiciada posición al lado de Jack.

La táctica funcionó bastante bien hoy, ayudando a Jack a pasar la sesión de rezo sin peligro. "Por favor Dios, que haya algo mejor que lentejas o habichuelas este día". Los rezos sin respuesta. Solo el agua sucia de siempre. "Y por favor Dios, no me dejes estar hoy en la lista de castigo". Porque la lista de castigo era el siguiente punto en el itinerario monótono. Aquellos que habían sido observados por la mañana como especialmente lentos en su saludo fascista. Aquellos menos entusiastas en responder a los gritos de ¡España! de el Palo. Aquellos que habían planteado preguntas difíciles al sacerdote durante la clase de cristianismo. Aquellos que aún se negaban a arrodillarse a la hora de rezar. Eran unos cuantos, cada día, sacados de la fila para la comida y arrastrados abajo hasta el sótano, al calabozo, para ser golpeados sistemáticamente con porras de madera o con un raro instrumento de castigo hecho con el vergajo de un toro.

—¿Quiénes son? —Jack miraba a aquellos seleccionados ese día para el calabozo. Se encontraba en la fila al lado de Ed Acken que también era periodista, y combatiente del batallón americano de Abraham Lincoln.

—Ese es Bob Steck —dijo Acken. Señaló discretamente con la cabeza a uno de los hombres que estaban siendo llevados al edificio—. Buen tipo. De mi equipo. Produce nuestro propio diario. Lo leíste? —Sí, Jack lo había leído. El *Jaily News*. Excelente. El título era un juego de palabras. *Jail*. Cárcel. Y *Jaily*, parecido a la palabra *Daily*, diario. El periódico ideal para levantar la moral—. ¿Y aquel? —Acken señaló con el dedo la segunda víctima—. Lo entrevisté. Sudafricano. Pero judío letón de nacimiento. ¡Qué te parece! Jack Filar. Pero no conozco al tercero.

—Es Doyle —dijo Bob Keith, justo detrás de ellos—. Un chico de Dublín.

Y Doyle, rechazando estar agarrado, sacudió la mano del guardia, marchando él mismo hasta el calabozo con el brazo levantado en su propio saludo de puño cerrado.

—Recibirá golpes extras por eso —dijo Acken—. ¿Y qué tal tú, Telford? ¿Nos acompañas esta tarde?

Allí estaba. La manera en que la brutalidad rutinaria se adueñaba de uno. Un alivio instantáneo porque era otra persona, y no uno mismo, la que había sido seleccionada para el castigo. Un momento más de lamento por las víctimas. Luego a seguir con las cosas de la tarde. La clase magistral de ajedrez de Hyman Wallach. O las clases de mecánica de motores, idiomas, arte o historia de la clase trabajadora, todo parte del programa de autoayuda, apodado ahora por los prisioneros como *El Instituto de Educación Superior de San Pedro*.

Gracias a Dios por el partido comunista, pensó Jack, sin ningún tipo de ironía. Porque el partido había sido en gran parte responsable, como supo, de las clases; de organizar la patrulla de seguridad para los prisioneros; de establecer una especie de ley y orden entre los presos, reemplazando la anarquía y el caos que había atormentado el lugar, para alegría de los fascistas, se decía, cuando llegaron los Internacionales al principio; y de crear el comité del campamento, los Seis Secretos.

—¿Al ajedrez? —Jack respondió—. Me encantaría. Pero parece que tengo que asistir a una entrevista.

Ed me cuenta que eres un buen jugador, Telford —dijo el enorme americano, Lou Ornitz.

El comité del campamento estaba reunido, como siempre, en esa sección del rellano del primer piso donde Hy Wallach organizaba sus partidas de ajedrez. Había una docena de asistentes que daban una buena cobertura a la ocasional reunión clandestina a plena vista de la guardia. Algunos tableros pequeños estaban hechos con cualquier trozo de madera encontrado por ahí que aún no se había usado como leña. Pero la mayor parte eran tablas rayadas en viejas losas frías, todo improvisado, al igual que las figuras para jugar.

—¿Ajedrez? —dijo Jack, mientras que Ornitz movió un peón de dama minúsculo, hecho de papel maché, a d4.

—Creo que sabes a lo que nos referimos —dijo Ryan, el comandante irlandés y un espectador en el juego de hoy. Jack no sabía si era un miembro de los Seis Secretos, ya que había muchas más que seis personas reunidas en torno a esta partida en particular, en la que el adversario chino, el compañero Chen, estaba considerando una respuesta con un caballo de dama a f6.

—Solo está siendo modesto, ¿no es cierto, tío? —dijo el ingeniero de labios finos de Salford. Un tipo irreprimible, Joe Norman—. Escribe bien, considerando que…

¿Considerando qué? Jack pensó. ¿Que no soy miembro del *Partido?*

—No es exactamente el *Daily Worker* —dijo Acken, arrastrando las palabras—. Sino una lectura decente, este *Reynold's News*, me dicen.

—Hay unos camaradas extraordinarios en el Movimiento Cooperativa —dijo Joe Norman—. Tu editor, Elliott. Excelente trabajo. La campaña Leche Para España. Y el trabajo llevándose a esos niños vascos a salvo a Gran Bretaña. Simplemente estupendo.

—Muy amable —dijo Jack—. Pero no estoy seguro todavía de qué puedo hacer yo por ustedes, caballeros.

Se había encontrado con algunos de estos hombres unas semanas atrás. Alrededor de otra partida de ajedrez. Sospechas. Pidieron que contara su historia. No solo una vez, sino varias. Telford no era el único civil allí, pero su historia fue la más rara. Se había ceñido tanto a la verdad como era posible, pero omitió cualquier detalle que considerara que podría hacerle la vida más difícil. En su versión, Jack explicó el tour de los campos de batalla, y ya era bastante difícil que los Seis Secretos se tragaran eso. Describió su papel. Los incidentes principales en Covadonga y Santiago de Compostela. Aunque evitó con cuidado cualquier mención del jueguecito de Carter-Holt allí. Él no era más que un conocido casual de la mujer, insistió. Su muerte, un simple accidente. Por supuesto, como estaba con ella en aquel momento, había cometido una estupidez. Había salido corriendo. Y la Guardia Civil le había capturado. Luego había sido acusado de actuar como corresponsal ilegal. Casi como un espía. Bueno, es comprensible, había dicho Ed Acken, recordándoles el caso de Koestler. Pero quisieron saber qué era lo que los hijos de puta le querían sacar para casi dejarlo ciego, ¡por el amor de Cristo! Jack no les podía dar ninguna respuesta. ¿No era simplemente esta la manera en que se comportaban los fascistas? Pero allí se quedó el asunto, colgando en el aire.

—Herr Telford —susurro Karlsen—, ¿está seguro de que usted no era confidente de Fräulein Carter-Holt? —Karlsen le puso a Jack en un aprieto. Se hacía pasar en San Pedro por un ex-marinero sueco, también capturado en Calaceite, pero parecía bien sabido que, en realidad, era un alto cargo del partido comunista de Alemania, entre los primeros de la lista de Hitler de los más buscados. Si su identidad real fuera descubierta, lo llevarían a Sachenhausen al instante—. ¿Nunca mencionó a Willi Müntzenberg, por ejemplo?

Bueno, por supuesto que lo hizo. Según Carter-Holt, fue su trabajo con Müntzenberg en nombre del partido, por el que se había fijado en el Comintern. Y también se fijó en aquel chico, Kurt Tiebermann, de quien se había enamorado y al que luego había perdido, matado por los nazis. Pero Telford no podía admitir nada de eso.

—¿Müntzenberg? He oído hablar de él. Por supuesto. ¿Pero por qué la señorita Carter-Holt me lo habría mencionado a mí? No podría haber sido una simpatizante comunista, ¿verdad?

—Guarde la historia para otro día, Karlsen —dijo Ornitz, luego maldijo cuando su caballo perdió contra el alfil de Chen—. Verá, señor Telford, hemos recibido noticias. —Levantó un ejemplar del *Diario de Burgos*—. Nos dejan ver los diarios ahora. Unas cuantas cartas también.

Fue difícil de creer, pero los demás confirmaron que era cierto. Que por muy mal que fueran las cosas en San Pedro de Cardeña, actualmente iban mejor que hace tan solo unas semanas. Era triste, pero había sido una consecuencia de la derrota de la República en el Ebro. Nadie aquí creía que la guerra aún podía ganarse. Franco lo sabía también. Por ello el régimen de prisioneros parecía haberse relajado, aunque solo fuera mínimamente. Entraban unas pocas cartas. Un paquete ocasional. El regalo divino del tabaco. Hasta hubo una visita de *lady* Austen Chamberlain a principios de septiembre, la cuñada del Primer Ministro. Pero había venido a San Pedro con su propia agenda pro-nazi para poder informar sobre lo bien que el general Franco, su gran amigo, trataba a los prisioneros de guerra. Por supuesto había fracasado totalmente y tuvo que acortar la visita, calificándolos a todos como escoria comunista.

—¿Obtenemos nuestras noticias de las páginas de los diarios de Franco? —Jack se rió.

—Y de cierto dueño de estanco en Burgos con un ojo inteligente para codificar mensajes —dijo Acken—. Pero estas noticias te afectan a ti directamente, señor Telford. Y no es lo único que escuchamos hoy. El jefe del campamento informó al comandante Ryan que un grupo de miembros del batallón británico va a ser transferido. A San Sebastián. En los próximos días. Y luego intercambiados por unos italianos tomados prisioneros por nuestro bando.

—¿Y cómo me afecta todo eso a mí? —dijo Jack—. No soy del batallón, ¿verdad?

—No directamente —le dijo Ornitz—, pero esto te afecta. —Agitó el periódico otra vez—. Parece que hemos recibido órdenes. Desde arriba. Madrid. Alguien te debe apreciar mucho, señor Telford. Nos han dicho que tenemos que organizar tu fuga.

—¿Madrid? —dijo Jack—. No conozco a nadie en Madrid. ¿Por qué…?

Ornitz se encogió de hombros, movió su dama para amenazar a la torre de Chen que venía avanzando.

—Supongo que lo vas a descubrir. Todo lo que te pido es que, si tienes la oportunidad, acuérdate de contar tu historia. Sobre este lugar. Si logramos liberarte, puedes apostar tu vida a que lo pagaremos. Aquellos que quedemos aquí. Lo pagaremos a lo grande.

"Pero si escapo", pensó Jack, "y luego me detienen otra vez. ¿Entonces qué?" Pero Frank Ryan debía haber visto el nerviosismo en la cara de Jack.

—No entiendes, Telford ¿verdad? —dijo el hombre irlandés—. Piensas que puedes pasar el resto de la guerra aquí dentro. Pero hubo otra cosa que el jefe me dijo. Convocaron un tribunal militar. Solo para ti. Espionaje. Así que, lo que sea que estés ocultando de nosotros, te van a matar por ello. Y pronto, más pronto que tarde.

Capítulo Once

Lunes, 24 de octubre de 1938

Despertó gritando. Estaban sacándole su otro ojo. Y el dolor, el dolor sofocante…

—Tranquilo, Telford, tranquilo.

Ryan, el irlandés, con su mano sobre la boca de Jack.

—¡Suélteme!

Se liberó de los dedos de Ryan. Dedos fuertes, gruesos. Dedos que habían apretado por primera vez el gatillo durante la guerra civil irlandesa —del lado republicano irlandés, claro—. Dedos que escribieron prosa lírica gaélica para *An Reult*, la revista de la Universidad de Dublín. Dedos que ayudaron a redactar la constitución revolucionaria para el Congreso Republicano irlandés.

—Tenemos que hablar —susurró Ryan—. Ahora.

Tomó el codo de Jack, lo puso de pie, le ayudó a incorporarse después de la humedad congelante de una noche más, acostado en las losas frías.

—¿De verdad lo vamos a hacer? —dijo Jack, casi rogando que la respuesta fuera no, mientras que salieron esquivando a los demás ocupantes inquietos del descansillo. Se movieron a hurtadillas por el pasillo, hasta la sala más estrecha con sus apestosas letrinas.

—Sabe —dijo Ryan— que he estado aquí todos estos meses y todavía no sé adónde se va toda la mierda. —Jack se preguntó si era un comentario filosófico—. Y sí, lo vamos a hacer. Pero si lo logra, Telford, ¿Qué tipo de historia contará?

—Supongo que todo depende de lo que pase en Madrid. ¿Por qué? ¿Qué se le ocurre, comandante?

—Bueno, por ejemplo, señor Telford, ¿qué dirá sobre la farsa del gobierno británico en todo esto?

—Eso es parte de lo que me metió en este embrollo desde un

principio. Trataba de enviar unos artículos a mi editor. Sobre la vista gorda que hacemos frente a los barcos británicos que están siendo hundidos por los italianos. —Tocó su propio ojo recientemente cegado para poner más énfasis, sonriendo ante su broma de mal gusto. Max Weston, su amigo, un cómico profesional, hubiera estado orgulloso, y Jack extrañó al gran bufón—. Sobre cómo estamos dejando que recompensen a Hitler —siguió— por su participación aquí, con todas las materias primas que necesita para rearmarse. Sobre cómo la embajada británica en Madrid sabía de antemano del golpe de estado y no hizo nada al respecto. Y ese jodido Chamberlain soltando un discurso sobre la "paz para nuestra época" mientras que estaba pasando todo esto.

—Malditos ingleses —dijo Ryan—. A veces pienso que los únicos ingleses decentes que existen están aquí metidos. O aquellos que ya volvieron a casa heridos. Y ni siquiera estoy seguro de ellos. ¿Pero el resto? No quiero ofenderle, pero, no daría ni una guinea por todos ellos. Hay una guerra más grande que esta acercándose, señor Telford. E Inglaterra será la maldita causante de ello. No Hitler. No Mussolini. Inglaterra, maldita sea.

—Es una conclusión a la que yo ya había llegado, comandante. Pero eso creará un dilema para usted. En una guerra entre el imperialismo británico y la Alemania nazi, ¿de qué lado estará la República Irlandesa?

—¿Ah, pues contra los fascistas primero, eh? Siempre contra los fascistas. Pero sobran fascistas en el sistema británico también. Usted lo sabe. Incluso dentro de su familia real. Y todos esos parásitos como *Lady* Austen Chamberlain. ¿Escribirá sobre ellos, Telford? ¿Tendrá suficientes cojones?

Jack nunca había sabido con certeza si Ryan le caía bien, pero ahora se ablandó un poco.

—La primera cosa que escribiré será sobre la forma en que los han tratado aquí. Las condiciones. Y los exámenes. —Había escuchado las historias, una y otra vez, sobre cómo la Gestapo, con la colaboración de la Policía Secreta de Franco y un psicólogo llamado Vallejo, habían llevado a cabo sus experimentos con los prisioneros —mediciones y exámenes físicos de sus cabezas, cuerpos, genitales, y su llamado examen de inteligencia— para demostrar que los simpatizantes marxistas, comunistas y socialistas en general, de alguna manera tenían un defecto mental—. Cómo le fue con los exámenes a usted?

—¿Quiere ver las cicatrices, compañero? —respondió Ryan—. Pasé casi un mes en el agujero, a intervalos. En soledad.

—Es un hombre valiente, comandante.

—¿Valiente? Coño. Si solo soy un enfermo mental marxista más. Y me dicen que el mismísimo representante, el Ministro Irlandés para Asuntos Españoles me viene a visitar. Hasta quizás contraten a un abogado para ayudar a sacarme de aquí. Pero, ¿quién sabe dónde terminaré? Y usted, señor Telford. Tiene que llevar la lucha contra el fascismo fuera de aquí ahora. Llevarla otra vez a las calles de Londres. Por todos nosotros.

"Esperaba", pensó Jack, "llevar la lucha contra Franco de una forma un poco más directa".

—Sí —respondió—, alguien ya me dijo algo parecido.

—No había planeado hacer esto tan pronto —dijo Bob Keith—. ¿Estás seguro de que quieres que lo haga?

—Vamos, hazlo —dijo Jack, temblando tanto de temor y duda que apenas podía hablar, ni controlar el temblor de sus miembros. Estaba sentado contra la pared en un lugar donde un solitario rayo de sol mañanero arrojaba un foco teatral en el yeso quebrado y sobre su cara. Vio a Keith hacer una señal con la cabeza a los hombres que tenía a cada lado, y estos agarraron rápidamente los brazos de Jack, sus hombros, su cabeza. Y Jack cerró su ojo bueno involuntariamente en cuanto vio la aguja de sutura y el hilo. La verdad es que apenas sintió la aguja pasar por el párpado inferior del ojo izquierdo pero gritó cuando enganchó la parte superior y sintió el hilo apretar y tirar mientras que se juntaban las partes de carne viva. Maldijo y se retorció durante otra eternidad hasta que por fin terminó.

—¿Ves? —murmuró Bob—. Sobran lágrimas del ojo derecho. Nada en el izquierdo. Se hubiese deshidratado muy rápido. —Examinó por última vez su trabajo, luego sacó un cigarrillo del bolsillo, lo metió entre los labios de Jack y se lo encendió—. He visto cosas peores —dijo—. Trata de mantener la venda limpia. Y ponte un parche. Me han dicho que a las chicas les encantan los tipos con parche.

Ayudó a Jack a bajar a la fila de reparto de comida y, hoy, ni siquiera a Jack le permitieron salir ileso de las baquetas. El Palo y su pandilla cayeron sobre todos con un vigor particular e indistinto.

—¡Rábanos! —Jack escuchó maldecir al americano, Steck, cuando por fin todos llegaron a terreno seguro—. Están enfadados porque algunos de nuestros hombres salen de este lugar de mierda, mientras que ellos, bastardos, están atrapados aquí dentro.

Aquello alivió la tensión, y además Steck les prometió una buena viñeta al respecto para la próxima edición del *Jaily News*.

—Bueno, veamos si vas a salir de aquí también, Jack —dijo Bob Keith. Vieron al sacerdote vasco, el que de alguna manera parecía tener la libertad de caminar libremente entre la sección española y el bloque ocupado por los internacionales. Jack no sabía cómo se llamaba el sacerdote realmente. Nadie lo sabía. Imposible pronunciar su nombre, dijeron los muchachos. Pero llevaba encarcelado en San Pedro dieciséis meses ya. También había aprendido algo de inglés chapurreado. Y dado que se dirigía a todos, ya sea individual o colectivamente, de forma idéntica, se había ganado el mismo apodo recíproco de "Hermano Mío".

A continuación pudo presenciar uno de esos diálogos de fusión en los cuales el español mexicano de Steck se agregaba a un caldo de Euskera, sazonado con un chorrito de frases anglo-americanas, en su mayoría incorrectas, de "Hermano Mío". Todo ello removido con frecuencia con la lengua de signos para producir un guiso casi tan difícil de digerir como las habichuelas de ese día.

—Espero haberlo entendido —dijo Steck, por fin—. Dice que habló con el jefe del campamento y preguntó si, cuando los chicos bajen a bañarse esta tarde, los podías acompañar, Telford. Se inventó alguna historia sobre lo mal que olías. Quejas. Lo exageró. Y luego preguntó qué mal podía hacer. Al fin y al cabo, un hombre ciego no iba a ir muy lejos. Así ya podrás dar el primer paso, por lo menos. Pero necesitamos un voluntario. Para acompañarte. ¿Qué tal tú, *doc*? —dijo a Bob Keith.

Durante las semanas que Jack había pasado en San Pedro, los días de baño siempre habían provocado la mayor conmoción y grandes discusiones. Los baños tuvieron lugar a intervalos aleatorios, admitiéndose solamente unas docenas de hombres en cada ocasión. Por tanto, en promedio, los prisioneros de largo plazo podían contar con este placer excepcional quizás una vez cada dos meses. Pero ni el jefe del campamento ni ninguno de sus subordinados se molestaron realmente en crear alguna forma de sistema organizado. El mismo jefe, en cualquier caso, estaba demasiado obsesionado con sus visitas diarias al Casino de Burgos. Así que hubo muchachos que fueron elegidos con más frecuencia que la prevista por la media bimensual, mientras que otros eran dejados fuera de la lista totalmente. Por lo tanto, esta era otra tarea administrativa de los Seis Secretos. Lista de turnos de baño. Pero ese día hasta ignoraron a esta lista gestionada con cuidado, y los únicos hombres admitidos para recorrer la milla y media hasta el río Arlanzón —con la excepción de Jack y su acompañante, junto con El Palo y una docena de guardias, por supuesto— fueron los cuarenta hombres a quienes les habían dicho que pronto harían el viaje hasta el puente internacional en Irún. La expectativa era casi insoportable, mientras esperaban a descubrir si su intercambio por los oficiales italianos efectivamente iba a suceder. Pero al menos tener esta prioridad de ponerse más presentables fue una buena señal.

—Cuéntame otra vez lo que dijo "Hermano Mío" —murmuró Jack, mientras caminaban penosamente por el sendero del bosque hacia la calle. Había bajado las vendas para cubrir ambos ojos, simulando ceguera total otra vez, pero había dejado una rendija pequeña, para ver más o menos por donde iba—. Sobre lo que hay que hacer cuando lleguemos allí.

—Dice que, cuando tengas la oportunidad —dijo Bob—, debes seguir la orilla del río a la derecha. Al parecer hay mucha maleza que te permite esconderte. Y llegarás a un afloramiento rocoso. Muy prominente. Ellos te estarán esperando allí.

—¿Tan fácil? No estoy seguro.

No se había sentido seguro desde el momento en que le contaron el plan de fuga. Demasiadas cosas que podían salir mal. ¿Podía confiar en el sacerdote? Los Seis Secretos estaban seguros de que sí. Pero, ¿no cabía la posibilidad de que podría recibir una bala mientras escapaba? ¿Y aquello no podía ser para Merry del Val y ese animal de Turbides una manera sencilla de evitar las complicaciones de un tribunal militar y la ejecución de Jack? Aunque no hubiera intenciones ocultas en todo esto y el plan de escape fuera legítimo —y exitoso— ¿cuáles podrían ser las repercusiones para aquellos hombres que lo acompañaban ahora hasta el Arlanzón? Aquellos hombres con los nervios más tensos que las cuerdas de una guitarra por la esperanza puesta en el intercambio. Aquellos que conocía ahora por su nombre —Ward, Malden, Reid, Sterling, Ellis, Pooley, Lomon, McKenna, y el brillante artista, Branson—. Todos iban a volver a su casa y con sus familias. O eso esperaban. Pero ¿qué pasaría si su fuga causaba la cancelación del condenado intercambio?

¿Y para qué? Para que Jack Telford, el importante Jack Telford, pudiera ser enviado a Madrid? ¿Le enviarían a Madrid? ¿Quién diablos, en Madrid, lo conocía? Tenía un mal presentimiento de todo esto.

—Eres un hombre decente, Jack —sonrió Bob—. Siempre preocupándote por los demás. Pero no hace falta. Los italianos están desesperados por este intercambio. No dejarán que una minucia como tu huida se interponga en su camino, estoy seguro. Y estos muchachos tampoco se interponen en el tuyo. Si te necesitan en Madrid, bueno…

—"Sí", pensó Jack. "Un mal presentimiento". Más culpa para cargar encima de su pila de incertidumbres existentes. Por los destinos del padre Ignacio y Josefina Ruiz Delgado. Por el fracaso y la futilidad de su plan de matar a Franco. Por la desilusión que debería estar sintiendo ahora la hermana María Pereda. Sobre la crítica mordaz que recibiría de su padre la próxima vez que su espectro se le apareciera—. De todos modos, piénsalo de esta forma —Bob apretó el codo de Jack—, saldrás de la cárcel gratis. Les acaban de avisar a todos aquellos pobres diablos a los que van a intercambiar que el Ministerio de Relaciones Exteriores les enviará una Factura de Repatriación de cuatro libras si consiguen llegar a casa. La buena Inglaterra, ¿eh?

—Y cuando "Hermano Mío" dice que ellos estarán esperándome, ¿sabemos quiénes son *ellos*?

Pero Jack ya tenía una idea aproximada. El grupo de turistas había sido retenido como rehenes durante un tiempo en Covadonga por unos guerrilleros llamados los Machados, en homenaje al poeta Antonio Machado. Se decía que había muchos grupos de este tipo, remanentes del ejército republicano del norte, forjados durante el año anterior en el Cuerpo del Ejército Guerrillero. Logrando notoriedad cuando atacaron la fortaleza Carchuna en el sur y ayudaron a escapar a trescientos prisioneros asturianos.

—Sí, claro —dijo Bob Keith—. Serán guerrilleros. De las montañas. Y se asegurarán de que llegues sano y salvo a Madrid.

Los muchachos eran como niños saliendo de la escuela, corriendo a través de los arbustos a lo largo de la pedregosa orilla del Arlanzón y arrojándose con alegría al río, gritando con el choque del abrazo frío del agua, en las pozas de corrientes rápidas, que formaban un remolino alrededor de los pilares de piedra de un puente medieval desmoronado. Jack podría haber dicho que se arrojaban completamente vestidos, solo que, por supuesto, no era así. La ropa que poseían estaba en gran parte hecha jirones, pero, de todas formas, pronto iban a deshacerse de ella, ya que, según Bob, los iban a equipar con uniformes y boinas nuevas. Cortesía de los Italianos. Para hacerlos presentables para el intercambio. Para crear la ilusión de que habían sido bien tratados. Como prisioneros de guerra. Y Telford los envidiaba.

Se mantenía distanciado del grupo principal, protegido por un arbusto y tratando de simular los movimientos de desvestirse, jugueteando con los botones, tratando lo mejor que pudo ser discreto mientras que evaluaba el terreno a través de la ranura estrecha de la venda. Bob Keith se encontraba algo apartado, a su izquierda, más cerca del puente y de los guardias. El río fluía en esa dirección, aguas abajo, hacia Burgos, calculó Jack. Pero, a la derecha, el terreno estaba más elevado, más frondoso, y el arroyo emergía de una modesta quebrada, susurrando por encima de las rocas donde unos pajaritos grises y amarillo-limón bailaban y danzaban.

"Cuando tengas la oportunidad", pensó Jack. ¿No era lo que le habían dicho? "¿Y cuál podía ser esa oportunidad, exactamente?", reflexionó.

Oyó un gruñido, y vio a Bob agarrarse el estómago, cayendo sobre sus rodillas. Jack asumió que los guardias le habían pegado, luego se dio cuenta de que lo estaba malinterpretando. Una distracción intencionada quizás. Los rifles seguían colgando en su sitio y el Palo no parecía expresar la brutalidad que solía demostrar cuando infligía dolor.

"Oportunidad", pensó Jack, viendo la atención de los carceleros enfocarse en Bob Keith o en los prisioneros chapoteando y juguetones. Se agachó, levantó la venda de su ojo bueno. Un vistazo atrás y un sprint corto al próximo arbusto. Y al próximo.

Los pelos se le erizaron en la nuca. Su respiración vino en jadeos cortos, tan fuertes como para despertar a los muertos. La gravilla debajo de sus pies más ruidosa que una ametralladora.

Alguien gritó en español.

—¡Fuera! ¡Fuera!

Jack esquivó a la izquierda, hasta la próxima cobertura, miró atrás. Algunos de los guardias en la orilla del agua, con los rifles en mano, gritando a los bañistas para que saliesen del agua.

Pam.

La bala pasó volando al lado de la oreja de Jack, y emitió un silbido cuando rebotó en una roca en algún lugar detrás de él.

—¡Deténgase! —Sonaba como el Palo pero estaba perdido si se paraba a averiguarlo.

"Corre, Jack. Corre".

Había recorrido quizás la mitad de la distancia hasta la curva en el río por donde emergía de la quebrada. "Afloramiento rocoso", se dijo a sí mismo. "Tiene que estar allí. En algún lugar por allí".

El crujido de unas botas se acercaba con rapidez detrás de él ahora. Más gritos. Un sabor de hierro en su boca. Un olor agrio en sus fosas nasales. Pero sus alpargatas no pesaban mucho en sus pies. Una bendición. Hasta que los cordones que ataban el zapato derecho a su tobillo se rompieron, y tropezó.

Pam.

Esta vez pasó demasiado cerca. La bala falló por no más que un par de pulgadas. Sabía que todo había terminado.

—¡De acuerdo! —gritó, y se detuvo, levantando las manos—. ¡De acuerdo! —Pero no fue suficiente para salvarlo. No realmente. Le dirigió una sonrisa burlona al guardia que se encontraba más cerca y quien, solo a un metro o dos detrás de él, levantó su rifle y golpeó la culata en un lado de la cara de Jack. Se derrumbó, pensando que el hueso de la mejilla se había fracturado, las suturas le picaban, tuvo la sensación de que el ojo muerto saltaba fuera de su cabeza. Rodó. Hacia el costado. Temiendo que la bota del guardia lo encontrase también. Luego se puso sobre sus pies nuevamente, con cuidado de mantener sus manos encima de la cabeza—. Dije de acuerdo, por el amor de Cristo.

Jack fue recompensado con un cruel golpe en el vientre con el cañón del rifle.

—Venga, bastardo —espetó el guardia, y le dio otro empujón para hacerle regresar al puente—. Y mire.

Jack lo hizo. Miró hasta donde Bob Keith estaba arrodillado. Hasta donde el Palo, parado justo detrás de él, había sacado la pistola de su funda, los prisioneros colocados en dos filas.

—No! —gritó Jack, cuando la pistola dio un tirón. La cara de Bob desapareció en una explosión de sangre, cerebro y hueso cuando el sonido del arma llegó a los oídos de Jack.

Y, de alguna manera, hizo eco. Dos veces.

Escuchó un gruñido, el guardia al lado de Jack cayó como un saco. Mientras que el segundo, el tipo que le había pegado con la culata del rifle, pasó a su lado dando vueltas, agarrando su estómago.

Durante un momento Telford miró fijamente al lugar donde el joven estudiante de medicina de Halifax yacía en su propia sangre. Luego dirigió su mirada hacia los prisioneros de guerra. Estaban cantando. La Internacional. Puños levantados, mientras que los carceleros y el Palo estaban ocupados con sus propias preocupaciones, cubriéndose, disparando. Jack pensó que iba a morir, pero las balas parecían volar muy lejos. Si él fuera, de verdad, el blanco. Y volaban en ambas direcciones.

Cayó otro guardia, y Jack se dio la vuelta, se quedó con la boca abierta en su dolorida cara. Pensó que estaba soñando. Guerrilleros. Seis de ellos, desplegándose por el campo abierto, disparando. Y resucitado de alguna forma de entre los muertos, el líder de los Machados del calvario en Covadonga: Eduardo Pinchón, Guadalito. Pero ese hombre no era el jefe. Solo alguien parecido. El hombre le gritó:

—¡Venga, idiota!

Capítulo Doce

Sábado, 5 de noviembre de 1938

Telford mató a su primer hombre en combate —o casi en combate— doce días más tarde. Y fue una experiencia muy diferente a la de la muerte de Valerie Carter-Holt.

Había sido medio arrastrado, medio llevado hasta el refugio en las rocas, su cara doliendo, un dolor profundo pungente que vibraba en su cráneo con cada pisada. Pararon solo el tiempo suficiente para reparar de forma provisional los cordones de sus zapatillas, luego atravesaron el áspero campo abierto y se dirigieron al oeste. En gran parte bosques, pinos enanos. Un cielo cada vez más ominoso. Apenas un intercambio de palabras. La mente de Jack se llenó con la imagen repetida del sacrificio de Bob Keith.

Durante la mayor parte del tiempo evitaron el contacto con cualquier signo de hábitat humano pero, en ocasiones, parecían realizar una excursión a una granja aislada o aldea pequeña, haciendo ladrar a los perros, para luego seguir rápidamente. Un ritmo de paso imposible, hora tras hora, con las quejas frecuentes de Jack desatendidas y sus piernas, su cabeza, suplicando por un descanso, incluso volver a San Pedro de Cardeña y la posibilidad de una ejecución parecía una alternativa bienvenida.

Pero, cuando el sol se puso, allá a su derecha, Jack entendió que habían girado hacia al sur. Y comenzaron a ascender. Abruptamente. Con cada milla la inclinación parecía aumentar y la oscuridad se hacía más densa. Apenas podía creer que sus compañeros pudieran discernir un sendero, y con cada tropiezo, cada espinilla magullada, tobillo quebrado, dedo arañado por las rocas o dedo del pie aplastado, temía caerse a un terrible abismo.

No fue hasta muy entrada la noche cuando descansaron por primera vez, y Jack se dejó caer entre las agujas de pino, las ramas y las estrellas encima, su pecho palpitando por el agotamiento. Apenas pudo tomar un trago del odre que le ofrecieron, y su estómago se rebeló contra el embutido y el pedacito de queso que le dijeron que comiera.

—Vamos —uno de ellos le ordenó—. Coma. Coma.

Pero Jack simplemente vomitó. Nada más que bilis, aunque sus entrañas seguían provocándole arcadas. Supo que estaba en estado de shock, temblando sin control, y tenía frío.

—¿Adónde vamos? —murmuró.

—Arriba —gruñó el hombre. Luego señaló—. A la sierra. —Y en ese momento el tono del guerrillero a Jack le hizo sentirse más prisionero de lo que se había sentido en cualquier otro momento durante su encarcelamiento en San Pedro.

La semana siguiente pasó con la misma rutina monótona. Descansaron de día, normalmente en cuevas, a veces en cabañas arruinadas. Uno de los guerrilleros realizaba incursiones ocasionales para ir a por suministros. Compartían sus pobres provisiones, siempre queso duro o salchichón, a veces pan, los codiciados cigarrillos, el preciado odre, o agua de los arroyos de la montaña. Poca comunicación, incluso entre los hombres mismos.

Cada cierto tiempo escuchaban los ruidos de una aeronave, el zumbido de un avión de exploración. Entonces los guerrilleros se mantenían a cubierto. Otras veces, alguno de los hombres volvía de un viaje de búsqueda de provisiones para informar de la presencia de tropas viajando por un camino cercano, o buscando en un pueblo vecino.

—¿Buscándonos a nosotros? —había preguntado Jack.

—Buscándote a ti, cabrón —fue su respuesta.

Era un grupo taciturno, con un fuerte olor a esencia de ajo o tabaco intenso, y Jack había soportado periodos largos de silencio en los cuales practicaba preguntas en español en su cabeza, eligiendo con cuidado sus momentos para hablar, pero rara vez recibía algo a cambio salvo respuestas monosilábicas.

—¿Dónde viven? —preguntaba, aunque el proceso de hablar le resultaba doloroso todavía. Le decían Gijón, Cartagena, Córdoba, Jaén. O nada más que un gruñido, una mueca.

Ni tampoco habían compartido sus nombres, aunque los había deducido, y creía que ahora podía distinguirlos. Dos llamados Pepe, y cada uno de ellos parecía saber exactamente cuando estaban dirigiéndose a él y no a su homónimo. Tres de ellos, como Jack suponía, tenían apodos. Bigote. Cortadito. Moro. Y, al parecer, su líder respondía solo a su rango. Capitán. Todos bien armados: en gran parte con rifles; bandoleras de munición; dos con mochilas pesadas; dos más con rollos de cuerda para escalar; y el capitán con una metralleta ligera atada a su espalda, un robusto revólver en su cintura.

Pero con cada noche que pasó, Jack se adaptó a la rutina. Su rostro había mejorado considerablemente. Los moretones de las palizas, de la culata del rifle y las dificultades que tuvo en sus primeros intentos torpes de caminar al mismo ritmo que el resto del grupo habían desaparecido casi del todo. Sus periodos de descanso fueron menos perturbados por pesadillas y se sentía, en general, más en forma de lo que se había sentido jamás en sus treinta años de vida. Hasta su ojo ausente le molestaba un poco menos, aunque muy a menudo tenía una sensación de ardor, como una bola caliente de hierro dentro de su mejilla y, siempre que el ardor aflojaba, quedaba un terrible picor remanente. Pero, por lo menos, las suturas resistieron, a duras apenas.

Y entonces, en las primeras horas de ese día —calculó que era el día doce desde su fuga—, algo cambió. Los hombres estaban más animados, hablaron por mucho tiempo en voz baja, en susurros que Jack no podía seguir. Su último forrajeo había sido especialmente fructífero, por lo que encendieron una fogata en su cueva, comieron y bebieron más de lo habitual. Y el que se llamaba Bigote comenzó a cantar.

"Si me quieres escribir, ya sabes mi paradero."

Era una canción pegadiza. Y Jack entendió estas primeras líneas.

"Si me quieres escribir, ya sabes mi paradero."

La repetición le permitió traducirlo al inglés. "If you want to write to me, you know where I am posted".

"Tercera Brigada Mixta, primera línea de fuego."

Pero después se convirtió en algo confuso. Extraños fragmentos. Algo sobre puentes. Y ríos. Franco. Madrid.

—¿Dónde estamos? —preguntó, no por primera vez.

—En la Sierra de la Demanda —respondió el capitán, y tomó a Jack por sorpresa con la amplitud de su respuesta—. Por encima de la carretera de Burgos a Soria.

Jack no tenía ni idea dónde podría estar Soria.

—¿En la carretera a Madrid? —preguntó.

—Primero tenemos trabajo que hacer. Aquí. Por la mañana.

Pero no se podía sacar más del capitán, y cuando salió el primer rayo de luz de la mañana, dejaron la cueva y se arrastraron en fila por un precipitado sendero de cabras, a través de matorrales espesos, hasta que llegaron a un saliente rocoso ancho. Abajo, enclavado en un bosque de pinos y eucaliptos, había un edificio achaparrado rodeado de muros bajos, los cuales bordeaban en el lado más alejado un camino que corría de este a oeste. Delante del edificio, otro camino se unía a la carretera del sur, cruzando un puente de madera que pasaba por encima de un arroyo de corriente lenta y, al lado del camino, más allá del puente, una estructura baja y circular de hormigón. Una posición defensiva, pensó Jack, para una ametralladora quizás.

Bajaron con cuidado entre los árboles hasta que vieron la parte trasera del bloque principal con más claridad, y un par de centinelas de la Guardia Civil patrullando el terreno, uno por el frente, uno por atrás, sus caminos respectivos cruzándose cada dos minutos por los lados. En este lado en particular, bajando una escalera cubierta de vegetación, había una entrada sombreada, protegida por un techo y una sólida pared protectora contra explosiones en forma de la letra L.

La parte trasera del edificio no tenía ventanas, sino más bien ranuras estrechas en lo alto, cerca del tejado, donde gruesas vigas redondas sobresalían de la piedra. Y Jack apenas se atrevió a respirar cuando el capitán comenzó a desplegar sus hombres sin hacer ruido alguno. Uno de los Pepes se deslizó entre los árboles hasta el lado opuesto con su rifle. Cortadito bajó con sigilo hasta casi llegar a la calle. Moro se quitó la mochila y llenó los bolsillos de su chaqueta con granadas. Luego entregó un segundo lote a Pepe Dos, quien, a su vez, se quitó la cuerda para escalar y rápidamente hizo un lazo con un nudo corredizo en un extremo.

—Y tú —el capitán se dirigió a Jack con un golpe firme en el pecho, apenas articulando las palabras, las enfatizó señalando al suelo—. Quédate aquí. ¡Aquí!

Jack le ofreció un saludo sarcástico. Nunca le habían dado un arma, y era muy poco probable que lo hiciesen alguna vez. Poca opción, entonces, salvo obedecer. Obedecer y observar. Cuando el capitán puso las puntas de dos dedos en los dientes y silbó imitando el trino de un mirlo, el silbado fue respondido enseguida por Pepe Uno y Cortadito, ambos ahora fuera de la vista. Hubo unos segundos de silencio aparte de unas notas de canto de pájaros de verdad, el crujido de las botas de los centinelas en la arena y la grava, y un rumor disonante cuando el soldado de la Guardia Civil, ahora caminando hacia ellos, tarareaba una melodía melancólica. Un canto de muerte, pensó Jack, cuando el primer disparo hacía girar al tipo, estrellándolo contra el rincón del fortín.

Los ojos del segundo soldado se ensancharon, extremadamente, un instante, cuando el capitán le disparó en el mismo momento en que también lo tenía a la vista.

—¡Vaya! ¡Vaya! —gritó, y Pepe Dos fue, como le pidieron, saltando el muro bajo y corriendo deprisa a la sombra del edificio, justo cuando los rifles salieron de las ventanas altas y los disparos comenzaron a silbar entre los árboles alrededor de la cabeza de Jack.

"¿Una misión suicida?", se preguntó, porque el fortín debía estar bien defendido y la guarnición seguramente equipada con comunicación inalámbrica para pedir ayuda. Pero, para entonces, Pepe ya había ensanchado el lazo de su cuerda y lo comenzó a girar en el aire como el lazo de un vaquero. Jack sufrió un ataque de nostalgia infantil por las muchas veces que había visto a los *cowboys* Tom Mix o Will Roger realizar esa misma hazaña en la pantalla del cine. Pepe dio un paso atrás separándose de la pared al tiempo que lanzó la soga hacia arriba, enganchó el lazo en una de las vigas sobresalientes y, como un mono, escaló la piedra hasta que pudo subirse a la viga y sentarse a horcajadas en ella, por encima y a un lado de la tronera más cercana. Desde esta posición tomó una granada de un bolsillo abultado, sacó la clavija, contó con cuidado y lanzó la cosa a través de la ranura. Al tiempo que la granada detonaba, el guerrillero se había puesto de pie sobre la viga y saltó a la siguiente, tambaleó precariamente, luego repitió el truco con las granadas de mano hasta que el humo salió por las tres troneras y el aire de la mañana temprana apestó a madera quemada y cordita.

Fue en ese momento cuando dos guardias civiles subieron a trompicones las escaleras de la puerta lateral, envueltos en más humo, sin armas, con las manos levantadas.

—¡Vengan, bastardos! —gritó el capitán. Hizo un gesto con la metralleta para que cruzaran el terreno abierto, pasaran por encima del muro y se acercaran a los árboles, donde Bigote los cubrió con su rifle. Pero seguían llegando más disparos del edificio, y el hombre moreno llamado Moro corrió hacia la pared protectora y tiró sus propias tres granadas por la puerta abierta. Un estruendo sordo, después otro, resonando dentro. Como en el interior de un tonel metálico. Gritos. Pero no más tiros. Y otros dos defensores finalmente aparecieron, uno sangrando mucho de una mala herida en la cara y prácticamente llevado por su compañero. Cuando salieron, Moro se adentró, desapareciendo en la oscuridad. Hubo un disparo. Luego dos más, antes de que saliera otra vez, sonriendo.

Mientras tanto, los guerrilleros no perdieron tiempo en juntarse alrededor de su líder, recibieron más órdenes rápidas para que Pepe Uno y Pepe Dos —el último, de vuelta a tierra firme— y Cortadito vaciaran los contenidos de otras dos mochilas para sacar explosivos, fusibles y una caja detonadora. Jack todavía tenía pesadillas ocasionales de un detonador similar y de sus experiencias con los otros guerrilleros en Covadonga. Sintió un escalofrío al acordarse, mientras que tres de los compañeros se escabulleron entre los árboles, dirigiéndose al puente y su fortín.

—¿Qué te parece, inglés? —gritó el capitán, señalando con un pulgar hacia los cuatro prisioneros—. ¿Los matamos ahora?

Jack miró al tipo con la cara herida por la explosión, retorciéndose de agonía y apoyado en el tronco de un eucalipto, gimiendo con fuerza mientras su cabeza giraba de un lado al otro. Quería desesperadamente hacerle recordar al capitán que estos hombres se habían rendido. Pero fue otro verbo español que no supo. No en ese entonces. Así que levantó sus manos, como hicieron los guardias civiles.

—Prisioneros —dijo—. Prisioneros de guerra.

Los guerrilleros se rieron. Uno de ellos maldijo y escupió. Y Telford se sintió como un tonto, le pareció ver a su padre entre ellos, también riéndose de él. Idiota, otra vez, especialmente cuando vio a los soldados capturados sonriendo también. Sonrisas fatalistas, pensó Jack.

—¡Los ingleses! —dijo con desprecio el capitán, y sacudió la cabeza. Uno de los guardias civiles hizo lo mismo.

Hubo disparos, cerca del puente. Dos explosiones sordas. *Bum. Bum.* Más disparos. Pájaros asustados salieron volando de las ramas.

El capitán convenció a Moro para que compartiera sus queridos cigarrillos, se los ofreció a los cautivos, luego a Jack, como si se hubiera acordado de él después. Todos aceptaron. Todos salvo el hombre con la cara herida quien ahora había perdido el conocimiento.

—¿De dónde sois, cabrones? —el capitán les preguntó.

—De aquí —se encogieron de hombros. Sí, de aquí. Y uno de ellos de Soria.

—Está bien morir en casa —dijo el capitán, y los guardias civiles estuvieron de acuerdo.

Una explosión más fuerte. El fortín, supuso Jack, y vio una columna de humo con forma de espiral sobre las copas de los árboles.

—Capitán —dijo—, ¿por qué matar?

—¡Idiota! —le dijeron otra vez. Y luego el capitán sacó su revólver del cinturón—. Venga —dijo a los prisioneros—. Es la hora.

Los tres hombres se pusieron de pie. Los tres que pudieron. Tomaron con pena una última calada de sus cigarrillos, mientras que el capitán mató al hombre herido con un disparo a corta distancia a la ya dañada cabeza. El resto de los compañeros se alejaron, adentrándose más en el bosque, pero Jack fue incapaz de seguirlos.

—¡Capitán! —suplicó otra vez, mientras uno de los soldados comenzó a corear.

—¡España! —gritó.

—¡Arriba! —gritaron los otros dos, cuando el capitán metió una bala en el cerebro del primero.

Jack se estremeció, recordando la forma en que masacraron a Bob Keith de una manera parecida.

—¡España! —gritó el hombre con voz ahogada, y mordió su labio tan fuerte que sangraba, goteando por las cerdas de su barbilla.

"¿Por qué no corren?", pensó Jack. Miró alrededor, frenéticamente, esperando que algo pasara. "En vez de solamente…"

Ninguna respuesta coreada esta vez. Simplemente un segundo disparo reverberante. Sangre y lodo salpicando a Jack en su propia cara. El segundo prisionero desplomándose lentamente a sus pies. Entonces el capitán maldijo, lidiando con el revólver, tratando de apretar el gatillo. Nada.

El prisionero sobreviviente vio su oportunidad. La aprovechó. Echó un vistazo a su alrededor, luego dio un fuerte empujón a su verdugo frustrado, dejando al capitán tumbado en el suelo, la metralleta cayendo de sus hombros, deslizándose entre las agujas de pino. El guardia civil echó a correr. Saltó el muro en un solo movimiento, las piernas moviéndose a toda prisa hacia el lado lejano del recinto.

Jack se volvió hacia el capitán, lo vio sentado tranquilamente sobre sus posaderas, sonriendo, el revólver colgando entre sus rodillas. Algo en su indiferencia le revolvió el estómago a Jack. Hervía por dentro.

—¿*What is this?* —gritó en inglés, sabiendo que no iban a entender sus palabras. ¿Qué es esto?— ¿Algún juego de mierda? Está escapando, bastardo. Y lo quieres muerto, ¿no? ¿No es lo que quieres? —Su furia no tuvo freno. Su pérdida de juicio fue impulsada por dos titanes luchando: Telford el justo y compasivo, esperando desesperadamente que el hombre escapara; y Telford el vengativo y poseído, quien no vio nada más que al pobre Bob Keith, sus propias frustraciones, la pérdida de su ojo, la tormenta de la picazón que casi le volvía loco.

Fue corriendo a por la metralleta y no tuvo en cuenta su funcionamiento ni si aún estaba lista para disparar.

"Sí", le gritó su padre a la oreja. "Ojo por ojo, Jack".

—¡No, inglés! —escuchó gritar al capitán. Pero Jack había llegado al muro, el soldado fugitivo casi había pasado el otro extremo del edificio. Jack apuntó el cañón, apretó el gatillo, sintió la maldita arma dar un tirón escapándose casi de sus manos. El ruido fue ensordecedor. El hedor acre. Cada músculo de su cara y pecho, y brazos, y hombros tiritando como sacudidos por un terremoto. Hasta que el cargador estaba vacío. El mundo de pronto se quedó quieto. Un gesto. Una declaración. Nada más.

—Allí —sollozó—. Lo querías muerto. Ahora está muerto.

Al otro lado del terreno abierto, tendido sobre el muro del fortín, yacía el guardia civil.

—¡Cabrón! —dijo el capitán, y arrancó la metralleta de las manos temblorosas de Jack—. ¡A ese lo queríamos liberar!

Capítulo Trece

Viernes, 18 de noviembre – sábado, 3 de diciembre de 1938

Tardó algún tiempo en explicárselo. Y cuando terminó, el resto de los compañeros ya se había ido lejos, hacia el este, dejando a Jack solo con el capitán viajando al sur a través de una línea de cerros bajos, terreno más abierto que cualquier otro que habían visto desde que salieron del Arlanzón, todas esas semanas atrás.

—Los guardias civiles —el capitán le había dicho en un español penosamente paciente— te ven. Yo te llamo *inglés*. Muchas veces. Para que se acuerden. Los mato. A todos, salvo a uno. Él se va corriendo. Cuenta a sus amigos que tú estás aquí. Luego Bigote y los demás van al este. Causan problemas. A los fascistas. En las aldeas. Los guardias los siguen. El ejército también. Piensan que te siguen a ti. Al este. Pero tú y yo, nos vamos al sur. Fue un buen plan. Hasta que mataste a ese cabrón. ¡Idiota! Ahora, ¿quién sabe?

Aun así, habían viajado ya varios días hasta que Jack empezó a entender que la torpeza del capitán manejando el revólver había sido nada más que una pantomima. Era obvio —ahora—. Si lo hubiera querido muerto, el capitán hubiera usado la metralleta él mismo. La desaparición de los guerrilleros entre los árboles, dejando al capitán a solas con sus prisioneros, parte del mismo juego. De hecho, hasta el ataque mismo, como ahora se estaba dando cuenta, en el cuartel de la Guardia Civil, era parte de una estratagema para atraer la atención. Ningún punto estratégico en absoluto. Mataron a unos cuantos soldados, fácilmente reemplazables. El emplazamiento de la ametralladora había provocado escaso daño, como Jack vio cuando cruzaron el puente. Y el puente mismo completamente intacto.

—¿Por qué es importante? —había preguntado durante una parada en la que el capitán insistió en cortar un trozo de la solapa de la mochila y hacer un parche para su ojo ciego—. Yo —Jack insistió—. En Madrid.

—Órdenes —respondió el capitán. Nada más, solo levantó el parche—. Allí está —dijo—. Ahora ya no tengo que ver ese lío —Aunque insistió en examinar las suturas más de cerca—. Hay que sacarlas, inglés.

Un raro momento de intimidad, casi de ternura, a pesar del dolor tirante de su extracción, durante la cual Jack habría jurado que la herida se había vuelto a abrir. Pero no hubo tiempo para la autocompasión y pronto reanudaron la marcha. Jack poseía botas más adecuadas ahora, por lo menos. Bigote las había elegido para Jack, eran de uno de los soldados muertos, las rellenó con paja en las puntas para que se ajustaran a sus pies. Y también se llevó las alpargatas de suela de cuerda, quizás para añadir una pista falsa más. Pero el fortín de la Guardia Civil había aportado más tesoros para el beneficio de Jack. Un abrigo pesado, aunque no parecía una edición estándar para los guardias civiles. Cigarrillos también, suficientes para un paquete envuelto en papel para Jack y cada uno de los guerrilleros.

Pero cada regalo concedido por la vida, como Jack sabía, tiene un precio, y en este caso, la moneda de pago fue el remordimiento. El remordimiento de Jack. Su alma atormentada. Había matado dos veces en poco más de un mes. La primera vez fue en parte por miedo, por autodefensa. La segunda vez por su estado mental confuso. El caos aturdidor de la batalla. Absorbido por la barbarie. Pero, en cada ocasión, una cólera incontrolable. Ya no se reconocía a sí mismo. Comenzó a preguntarse si sus experiencias le habían llevado de alguna manera a la locura.

Además, el remordimiento tenía otra cara. El remordimiento que provenía de aquellos tiempos en que había escrito sobre este conflicto, juzgando sobre el poco precio que tenía la vida aquí. Juicios sobre la predisposición del pueblo español a librar una guerra como esta, una tras otra. Y ahora aquí estaba, Jack Telford el civilizado, Jack Telford el británico, cayendo en su propia trampa de contrición.

Pero si sentía tal remordimiento todavía, podría ser esa su salvación. No era católico, pero experimentaba culpa católica. "Retén la culpa, Jack", pensó. "Nútrela. Y te va a cuidar. La culpa es la salvación que convierte nuestros impulsos primitivos en una conciencia madura. Hay que seguir siempre a la culpa. Recibir la culpa con brazos abiertos, porque se interpondrá entre ti y la iniquidad".

De todos modos, había un aspecto del cual ninguna cantidad de culpa le podía proteger. Lo peor de ambos asesinatos. La verdadera causa de su remordimiento. Habían sido tan, pero tan fáciles.

Durante la mayor parte de la noche, bajo la luz de la luna, siguieron un valle poco profundo y su río de escaso caudal —identificado por el capitán como el Escalote— hasta que, justo antes del amanecer, vieron las luces de una aldea por delante. Se subieron a una cresta bordeada de árboles que circundaba el lugar y encontraron un pequeño valle protegido donde podían descansar el resto del día. Tenía vistas al cementerio del pueblo, cipreses a lo largo de los dos lados, una pared de piedra de ocre alrededor de todo. Dentro, cruces y tumbas, las casas de los muertos, proyectando sombras largas.

—¿Dónde estamos? —dijo Jack. Y el capitán consultó con impaciencia el mapa desgastado del interior de su abrigo. Como de costumbre, después de unos momentos, se encogió de hombros, dobló el mapa y lo volvió guardar.

—Barcones —dijo—. Quizás Barcones. ¿Quién sabe? —Se acomodó para dormir y tiró la gorra sobre sus ojos—. Pero esta noche entraremos a Castilla La Nueva.

Aquello carecía de significado para Jack, aunque el nombre le hizo pensar en Cervantes. Y en los molinos de viento otra vez. Porque habían pasado por delante de casi miles de esas malditas cosas. O así le parecía.

Intentó dormir también. Calculó de nuevo el número de días desde su escape y los comparó con su calendario mental. Luego volvió a su actual pasatiempo regular, jugando de nuevo a resolver el acertijo de Madrid, la razón por la que lo llevaban allí.

—Tuve un plan —dijo de repente, en su mejor español, pero español básico—. En Burgos. Un plan para matar a Franco.

—Inglés —gruñó el capitán—, quiero dormir.

—Es la verdad. Mi plan era matar a Franco.

—Entonces quizás sea esa la razón por la que te quieren en Madrid. Para descubrir si tu plan era bueno. Descubrir si mataste al bastardo. Pero creo que ya lo sabríamos. ¿Verdad?

"No hay necesidad de sarcasmos", pensó Jack.

—Me detuvieron y me encarcelaron antes de que lo pudiera matar. Claro. ¿Pero quién en Madrid me quiere liberar?

—El León. Él te quiere.

—¿El León?

—El León. Sí. Un general. Mi general.

El sonido de un camión cortó las preguntas que se formaban en el cerebro de Jack, dividiéndose y multiplicándose como organismos unicelulares. El capitán rodó sobre su estómago, se pegó contra la tierra, y luego subió con cautela la ladera para ver por encima del borde. Jack hizo lo mismo, arañándose las manos en alguna planta espinosa de las rocas. Por debajo de él, una nube de polvo subió alrededor de las protestas del motor, las sacudidas de los cambios. Y se detuvo en los portones del cementerio con los gritos de hombres armados, el tañido más lejano de la campana de la iglesia del pueblo.

Había visto antes a hombres como esos. En todas partes desde Irún hasta Santiago de Compostela. Cada vez que le presentaron al grupo de turistas una recepción cívica, impregnada de propaganda. Tanto los oficiales bien acicalados que se sentaban después a comer junto a ellos como los de camisa azul, matones fuertemente armados con sus saludos fascistas, se apiñaban alrededor de cada ayuntamiento e iglesia.

—¿Falangistas? —Jack susurró.

El capitán asintió, mientras los hombres empujaron cuatro prisioneros atados hasta aquella parte del cementerio que no estaba ocupada todavía por los muertos del pueblo. Había una zanja ancha pero poco profunda, ya excavada en un rincón, y no era difícil adivinar lo que sucedería a continuación.

Jack se volvió a tumbar de espaldas, tocó la metralleta ahora tirada al lado del capitán, pero el guerrillero apartó el arma, fuera del alcance de Jack. No habría ninguna repetición de su comportamiento indisciplinado en los cuarteles de la Guardia Civil. Las facciones del rostro del capitán se habían endurecido y lanzó una mirada a Jack que no admitía ningún desafío, aunque el drama abajo ya había comenzado a desarrollarse. Algunos gritos. Luego el primer disparo. Jack apretó los lados de su cabeza con las manos, tapó sus oídos. Pero aun así no podía suprimir el horror. Y cuando los disparos por fin cesaron, no pudo resistirse a mirar abajo al escenario. Los cuatro damnificados, todos hombres, siendo arrastrados a la zanja, dos de los falangistas paleando tierra encima de los cuerpos, los demás compartiendo cigarrillos, riéndose y bromeando. Todo era tan antiséptico. Solo un asunto rutinario más.

—¿Quién? —dijo Jack, cuando los hombres subieron al camión y se marcharon—. Los muertos.

—En cada campo de concentración —dijo el capitán— tienen listas. Las listas contienen los nombres de todos los prisioneros y los pueblos donde han vivido. De vez en cuando envían las listas a esos pueblos. Los falangistas en los pueblos leen las listas. Buscan cualquier persona política. Socialista. Comunista. Anarquista. Sindicalista. Luego van al campo con una camioneta. Vuelven con ellos. Y luego...

—¿Siempre?

—Siempre. Y a veces los matan porque piensan que han ayudado a grupos como el mío. Que han ayudado a los guerrilleros. Normalmente están equivocados. Pero los matan igual.

—¿Cuántos? ¿Fusilados así?

—Muchos, inglés. Se dice que miles.

—Háblame de los otros— le dijo el capitán, más de una semana después, mientras escalaban una cresta, de vuelta a la seguridad relativa de las montañas. En lo alto de la helada Sierra de Ayllón. En algún lugar encima de Valverde de los Arroyos—. Los Machados. En Covadonga.

El español de Jack mejoraba día tras día ahora, al igual que la disposición del capitán para conversar. Pero, aun así, era difícil encontrar las palabras correctas. Por todo tipo de razones. Sin embargo, hizo lo mejor que pudo para contar sus historias.

—¿Hay muchos grupos? —dijo, cuando terminó su relato—. ¿Guerrilleros? Como los Machados. Como tu grupo.

—Los Machados son diferentes. Anarquistas —soltó el capitán—. No son parte del grupo catorce. ¿Entiendes? Somos el Cuerpo Catorce del Ejército Guerrillero.

—¿Cómo de grande? El Cuerpo.

—Tres mil, inglés. Más o menos. Cuatro divisiones. En Andalucía. En Extremadura. En Aragón. Y aquí, en el centro.

—Y tienen un general. El general León. ¿Me lo voy a encontrar en Madrid?

—Sí. Pero en Madrid no es el León. Para nosotros, aquí, en la guerra, es el León. Allí se lo conoce como Kotov. General Kotov.

Y el capitán comenzó a cantar, suavemente. La misma melodía que había cantado Bigote en las horas antes del ataque. Pero las palabras parecían diferentes ahora.

—*"Cuando entras en Madrid lo primero que se ve..."*

Repitió el verso.

—*"Son los chulos con bigote sentados en el café"*.

—¿Chulos? —Jack preguntó—. ¿Qué son?

El capitán se rió.

—Un hombre que es el jefe de las putas, inglés. ¿Entiendes? Pero el León no es uno de ellos. No realmente.

"No realmente", pensó Jack. "No, pero este León, el general Kotov. ¿Es ruso entonces?" Ninguna sorpresa, supuso. El capitán y sus hombres, como tantos que había conocido, eran miembros leales del Partido Comunista. Muchos de los internacionales en San Pedro también, por supuesto. No todos, pero muchos. Y Jack los admiraba. Por lo menos estaban luchando contra los fascistas. Pero dentro de él comenzó a crecer la idea de que podría haber alguna conexión entre el trabajo de Valerie Carter-Holt como agente para el Comintern y el esfuerzo absurdo de llevarlo por todo el camino hasta Madrid.

—¿Y cómo podemos pasar las líneas?

Le sorprendió que hubieran llegado tan lejos, de un modo tan fácil. Hubo patrullas del ejército, por supuesto. Pero mucho menos de lo que esperaba. La mayoría de sus tácticas parecía estar determinada por la necesidad de esquivar a los falangistas en las aldeas, o perros ladrando en las granjas. Pero el capitán le había advertido varias veces de que pronto necesitarían cruzar las líneas del frente que separaban las fuerzas de Franco —las cuales estaban sitiando Madrid— de las trincheras norteñas de los defensores. Jack se imaginó una versión de Flandes, el Frente Occidental, las experiencias traumáticas de su padre allí. Sin embargo, aunque resulte extraño, cuanto más se acercaban al frente, más relajado parecía el capitán, salió con más frecuencia a por provisiones, hasta le permitió a Jack, en ocasiones, acompañarle.

—Ya verás, inglés —dijo—. ¡Ya verás!

—¿Y tú, capitán. Cuánto tiempo en el ejército?

Su edad era indeterminable. Cuarenta años quizás. Pero podría tener más. O considerablemente menos. Pero Jack se preguntó qué aspecto debía de tener su propia cara ahora: a toda una vida de distancia de la comodidad de habitaciones de hotel; estas semanas en las montañas; los moretones que solo ahora estaban desapareciendo de su mejilla; el parche del ojo; y la barba que había cultivado desde Barcones —si es que había estado, en realidad, en Barcones—, donde el capitán dejó claro que todas las intimidades tienen su límite, en este caso la línea que no había que cruzar en cuanto a compartir las navajas de afeitar.

—¿En el ejército? —dijo el capitán—. Desde el año veinticuatro. Me enviaron a Marruecos. Para luchar contra el Rif.

Jack recordó las guerras del Rif. De la escuela. Y la universidad. Cuentos legendarios de los miembros de las tribus bereberes contra los ejércitos coloniales tanto de Francia como España. Desastres militares españoles que llevaron, en parte, al golpe militar español en 1923, cuando Primo de Rivera tomó el poder. Pero fue la novela *Beau Geste* de P.C. Wren la que le dio las imágenes más vívidas del conflicto.

—Y ahora los moros luchan para Franco —dijo Jack.

No, inglés. No todos. Todavía quedan moros, muchos de ellos, que quieren la independencia. Había una posibilidad. Para España. Unas semanas después de la rebelión de los generales insurgentes. Negociaciones. Entre los nacionalistas de Marruecos y Largo Caballero. Imagínate. Una revolución en Marruecos. ¿Qué hubiera hecho Franco entonces? ¿Privado de sus regulares? En ese caso, no podría haber ganado. Nunca.

—¿Qué pasó?

—¿Y tú qué piensas? Largo Caballero pasó. El Partido Socialista de mierda pasó. Hay muchos en nuestro gobierno que todavía son imperialistas. Colonialistas. No querían perder Marruecos. No querían darles la independencia. Así que los demás debemos perder España.

—La guerra no está perdida. Aún no.

—Todavía no. Pero nuestro grupo estuvo en Teruel el invierno pasado, inglés. Luego abajo, en el frente de Córdoba y Granada. Luego arriba en el Ebro. Hemos visto cómo van las cosas. Pero, de todos modos, incluso si cayera el Frente Popular, la lucha continuará.

—Y yo, capitán. ¿Por qué voy a Madrid?

—¿Adónde irías si no, camarada?

Se tumbaron en el borde de una cuesta de poca altura, con vistas a una llanura manchada de nieve, como una sábana arrugada sin hacer entre esta cresta y su gemela. Estaba tranquilo. Extraordinariamente tranquilo. Como si violador y víctima se hubieron levantado de la cama por la mañana y simplemente se hubiesen escabullido juntos a desayunar.

Sereno, Jack pensó.

—¿Dónde está el frente? Temblaba, y ladeó la cabeza como solía hacer estos días. Pensó que le ayudaba a mejorar su visión periférica limitada.

—¡Estás acostado encima de él! —El capitán buscó en el interior de su mochila, sacó un par de viejos prismáticos y exploró el horizonte.

—No es cómo me lo imaginaba.

—Inglés, no ha pasado nada aquí desde hace meses ahora. Franco tendrá su ejército aquí y allí. Alrededor de Madrid. Pero no lo necesita en todos lados. No le podemos atacar desde nuestras posiciones. Y si Franco mantiene a sus hombres juntos, en bloques, les puede dar de comer. Los puede proteger de enfermedades. Les puede dar calor en invierno. Pero por allí... —Señaló la cresta de enfrente—. Por allí es diferente. Pobres bastardos.

El zumbido de los bombarderos. Familiar. Los habían oído cada mañana durante la semana pasada.

—Y en Madrid —dijo Jack—, ¿se bombardea todos los días?

—Ya lo verás. Dentro de poco.

—¿Cuándo cruzamos?

—Pronto —murmuró el capitán, pero estaba fijándose en un pequeño asentamiento abajo hacia su derecha. En gran parte ruinas. Dañado por bombardeos—. Tal vez.

—¿Hay algo allí?

—¡Venga! —El capitán se levantó, descolgó la metralleta, avanzó corriendo agazapado, bajando la pendiente en diagonal, lejos de las ruinas, hacia un barranco famélico. El barranco llevaba hacia abajo, cortando el camino de una granja y llegando hasta el asentamiento, pero en cuanto sus botas tocaron la grava arenosa, un motor arrancó con un rugido entre los edificios—. ¡Puta madre!

Jack, dando traspiés atrás, echó un vistazo hacia la aldea abandonada y vio un camión del ejército moverse desde su escondite hasta un granero sin techo. Había soldados en la parte trasera, con rifles.

Pam.

La tierra y nieve se levantó a los pies de Jack. Hizo que corriera más rápido, el motor del camión rugiendo más fuerte detrás de él. El capitán saltando al barranco, en una serie de zigzags, manteniéndose agachado.

Pam. Otra bala resonó en una losa de roca resbaladiza, a una pulgada de los dedos de Jack cuando la usaba para sujetarse en su descenso. Se estremeció, cayó y volvió a levantarse. Vio el camión rebotando por la tierra áspera a su derecha, corriendo casi en paralelo a su lado. Y luego lo vio ralentizar la marcha hasta detenerse. Hubo dos disparos más, aunque parecían haberse desviado. Gritos. Pero Jack y su guía ya estaban fuera del arroyo, corriendo a toda prisa a través de terreno abierto hasta que, sin previo aviso, el capitán se paró, se tiró al suelo, mirando a su alrededor. Jack se tiró también.

—¡Joder! —jadeó el capitán, cuando dos disparos más les pasaron muy de cerca. Pero no fueron las balas lo que le preocupó, sino las extrañas parcelas de tierra recientemente cultivadas, con menos nieve en la tierra quebrada. Pequeñas parcelas dispersas en orden aleatorio a su alrededor—. Minas —dijo. Y luego volvió a ponerse de pie, arrastrando a Jack detrás, serpenteando entre las parcelas sembradas de muerte hasta que bajaron a una zanja, medio colapsada. Aunque fue un refugio bienvenido.

—Minas —dijo Jack—. Minas de mierda.

—No te preocupes, inglés. Ahora estas minas son nuestras. Esos cabrones las enterraron. Nosotros las levantamos. Y las llevamos a otro lado. Para detener a sus tanques. Pero no te preocupes, amigo mío. ¡No nos van a molestar a menos que seas más pesado de lo que pareces! De todas formas, mejor evitarlos, ¿no?

Comenzó a salir de la zanja. Entonces fue lanzado hacia atrás. *Pam.* El sonido le llegó a Jack en el mismo momento en que el capitán fue alcanzado. Pero le llegó, no desde atrás, sino desde algún lugar por delante. Algún lugar distante. Había sangre. El español tosiendo, le costaba respirar. El aire llegando en chorros burbujeantes de agonía. Telford agarró los tobillos del hombre levantándole fuera de la zanja, sabiendo que estaba convirtiéndose en un blanco para quienquiera que había pegado el tiro, así como para los soldados detrás de ellos. Pero esa ira otra vez. Ira ciega sin sentido mientras tiraba de las solapas del capitán. Ignoró las balas y cargó el guerrillero a su hombro. Se tambaleó hacia sus propias líneas donde, como ahora supo, no podían distinguir entre amigo y enemigo. Entonces gritó la palabra "amigo" una y otra vez. Tan fuerte como pudo.

Solo miró hacia atrás una vez. Justo después de haberse erguido, o casi erguido, bajo el peso del capitán. El camión del ejército fascista todavía estaba parado al otro lado del campo de minas, quizás cincuenta yardas atrás, los soldados dispersos a su alrededor, cargando y disparando tan rápido como podían. Pero, de pie, en la parte trasera del camión, mirándole, una figura inequívoca. Una que Jack nunca olvidaría. El guardia civil teniente, Enrique Álvaro Turbides.

Capítulo Catorce

Se le ocurrió a Jack que el Hotel Gaylord debía de ser idóneo para la propensión soviética a la intriga y el espionaje. Una ubicación discreta, en una calle sin tránsito, calle Alfonso XI, en un distrito tranquilo y adinerado, muy cerca de los edificios del Ministerio de Guerra, este último situado en la Plaza de Cibeles, fuertemente custodiado, a pesar de que el Gobierno mismo ya no se encontraba en Madrid.

Un par de matones eslavos rapados, vestidos como gánsteres de Chicago, le pararon justo en el interior de la opulenta entrada, uno de ellos llevando una metralleta muy parecida al arma que usó Jack para tomar aquella segunda vida. Le revisaron, mientras Jack se maravillaba ante los candelabros de cristal, el pan de oro integrado en el revestimiento de roble, ninfas semidesnudas del bajo-relieve adornando las paredes. Sonaba como si una fiesta estuviera celebrándose. Música de baile flotando como el humo de los cigarros. Y le pareció haber escuchado los corchos de champagne estallando en algún lugar en el interior.

—Telford —dijo—. Jack Telford. Para ver al general Kotov.

Pero apenas había terminado la presentación cuando un hombre rechoncho con el pelo cuidadosamente aceitado se acercó para saludarle, extendiéndole la mano. El apretón era frío y duro, como si los dedos del tipo hubieran sido cincelados de algún revestimiento rocoso ruso, y sus rasgos tallados en la misma piedra.

—Camarada Telford —dijo sonriendo—. Bienvenido. Arriesgó tanto. Para venir aquí.

Jack miró a su alrededor y se preguntó si había caído a alguna madriguera de conejo de Lewis Carroll.

—Uno se siente notablemente seguro, general. En el Gaylord por lo menos.

El general se rió. Era una risa encantadora. Coincidía con el ambiente.

—Oh, estamos demasiado cerca del Prado para que nos causen algún daño aquí. Franco no se atrevería a bombardear el Prado. No, por supuesto que no sabe que está vacío. Pero, por ahora… En cualquier caso, me refiero a su viaje desde Burgos. Y por *la tierra de nadie*, como la llaman nuestros amigos españoles. Maravilloso. Llevando al pobre Fidel Constantino en su espalda. Extraordinario.

"No realmente en mi espalda", pensó Jack. "Tuve que arrastrar al maldito tipo por su pierna la mayor parte del camino".

—¿Se refiere al capitán? Fue lo menos que podía hacer. Me salvó del pelotón de fusilamiento, ¿no es cierto?

—Justo de lo que tenemos que hablar, camarada. Y parece que, ahora, usted ha salvado su vida también. Pero todo eso puede esperar. Primero, algo de vodka. ¿Sí? Y supongo que ya ha comido.

—En el hotel. Gracias. —Había arrastrado al capitán por las trincheras republicanas sin ningún otro contratiempo y a tiempo para ver como se llevaban a un desgraciado francotirador para castigarle —y Jack procuró no hacer preguntas sobre el posible destino del hombre—. Pero desde allí, una ambulancia improvisada los trasladó a través de Guadalajara hasta las afueras del norte de Madrid. Al hotel convertido en hospital donde el capitán, apenas vivo, insistió en realizar las llamadas telefónicas necesarias—. Y parece —dijo Jack— que estoy en deuda con usted por haber pagado la cuenta allí también.

—¿Deuda? Hablamos de eso más tarde, como digo. Por ahora, el vodka. —Un gesto imperioso de su muñeca trajo un camarero corriendo. Una botella. Dos copas, llenas hasta el borde—. A su salud, camarada Telford. *Na Zdorovie.* —El general abrió mucho su boca, echó todo el vaso a la parte posterior de su garganta, lo tragó de una, mientras que Jack sorbió con precaución el límpido aguardiente, casi incapaz de soportarlo. En parte era una rebelión contra aquel entorno ostentoso. Contra lo poco ético de todo este lujo. Pero, principalmente, por tantas semanas de frugalidad. Los efectos en su organismo. Y cuando llegó el caviar, Jack pensó que iba a vomitar. Pero el general parecía no notarlo y le dio un codazo a Jack en el brazo antes de tomar su segunda copa—. Ah —dijo—, aquí hay alguien más que le quiere conocer. ¡Ilya! *Idi syuda, tovarishch.* —El recién llegado era delgado. Rasgos judíos marcados. Con gafas y un cabello negro. Un fumador de pipa. Una mujer joven atractiva en su brazo—. *Ilya, eto tovarishch Telford.* —Jack le dio la mano—. Desgraciadamente —dijo el general—, el inglés de Ilya no es bueno. Pero habla francés. Bueno —tragó otro vodka—, él dice que habla francés, aunque casi entró en una pelea con Hemingway por eso. Algo se perdió en la traducción, creo. Pero mírese. Como el camarada Marx mismo. ¡La barba!

Jack se llevó con timidez una mano a la barbilla. Los servicios en su alojamiento nuevo eran adecuados, aunque todavía no había podido conseguir una navaja de afeitar.

—¿Parlez-vous français? —Ilya le preguntó, mientras que el general besuqueaba los dedos de la joven mujer y pidió más copas, otra botella. Y sí, dijo Jack, en su mejor francés del Instituto Secundario Selectivo de *Royal Worcester*, hablaba un poquito. Le preguntó a Ilya si era corresponsal, porque tenía el aire de un periodista—. Sí, es verdad —Ilya le dijo—. De *Izvestia*. Pero cuénteme de su propio diario, camarada. Dicen que es uno de los únicos diarios socialistas en Inglaterra. El único que apoya con consistencia a la República. Aparte del *Daily Worker*, naturalmente.

Jack le explicó. La empresa Prensa Cooperativa Nacional había comprado el *Reynold's News* hace nueve años. Un periódico dominical. Pero sí, radical. Una voz para el Movimiento Cooperativo. Y su editor, Sydney Elliot, había trabajado incansablemente para apoyar a la República. La Alianza Unida para la Paz. La campaña Leche para España. Fondos para apoyar a los niños vascos refugiados.

—Y el posicionamiento político de su diario, el *Reynold's News* — dijo el general en inglés. Jack había asumido que no prestaba atención, porque parecía tan encantado con la compañera de Ilya—. ¿Está usted de acuerdo con el mismo?

—Mi editor me envió a España para que pudiese investigar lo que él llama la tercera versión. Él piensa que a la gente ya no le importa si el Frente Popular está luchando para defender la democracia. O si Franco está peleando para detener a los rojos. Piensa que debemos estar escribiendo esa tercera versión. El Frente Popular fue elegido en el año treinta y seis. Luego vino el golpe militar de Franco. Y, por lo menos al principio, fueron los obreros, la gente común, los que se organizan para detenerle. Porque, como dice Sydney Elliott, Frente Popular o no, el pueblo español había iniciado su propia revolución. Así que esa es nuestra línea editorial, general. Sobre cómo esta guerra es una en la que los trabajadores comunes de España han defendido su lucha contra una aristocracia feudal y una iglesia tiránica.

Jack pensó que había citado a Sydney correctamente. Pero qué más había dicho? Cosas sobre obtener el Pulitzer. Solo que Jack aún no había escrito el artículo.

—¿Y usted lo cree? —preguntó el general con desprecio—. El tema es que no podemos tolerar otro estado fascista en Europa. Ellos nos amenazan a todos, camarada Telford. Nuestra única obligación es destruir el fascismo. Y todos aquellos que podrían obstaculizar nuestros esfuerzos para hacerlo. Donde sea que los encontremos. Esa es la tercera versión. La única que cuenta.

Ilya, el corresponsal de Izvestia, fingía admirar las decoraciones del techo.

—Ten cuidado, amigo mío —murmuró en francés, como si fuera a sí mismo—. Terreno movedizo. Terreno movedizo.

—Es hora de hablar en privado, pienso. —El general agarró la botella, sus dos copas, y se pavoneó hacia la escalera extravagante.

—Me pregunto, general —dijo Jack—, ¿ha oído usted hablar alguna vez de un teniente de la Guardia Civil llamado Turbides? —A pesar de que solo fue hace un par de días, ya estaba comenzado a desconfiar de su propio ojo, preguntándose si Turbides se le había aparecido como una visión, de la misma manera que su padre y el Coronel Telford, o hasta el jefe de los Machados. Aunque ellos, por supuesto, estaban todos muertos y Turbides estaba, por lo que sabía, todavía muy vivo. Y, de todos modos, un vistazo momentáneo, a cierta distancia mientras que llevaba la carga del capitán. Podría haber sido cualquiera, ¿no? Cualquier tipo de gran estatura en un uniforme del ejército.

—¿Hay algún motivo? ¿Por el que debo haber oído hablar de ese hombre? —No lo había. Pero Jack contó su historia de todas formas, sentado en la sala vacía del primer piso, sin muebles salvo dos sillas de comedor, una enfrente de la otra, en una sencilla mesa de juego. Hasta él mismo se tomó una copa de vodka mientras contaba la historia—. Quizás no sea tan raro —dijo el general cuando terminó—. Dice que Constantino le permitió acompañarle. Cuando fue a las aldeas en busca de comida. Casas seguras, sí. Pero fue insensato por su parte. Hay espías de Franco en todos lados. ¿Ha visto usted los diarios de hoy? Un nido entero de informadores fascistas descubierto en la zona catalana.

Doscientas sentencias de muerte a ejecutar. ¿Qué fácil hubiera sido que alguien le viera? El parche del ojo, camarada Telford. Su cara tan inglesa, hasta con la barba. No hubiera sido tan difícil deducir hacia dónde iban los dos. O tal vez este Turbides fue simplemente un producto de su imaginación. Usted debe haberse sentido —quizás todavía se siente— algo... desorientado. ¿Es lo que dice?

—Desorientado apenas le hace justicia, general. De hecho, yo pensaba en llamar a casa. A la familia. Amigos. ¿Entiende? Cuando estuve en Burgos, me dijeron que ya habían publicado mi obituario. Supongo que deben tener razón.

—Me imagino que sí. Solo he visto el obituario de la señorita Carter-Holt. En el *Times*, claro. Muy emotivo. Pero ninguna mención de usted, me temo. Un accidente en el mar, mientras nadaba, ¿sí? Pero su propio diario, este *Reynold's News*... Entonces, ¿por qué no? Estoy seguro de que podemos organizar algo. Una llamada a Londres. Tal vez un poco de dinero también. Pero, por ahora, entreténgame, camarada. Me gustaría conocer algo de su propia historia. ¿Fue a Eton, quizás?

—¿Eton? Dios, no. El Instituto Secundario Selectivo de *Royal Worcester*. Luego la Universidad de Manchester. Todo muy provincial, me temo. ¿Pero por qué me pregunta eso?

—Ah, Manchester. Una ciudad muy política, me dicen. Engels. Y Karl Marx otra vez. —Se inclinó sobre la mesa para tocar la barbilla de Jack—. Trabajaron allí juntos, ¿no es cierto? —Jack recordó una visita que hizo a la Biblioteca de Chetham. La mesa en la alcoba donde Marx y Engels habían discutido sus filosofías. Una nostalgia muy dolorosa le sobrevino una vez más—. Debió haber sido muy activo políticamente usted mismo, supongo.

—Era editor para la revista del colegio, así que tuve que mantener una posición neutral —mintió Jack—. Aunque fui presidente del Movimiento de Esperanto.

—Sí, me enteré de su fluidez con el esperanto. El lenguaje de los espías, por supuesto. El camarada Stalin lo decretó así.

—Entonces evitaré su uso en caso de que nos conozcamos alguna vez. —Pero Jack se preguntó precisamente cómo el general Kotov sabía lo del esperanto. No lo había usado desde Covadonga. Y la última vez que recordó haberlo mencionado fue durante una entrevista después de su liberación de la guerrilla de los machados. Una entrevista con el gobernador militar de Asturias. Y este tipo raro, el vice-cónsul Harold Fielding. De San Sebastián. Jack lo había conocido por primera vez cuando también enviaron al diplomático a investigar la muerte de Julia Britten. Y luego, más tarde, volvió a verlo cuando actuó como negociador en Covadonga. Hubo algo entre él y Carter-Holt también. Algo que nunca había llegado a entender. Ella admitió haberse acostado con el hombre cuando estuvieron en Santander. Viejos conocidos, dijo. "¿Qué profundidad tiene esta madriguera?", pensó, su cabeza estaba dando vueltas ahora.

—Estoy seguro de que el camarada Stalin estaría más interesado en saber por qué un tipo ordinario como usted —no le quiero ofender, por supuesto, cuando digo eso— ha sido detenido para ser sentenciado por un tribunal militar, un juicio que con certeza acabaría en un pelotón de fusilamiento.

—Nadie me dijo cuál debía ser esa razón, tan bien sabida por todos, a tal distancia, aquí en Madrid. O por qué debía ser tan importante que fue necesaria una operación especial para liberarme. —"Ni mencionar", pensó Jack, "la muerte del pobre Bob Keith".

—Un hombre inocente frente al pelotón de fusilamiento. ¿Cómo podríamos tolerar tal injusticia, camarada Telford? ¿Qué es lo que dice su poeta? *La muerte de cualquier hombre me disminuye. Porque estoy involucrado en la humanidad.* Tenemos nuestros contactos, hasta en San Pedro de Cardeña. Me llegó la noticia de su sentencia de muerte por su actividad como periodista. Me intrigó. Y pensé que nos podría ser de cierta utilidad.

Jack se encogió de hombros y deseó no haber tomado esa última copa. Se preguntó cuántos muertos se amontonaban ya en la puerta de este hombre. Cuántos más se juntarían en el futuro.

—Eso es lo que dijeron. Al principio. Habían interceptado un artículo que yo trataba de enviar a Inglaterra. Y eso ya había pasado con anterioridad. Usted lo sabe, general.

—Koestler —dijo sonriendo el general—. Sí, todos conocemos el caso de Koestler.

—Exactamente. Trabajando como corresponsal sin autorización. Una ofensa capital ya de por sí. Pero luego encontraron el arma.

—Cuénteme del arma, camarada Telford. ¿Por qué tenía un arma?

—Tenía un plan. Asesinar a Franco. Habíamos estado tan cerca de él. En Santiago de Compostela. No podía creer cuán fácil era. De llegar tan cerca. Me carcomía. La idea de que un día podría jugar un papel importante. Matar al Caudillo.

—Muy original. ¿Y quién le metió esa idea en la cabeza? La señorita Carter-Holt, tal vez.

—No tengo ni idea de lo que me quiere decir, general. ¿Y por qué lo piensa? ¿No era acaso una partidaria ferviente de Franco?

—Usted estaba con ella cuando murió. Y luego huyó.

—Ella fue condecorada por Franco. Parecía muy probable que pensasen que yo estaba involucrado en su muerte. Así que huí.

—¿Y le acusaron de haberla matado?

—Me acusaron de muchas cosas.

—¿Pero la mató, camarada Telford?

Jack luchaba por despejar su cabeza. Allí estaba. Carter-Holt, la agente soviética. Una asesina del NKVD. Y ahora se encontraba en la guarida del NKVD mismo. Este general Kotov, su jefe en Moscú, queriendo saber si Jack fue responsable de la muerte de la asesina que ellos contrataron. ¿Y el contacto en San Pedro? Recordó la conversación con el alemán. Karlsen. '¿*Está seguro, Herr Telford, de que usted no era confidente de Fräulein Carter-Holt? Nunca mencionó a Willi Müntzenberg, por ejemplo?*' ¿Qué le había contado a Karlsen? "Ah", pensó, "vaya embrollo…"

—No exactamente. Un accidente, general. En el tren volviendo a San Sebastián, hubo ciertas… intimidades. ¿Entiende, general? Me odiaba a mí mismo. Éramos muy diferentes, después de todo. No nos pusimos de acuerdo en casi nada. La política. La Guerra. Pero luego ella me sugirió que fuéramos a nadar por la mañana. Estuve de acuerdo. En realidad no le podía decir que no, a decir verdad. Me armé de valor para decirle que quería poner fin al romance. Sin embargo, había descubierto algo.

—¿Y eso era…?

—Un rival, me temo. El maldito vice-cónsul británico de San Sebastián. Es una historia larga. Los celos. La rabia. Pero discutimos, y la pegué. Demasiado fuerte. Se hundió y la marea se la llevó. Intenté llegar a ella. Pero era demasiado tarde.

—¿Entonces, la mató?

Jack respiró profundamente, y se la jugó.

—Por supuesto que la maté. ¡Puta fascista!

*

La expresión de sorpresa pasmada en la cara del general Kotov ante la admisión brutalmente franca, se le quedó grabada a Jack durante toda la larga tarde en el confort acogedor del cine.

Dejó el Gaylord con un puñado de pesetas en los bolsillos e instrucciones de que debía volver la mañana siguiente, pero que no debía intentar comunicarse con Inglaterra hasta entonces. Primera parada, una papelería. Cuadernos, los mejores que encontró. Un bolígrafo. Unos lápices. Para poder comenzar a registrar su viaje, las últimas semanas desde San Sebastián. Un relato de San Pedro de Cardeña, como había prometido al comandante Frank Ryan. Y sus primeras impresiones de la ciudad. Los recuerdos se agolpaban en su mente, pidiendo ser liberados para ser volcados en sus páginas nuevas y valiosas, tan pronto como encontrara una mesa donde escribir. Madrid, envuelto en las neblinosas noches del invierno. Sería malo, le dijeron todos. Lo peor. La advertencia sobre los peligros de los sabañones. El Madrid de yeso gris descomponiéndose, de pintura descascarada y de consagrados eslóganes. El Madrid de mujeres con ojos de búho, con mejillas hundidas de acero mate y harapos desgastados. El Madrid por encima del cual colgaba constantemente una capa de humo de leña, ya fuese de fuegos de cocina o de vigas de madera, ardiendo en los huecos causados por las bombas donde antes se encontraban las casas. El Madrid republicano ahora sobreviviendo al propio final de los tiempos, al final de sus fuerzas, literalmente al final de la línea. El Madrid de carriles de tranvía torcidos, donde el hollín de fuegos incendiarios se convirtió en alquitrán debajo de sus pies, y donde la música de las calles provenía del tintineo constante de los vidrios rotos. El Madrid de balas de rifle ocasionalmente extraviadas, o del juego de lotería de navegar por la "Avenida de las Bombas", ese tramo de la Gran Vía y la calle de Alcalá, con cohetes cayendo al alzar hasta Cibeles. El Madrid en el que las fuerzas de Franco habían ocupado su saliente en el complejo de la universidad desde hacía dos años enteros, a una caminata corta desde el centro, y desde donde podía dirigir las rondas de artillería, u ordenar los ataques aéreos que sacudían la ciudad casi a diario, ataques con los cuales se podía ajustar el reloj, sirenas enviando ciudadanos asediados a correr hasta sus refugios, mientras que los Junkers y los Capronis tarareaban por encima su propio canto de burla de tres notas. *Ren-di-os. Ren-di-os. Ren-di-os. Ren-di-os.*

Segunda parada, un estanco y una larga espera en la cola para comprar sus cigarrillos y unos paquetes de repuesto para cuando fuera a visitar al capitán en el hospital. Un ejemplar del *ABC* —una versión madrileña del diario que había leído tantas veces durante el tour, en el pasado mes de septiembre—. Solo que *aquella* había sido la edición impresa en Sevilla, en el territorio de los nacionales y bajo el control de Franco. Seguía costando veinticinco céntimos, pero el tono de este era obviamente muy diferente. Aquí estaba el artículo que mencionó el general. La red de espionaje fascista descubierta en la zona catalana. Y también un informe sobre el acto de recepción de los voluntarios británicos de las Brigadas Internacionales por su vuelta a casa, ayer en Londres. Indignación también, por el debate de Westminster sobre el número de tropas que Italia seguía mandando a Franco, sobre el conocimiento del gobierno británico de dicha participación; sobre el fracaso de Chamberlain de impugnar esa colaboración en el Comité de No Intervención; y sobre su rechazo a hacerlo durante su próxima visita a Roma. Ahora, decía el diario, Chamberlain estaría apaciguando a Mussolini en Roma tanto como apaciguó a Hitler en Múnich. Todo era muy deprimente. Los internacionales que apoyaban a la República ahora retirados en gran parte. Aquellos que apoyaban a Franco, según parecía, multiplicándose. Una pregunta en los labios de todos. ¿Cuándo caerá España?

Sin embargo, en la contraportada había anuncios de cine y de teatro. Y fueron estos los que le llevaron a su tercer destino. El Madrid-Paris. Uno de los cines de la Gran Vía. Una película de baile y canto. *Roberta*. Randolph Scott. Irene Dunne. Fred Astaire. Ginger Rogers. El diálogo traducido al español, cómo no. ¿Pero las canciones? Todas piadosamente en su versión original. Jack durmió durante la mayor parte de la película. El efecto del vodka. Su escape de las garras del general Kotov. Pero se despertó con cada una de las canciones. Las amaba. *Smoke Gets In Your Eyes*. El Humo Entra En Tus Ojos. Y *I Won't Dance*. No Bailaré. De hecho, la vio entera dos veces, entrando a la mitad de la película y saliendo, más o menos, dos presentaciones más tarde, en el mismo punto en que había entrado. Y es que había una cosa más que había aprendido, por lo menos sobre la vida bajo asedio en Madrid. Y era eso. Que la artillería de los nacionales, con la posibilidad de recibir y leer precisamente esa misma edición del *ABC de Madrid*, iba mejorando sus habilidades día tras día bombardeando las ubicaciones precisas en los horarios exactos, aquellos en los que el público estaría llenando las calles delante de cualquier cine o teatro.

En Madrid, como Jack supo, solo un tonto esperaba hasta que cayera el telón.

Capítulo Quince

Sábado, 17 de diciembre de 1938

Estaba acostado, despierto en la hora todavía oscura antes del amanecer: preguntándose si el general realmente había aceptado su relato; preocupándose por la utilidad concreta que podría tener él para el NKVD; y enumerando las mil maneras distintas de cómo hacer llegar la noticia a Inglaterra de que todavía estaba vivo. Pero después, fuera en la Plaza de Santa Ana, había un camión. Ruidoso. Llegando a mayor velocidad. Mucho mayor que el tráfico que había debajo de su ventana a intervalos regulares durante la noche. Forzando los cambios. Y, mientras bramaba al detenerse allí fuera, Jack se levantó buscando frenéticamente su ropa, viviendo otra vez la pesadilla del Hostal Toledo en Burgos. Los mismos gritos y voces abajo. El mismo estrépito de los tacos de botas en el pavimento. Los golpes en las puertas del hotel.

Jack se maldijo por no haber identificado una ruta de salida, un escondrijo. Y lo debería haber hecho. ¿Cómo podía pasar tantas horas sin dormir, contemplando los motivos e intenciones del general, sin imaginarse la peor consecuencia posible? Pero justo cuando agarró sus pocas posesiones, el preciado abrigo, los cigarrillos, y salió corriendo al pasillo, al llegar a la escalera se dio cuenta de que la conmoción parecía confinada al vestíbulo de la entrada, tres pisos más abajo. Una docena o más de voces altas, cada una compitiendo con las otras. Imposible desentrañar el sentido de todo aquello. Y al bajar por la escalera el ruido simplemente empeoraba. La confusión aumentaba, ya que las voces llegaban más fuerte. Aunque, cuando llegó a la parte superior del último tramo, vio a un hombre tratando de restaurar un poco el orden. Un tipo alto y delgado, en su bata. Frente abovedada. Gafas.

—¡Tranquilos! Tranquilos, por favor —decía el hombre, y retenía a dos de los camareros del Hotel Victoria que claramente estaban a punto de arremeter contra los milicianos armados, en monos azules, que se amontonaban en la puerta. Los camareros parecían recibir un apoyo considerable de los otros huéspedes que abarrotaban la parte inferior de la escalera—. Por el amor de Dios —gritó a sus defensores, tan lento y deliberado que Jack pudo seguir su español a la perfección—, no hay ningún problema aquí. Iré con ellos. Y estaré bien. —Se giró hacia los milicianos, les habló con voz severa. Los forzó a bajar sus rifles y los acompañó a salir a la calle antes de amonestar una última vez a los excitados camareros. Luego subió por la escalera abriéndose paso entre los huéspedes, y sonriendo a Jack cuando pasó a su lado—. Bueno —dijo—, por lo menos me permiten vestirme. Antes de que me disparen.

Una hora más tarde, en el bar del hotel, Jack todavía trataba de entender si el hombre estaba bromeando. Debería haberlo estado, seguro. Porque el Hotel Victoria había vuelto totalmente a la normalidad. Uno de los mismos camareros había tomado nota de su pedido, sonriendo con cortesía cuando pidió un café, aceptando con entusiasmo su petición de pan, aceite y sal. Y mientras Jack contemplaba la llegada de su desayuno, miró a las demás mesas y le llamó la atención el mismo hombre de la frente abovedada del altercado. Sin la bata, claro, pero ahora con un collar clerical y un traje, originalmente lana de color gris oscuro, pero tan desgastado que los hombros, solapas, codos y rodillas brillaban como seda. La misma sonrisa.

—Buenos días —dijo en inglés con un acento muy fuerte—. De nuevo. ¿Quiere? —Y señaló la silla vacía de su propia mesa.

Jack aceptó la oferta.

—Está bien verlo a salvo. ¿Padre…?

—Lobo. Padre Lobo. ¿Y usted? —Jack se presentó. Sabía lo que *lobo* significaba en español y se preguntó si lo había entendido correctamente—. No había peligro, señor Telford. Como puede ver.

—Aquellos milicianos. Todos anarquistas, ¿no es cierto? Con la fama de fusilar sacerdotes.

—Hasta los anarquistas tienen madres, hijo mío. Y cuando una madre se está muriendo, cuando necesitan un sacerdote, me vienen a buscar. Se maldicen por hacerlo. Pero me vienen a buscar de todas formas. Pero usted, ¿por qué está aquí? La mayoría de los internacionales ya se fueron.

—Una larga historia. Estuve en prisión. Burgos. Pero me escapé y vine a Madrid.

El padre Lobo le examinó muy de cerca mientras que llegaba el pan. Luego examinó los trozos tostados con la misma precisión. Levantó una de las rebanadas y la bendijo.

—Doce pesetas por el kilo de harina. En el mercado negro. El precio oficial establecido por la Junta de Defensa es dos. En Madrid estamos muertos de hambre y estafados al mismo tiempo. ¿Y su ojo?

—Lo perdí en Burgos, también.

—Pero no es un soldado, creo.

—No, un periodista, padre.

—Tengo un buen amigo que es periodista. Durante mucho tiempo fue nuestra voz de Madrid. Emitía. Todas las noches. Nos ayudó a sobrevivir. A toda la muerte. A toda la locura. Pero no está aquí ahora. Se fue a Francia. Y dentro de poco, se irá a Inglaterra. Para trabajar en la BBC. Servicio mundial. Sección española. Seguro que estará bien, pero lo extraño.

—Es un hombre con suerte —dijo Jack—. Es mi ambición también. Algún día. Trabajar en la BBC.

—Entonces la próxima vez que hable con él, le doy su nombre. ¿Quién sabe?

—Estaría bien. Pero, ¿le puedo pedir otro favor, padre Lobo? Creo que me gustaría entrevistarle a usted.

—¿Ahora, señor Telford?

—Tengo una cita, padre. Pero, ¿más tarde?

—Por supuesto. ¿Y su reunión?

—En el Hotel Gaylord.

—Entonces que Dios le proteja, hijo mío. Porque hay más peligro para usted en el Hotel Gaylord que para mí en la compañía de aquellos milicianos.

De vuelta al Hotel Gaylord, el espíritu de la fiesta de ayer parecía haberse evaporado por completo. Más uniformes militares a la vista. Uniformes rusos. Y aquellos llevando el verde arenoso del Ejército Rojo, incluido el general Kotov, quien se deshizo del brazo de una sinuosa mujer que halagó a Jack con su mejor sonrisa de negocios, labios pintados de rojo amapola, antes de alejarse deslizándose a lo largo de la barandilla del bar hasta otro cliente. Pero no había habitación privada esta mañana. Simplemente más vodka. Aquí. Sentados en los taburetes del bar.

—¿Cómo fue su viaje, camarada Telford?

—Caminé hasta el Paseo del Prado. Recorrí el camino por los cráteres de las bombas. Tomé el tranvía a Cibeles. Y luego…

—El metro hubiera sido más seguro. Aunque me dicen que hay más personas viviendo allí abajo que nunca antes. —Jack decidió que el general Kotov no tenía aire de alguien que hubiese viajado alguna vez en el metro—. Pero puedo conseguirle un pase. ¿Por qué pagar cuando se puede viajar gratis, eh?

—Eso es muy amable —dijo Jack—. Pero usted ya ha sido muy generoso. Y parece que los camareros del hotel me han adoptado. Me siguen aconsejando sobre la manera más segura de moverse. Direcciones. Ese tipo de cosas. —Fueron los camareros, por supuesto, los que le dieron el consejo de salir de los teatros antes de que cayera el telón final. Camareros todos demasiado viejos, demasiado jóvenes o demasiado dañados físicamente para ser de utilidad en el frente.

—¿Camareros? ¿En el Victoria? Todos anarquistas. Gente peligrosa, camarada. Peligrosa. Y confío en que no querrá que cambie mi opinión sobre usted. Queda el beneficio de la duda por considerar aquí. La señorita Carter-Holt era un recurso valioso para nosotros. Su muerte una pérdida significativa. No espero de usted que lo entienda, aunque aprecio su honestidad en el asunto de su muerte.

—¿Un recurso valioso? No, de verdad. No entiendo, general. Pero su muerte pesa mucho en mi conciencia. Fascista o no fascista. Como dijo usted, cada muerte afecta a nuestra humanidad, de una u otra forma. Y soy un periodista. No un asesino.

—Pero la pluma es más poderosa que la espada, dicen. Y yo estoy de acuerdo. Un arma más poderosa. Ustedes, los escritores, rara vez se manchan las manos con algo más que con tinta. Físicamente. Pero ¿con cuánta frecuencia ayudan sus palabras a moldear el punto de vista de la gente? ¿Cuántas veces incitan a los hombres a la violencia?

Jack no necesitaba un sermón sobre este tema. Mientras trabajaba para su diploma de periodismo había estudiado cada palabra crítica escrita sobre su profesión elegida. Cada ejemplo de propaganda bélica proliferada por la prensa, desde las mentiras incesantes de Hearst y Pulitzer, que alimentaron la Guerra Hispano-Americana, hasta los artículos provocadores del ex-socialista Robert Blatchford, empleado por Lord Northcliffe del *Daily Mail* para suscitar la opinión pública en contra de los alemanes en 1909.

—Bueno, ahora he visto la tinta en mis propios dedos volverse rojo sangre. En realidad, no una, sino dos veces.

—¿De verdad? —dijo el general, y llenó la copa de Jack otra vez—. ¿Y la segunda vez?

—El capitán —su Fidel— atacó un puesto de la Guardia Civil. Una distracción, creo. Pero maté a uno de los guardias civiles allí.

"No precisamente lo mismo que matar a Franco", pensó Jack. Todavía le irritaba que su propio modesto plan de asesinato hubiese fallado tan estrepitosamente.

—Supongo que habrá que matar a muchos más antes de que terminemos. Aunque quizás hemos hecho suficiente aquí para impedir a Franco unirse a Hitler y Mussolini en la próxima ronda, ¿no le parece?

—La República sigue esperando un mejor resultado que este, general. ¿No es así?

—Es un idealista, camarada Telford. Eso sí que es una cualidad rara en un periodista. Entonces, asesino, idealista… ¿Qué debemos hacer con usted? Y un mejor resultado podría haber dependido de la posición de su propio país, quizás. —Otra cosa más sobre la que Jack no necesitaba instrucciones. Al fin y al cabo, había escrito sobre ese mismo tema en el último artículo que logró enviar a Londres desde Santiago de Compostela.

—Mencionó que me ayudaría a ponerme en contacto con Inglaterra, general —comenzó, pero Kotov se inclinó sobre el nogal pulido de la barra, evitando con cuidado los restos y vasos abandonados. Las puntas de sus dedos alcanzaron una esquina de un diario justo por debajo del mostrador, y se sentó otra vez con pesadez.

—Aquí —dijo—. Sabía que íbamos a encontrar un ejemplar. —El *Reynold's News*. La edición del domingo, dos de octubre. El estandarte familiar. El titular atrevido de Sydney Elliott: *Munich Agreement or Munich Betrayal?* ¿El Acuerdo de Múnich o la Traición de Múnich? Jack casi se atragantó, se secó rápidamente una lágrima que amenazaba caer por su mejilla. El día que salió de Pamplona, cuando se despidió del padre Ignacio. "Mierda", pensó, "parece que fue hace diez años". Pero el general pasaba las páginas, lamiendo su pulgar mientras las hojeaba, de atrás hacia delante—. ¡Ah! —exclamó y le lanzó la nota del obituario de las noticias de última hora.

El Consejo Editorial del Reynold's News debe comunicar, con gran pesar, Jack leyó, *la información recibida ayer por la tarde de San Sebastián en España.* La corresponsal de Reuters, Valeria Carter-Holt, ahogada accidentalmente en el mar. Se mencionaba también la desaparición de Jack. Un elogio sobre la calidad de su trabajo como periodista. Detalles de su última asignación. El temor de que podría haber muerto mientras intentaba salvar a Carter-Holt. Y la oración final que le partía el corazón. *Pero estés donde estés, Jack... que Dios te acompañe. Sydney Elliott. Editor.*

—Un tonto sentimental —dijo Jack—. Mi editor. —La frase fue concebida como una bravata, aunque casi se le quedó atrapada en la garganta.

—Y pésimo a la hora de juzgar a la gente, parece. —El general le quitó el periódico—. ¿Qué es lo que dice? *'Podría haberse ahogado durante un intento fallido de salvar la vida de la señorita Carter-Holt.'* Pero fue esta parte la que realmente me interesó. —Pasaba más páginas—. Esto. —Jack se encontró frente al artículo que él mismo había escrito y luego telegrafiado a Elliot. Un ensayo de opinión sobre la intermediación británica en el Pacto de No-Intervención, y su fracaso de actuar en contra del bombardeo de civiles inocentes por parte de los italianos y alemanes, y especialmente en contra de sus ataques a los barcos mercantes británicos—. Y particularmente esta sección —dijo el general—. Déjeme leerlo. *'Aún peor, hemos permitido a los alemanes ser recompensados por el general Franco por estas violaciones. Una recompensa en minerales, materias primas y recursos. Todo lo que Hitler podría desear para completar su programa de rearme. De eso, leal lector, solo se puede sacar una conclusión. Que un nuevo conflicto global parece inevitable ahora. Y cuando el conflicto estalle, los británicos no seremos las víctimas inocentes. Nosotros habremos sido los instigadores'.* ¿Cree eso, camarada Telford? ¿De verdad? ¿Que Inglaterra será responsable de la próxima guerra?

—¿Dónde consiguió esto? —dijo Jack.

—Un amigo. En el consulado británico. Alguien allí debe admirar su trabajo. Pero usted, ¿cree lo que ha escrito?

—Sí, por supuesto. No ha sido todo tan unilateral, está claro. —Jack recordó el orgullo que había sentido al principio de la guerra. Los capitanes británicos tratando de romper el bloqueo nacionalista de Bilbao. Pero aquellos fueron incidentes raros que, como Jack entendía ahora, consistían en una serie de calumnias. El conocimiento aparente que la embajada de Madrid tenía del golpe meses antes de que pasara, y su fracaso de actuar en consecuencia. Y luego la implicación del piloto británico, Bebb, y el oscuro comandante Pollard, ayudando a Franco a volar desde las Islas Canarias hasta Marruecos para que pudiera ayudar a dirigir la insurrección. La insistencia de Carter-Holt en que Pollard estaba vinculado directamente con los Servicios de Inteligencia Británicos—. Pero sí —dijo Jack—, lo creo.

—Y hay mucho más que no sabe amigo mío. —Llenó sus copas otra vez—. Por ejemplo, Franco necesitaba llevar a sus regulares por aire desde Marruecos hasta la península. Necesitaba ayuda. Tenía que llamar a sus amigos en Alemania. Para pedir aviones. Pero no pudo usar las redes telefónicas oficiales. Claro que no. Entonces preguntó a sus otros amigos, los británicos de Gibraltar, si no les molestaba que usara su central telefónica. Y por supuesto dijeron que sí. Y cuando los aviones alemanes salieron de Marruecos, entraron en el espacio aéreo británico, sobrevolando Gibraltar. Nada. Fue su Armada Real en Gibraltar, camarada Telford, la que entregó de buena gana la información sobre la flota republicana a los comandantes de Franco. Y luego asistieron útilmente a las fuerzas de Franco y su base en Algeciras anclando un acorazado británico en la bahía para así impedir que la flota de la República bombardeara el lugar. ¿Qué conclusión debemos sacar de todo eso, camarada Telford?

—Que Franco tiene más influencia sobre la clase dirigente británica que el Frente Popular.

—O quizás sus líderes, Baldwin y ahora Chamberlain, prefieran acostarse con Hitler antes que con la Rusia Soviética, a pesar de lo que esa elección les costará. Le costará al mundo entero. Así que dígame. Esa afirmación de que su país permitió a Alemania obtener con tanta facilidad acceso a esos minerales; la pirita, el antimonio, el tungsteno, todo lo demás, ¿cuál es su fuente?

—¿Usted no tiene su propia fuente? —Jack vio una contracción nerviosa en la mandíbula del general.

—Lo que sabemos, camarada —dijo Kotov con deliberada exageración—, es que el hombre que una vez fue consejero político de la mina inglesa de Río Tinto está ahora en Burgos. En la sede de Franco. —Jack sintió como la sala daba vueltas. Los párpados sellados del ojo izquierdo volvían a palpitar por primera vez en semanas. Su mano comenzó a temblar, derramando vodka por sus pantalones—. Y eso me hace recordar —dijo el general sonriendo— que debemos hacer algo con su ropa. Pero, ¿qué le ocurre con Burgos? ¿Memorias dolorosas?

—Estuve allí. En la mansión Muguiro.

—No para charlar con el capitán Charles de la empresa Río Tinto, supongo. —El general sonrió—. Antiguo secretario comercial de su embajada en Madrid. ¿No era para charlar con él?

—No. El teniente de la Guardia Civil que mencioné. Turbides. Y un hombre con un nombre aún más improbable: Merry del Val.

El general Kotov golpeó su propio muslo, los pantalones de montar azules.

—Un hombre ejemplar, amigo mío —gritó—. Su padre. Embajador español en Londres. ¿Lo sabía? La familia tiene contactos importantes por toda Inglaterra desde su fascista Lord Beaverbrook hasta Chamberlain. Con la familia real también. Pero este hombre de Río Tinto. Este capitán Charles. Sabemos que envía informes. Informes regulares. A Londres. Sobre el hierro. Sobre la pirita. Ahora fluyendo desde España a la industria armamentista de Alemania. Los informes pasan por Madrid. Codificados.

—¿Por qué no por la embajada británica en Hendaya?

La embajada de Madrid y el embajador británico, Clinton, se habían trasladado a Hendaya, justo al otro lado de la frontera con Francia, no mucho tiempo después del comienzo de la Guerra Civil. Y Clinton se había retirado al año siguiente, dejando la República de España sin una embajada británica durante los últimos doce meses. A Jack eso le decía mucho.

—Parece que este capitán Charles no confía en el personal de allí.

—¿Pero Madrid? —dijo Jack—. Ya dijo que tiene un amigo en el consulado.

—Un amigo. Pero no en una posición superior. No tiene acceso a tal información. No, camarada Telford, por eso necesitamos un hombre con talentos muy especiales.

Capítulo Dieciséis

Domingo, 18 de diciembre de 1938

—Normalmente, el domingo es un día tranquilo —dijo el padre Lobo—. Por suerte, la mayoría de nuestros enemigos por allí son buenos católicos. Salvo los moros, por supuesto.

Se encontraban en los baluartes rotos del Cuartel de la Montaña, envueltos en sus abrigos, mirando hacia abajo desde la parte superior de la cresta, encima del Parque Oeste, hacia el río Manzanares, la Casa de Campo más allá —todo pareciendo nada más que la devastación masiva del Frente Occidental— y al norte hacia las ruinas de la universidad. Para Madrid, todo comenzó aquí. El día después de la insurrección de los generales. La creencia equivocada de que las guarniciones de Madrid se levantarían en su apoyo. Pero no lo hicieron. Y cuando los fascistas tomaron este cuartel, los milicianos y los guardias de asalto de la República lo reconquistaron en solo dos días, destruyendo el lugar en el proceso, dejando a muchos de los defensores muertos en las habitaciones entre sus muros, matando a otros más tarde en el Cárcel Modelo.

—Entonces serán tranquilos para usted también, padre. —Jack sonrió—. Los domingos.

—En una hora doy la misa. En la capilla del Santísimo Cristo de la Paz. —Vio la sorpresa en la cara de Jack—. Sí, hijo mío. Conozco las historias también. Los rojos impíos de Madrid. Pero, ¿cómo dicen ustedes? ¿Writing on the Wall? La escritura en la pared. Hasta el camarada Negrín está viendo la necesidad de permitir a nuestros hombres su fe en estos días. No es que la perdiéramos alguna vez. Tengo una casa. En la calle de Tamayo. Un oratorio. He dado la misa allí durante los últimos dos años. Para aquellos que lo querían. Pero ahora vuelve a ser oficial.

—¿La escritura en la pared? —dijo Jack—. ¿Usted piensa que la guerra está perdida?

—Múnich destruyó nuestra última esperanza, señor Telford. No somos tontos. ¿Por qué Inglaterra o Francia arriesgarían un conflicto con Hitler por España ahora, cuando acaban de sacrificar Checoslovaquia para apaciguarlo. Todo lo que podemos hacer es rezar para que, un día, haya una nueva España. Una España libre. La guerra es terrible. Pero creo que algo bueno saldrá de ella. Y a lo mejor los otros españoles por allí rezan por la misma cosa.

—Un pueblo —dijo Jack—, dividido por una religión compartida.

—Fue un intento pobre de una parodia, algún recuerdo de una cita de Oscar Wilde. Sobre los americanos y británicos, siendo idénticos, pero separados por su idioma—. Debe saborear estos momentos de paz, padre.

—Difícil imaginárselo desde aquí —dijo el padre Lobo—. Apenas se los puede ver. Pero siguen allí. Siguen estando llenas de soldados. Las trincheras. A lo largo de la orilla del río. Y los miles que murieron. Al comienzo. Agradezca que no estuviera aquí hace dos años. Las tropas de Franco allí abajo. A cinco minutos de la Plaza de España. Fueron repelidas. Pero tan cerca. En el barrio de Carabanchel tuvimos que pelear calle por calle. Pero todavía los puede ver por allí. —Señaló a una colina a media distancia—. En el Cerro Garabitas. Es allí donde tienen toda su artillería pesada. Cuando ve los obuses caer sobre Madrid, es de allí de donde salen. Intentamos desalojarlos una docena de veces, pero nunca tuvimos éxito.

Jack acababa de venir caminando hasta aquí con el padre Lobo. Pasaron por los escombros de la Plaza de España de camino al metro. Sabía lo cerca que estaba.

—Los milicianos los hicieron retroceder —dijo Jack—. Y los internacionales. Durruti y sus hombres.

—¿Durruti? Sí, mientras que el Gobierno salió corriendo hacia Valencia. Recibió un balazo mientras luchaba por la universidad. ¿Lo sabía? Murió más tarde, claro. Y su funeral en Barcelona. Dicen que fue el funeral más grande que España había visto jamás.

—¿Pero usted no estaba allí, padre? ¿En la universidad?

—Claro que estuve. En un campo de batalla hay pocos ateos, hijo mío. —Escalofriante, era tan parecido a algo que Merry del Val le había dicho a Jack en Burgos—. Pero nunca más quiero volver a estar en un lugar así —continuó el sacerdote—. Nunca. Nuestros milicianos los combatieron habitación por habitación. Pasillo por pasillo. Aula por aula. Recuerdo haber bendecido a un chico, muriéndose detrás de una barricada. Una barricada construida con un montón de Enciclopedias Británicas apiladas. ¿Sabe dónde? En la Facultad de Filosofía. No se ve desde aquí. Pero está arriba, en el norte. Todo en ruinas ahora. A tan solo una milla de distancia. ¡Qué ironía!

—¿Sabe lo que más me aterra, padre? La normalidad de todo esto. Aquella gente viviendo en las estaciones del metro. Como si fuera el lugar natural de estar. Los fascistas justo por allí. Hasta les podríamos tirar piedras.

—¿Normal? Supongo que sí. La gente es resistente. Se adapta. Y lo que a mí me aterra más, señor Telford, es que la gente de Madrid se adaptará igual de rápido cuando Franco haya tomado nuestra ciudad al final. Tan rápido que dejaran de tratarse de compañero. Tan rápido que volverán a usar ¡buenos días! en vez de ¡salud! Tan rápido que recordarán llevar collares y corbatas. Tan rápido que la Falange estará en las calles otra vez. Tan rápido que olvidarán el motivo de todo esto.

Una vez más, Jack recordó lo cerca que había estado de matar al Caudillo. De quizás acabar con todo esto. De ahorrarle a la gente de Madrid sus agonías. Y su vergüenza le quemaba el cerebro.

Jack finalmente se vio obligado a contar al general Kotov que la mayoría del conocimiento que tuvo sobre el acuerdo de los minerales entre Franco y Hitler procedía de la información facilitada de forma jactanciosa por el guía fascista del grupo de turistas, Brendan Murphy. Murphy estaba orgulloso del asunto, y Jack no le había preguntado mucho. Pero sí, aquello dio para un artículo interesante. Quizás no su artículo Pulitzer, pero era bastante bueno. Y seguro que agitaría las cosas en casa. También avergonzaría al gobierno británico, lo que parecía encajar perfectamente en la agenda del general. Claro que Jack corría el peligro de convertirse en otro activo del NKVD. Pero veía poco riesgo. La perspectiva de abrirse su camino dentro del consulado británico aquí le ofrecía no solamente la posibilidad de un buen artículo, sino también una gran oportunidad para poder volver a casa. Y, la ventaja más inmediata, una forma práctica de ponerse en contacto con Londres. Mejor, le había dicho el general, que el uso de sus propias líneas de comunicación, a través del edificio de Telefónica y sus censores. Claro que sería necesaria otra intervención. Otra fábula sobre la experiencia de Jack en San Sebastián. Sobre Carter-Holt. Sobre su viaje a Madrid.

Sin embargo, eso era todo para el día siguiente. Visitaría el consulado entonces. Durante el resto de aquel día, caminó por las calles destrozadas del distrito Argüelles con el padre Lobo. Lo dejó allí en la calle de la Princesa para dar la misa y bajó a la estación de metro más cercana, la de Santo Domingo en la Gran Vía. Compró un billete para Banco de España. Veinticinco céntimos. Línea dos. Y una atractiva empleada cortó su billete en la barrera, dirigiéndolo hacia el andén con dirección a Ventas.

Jack volvió a preguntarse cómo funcionaba el sistema para aquellos que al parecer habían instalado sus hogares aquí abajo. Otra gente entró y salió por la barrera con impunidad, intercambiando saludos con la joven perforadora de billetes como si fuera la conserje de su bloque de apartamentos. Ella los conocía, claramente. Intercambió bromas con ellos, gritó a los niños ruidosos que jugaban a las estatuas, o a un juego exuberante de cantos y aplausos, algo sobre robar pan, mientras que sus madres doblaban mantas, guardándolas pulcramente en sus lugares asignados al lado de las maletas, cojines de brocado, ollas de cocina y cestas de mimbre, cosas a partir de las cuales ordenaban sus vidas. Jack acarició con sus dedos los azulejos de cerámica ocre de la pared y sintió el corazón de Madrid latiendo desde dentro, luego escogió su camino pasando al lado de una niña pequeña que distribuía ejemplares del diario del Partido Comunista, *Mundo Obrero*. Pasó por delante de dos hombres viejos absortos en un juego de ajedrez; paso al lado de un muchacho abstraído con una colección de poesía de Lorca; pasó entre los olores generales de cuerpos sin lavar y de paja húmeda; y pasó por delante de un hombre muy bien vestido de traje, vendiendo furtivamente sus mercancías desde una maleta. "Siempre hay algún beneficio que sacar, en algún lugar, en una guerra", pensó y atrajo miradas hostiles de cada uno de aquellos que él mismo había estudiado. "Claramente un intruso. ¿Y cómo podrías ser otra cosa", decidió, "si no has estado aquí desde el comienzo?"

Dentro del tren, intentó descifrar los gritos, el destacado argot madrileño. Sonaba como una rabia colectiva. ¿Pero contra quién? No podría decirlo. Pero cuando descendió en la estación de Banco de España y subió las escaleras para salir a la calle, se encontró con el camino bloqueado por una multitud ansiosa. La tregua religiosa de los domingos por la mañana se había acabado y la artillería había vuelto al trabajo, rompiendo vidrios y destrozando mampostería, en aquel punto donde la Gran Vía descansaba su brazo amistoso alrededor del hombro de la calle de Alcalá, casi en el extremo oriental de la Avenida de las Bombas. Niños medio-muertos de hambre llorando en los brazos de sus madres. Hombres casi histéricos gritando, llamando a la calma.

—¡Tranquilos! ¡Tranquilos!

"Dos años", pensó Jack. "Dos sangrientos años".

Se abrió paso entre la gente y salió a la calle donde una nube gris venía hacia él desde la derecha, impulsada por el silbido del viento acompañando a los explosivos, el sabor del polvo de ladrillo grueso en la lengua de Jack, su cuerpo entero temblando por la vibración, su cabeza zumbando por la explosión quizás a cien metros de distancia, pero aún tan fuerte que le provocaba un dolor punzante, ensordecedor en algún lugar profundo de su oído interno. Le dio la espalda a todo, siguió el humo hasta Cibeles, con sus bastiones de bolsas de arena, luego dobló a la derecha, por el paseo, y se fue hasta la grandeza palaciega del Prado que se asomaba por delante. Allí giró a la izquierda para encontrarse con el vecino algo menos ostentoso del museo, el Hotel Ritz.

—Dicen que Mata Hari una vez se hospedó aquí —le dijo el capitán.

Jack lo había encontrado, todavía débil por la pérdida de sangre, en una cama de campamento en la antigua sala de baile del hotel, rodeado por muchos otros enfermos y moribundos debajo de los candelabros de cristal.

—Con habitación propia, espero —dijo.

El capitán miró a su alrededor.

—No se está tan mal. Durruti falleció arriba también. Y yo estuve aquí después de Brunete. Había diez veces más que ahora. —Todo los hedores del hospital a desinfectante, carbólico, excremento humano, vómito, comida rancia, golpearon a Jack a la vez—. Está mejor ahora —murmuró el capitán—. Gracias a los americanos. ¿Conociste a Goff, inglés? —Jack admitió que no—. Buen hombre. Uno de los mejores. Estuve con él cuando volamos el puente de Albarracín. Luego Teruel. Y Carchuna.

—Sé de Carchuna —dijo Jack, recordando una historia que le contó Fielding, aquel vice-cónsul británico de San Sebastián. "Hubo algo entre él y Carter-Holt", le recordaba su cerebro. "Dijo que se había acostado con el hombre cuando estuvieron en Santander. ¡Puta!" La madriguera de conejo. Sacudió la cabeza para despejarla. —Carchuna —repitió—. Trescientos prisioneros. Vosotros los liberasteis.

—¡Qué día! —dijo el capitán sonriendo—. Pero los demás fueron duros, inglés. Días duros. No como dicen tus escritores. Solo dolor. Sangre. Duro. Pero Goff, el gran americano. Madre de Dios, todo un hombre.

—¿Uno de los internacionales?

—Sí. Y un voluntario para unirse al Cuerpo XIV, el Ejército Guerrillero. Pero ahora se ha ido. Volvió a América. Nunca lo hubiera pensado…

—¿El qué?

—Que amaría tanto a un americano.

—Un americano comunista. —Jack se rió.

—Sí. Tantos de ellos. Venían de tan lejos. Por España. Y financiaron todo esto. Miles de pesetas. Cientos de miles.

Jack supo de las donaciones. De algunas por lo menos. La Agencia Médica y los Comités de Ayuda para la Democracia de España en los Estados Unidos. Aunque siempre había dos caras en el caso de los yanquis. Siempre dos caras.

—Pero los otros —dijo Jack—. Los americanos que envían dinero para ayudar a Franco. Para ayudar a los católicos en la zona de los nacionales.

—Allí está, inglés. La lucha entre el comunismo y la mierda del fascismo. Siempre está aquí ahora.

Jack recordaba una discusión sobre el mismo tema. La Exposición de París. Julio de 1937. Con la crítica de arte canadiense, Angela Alexander. Mirando abajo desde el Trocadero hacia la Torre Eiffel, y la vista bloqueada por los dos pabellones monstruosos enfrentados el uno al otro —el Pabellón del Pueblo del Tercer Reich y el Palacio de los Soviéticos—. La silueta de las cosas por venir. Y ella había definido el fascismo. "Un sistema de gobierno autocrático de clase neutra, que reacciona normalmente a problemas socio-económicos percibidos con la promoción forzosa del nacionalismo insular". Ella había invitado a Jack a responder con su propia definición del comunismo. "Un sistema de gobierno autocrático centrado en la clase trabajadora", había dicho, contento consigo mismo, "que reacciona normalmente a problemas socio-económicos percibidos con la promoción forzosa del Marxismo internacional". Pero incluso si hubiera sido capaz de expresar el concepto con el escaso español que dominaba, Jack no lo hubiera hecho ahora.

—Bueno, te traigo cigarrillos —dijo, en su lugar, y lanzó un par de paquetes sobre las mantas. El capitán levantó uno e hizo una mueca.

—Superiores —dijo—. No *Lucky Strike*. Qué pena. ¿Pero te encontraste con el León?

—El general. Sí. ¿Por qué le llamas el León?

—Un chiste, inglés. Su nombre real. Leonid. Es por lo que le llamamos el León. ¿Y descubriste por qué eres tan importante para él?

—Sí, creo que sí. ¿Pero lo sabes tú?

—Es una cosa entre vosotros dos. No necesito saberlo. Pero ahora tienes trabajo que hacer, creo. Para España. Para la guerra.

Jack miró alrededor en el salón de baile transformado, inseguro de cómo responder, vio unas estanterías al otro extremo.

—La biblioteca del hospital —dijo—. ¿Puedo mirar?

Atravesó la sala entre las camas, llegó a las estanterías y pasó el dedo por las columnas, saboreando el olor a papel y tinta, por lo menos algo de alivio entre los olores de los enfermos. Novelas en su mayor parte. Españolas. Unos libros alemanes. Muchos en inglés. Nostalgia. Y sacó uno en particular. G.A. Henty. *Bajo el Mando de Wellington*.

—Nada es perfecto —le dijo el capitán, cuando volvió a la cama del español.

—¿Crees que me lo podría llevar? —dijo Jack—. Leerlo, luego devolverlo? —No conocía la palabra española para *borrow*, tomar prestado, como se estaba dando cuenta.

El capitán examinó la tapa del libro, sin darse por enterado.

—Como quieras. Pero, como digo, ahora estás en la guerra. Estamos todos en la guerra. Tomamos partido. Luego cumplimos con nuestro deber. Nuestros enemigos deben morir. O morimos nosotros. Y para matar a nuestros enemigos, hacemos lo que sea que nos manden hacer. Cualquier cosa.

—¿Cualquier cosa? —dijo Jack.

—Sí, inglés. Cualquier cosa.

—A mí no me gustó mucho Hemingway —explicaba el padre Lobo más tarde en uno de los bares del Hotel Florida. Jack admiraba el estilo del escritor americano y había sugerido quedar en el Florida como parte de su homenaje personal al hombre. El lugar había sido majestuoso en su día, un lugar de encuentro para celebridades y prostitutas, más tarde otro hospital más, ahora estaba simplemente tan desgastado por la guerra como el resto de Madrid—. No tenía tanto interés en contar la verdad. Toda la verdad.

—*Warts and all* —dijo Jack, luego tuvo que explicar su significado como "con todos sus defectos". Todas sus verrugas.

—Ah, sí. Las verrugas. Se cometieron cosas terribles al principio. No solo por los fascistas. ¿Y la lucha por la democracia? Por supuesto. Pero la democracia es la primera víctima de la guerra. ¿No? Hemingway nunca podría escribir sobre esto. La necesidad, a veces, de suspender la democracia, simplemente para que se pueda volver a vivir. Esas son las verrugas, creo.

—Debería ser la tarea de los periodistas —dijo Jack—, enfrentarse a lo incómodo. Si simplemente pintásemos las cosas de negro o blanco, no tendríamos credibilidad real.

—Tengo un ejemplo —dijo el sacerdote—. Estaba en Barcelona. En julio. Leí un artículo en el *Times*. Sobre la persecución religiosa en la zona republicana. Hay un jesuita británico. Burns. Escribe esos artículos para ellos. Sobre los seis mil sacerdotes fusilados aquí. Pero yo escribí una carta al *Times*. Una respuesta. Y publicaron mi carta. Escribí que cada sacerdote fusilado en esta guerra terrible murió porque también fue político. Muchos de ellos fueron miembros activos de partidos políticos. Fascistas. Habían participado en la distribución de propaganda anti-gobierno. Al principio aquellos sacerdotes pagaron un precio por su lealtad política. Tal como lo hicieron socialistas y comunistas en la zona de los nacionales. Gente ignorante, gente malvada, tomó su venganza. Individuos. Pero ni una vez, ni una sola vez, habían dictado las autoridades republicanas órdenes para la persecución de sacerdotes, ni habían prohibido la libertad de culto. Y el hecho es que la rebelión de Franco nunca podría haber comenzado sin la asistencia de la Iglesia. Si había habido víctimas inocentes, era la Iglesia misma la que debe asumir la culpa. Y mientras que el gobierno de la República nunca había sancionado el asesinato de los inocentes, Franco sí que lo hacía cada día de su vida.

"Y estuve tan cerca de matar el monstruo", pensó Jack. "Tan cerca".

—Quizás —dijo sonriendo—. ¿Pero no es la verdad en sí solo una verruga más? Solamente podemos contar tanta verdad como la que podemos tragar. Si contamos demasiado, nuestros enemigos simplemente aprovecharían aquellas partes que les sirven para su propia propaganda, para devolvérnoslas a nosotros, corrompidas y rotas.

—Es un argumento que he escuchado muchas veces, hijo mío. Normalmente de los camaradas del partido comunista. Algunos de mis amigos más queridos son comunistas, por supuesto. Pero ellos a veces se olvidan de que otras voces quieren ser escuchadas también.

—¿No será la Quinta Columna de Franco?

—Por supuesto que no. Aunque creo que hasta ellos están comenzando a percibir el olor de la victoria. Hubo gente en la misa esta mañana. Hombres y mujeres que no había visto en dos años. Pero ahora se sienten lo bastante seguros para salir otra vez. Al exterior. Pero ese es mi punto. Si, ¡Dios no lo quiera! perdemos esta guerra, tenemos que volver a encontrarnos con esta gente en la calle. ¿Cómo lo haremos si permitimos que todo sea blanco y negro? Así que, no. Los hombres de los que hablo son aquellos que piden a gritos ser escuchados ahora, sobre el futuro de Madrid. Debe quedar con algunos de ellos. Entrevistarlos. Para su diario.

—Sí —dijo Jack—. Claro. —Pero era incapaz de mirar al padre Lobo a la cara cuando se lo prometió. En lugar de eso miraba fijamente el pasillo entre las imágenes espejadas de la barra del hotel. La Granja Florida. Pues, el tiempo que Jack había pasado en las montañas con los guerrilleros parecía por lo menos haber agudizado su sentido del peligro, y en aquel momento notó como la madriguera de conejo se estaba volviendo más profunda otra vez.

Capítulo Diecisiete

Lunes, 19 de diciembre de 1938

—La maldita bomba pasó justo por allí —dijo el cónsul. Se veía el tablaje y la lona alquitranada donde una vez la decoración de yeso finamente moldeada en relieve adornaba el techo clásico. Una de las paredes había sido reconstruida hace poco, pero sin la elegancia que Jack imaginó que debía haber poseído antes—. Justo en el centro de la bandera del Reino Unido que nos costó tanto pintar en el techo. Los alemanes, ya sabe.

El cónsul era alto, cincuenta y pocos años. La representación caricaturesca del cine británico de la diplomacia colonial. Robert Donat, aunque sin el bigote. Voz mesurada de Oxbridge, ligeramente sin aliento. ¿Pero el nombre? Milanes. Y Jack se preguntó si podría haber nacido en el extranjero. Después de su encuentro con el impecable inglés de Merry del Val, nunca volvería a juzgar a un hombre por su acento.

—¿Alguien herido? —preguntó

—Un desastre, señor Telford. El jefe de cocina, Fernando. De baja durante semanas después. Y la pobre señora Norris también. Tengo que presentársela, por cierto. La dejé buscando información cuando llegó usted. —Se tocó un lado de la nariz romana, sacó a Jack fuera del edificio abandonado de la embajada y cruzó con prisa el patio azotado por el viento, pasando por los portones de hierro custodiados que daban a la calle Fernando el Santo—. Y ojalá haya una taza de *Rosie Lee* esperándonos. —El uso del argot inglés para té le hizo sonreír a Jack. La nostalgia.

Pero no había té en la oficina del cónsul en el anexo consular, más adelante en la calle. Simplemente un tipo felino de ojos de acero, apoyado en el borde del escritorio de caoba cubierto de cuero.

—¿Telford? —dijo, antes de que Milanes hubiera cerrado la puerta.

—Estaba a punto de presentarles, señor Telford. Este es el comandante

Edwin. El agregado militar. Tiene tendencia a ser impetuoso, me temo.

El comandante sacó una caja de cigarrillos del bolsillo interior de su chaqueta, golpeó un *Capstan* en el metal pulido de la caja, luego volvió a guardar el tabaco sin ofrecérselo a nadie.

—Un cuento raro, el que ha estado contando, Telford.

—Así es la vida, comandante —dijo Jack—. La verdad a menudo supera con creces la ficción, ¿no le parece?

Alguien tocó la puerta.

—El *chai*, me imagino —dijo Milanes, y abrió la puerta para dejar pasar a una mujer de edad mediana con un aire de autoridad que superaba hasta a la del comandante Edwin—. La admirable señora Norris a quien mencioné antes, señor Telford. —Ella le dedicó un saludo cortés y dejó la bandeja de plata en el escritorio consular. Sirvió dos tazas de té y le preguntó a Jack cómo lo tomaba.

—¿Totalmente recuperada, espero? —le preguntó Jack.

La mujer pareció perpleja por un momento.

—Ah, la bomba —dijo sonriendo—. Casi hace dos años, señor Telford. Excelente tratamiento como puede ver. El hospital británico-americano. ¿Y me permite decir cuánto admiro su traje? Muy apuesto. ¿Es usted un hombre de la marina?

—Es la barba, supongo. Pero no. Solo me siento realmente cómodo en *terra firma*.

Aunque ella tenía razón. Había comprado el traje esa mañana. Zapatos decentes también. Del mercado de Torrijos, más allá del Retiro. Allí se podía comprar cualquier cosa, le habían dicho los camareros del Hotel Victoria. Mercado negro. Pagó un precio absurdo. Y Jack no había pedido demasiados detalles sobre la procedencia del traje. Pero sí, azul oscuro, casi un corte de uniforme. Le daba un claro aire náutico. La barba. El parche.

—Aunque no estuvo particularmente empeñado en permanecer en tierra firme en San Sebastián, que yo sepa —dijo el comandante cuando la señora Norris los había dejado solos—. ¿O entendí mal la historia?

Jack ya le había dado un breve resumen de su nuevo relato al cónsul, cuando acababa de llegar, los detalles registrados por una taquimecanógrafa silenciosa con una ordenada raya central que separaba su pelo oscuro. Jack no podía discernir si era española o no.

—Fue una insensatez —dijo Jack, asumiendo que el comandante debe haber leído el transcrito—. Pero la señorita Carter-Holt insistió en ir a nadar. Antes de tomar el tren para Irún. Parecía un poco arriesgado. Por la hora, quiero decir. A decir verdad, no nos llevábamos muy bien. Como le expliqué al señor Milanes antes.

—Si no es mucha molestia, quizás lo podríamos escuchar otra vez. Es una buena historia.

—Comandante —dijo Milanes bruscamente—. El señor Telford ha pasado por mucho. Es un ciudadano británico, después de todo. Con derecho a las cortesías habituales, ¿no le parece? ¿Y no le gustaría tomar asiento, señor Telford?

El comandante Edwin lo ignoró totalmente, pero Jack aceptó la invitación y se acomodó en el Chesterfield verde.

—Usted decía que no se llevaban muy bien. ¿Qué significa eso exactamente?

—Diferencias políticas —dijo Jack—. Entre una cosa y la otra. Fue un viaje difícil. Sabrá de lo ocurrido en Covadonga, por supuesto. Y luego el incidente en Santiago. Por cierto, ¿alguien sabe qué le pasó a la familia Kettering? —La pregunta causó miradas interrogantes tanto de Milanes como del comandante. Tuvo que explicar. Catherine Kettering. La mujer del tour quien escupió a Franco en la cara cuando fueron presentados en Santiago de Compostela. Luego se la llevaron a prisión. Jack no sabía qué había sido de ella. De hecho, mintió al decir que no tenía ni idea de por qué había hecho tal cosa.

—Haré todo lo posible para averiguarlo, señor Telford —prometió el cónsul—. Averiguar lo que le ha pasado, quiero decir.

—¿Diferencias políticas? —dijo el comandante.

—Una seguidora leal de Franco —Jack le dijo—. Carter-Holt. Fascista hasta la médula.

—¿Sabe que su padre es Secretario del Primer Lord del Almirantazgo?

—¿Sir Aubrey? —Jack sonrió—. No lo conozco. Y podría no compartir las ideas de su hija, supongo. —En realidad, Jack sabía con certeza que no lo hacía—. Por suerte, no todos los altos cargos en nuestro país son partidarios de los nazis. No todos, comandante. Y quizás no tuve mucha simpatía por su hija pero por lo menos insistí en acompañarla, aunque ella no estaba muy contenta con mi decisión. Nadó muy lejos. Mi error quizás. Por haber estado allí. Tal vez… Bueno, nadó muy lejos. Hacia aquella isla en medio de la bahía. La vi agitar sus brazos. Creí escucharla gritar. Entonces nadé detrás de ella. Y entonces la corriente me llevó. No la vi más. Como una pesadilla. Pensé que me iba a ahogar. La verdad es que no soy un mal nadador. Pero esa corriente...

Jack tomó un sorbo de su té. El primero que había probado desde Dover, esperando el tren del ferry nocturno. Tres meses antes. ¿Y si hubiera cambiado de opinión? ¿Si hubiera vuelto de inmediato a Londres? ¿Contarle a Sydney que no había podido enfrentarse al viaje?

—Cielos —dijo el cónsul—. He nadado en San Sebastián muchas veces. Antes de la guerra, claro. No sabía que era tan peligroso.

En algún lugar en el edificio comenzó a ladrar un perro. Un ruido raro. Decadente, pensó Jack. No recordó haber visto a ningún perro desde su llegada a Madrid. Ningún gato, seguro. No ahora. Todavía se podía encontrar el bacalao salado a menudo en algún menú o una mesa de cocina. Pero no más conejo, los camareros solían decirle sonriendo.

La puerta se abrió otra vez, y un perro Westie entró corriendo y deslizándose, las uñas tratando de encontrar agarre en el suelo de baldosas cuadradas, seguido por su dueña, una mujer robusta en una falda de tweed gris y un cárdigan de rayas otoñales. Los caballeros se pusieron de pie, y el terrier le ladraba a Jack mientras que se presentaron. La esposa del cónsul, la señora Milanes.

—Por favor —dijo—. Llámeme Mabel. La señora Norris me acaba de decir que estaba aquí. Pobre hombre. Entiendo que habrá sido un calvario. Y la pobre Valerie. Fue un gran golpe cuando nos enteramos de su muerte. Escribí a su madre, claro. Querida Ursula. Pero usted era el hombre misterioso. ¡Famoso corresponsal internacional!

—No tan famoso, me temo —dijo Jack con una sonrisa.

—¡Tonterías! —dijo Mabel—. La desaparición. Le hizo famoso, ¿no es cierto, John? —Se giró hacia su esposo—. ¿Todavía tenemos ejemplares de los diarios? Seguro que tuvimos el *Reynold's News*, creo. —Jack pensó que podrían no encontrarlo—. Pero su familia debería estar encantada de saber que está a salvo y se encuentra bien, señor Telford.

—En realidad —dijo su esposo—, el pobre hombre aún no ha tenido tiempo para llamar a casa. Estábamos charlando de eso antes.

—Caramba. Pero debe hacerlo inmediatamente. Su pobre madre. Está todavía con nosotros, ¿espero?

—Muy viva y coleando —sonrió Jack—. Y mi hermana. Su esposo, señora Milanes, ha sido tan amable de prometerme que me dejaría usar el teléfono más tarde.

—Entonces no debes impedirle al hombre que se reúna con su familia ni un momento más de lo necesario, John —dijo a su esposo—. Y ¿qué hace para navidad, señor Telford? —La pregunta sorprendió a Jack. ¿Navidad? No tenía ni idea—. Si no tiene otros planes, tiene que venir con nosotros. Nada demasiado elaborado, claro. Pero será divertido. Para comer. ¿A mediodía? Y luego tenemos una pequeña fiesta organizada para la tarde. ¡Buster! Ven, mi amor.

"¿Keaton o Crabbe?", pensó Jack, tratando de decidir si el bicho fue nombrado así por el cómico de las películas mudas o por el actor de *Flash Gordon*.

El perro estaba ahora ladrando alrededor de las espinillas del comandante Edwin. El desprecio en la cara del hombre era palpable. Habría pateado la mascota, Jack estaba seguro, si supiera que podía salir impune. El terrier seguía ahora los tacones de la señora Milanes fuera de la oficina, y el comandante reanudó la interrogación.

—¿A qué hora fue eso, Telford? —dijo—. ¿Cuándo lo atrapó esa feroz corriente?

Jack se sentó de nuevo.

—No estoy seguro ahora. Antes de las diez. Deberíamos haber tomado el tren a Irún a las once y cuarto. Pero, ¡qué corriente! Me llevó lejos de la bahía. Exhausto. Apenas podía mantener la cabeza fuera del agua. Y la próxima cosa que supe, es que me golpeaba contra las rocas. Me hice unos arañazos horribles. Perdí el ojo allí. Y luego había un barco. No lo recuerdo muy bien, pero me arrastraron a bordo.

—Menos mal que pasaron —se burló el comandante.

—Creo que nuestra señora la Virgen me debía estar sonriendo ese día. —Algo sobre el tipo le decía a Jack que podría ser católico e intentaba mantener la compostura, satisfecho, cuando vio los rasgos del comandante suavizarse por primera vez—. De todas formas, me llevaron por la costa. Hasta un pueblo. Y me mantuvieron allí. Durante bastantes días, creo. Más de una semana por lo menos. Inconsciente la mayor parte del tiempo. Pero me desperté cuando cosieron mi ojo. Y, otra vez, cuando la Guardia Civil invadió el lugar.

—¿Cosieron su ojo? —dijo Milanes—. ¡Dios mío! ¿Está dañado permanentemente?

—Me temo que sí. Era el ojo mismo lo que estaba mal. Cosieron los párpados para prevenir la infección. Creo que es lo que dijeron.

—¿Y los guardias civiles le buscaban a usted, Telford? —insistió el comandante.

—No, no a mí. Resulta que los hombres del barco eran contrabandistas. Supongo que era por eso por lo que no avisaron a nadie de que yo estaba allí. Yo solo estaba agradecido de que me hubieran recogido. Pero entonces, para mi sorpresa, los guardias civiles no me llevaron de vuelta a San Sebastián. Me llevaron a su cuartel en Bilbao. Me preguntaron todo tipo de cosas sobre mis actividades como periodista. Parece que habían conseguido una copia de un artículo que yo había enviado a casa desde Santiago. No les gustó el contenido. Me hicieron pasar un mal rato por no estar autorizado.

—Como Koestler —dijo el cónsul.

—No me permitieron comunicarme con Londres —le dijo Jack—. Nada. Luego me enviaron a Burgos. Más interrogatorios. Y acabé en una prisión. En San Pedro de Cardeñas. Esperando a que un tribunal militar escuchara mi caso, me dijeron. De todas formas, un día llevaron a un grupo de nosotros a bañarnos al río. Algunos de los internacionales iban a ser intercambiados por italianos. Por cierto, ¿tuvo lugar? ¿El intercambio?

—Sí. Y más que quedan por venir, nos dicen. —Milanes sonrió.

—Bien. Me alegro. Pero uno de los muchachos no consiguió escapar, me temo. Bob Keith. Por no sé qué tipo de disputa. Le dispararon. Los guardias, digo. Y se desató el infierno. Una emboscada. Algunos de los guardias murieron. Un ataque de los guerrilleros. Y de alguna forma terminé en medio de todo. Logré explicarles mi situación y les pregunté si me podían llevar al este. Pero dijeron que era demasiado peligroso. Así que me trajeron al sur. A Madrid.

—Lo trajeron al sur —dijo el comandante con un bufido—. ¿Doscientas millas? Por territorio nacional. Podría vender los derechos de esta historia a un novelista.

—Comandante —dijo Milanes—, no veo ningún motivo para dudar de la palabra del señor Telford. ¿Usted tiene algún fundamento para poner en duda su relato?

—Todavía no. Pero le puedo asegurar que haré todo lo posible para comprobar los hechos.

—Podría comenzar, comandante —dijo Jack—, por el capitán Constantino. Es un oficial del ejército guerrillero de la República,

Cuerpo XIV. Lo encontrará en el hospital en el Hotel Ritz. Fue herido cuando pasamos el frente. Y me ha acompañado en cada paso de las doscientas millas. Por cierto, ¿solo eran doscientas millas? Parecía mucho más.

"Siempre está bien tener la última palabra", pensó, mientras que el comandante salió de la oficina del cónsul dando un portazo.

—Nos hemos convertido en una especie de remanso aquí, me temo —dijo Milanes—. Toda la acción real está en Valencia. Lo que hace que algunos de los hombres se hayan vuelto un poco picajosos.

—Seguro que el comandante está simplemente haciendo su trabajo, señor. Pero ahora estoy un poco atrapado. Sin pasaporte. Nada.

—Podemos expedir un certificado de emergencia, por supuesto. Hace falta una fotografía. Itinerario para su viaje. Algunas referencias independientes para la sección probatoria de su declaración. *Et voilà*. Lo tendríamos en casa muy pronto.

—Si pudiera llegar a la costa, a Valencia quizás, podría encontrar un barco. ¿Y las referencias? Si me permite ponerme en contacto con mi familia. Mi editor, quizás. Poner en marcha el proceso. Mientras tanto, creo que un amigo mío iba a visitar España también. Frederick Barnard. ¿Lo conoce?

—¿Freddie? Ese querido muchacho. ¿Cuando se cruzaron sus caminos, señor Telford?

—Sí, Freddie. Y su libro, por supuesto. ¿Sabe si se encuentra todavía en España?

—Pasa a ser algo como una saga también. Nada como lo suyo. Pero bastante serio. Algún sinvergüenza robó su pasaporte. Precisamente en el Camino de Santiago. Y parece que fue uno de los hombres de Franco también. Freddie viajaba con una mujer. Una chica mexicana. Un poco revolucionaria, según tengo entendido. Ella acabó en prisión también, sin los documentos diplomáticos de Freddie para protegerla. Pero la sacamos al final. Sin ningún hueso roto, como dicen. ¿La conocía a ella también? Josefina no-sé-qué.

—No, no conocí a la dama. Pero me alegro que haya sobrevivido a la experiencia. —Y así era. Las palabras de Josefina fueron la única cosa que calmó el dolor de su fracaso de asesinar a Franco. Que hubiera sido un gesto inútil. Que los fascistas simplemente hubieran sacado un nuevo generalísimo en su lugar. Que hubiera creado simplemente el peor de todos los mártires—. Debe de haber movido muchos hilos, señor.

—Bueno —dijo el cónsul Milanes—, uno lo hace lo mejor que puede. Ahora, en cuanto a estas llamadas telefónicas...

Capítulo Dieciocho

Martes, 20 de diciembre de 1938

—¡Dios mío, Jack! —exclamó Sheila Grant Duff—. ¿Dónde…? —Y luego no pudo continuar.

"Déjà vu", pensó. Como en Santiago. Había intentado llamar el día anterior. Sin conexión. Y otra vez hoy. Su segunda visita al consulado. Sin respuesta del número de Sydney Elliott. La tentación de realizar una llamada directa a su madre. En Worcester. Pero ni siquiera podía soportar el pensamiento de su histeria. Necesitaba la intercesión de Sydney. Ella tomaría las noticias mejor viniendo de él.

—Sheila, escúchame. —Gritaba por encima de los golpecitos de las teclas de la máquina de escribir detrás de él—. La llamada podría cortarse de nuevo. Necesito que informes a Sydney. Por favor, ya sé que eso es difícil. Pero tienes que escuchar.

Hacía frío en la oficina. Un frío glacial. Se alegraba de llevar el abrigo hoy.

—Pensábamos que estabas muerto, Jack. —Las palabras de Sheila vinieron lentamente, rotas por sus lágrimas—. Tu madre mandó oficiar un servicio especial en la iglesia de *All Saints*.

"Ay, me imagino que le habrá encantado", pensó. El drama. Y por primera vez en mucho tiempo, sintió la presencia de su padre allí, a su lado. El olor de su uniforme.

—Sheila, sigo vivo y estoy bien. —Pausó—. Más o menos —dijo—. Pero es una historia terriblemente larga. Y necesito que hagas un par de cosas. Para que Sydney hable con mamá y le dé las noticias suavemente.

—Jack, ¿de verdad no lo sabes? Maldito seas. ¿Qué os pasó? A Carter-Holt. Y luego a ti?

—Ella se ahogó, Sheila. ¿No lees las malditas noticias? Te lo dije. Una historia larga. Tan rara como la del libro que me prestaste. *El Hobbit*.

157

¿Recuerdas? Aunque parece que estoy todavía atrapado en la guarida del dragón. Pero prometo contártelo todo cuando vuelva. Pero primero necesito pedirte que hables con Sydney. El mensaje a mi madre. Y luego él tiene que llamar al cónsul aquí en Madrid. Su nombre es Milanes. Un hombre decente—. Miró a la joven taquígrafa trabajando en el escritorio detrás de él. Y esta volvió a bajar la vista rápidamente a su máquina.

—Jack… —Hubo una pausa larga—. Es tu madre, Jack. Está muerta.

—¿Está bien, señor? —dijo la joven mujer.

Jack se dio cuenta de que era la misma secretaria que había tomado sus datos durante su primera visita al consulado, ayer.

—¿Solo trabaja usted hoy? —dijo. Había tres escritorios más en la sala, otras tres máquinas de escribir de la marca Underwood, inactivas.

—Solo yo todos los días. Ahora. Señor Telford, ¿no?

—Jack. Por favor llámeme Jack. —Le extendió la mano, y ella se quitó apresuradamente un guante sin dedos antes de estrechar su mano.

—No me atrevería —dijo ella—. Me temo que debemos guardar todas las formalidades aquí, señor Telford.

Estaba envuelta en un cárdigan marrón, sobredimensionado, su cara flotando profundamente dentro de un gran collar enrollado. La cara de una hada, pensó, recordándole un libro infantil con sus ilustraciones encantadoras que poseía de niño. Cabello oscuro, naturalmente rizado. Y esa impecable raya de separación del pelo.

—¿Y las formalidades se aplican a ambas partes, señorita…?

—Aparentemente no. Entre los empleados del cónsul soy siempre la señorita Waters. Pero para el mundo en general, soy Ruby.

"Entonces seguro que no es española", pensó.

—Bueno, Ruby, gracias por su preocupación. Solo un par de malas noticias de casa. —Jack sabía que debería estar sintiendo algo. Cualquier cosa. En serio, aplicó los tonos correctos por el bien de Sheila. Le dijo qué terrible choque habían sido las noticias. Preguntas tímidas sobre lo que había pasado. Escuchó los detalles, tal como la hermana de Jack se los había explicado a Sheila. Devastada por la pérdida de su querido hijo. Colapsó durante el servicio en la iglesia. Murió en el hospital una semana más tarde. Todo parecía tan raro. Nunca se le habría ocurrido a Jack que le caía bien a su madre y mucho menos que podría estar tan abrumada de dolor al enterarse de su muerte. En su relación no había mucho calor, y Jack no había descubierto la verdad sobre el suicidio de su padre hasta unos cuantos años más tarde, e incluso entonces, no se enteró por su madre. Ella le impuso a su hijo su pacifismo sin haberle explicado ni una sola vez la razón de su pasión por el tema. Entonces, después de la universidad, se distanciaron aún más, sus visitas reguladas. Compromisos de agenda, en vez de deberes filiales. Cada segundo jueves del mes.

La puerta de la sala de mecanografía se abrió y la señora Norris se acercó con paso decidido a la bandeja de entrada de Ruby y depositó en ella un lote fresco de trabajo.

—Señor Telford —dijo—. Espero que haya podido comunicarse.

—Sí, lo hice. Pero hubo algunas malas noticias. Mi madre ha fallecido.

—Oh, querido. —Se llevó la mano a la boca. Ruby dio un grito ahogado.

—Lo lamento mucho —dijo Ruby—. Y aquí estaba yo, parloteando. Mil disculpas.

—Nuestras condolencias, señor Telford —dijo la señora Norris—. No puedo imaginar lo que debe estar pasando. Pero vine abajo para darle mejores noticias, espero. La pareja por la que preguntaba. Los Kettering. Repatriados sin peligro, nos dijeron. Nos enteramos por uno de los oficiales consulares en el norte. El señor Fielding. Dice que no les ha pasado nada. Pero la señora Kettering le escupió al viejo Franco a la cara, según lo que he entendido. Qué extravagante. Nos debe contar la historia entera. Quizás en el día de Navidad. ¿Va a venir, espero?

—Será un placer —dijo, tratando de fijar una sonrisa en su cara. Pero Fielding. De nuevo. La madriguera de conejo.

Jack caminó por la calle de Zurbano, cruzó la calle Génova y entró al barrio de Justicia, pasando por todas las variedades caleidoscópicas de la depravación de Madrid. En el extremo norte, cerca del consulado, casi se podía creer que la guerra había convenientemente dejado al barrio indemne. El daño de las bombas todavía, por aquí y por allá, pero la nieve esparcida, caída en las últimas veinticuatro horas, había suavizado la imagen y echado un sudario encima de los montículos de escombro. Pero después, al llegar a la Plaza de Chueca de repente el daño se hizo más notable, menos disperso. Casas enteras y bloques de apartamentos colapsados a lo largo de la calle de Gravina y Hortaleza. Y más adelante había un hombre tratando de sacarle la última chispa de vida a un burro criollo que arrastraba un carro de muebles recuperados de los escombros. El hombre pegó a la bestia con una fuerza que Jack casi no pudo creer. Todo en vano. Porque la pobre criatura flaqueaba sobre sus patas, dio dos últimos pasos tambaleantes y colapsó. El carretero todavía le estaba pegando con su látigo, cuando un grupo de mujeres y niños aparecieron en la calle, como si lo hubieron adivinado, con los cuchillos listos, de forma que, para cuando Jack se había acercado más, el enojo del hombre se había quedado en una débil protesta. Sangre mezclada con la nieve, corría hacia la alcantarilla y convirtió la calle en un caos de gente cortando, rajando y serrando.

Pasó con prisa y encontró refugio en un estanco para comprar un ejemplar del *ABC*. Pagó por el diario y echó una ojeada a las páginas. Los viajes de ida y vuelta de Chamberlain a Roma, y las demandas de Mussolini de que se permitiese a Italia anexarse Córcega y Túnez. Signos de que *Il Duce* quería convertir el Mediterráneo en un lago fascista. Noticias desde la retaguardia de las líneas nacionales. "¿Puede esto ser verdad?", pensó Jack. El informe de una prisión en León, usada por Franco para encarcelar a niños —cuatro mil de ellos— simplemente porque se negaron a dar información sobre el paradero de sus padres republicanos. Una visita a Barcelona de Lord Listowel y Lady Hall del partido laborista; mensajes de solidaridad y afirmaciones de que la oposición frente a Chamberlain crecía después de Múnich. Y, finalmente, la confirmación de que la Lotería Nacional seguiría pagando los premios como de costumbre. Pensó en su madre, su apuesta semanal en la quiniela del fútbol de *Littlewoods*.

Cerca de la nostalgia, Jack salió de la tienda, todavía leyendo el diario, y casi de inmediato tropezó con un cortejo fúnebre, aunque a primera vista no lo reconoció como tal. Una multitud de gente salió de un callejón. Una carretilla. Y en la parte trasera de la carretilla, un paquete alargado envuelto en un saco de arpillera. Era solamente la vestimenta de aquellos en la multitud la que le hizo entender. Todo tipo de la mejor ropa que todavía les quedaba, pero de talla demasiado grande, colgando de torsos que se habían vuelto esqueléticos desde la última vez que llevaron aquellas prendas. "Y en este Madrid", pensó Jack, "¿quién diablos desperdiciaría buena madera en un ataúd?'

Se alegró de llegar a la Gran Vía, dobló a la derecha pasando por delante del edificio de Telefónica —aquella altísima torre fortificada—

hasta que vio el Café Zahara en el lado opuesto, en la esquina con Mesonero Romanos. Una chapa galvanizada, oxidada, pintada con lemas en escarlata, cubría una de las ventanas, pero el lugar le sonreía todavía, moderno y racionalista. Jack se paró, dudando de si cruzar, inseguro de si realmente quería encontrarse con los amigos del padre Lobo, y miró a su alrededor, un momento de paranoia, para ver si estaba siendo observado.

Al otro lado de la calle, la gente hacía cola delante de una tienda pequeña, la planta baja de un edificio apoyada en un lateral del Café Zahara. Una tienda de lotería. Doña Manolita. Ocupada vendiendo décimos para el sorteo de navidad. A mujeres con ojos hambrientos. A sus niños consuntivos, demacrados. A hombres lánguidos, desaliñados. Y Jack recordó la promesa que leyó en el diario. Negocios funcionando con normalidad. Pero comenzó a preguntarse cómo un ganador de esta cola gastaría su dinero del premio. ¿Compartirlo con su barrio? ¿Comprar evacuación y libertad para su propia familia y la de sus amigos? ¿Dar de comer a los miles de hambrientos? O…

La sirena de ataque aéreo empezó a sonar, un sonido al principio aburrido que iba aumentando hasta llegar a una intensidad de frenesí completo. La gente en la cola se encogió, miraron hacia arriba y a su alrededor, esperando a ver qué iban a hacer sus vecinos. ¿Correr a uno de los refugios? ¿O mantener su lugar dentro de la cola para el boleto ganador? Un tranvía pasaba, hombres colgándose detrás, ojos fijos en el cielo. Otra gente corriendo ahora también. En ambas direcciones. Porque había estaciones de metro en cada dirección, a equidistancia de Jack. La cola para la lotería había disminuido, pero no sustancialmente. Su padre estaba allí con él. A su lado. Mirando a los bombarderos aparecer zumbando por encima de la Gran Vía. *Ren-di-os. Ren-di-os. Ren-di-os.* Junkers o Capronis. Todavía no había aprendido a distinguirlos. El fantasma de su padre le sonrió.

"Bueno, aquí está, Jack", parecía decir.

Por primera vez en su vida se preguntó si la vida tenía algún valor, y cruzó la calle lentamente, las manos metidas en los bolsillos de su abrigo. Una pequeña apuesta propia, una lotería, pensó, escuchando a los bombarderos rugiendo encima, mirando a los demás jugadores agruparse, agachados contra la pared, con la cabeza bajada, una señal fiable de que, en algún lugar arriba, una carga explosiva estaba ahora cayendo desde el cielo gris acero. Los motores hacían un ruido muy fuerte. Reventando los oídos. Absurdamente bajos, pensó, mientras esperaba los primeros silbidos y explosiones. O el traqueteo del ametrallamiento. Pero no llegaron. En su lugar, un ruido nuevo. Como granizo. *Plaf, plaf, plaf*. Y se giró para ver pequeñas pelotas, cayendo en líneas, rebotando por la Gran Vía hacia él. Pelotas rojas y amarillas rebotando. Esquivó una, por si acaso, inseguro de si podría ser algún tipo de arma mortal nueva. Pero, cuando una cayó rodando delante de sus pies, finalmente se detuvo en la calle, vio que el rojo y amarillo era un envoltorio de papel, ahora rasgado y abierto para revelar la carga que contenía. Pan. Lo miró fijamente. "¿Envenenado?", pensó. Y luego: "Por supuesto que está envenenado". Envenenado por la envoltura de papel. Lo levantó. La bandera de la España Nacional roja y amarilla en un lado. En el otro, su mensaje. *En España Nacional*, comenzó. *Una, Grande y Libre...* Jack recordó el lema. El patio en San Pedro de Cardeña. Pero siguió leyendo mientras que los bombarderos pasaban a la distancia y, a su alrededor, los clientes de la lotería finalmente rompían filas. *En España Nacional —Una, Grande y Libre— no hay familia sin hogar, no hay hogar sin mesa, no hay mesa sin pan*. La cola fue totalmente abandonada ahora. Aquellos que preferían exponerse a las bombas antes de perder su oportunidad de conseguir un boleto ganador no iban a perderse la posibilidad de llevarse pan. Por el momento, tenían la calle para ellos solos, corriendo, frenéticos, juntando los trozos de pan en sus brazos, llenando sus bolsillos, metiéndoselos por dentro de la ropa. Cualquier lugar. Mientras que un miliciano, saliendo de un edificio al otro lado de la calle, les gritaba que dejaran las cosas donde estaban.

—¡Veneno! —gritó—. ¡Veneno! —Y Jack supo que el joven anarquista tenía razón, aunque quizás no como pretendía. El tipo intentó con valentía quitarle el pan a un anciano, pero cuando se escuchó el sonido de fin de la alerta, cuando la calle comenzó a llenarse, cuando la gente vio el regalo enemigo caer del cielo, cuando el clamor de recogerlo se convirtió en caos y gresca, el miliciano renunció a sus esfuerzos y se quedó parado, con hombros caídos, viendo la lucha de su país por la democracia, su lucha por Madrid, finalmente caerse a pedazos bajo la más malvada de todas las armas.

El padre Lobo le dio la vuelta al trozo de pan lentamente encima del mantel encerado. Y los otros dos hombres lo miraron, en silencio, manos cruzadas por delante, mientras al fondo se escuchaba el *Belleville* de Reinhardt y Grappelli celebrar el regalo del pan con una alegría desvergonzada, pero completamente fuera de lugar, a través de los altavoces del Miami Bar del Café Zahara.

—Regalos de navidad de Franco —dijo el hombre más pequeño de los dos. Traje oscuro, cara jovial. Quizás cuarenta y cinco años. El padre Lobo lo había presentado como Miguel San Andrés. Editor del *Política*, el diario de la Izquierda Republicana. Y un admirador de Sydney Elliott. Lo conoció una vez. Una conferencia en Londres—. Así es como acaba, supongo. Con fascistas trayendo regalos.

La conversación se había desarrollado con dificultad entre el español y el inglés, siendo el padre Lobo el que mejor entendía ambos idiomas, ayudando con las traducciones más difíciles. A veces era tortuoso. Pero el entorno era interesante. El bar hacía honor a su nombre, murales en las paredes representando adoradores del sol escasamente vestidos en las playas imaginarias de Florida. La columna circular cerca del bar, diseñada como una palmera, sus hojas terminando en espirales en el techo.

—La razón de que nuestro trabajo sea tan importante, señor Telford —dijo el segundo hombre—. Y tan delicado. Leocadio dice que es usted un hombre íntegro. —Julián Besteiro. Poco querido ahora por su reputación como moderado, como él mismo admitió. Sin embargo, su historia impresionó a Jack. Decano de la facultad de filosofía de la universidad. Se presentó como candidato a las elecciones del año 1936. Un número récord de votos para el Frente Popular. Y tenía la posibilidad de salir de la ciudad con el resto del gobierno cuando comenzó la guerra. Rechazó la oportunidad. Se quedó. Y sí, estaba allí. Cuando los bárbaros de Franco destruyeron los edificios de su facultad. Cuando quemaron sus libros—. No se puede imaginar cuánto los detesto —siguió, la saliva pegada al hueco entre sus dientes, saliendo ligeramente, su vieja cara alargada, equina, profundamente triste—. Y supe que se había acabado cuando fui a ver a Eden.

El padre Leocadio Lobo sonrió, y Jack pensó por un momento que era una referencia bíblica.

—Julián estuvo en Londres —explicó el sacerdote—. El año pasado.

—¿Anthony Eden? —dijo Jack.

—De verdad pensé —dijo Besteiro— que nos iba a ayudar. De verdad, hombre. Estuve en Londres para la coronación. Pero fui invitado a conocer a Eden. Nada. Después de eso sabía que habíamos perdido.

Solo una cuestión de tiempo. Pasó a ser algo como un recluso desde entonces, me temo. Aunque pienso que Eden quería ayudar. ¿Lo conoce, señor Telford?

—No personalmente —dijo Jack—. No es un mal hombre. No tan malo como Baldwin. O Chamberlain. Liberal —para ser conservador—. Y pienso que tiene usted razón. No hubiera querido una victoria de Franco. Y Chamberlain lo socavó por eso. Entonces dimitió de su cargo como Secretario de Asuntos Exteriores. Lo que pasó detrás del escenario, nunca lo sabremos. Pero su discurso de dimisión fue bastante impactante. Que constantemente cedemos a las presiones de las dictaduras. Hitler. Franco. Son todos iguales.

—La cuestión rusa, por supuesto —dijo San Andrés—. Sin los soviéticos nunca hubiéramos sobrevivido tanto tiempo. Y aquí estamos ahora. Contemplando el fin de la República. Tratando de encontrar una manera de salvar algo. Cualquier cosa. Por lo menos pensar lo impensable. Alcanzar un acuerdo con Franco. Salvar más vidas. Imposible, por supuesto, mientras que él, como gran parte del mundo, de hecho, relaciona España tan estrechamente con el comunismo. Nos podría ayudar muchísimo, señor. Hacer al mundo saber que hay todavía muchos demócratas aquí. Buscando una solución democrática. Un futuro democrático. Para España. Después de todo, si no hubiera habido una participación soviética, quizás Gran Bretaña y Francia nos hubieran ayudado desde el principio.

—Me temo que no creo en eso —dijo Jack—. Gran Bretaña mostró sus verdaderas intenciones antes de que lo hiciera Stalin.

"Y si voy a contar la historia de alguien", pensó Jack, "será la que el general Kotov quiere que escriba. ¡Allí está el premio Pulitzer! Y por lo menos está dispuesto a pagarme".

Capítulo Diecinueve

Domingo, 25 de diciembre de 1938

—No pensé que volvería a verle tan pronto, señor Telford —dijo Miguel San Andrés.

—Yo tampoco —dijo Jack—. Pero debería habérmelo imaginado. Dijo que estaba en el comité de entretenimiento. El hombre perfecto para una fiesta navideña.

—La Junta de Espectáculos, sí. Uno de nuestros gerentes de cine encontró las películas. Para más tarde.

El ambiente en el consulado contrastaba mucho con aquel en el Hotel Victoria. Solo era otro día más para los camareros anarquistas. Aunque habían hecho un esfuerzo anoche. Nochebuena, le dijeron. Pero no creían en toda la majadería religiosa, padre Lobo o no. Sin embargo, hubo un guiso de pescado, increíble, pero allí estaba. Y no estaba tan mal. Una porción pequeña de turrón blando también. Y unas cuantas castañas asadas. Hasta una copa de vino espumoso. De Cataluña, explicaron. Luego se disculparon. No habría más, claro. Hasta pasado un tiempo, por lo menos. No hasta que retomaran posesión del pasillo fascista de doscientas millas de ancho que ahora dividía las zonas republicanas. Bravata pura. Y Jack los adoraba por eso. Porque ese mismo día la ciudad entera se había paralizado por las noticias de que Franco había lanzado un ataque de seis filas en Cataluña, con columnas separadas avanzando hacia Barcelona desde los Pirineos hasta el Ebro. Claro que los diarios informaron de todo ello con un enfoque positivo. Contraataques brillantes. Acciones defensivas heroicas. Pero todos sabían que no quedaban reservas republicanas. Apenas había munición. Y cuando el presidente del Gobierno Negrín emitió un discurso dramático por la radio para levantar la moral en Nochebuena, Jack lo escuchó con el padre Lobo en el Bar Miami. La gente se había reído abiertamente, haciendo apuestas sobre el lugar desde dónde lo podría haber emitido. Desde Barcelona seguro que no, bromeaban.

—¿No está usted con su familia hoy? —dijo Jack—. Siendo Navidad y todo.

—Navidad no es tan importante para nosotros —San Andrés le dijo. Y Jack sonrió para sí mismo, recordando que el hombre era supuestamente un moderado. "Un ateo moderado entonces", pensó. Pero puede que San Andrés leyera su mente—. No porque no seamos religiosos, ¿entiende? Aquí en España, hasta nuestros ateos son buenos católicos. Pero preferimos celebrar el nacimiento de Nuestro Señor en Reyes Magos. ¿Conoce la palabra *Reyes*?

—¿*Kings*? —dijo Jack en inglés.

—Sí, *Kings*. Ustedes lo llaman Epifanía, creo. La adoración de los Reyes Magos. La duodécima noche y el día seis de enero. Este es el día para nuestras familias.

Jack se había visto tentado tantas veces durante los últimas cinco días a ponerse en contacto con su hermana, para llamar a Sheila, intentar otra vez hablar con Sydney Elliott. Pero no lo pudo hacer. Estaba enfadado con ellos. Todos ellos, aunque no entendía por qué.

—Ah señor Telford —exclamó la señora Norris, maniobrando con cuidado una guirnalda de papel por encima de la mesa, procurando que no se enganchara a los jarrones de flores o las copas de vino—. ¿Le importaría sujetar este punto? —Le pasó los últimos frágiles lazos de la guirnalda. Y una chincheta—. No se preocupe, súbase a la silla. Sí, justo en esa esquina. ¿Un poco más alto? ¡Así, perfecto!

En el tiempo que le llevó a Jack bajar, San Andrés había sido capturado por la esposa del cónsul, Mabel Milanes, que ya llevaba una corona roja de papel tisú.

Jack no estaba seguro de si estaba disfrutando de aquella festividad colectiva. Navidad, como siempre había considerado, era un día para disfrutar en soledad. Demasiados años pasándola así de niño, supuso. Uno de los pocos días del año en que se encendía el fuego en la sala de estar y Jack era enviado allí, al reino desconocido de tapetes almidonados, tan pronto como se había comido su gacha de avenas, para meterse dentro de las fundas de sueños frustrados. El tren de cuerda de Hornby que venía en una caja y por el cual había rezado durante todo el año acabó siendo un compendio de juegos de *Chad Valley*. Luego, al año siguiente, la colección de soldaditos de *William Britain*, el juego de artillería de montaña, que le había atraído semana tras semana a la sección de juguetes de *Russell and Dorrell*, de alguna forma se transformó en una lata alargada de bombones, *Walter's Palm Toffee*. Pero nunca faltaba la manzana. Ni el libro. El bálsamo de todos los años para aliviar su ingratitud. Cuando llegó a la escuela secundaria, fue *The Boy's Own Annual* —la colección anual de la revista de historias *The Boy's Own Paper*—. O quizás una novela de Henty, Bretherton, H.G. Wells o Zane Grey.

—¿El fantasma de navidades pasadas, Telford? —El desagradable comandante Edwin.

—Normalmente solo recibo visitas de mi padre fallecido en días como el de hoy —dijo Jack—. Pero ahora parece que mi madre le acompaña también. Es el diablo mismo, comandante.

—Bueno. Mis condolencias. La señora Norris me comentó sus noticias.

Jack estaba a punto de agradecerle su amabilidad, luego se detuvo, sabiendo que la amabilidad sería un concepto extraño para este hombre. Entonces murmuró algo en su lugar, agarró un vaso de jerez de una bandeja oriental cuando pasó cerca de él.

—Parece que mis propias noticias han quedado totalmente eclipsadas.

—¿Cataluña? —dijo el comandante—. No derrame ni una sola lágrima por ellos, Telford. La mayoría no tiene afinidad con España. Un nido de anarquistas, comunistas, masones y judíos. Las mismas criaturas que sumergieron a España en este lío desde un principio.

—¿No lo hicieron Franco y los otros generales rebeldes, comandante?

—Hombre, guárdese esto para el *Daily Worker*, o quien sea que le pague su sueldo. Este maldito país estaba a punto de cometer un suicidio colectivo antes de que Franco saltase a la palestra. ¡Nuestra Señora sea alabada! Usted es un buen católico, Telford. Seguro que en el fondo de su corazón debe ver lo que están haciendo Hitler, Mussolini —y Franco también— por Europa. Y algún día será nuestro turno. Acuérdese bien de mis palabras. La misma conspiración. Pero Alemania tiene la idea correcta. Particularmente sobre los judíos. Aunque, con un poco de suerte, dentro de poco marcharemos al lado de Herr Hitler, codo a codo.

Jack casi lo detuvo. El punto sobre ser un buen católico. ¿Pero la idea de Gran Bretaña como aliado de Alemania? ¿Habían llegado tan lejos? Todavía estaba en las montañas cuando la creciente amenaza contra los judíos alemanes había llegado finalmente a los titulares del mundo. Tal fue el impacto que, cuando llegó a Madrid, todavía seguía siendo noticia de portada. A principios de noviembre, un joven judío polaco había disparado a un oficial de la embajada alemana en París. Una venganza por la expulsión forzada de su propia gente y miles de otras familias judías de sus hogares. Fue precisamente la excusa que necesitaban los nazis, sus líderes alentando a las multitudes por toda Alemania, por Austria, recientemente anexionada, y por sus territorios nuevos en los Sudetes. Cientos de sinagogas quemadas hasta los cimientos. Por lo menos cien judíos asesinados en sus hogares. Decenas de miles juntados y enviados a los campos de concentración. Miles de negocios judíos destruidos, y sus escaparates destrozados. La noche de los cristales rotos. Y solo se detuvieron, por lo menos por ahora, cuando Hitler y Göring empezaron a temer las implicaciones económicas para las compañías de seguro alemanas, las compañías de seguro no judías, claro.

—¿Cuántos buenos católicos, piensa usted, comandante, podrían haber estado involucrados en los ataques contra los judíos en Berlín y Viena? ¿O es una pregunta injusta? ¿Quizás debería haber dicho, cuántos buenos cristianos?

—Por favor, Telford, ¡no más del liberalismo sensiblero! Estamos hablando de infieles. No creyentes. Gente con la intención de destrozar nuestro estilo de vida. Y están trabajando en esta misma ciudad. ¿Sabe usted cuántas *checas* hay en Madrid? Los pequeños nidos de rojos y judíos donde llevan a los amigos de la España Nacional para eliminarlos. ¿Sabe cuántas hay? Docenas de ellas. Cerca de Atocha. Cine Europa. Docenas.

Había estado levantando la voz cada vez más. Algunas cabezas comenzaron a girarse.

—¡Caramba, comandante! —La señora Milanes había aparecido de repente a su lado—. El día de Navidad. Buena voluntad a todos los hombres. —Estaba sonriendo angelicalmente, pero había fuego en sus ojos—. Necesito mostrar al señor Telford la condecoración de mi marido. John está muy orgulloso de ello. —Pero mientras que se abrían paso entre los invitados del consulado, acercándose al retrato del rey George y la reina Mary, con Mabel Milanes enganchada de su brazo, Jack estaba seguro de haberla escuchado murmurar—. Qué pequeño hombre más despreciable.

*

—La señora Milanes me acaba de enseñar la orden del Imperio Británico —dijo Jack a Ruby Waters cuando finalmente se sentaron para comer. Pero ella simplemente le sonrió educadamente, mientras un camarero en una chaqueta blanca le sirvió un cucharón de una sopa de cebolla en su tazón. Al otro lado de la mesa, un hombre joven, ruidoso, con un acento adenoideo norteño —un operador de radio del cónsul, pensó Jack— gritaba a otro tipo sentado al otro extremo de la mesa. El equipo de fútbol de Liverpool había sido derrotado por el Chelsea, parecía. Cuatro a uno. En Stamford Bridge. El único gol del Liverpool marcado por Balmer. Fruto de un pase inteligente del mediocampista derecho, Matt Busby. Y en otra parte de la mesa, la charla se centraba sobre todo en el clima. Bretaña ahora afligida por la nieve. La peor nevada que se recordaba. Pero para el comandante Edwin, al parecer, el gran problema siguió siendo judío por naturaleza. Las noticias de que otros seiscientos niños judíos iban a llegar a Londres. En gran parte por los esfuerzos realizados por el Movimiento del Cuidado de los Niños de Alemania. Esos seiscientos venían de Viena, por lo visto, siguiendo a los doscientos niños que habían llegado desde la propia Alemania solo un par de semanas antes.

—Acuérdese de mis palabras, habrá miles de ellos antes de que nos demos cuenta —decía el comandante a un compañero en uniforme naval—. Una sinagoga en cada esquina.

—Me da miedo pensarlo —susurró la formidable señora Norris, sentada justo a la izquierda de Jack—. Pensar en el destino al que esos pobres niños habrían tenido que enfrentarse si hubieran permanecido en Alemania.

—¿Lleva mucho tiempo aquí, señora Norris? —dijo Jack.

—Ah, sí —le dijo—. Desde Delhi. —Jack no entendió con certeza la referencia y tuvo la sensación de que le faltaba algo. Pero ella ya le estaba pidiendo que le contara su propia historia. La contó despacio, procurando con cuidado usar la versión correcta. Accidente de natación. Pero se aseguró de incluir la parte de Catherine Kettering escupiendo a Franco en el ojo. La señora Norris estaba cautivada y respondió a su relato con todas las exclamaciones esperadas—. ¿Y cómo están las cosas en casa ahora? —preguntó ella cuando terminó.

—Muy mal, por haber faltado al funeral —dijo—. Pero espero estar de vuelta pronto.

—¡Por supuesto! —dijo ella sonriendo—. Y creo que el cónsul tiene buenas noticias para usted.

Charlaron amigablemente durante una de las cenas navideñas más raras y con los platos más extraños que había comido jamás. Después de la sopa de cebolla; sardinas a la plancha con rábano, ajo y manteca. Una mousse de zanahoria picante y otras verduras combinadas. Tiras fritas de bacalao rebozado, acompañadas de mayonesa casera. Y luego codorniz, o quizás paloma, con una salsa de vino tinto y patatas salteadas, que podría, o no, haber salido de una lata. Porciones minúsculas, la escasez reflejada en recuerdos de momentos festivos destacados de tiempos pasados y lugares lejanos. Aunque ni una palabra sobre las raciones que las familias madrileñas tenían para festejar ese día, un huevo, una pequeña porción de salchicha y un pequeño trozo de turrón. Sin embargo, pensó Jack, en la mejor tradición de la adversidad diplomática británica durante los cercos, aquellos reunidos alrededor de la mesa compensaban su propia escasez con los labios superiores rígidos, un exceso de bonhomía e indiferencia. Pero se preguntaba cuál de ellos podría ser el responsable de enviar los informes confidenciales a Londres, que, según el general Kotov, resultarían ser tan bochornosos para Gran Bretaña. No parecía haber ningún Secretario Comercial en el equipo. Y Jack consideró improbable que tal tarea recayera en el mismo cónsul Milanes. O en la señora Norris. Ni en la joven Ruby Waters. Ni los operadores de radio. El adjunto naval y su atrevido asistente eran posibilidades, pero ambos estaban absorbidos, justo ahora, por sus respectivas acompañantes femeninas. Mujeres españolas, chicas alegres, Jack asumió, y un poco desatendidas por los invitados madrileños más respetables, Miguel San Andrés y su esposa, varios otros miembros de la Junta de Defensa de Madrid. Entonces, el agregado aéreo quizás, aunque él y Jack no habían sido presentados. Y de todas formas, ¿no era lo más probable que aquella tarea entrara dentro de las competencias del comandante Edwin?

—Y usted, señorita Waters —Jack aprovechó una pausa en el discurso largo de Ruby, en un español fluido, en la conversación que mantenía con San Andrés sobre su artista favorito. Sorolla, en el que ambos se habían puesto de acuerdo—, ¿cuánto tiempo lleva en Madrid?

—Desde el principio, señor Telford —dijo ella sonriendo—. Bueno, la verdad es que desde antes del comienzo. —Insistió en que le contara más y descubrió que su padre había sido empleado del consulado de

Valencia. Ruby misma nació y fue educada allí, con tutores privados, luego enviada a Inglaterra para terminar sus estudios—. Cuando volví —dijo ella—, mi padre estaba a punto de jubilarse. Se fueron a Suffolk, y yo me presenté para el puesto aquí. Auxiliar administrativo, técnicamente.

—Excelente español —dijo Jack, sabiendo que era un comentario trivial.

—España es mi hogar, señor Telford. Mi madre es española también. Eso ayuda, ¿sabe? —Fue todo muy formal. Pero luego su voz se convirtió en un murmullo conspirativo—. Y mi nombre realmente no es Ruby. Es que es más fácil para todos.

Jack estaba a punto de pedirle que se lo aclarara, pero el comandante Edwin estaba hablando de los refugiados otra vez. Refugiados judíos.

—Tiene una memoria corta, comandante —le decía el cónsul—. ¿Cuántos refugiados tramitamos aquí en el año treinta y seis? ¿Mil? ¿Más? Y no recuerdo que hubiéramos indagado demasiado sobre su fe, o incluso sobre su nacionalidad. Un refugiado de la muerte y de la destrucción es exactamente eso. Si aquellas pobres almas eligen llamarse ingleses, nunca lo vimos como nuestro deber cuestionarlo demasiado.

—No se imagina —murmuró la señora Norris al hombro de Jack—, el número de gente que de pronto recordaron que habían nacido en un barco inglés.

— O en Gibraltar —susurró Ruby.

La esposa del cónsul hizo una intervención diplomática, cortando las voces altas del otro punto de la mesa con un anuncio sobre el pudín navideño inglés, y, sorprendentemente, la bestia flameante llegó con una gran ceremonia.

—Y ahora es la hora de sacar fotos —explicó la señora Milanes, cuando habían devorado el postre—, antes de que comience la fiesta de verdad.

Trajeron los abrigos. Pero mientras Jack se ponía el suyo —había guardado el abrigo militar que se había llevado del ataque al cuartel de la Guardia Civil— el cónsul le tocó suavemente en el hombro.

—Señor Telford —dijo—, recibí una llamada ayer. De su editor. Elliott, ¿no? Un tipo encantador. —Milanes le pasó a Jack un sobre. En el interior, un certificado de emergencia. Número 1397 (Madrid)—. Estaba muy preocupado por usted, amigo mío. Me pidió que le asegurara que le llamaría. En cuanto pueda.

Jack le dio las gracias y estudió el certificado mientras seguía a los demás invitados afuera a la brisa del jardín del consulado. *No válido para más de una persona. Válido solamente para el viaje a Gran Bretaña, saliendo de Madrid–Valencia/Alicante a través de Francia.* Un resumen de la declaración de apoyo de Sydney Elliott. El sello del consulado. La firma del cónsul. Y ningún límite de tiempo. Eso era bueno. Ocupó su lugar, siguiendo las instrucciones del fotógrafo, en el flanco derecho de aquellos posicionados en las escaleras, justo detrás de Ruby Waters.

—No me di cuenta de que todavía teníamos tantos empleados consulares en Madrid —le dijo a Ruby.

—Muchos menos que antes. —Se reía—. Cuando la embajada estaba abierta… Bueno, ¡Dios mío!

—¿Y todos tenían sus oficinas aquí? —preguntó—. ¿Aquí dentro?

—Ah sí. Nosotros, los subordinados, en la planta baja. Los agregados en el primer piso. El anexo, por supuesto.

Los agregados en cuestión, sus asistentes, el personal administrativo y los diferentes cónyuges habían acordado trasladarse al salón consular. Para un trago de whisky. Y Jack echó un vistazo al pasillo detrás de ellos.

—El comandante Edwin también, me imagino —murmuró.

El pasillo estaba oscuro y Jack estaba nervioso. Muy nervioso.

Abajo, y en el consulado mismo, se escuchaba el ruido de la fiesta. Una fiesta para niños. En el salón principal de la recepción, un árbol navideño. Jack no tenía ni la menor idea de dónde habría salido. Y los chicos del vecindario, que llegaron después de que se hubiese limpiado la mesa, después de que se hubiesen comido el queso y bebido el oporto, lo estaban mirando maravillados. Un objeto extraño. Pero aún peor, uno que Jack imaginó que debían haber visto como una terrible tentación. Al fin y al cabo, hubiera mantenido caliente a cualquiera de sus familias durante muchos días de aquel terrible invierno. Pero debajo del árbol había regalos pequeños para todos. Cada uno envuelto con cariño por la señora Milanes en persona. Más de cien paquetes pequeños. Juguetes de precios modestos. Pero aun así eran juguetes. Luego chocolate. Chocolate caliente. Con una especie de dulces fritos y azucarados hechos por Fernando el cocinero. Para que los niños los bañaran en el lujo oscuro y viscoso del chocolate. Churros, los llamaron. Y mientras que los niños masticaban y sorbían, John Milanes los mantuvo entretenidos. El piano.

Su propia composición, dijo. Y acompañado por la guitarra de un amigo suyo del Real Conservatorio de Madrid. Joaquín Turina.

Jack había tomado nota de algunos comentarios del hombre, una entrevista breve ante la insistencia del cónsul. Luego se escurrió discretamente cuando Miguel San Andrés anunció que el proyector de sonido de Eastman Kodak estaba ahora listo para que comenzara la primera película. Mickey Mouse en *Loco Por Los Aviones*. La versión del cine sonoro, por supuesto. Seguida por ese milagro animado moderno, *Blanca Nieves y los Siete enanitos*. Jack la había visto en Londres, en abril. Pero ahora la asoció con Max Weston, el comediante payaso con quien estuvo durante el tour. Fue el chiste absurdo de Weston que Jack recordó.

—Tengo un buen chiste —les había dicho Max—. ¿Qué cantaba Blanca Nieves mientras esperaba a que revelaran sus fotos? —Nadie supo contestar. Fue la primera vez que había compartido un chiste con ellos desde que todo salió tan mal. Max había esperado, una sonrisa ancha, radiante, en su estúpida cara. Y luego la frase clave. Lo había cantado—. *One day my prints will come.* —La palabra *"prints"* que es tan parecida a *"prince"* —príncipe—. Mi príncipe vendrá. Y Jack recordó como todos habían cantado juntos. Una efusión histérica compartida.

Jack pensó también en la esposa coqueta y dominante de Weston. Marguerite. Pensó en dónde podrían estar en este momento, mientras que tanteaba su camino por el pasillo, deslizando sus dedos por el revestimiento de madera barnizada, olfateando el aire para distinguir cualquier indicio de los cigarrillos de *Capstan* del comandante Edwin entre el olor general a tabaco rancio, fijándose con cuidado en cada nombre de las placas, atento a cualquier ruido aparte del tictac ruidoso de un reloj de péndulo, débilmente discernible al final del pasillo.

"¿Qué diablos estoy haciendo aquí?", pensó. Incluso si encontraba la oficina del comandante, ¿qué haría? ¿Acaso el militar dejaría la puerta convenientemente abierta? ¿Con los documentos incriminatorios encima del escritorio bajo la útil luz de una lámpara discreta? Era ridículo.

Los chillidos de la risa de los niños le llegaban desde abajo. Por hoy, por lo menos, pueden volver a ser niños. ¿Pero mañana? La vida diaria en las calles de Madrid, sus vidas degradadas otra vez, su inocencia intercambiada por los boletos de lotería de las bombas y proyectiles de artillería de Franco, o las balas igualmente indiscriminadas de los Pacos, los francotiradores de la Quinta Columna.

Jack vio todo eso como había hecho tantas veces antes. Expandiéndose. Hoy Madrid. ¿Mañana? Londres, Paris, Bruselas, Varsovia. Y la misión que había establecido para sí mismo, que el general Kotov había establecido para él, recuperaría su significado.

"Solo revisa las últimas oficinas", se dijo a sí mismo. "También valdrá. Al menos para averiguar dónde el fascista comandante Edwin tiene su guarida".

Mientras andaba con cuidado por la alfombra del pasillo, sus ojos adaptándose a la oscuridad, creyó haber escuchado voces apagadas. Se paró y trató de aislar esas voces del jaleo de abajo, de comprobar si sus oídos le habían engañado. Pero ya había visto el nombre. *Comandante L.T. Edwin, Agregado Militar.* Fue atraído hacia la puerta, el vidrio esmerilado encima del cual estaba escrito el nombre y el título del comandante. Y cuando se acercó, se sorprendió al ver su reflejo en el vidrio. Un reflejo distorsionado, sin forma. ¿Cómo iba a haber reflejo si no había luz? Su mano se acercaba al pomo de la puerta. Pero antes de que pudiera tocarlo, el pomo se giró por sí solo. Jack dio un paso atrás rápidamente. La puerta se abrió. Ningún reflejo, pero sí el comandante Edwin, enmarcado en la puerta, saliendo al pasillo. Tenía la impresión de que alguien más estaba con él. Un uniforme. En el interior de la oficina. La puerta se volvió a cerrar, y la cara del comandante quedó a solo unas pulgadas de la suya.

—Telford, ¿podemos ayudarle en algo?

Capítulo Veinte

Martes, 27 de diciembre de 1938

Elbert Hubbard, el eminente anarquista y socialista estadounidense, había escrito: "Cuando sospechas de alguien y empiezas a espiarle, tu castigo será que verás confirmadas tus sospechas". Para Jack, había sido un principio básico de su curso de periodismo. El cuidado que hay que tener cuando llegas a una conclusión y luego moldeas tus investigaciones de tal forma que encajen dentro de tu preconcepción. Verificar los datos. Ignorar tus obsesiones. Y Jack supo que el comandante Lawrence Edwin se había convertido en una obsesión. Culpable sin juicio. Crímenes sin nombre y acusaciones sin fundamento.

—No creo que tenga lo necesario —le dijo al general—. Para ser un espía, quiero decir.

El Gaylord estaba concurrido. Comunicados entraban y salían. Y, por supuesto, habían vuelto a estar mucho más ocupados en el Ministerio de Guerra, por el que Jack había pasado, pateando la nieve, en su camino. Informes de Cataluña, imaginó, luego vio el reflejo de su cara en el revestimiento de madera pulida del comedor. "Ni San Andrés ni Besteiro se dejarían caer por aquí", pensó. Por una parte, la presencia de los soviéticos y, por otra parte, la decadencia. Una decadencia relativa. Pues les habían servido cocido madrileño. Primero la sopa, un derivado de la cocción de los ingredientes. Y luego el guiso mismo. Garbanzos. Algo verde fibroso disfrazado de repollo. Pedazos impostores de jamón. Morcilla, la cual no merecía ninguna examinación detallada. La desconfianza y la culpabilidad, cada una por igual, derrotada por la panza hambrienta de Jack.

—Cuéntemelo de nuevo —dijo Kotov, por primera vez bebiendo su vodka despacio en vez de tomárselo de un trago—. El otro hombre que había en la oficina del comandante Edwin. Descríbamelo.

—Solo una figura, general. Un uniforme. No. Solo *pienso* que fue un uniforme. Estaba oscuro. Y el comandante cerró la puerta detrás de sí. Así que no lo pude ver.

—Está claro que lo hizo a propósito. Entonces, nadie del consulado. Asumamos eso. ¿Por qué, si no, lo escondería? ¿No fue uno de sus uniformes navales?

—Ah, no. Entiendo a lo que se refiere. No fue un uniforme que yo conozca. Un color más claro que cualquiera de los nuestros.

—Español entonces.

—Supongo que sí. Pero me siento un tonto total. Di la excusa ridícula de que estaba buscando los baños. El maldito tipo solo se rió en mi cara. Me llevó abajo sin ni siquiera pedir permiso. Pero por lo menos vi la última parte de *Blanca Nieves*.

—¿Blanca nieves? —dijo el general, y Jack pidió perdón. Por divagar.

—Pero le traigo una información —dijo—. Todos habían estado hablando de los refugiados. A la hora de la cena. Refugiados tramitados a través del consulado. Algunos de ellos habrán sido nacionales, supongo.

El general se rió.

—Claro que sí. Aunque nada importante. No a través del consulado británico en sí. Pero el predecesor de su comandante Edwin, bueno, eso fue otra cosa. Hubo un camarilla de partidarios de Franco en la comunidad diplomática. Schlayer en el consulado noruego. Un nido completo en la delegación guatemalteca. Los turcos, naturalmente. Siempre los turcos, ¿*da*? Y su propio agregado militar. Metidos hasta el cuello para apoyar a la Quinta Columna. Ayudando a pasar a verdaderos cabrones fascistas a la zona de los nacionales. Nos hubiera encantado quedarnos con algunos premios. Betancourt. Renedo López. Y luego la Quinta Columna mantenida unida por unos cuantos altos cargos del ejército. Oficiales del ejército republicano. Traidores. Con ayuda extranjera, claro está. Hasta enmascarados como miembros del partido. Pero capturamos los últimos en enero. Desde entonces…

—Desde entonces —dijo Jack— supongo que les sobró tiempo para construir una nueva red. Y usted dice que el predecesor del comandante estaba involucrado en todo eso?

—Lo atrapamos también. En Valencia. Un viaje de contrabando de más. Lo último que escuché de él es que se encuentra en Barcelona, esperando a ser fusilado. Pero ahora, ¿quién sabe?

—¿Un agregado militar británico?

—¿No lo sabía? Su gobierno ha estado muy callado en cuanto al asunto. A veces me pregunto a qué juegan realmente, camarada Telford. Pero si el agregado militar nuevo ha asumido las funciones del anterior, es muy posible que sea él la fuente de aquellos informes para Londres. Creo que serían una lectura interesante. ¿No le parece? Por lo menos ahora sabe por dónde comenzar su búsqueda, amigo mío.

—Como decía, general, no creo que tenga lo que hace falta para hacerlo.

Kotov lo miraba en silencio, un nervio comenzó a contraerse en su mejilla.

—¿Después de todo este esfuerzo? ¿Para salvarle del pelotón de fusilamiento? ¿Después de que el pobre Fidel Constantino arriesgó su vida para traerle aquí? Todavía no sabemos si va a vivir o morir. ¿Y usted quiere que todo eso sea para nada, camarada? Está mostrando muy poco agradecimiento, ¿no? La ropa. Su habitación confortable en el Hotel Victoria. Sus cigarrillos, señor Telford.

Jack se puso colorado. Luchaba por encontrar una contestación inteligente y se quedó con la boca abierta, lista para recibir una cucharada del guiso patrocinado por Rusia.

"Maldito sea ese hombre", pensó y devolvió la cuchara a su plato. "Pero tiene razón, por supuesto". Sabía que no estaría allí si no fuera por el capitán y sus guerrilleros. Y para los guerrilleros, Kotov era su general. Estar endeudado con ellos significaba estar endeudado con él, su León.

—¿Piensa que les molesta que estemos aquí, general? —preguntó Jack, por fin—. Los madrileños, digo. Delante del hotel anoche, escuché a dos mujeres hablar. Algo sobre que ya hay demasiados extranjeros. Aunque la mayoría se ha ido. Tuvieron su rato de diversión, decían. Y ahora han vuelto a las comodidades de su propio hogar. Dejándolos con todo este lío. Sin nada. ¿Piensa que es verdad? ¿Es lo que piensan de nosotros?

—¡Allí! —exclamó el general, sin duda habría leído la incertidumbre que, como Jack supo, estaba escrita claramente en su propia cara—. Sabía que usted entraría en razón. ¿Aquellas mujeres? Simplemente la ingratitud de los simpatizantes de Franco. ¿Informó a la policía? ¿No? Bueno, debería haberlo hecho. —El general escupió un pedazo de cartílago en lo que le quedaba del guiso y apartó el plato—. ¿Estas personas quieren deshacerse de nosotros? Por mí, los dejaría seguir adelante. Cuánto añoro un *borscht* decente. Pero tengo un regalo para usted. —Tragó su vodka, buscó en el interior del bolsillo de su uniforme y sacó un cartucho de cuero gastado, de un palmo de largo. Jack pensó en cigarros, pero era demasiado pesado. Dentro había herramientas finas pero robustas, como instrumentos odontológicos, algunas con bordes serrados. Y todas colgando de un llavero.

—¿Ganzúas? —dijo Jack—. No estará hablando en serio.

—Entiendo que con su educación todavía no haya llegado a usar este tipo de equipamiento, amigo mío. Pero cada hombre debe saber cómo forzar una cerradura, ¿no le parece? Todos pensamos que estamos seguros detrás de una puerta cerrada con llave. Pero unos minutos de instrucción sobre cómo usar estas herramientas y entenderá lo frágil que es nuestra propia seguridad. Nuestra seguridad personal. Cualquier tonto puede aprender a usar una ganzúa, y entonces... —Chasqueó con los dedos para ilustrar el punto, llamando así accidentalmente al camarero, y pidió otra botella de vodka.

—He estado aquí todas estas semanas —dijo Jack— y nunca he ido al parque. Es muy amable de su parte enseñármelo, señorita Waters.

—Debería haber venido antes de la guerra —le dijo, mirando entre las barandillas de hierro—. Pero al menos en este lado los árboles aún lo amortiguan todo. Retienen la guerra. ¡No pasarán! No a través de los árboles por lo menos.

Jack se sorprendió de que hubiera tantos aún en pie. Y Ruby le había explicado con paciencia que, por supuesto, la pobre gente de Madrid quiso talar los árboles del Retiro. Pero las autoridades se lo habían impedido. Cerraron el parque. Pusieron guardias armados para protegerlo. Milicianos. Estaban todavía allí. Los guardias. Aunque eso no les había impedido a los más desesperados seguir con sus actividades clandestinas. Miles de los árboles habían desaparecido y ahora, cubiertos de nieve, envueltos en la niebla, de algún modo eran la ruina más triste de Madrid. Pero ella le metió prisa para seguir adelante, por Menéndez Pelayo, pasaron por delante de las casas de los escritores. Porque pensó que a Jack le gustaría verlas. El autor fascista, Agustín de Foxá. Y la casa de Sender, donde escribió el *Míster Witt en el cantón.*

—Nunca lo he leído —admitió Jack.

—Ay, qué pena —dijo ella—. Los británicos pueden ser tan insulares,

¿no es cierto? Y su pobre esposa. Sender la dejó en San Rafael. Se fueron allí de vacaciones. Y cuando los hombres de Franco tomaron el lugar, le dispararon.

Un silencio se produjo entre ellos, hasta que llegaron a un kiosco abandonado, empapelado con carteles viejos. "El invierno es un enemigo más a derrotar en la lucha contra el fascismo".

—¿A trabajar mañana? —le preguntó, para reanudar el diálogo.

—Debo todo al Consejo Nacional de Whitley. Un día libre adicional por haber caído el día de Navidad en un domingo. Tengo suerte, ¿no? Pero sí, mañana al rollo diario, otra vez. Y lo siento, señor Telford. Este es un camino muy largo.

—Camino largo, camino seguro —dijo para tranquilizarla. Un adagio de su niñez sobre los peligros de los atajos—. ¿Y ya vuelven todos los empleados? Mañana, quiero decir.

—Más o menos. Los agregados vienen y se van como quieren, claro. Siempre hay reuniones importantes a las que asistir. Es lo que dicen. Solo una buena excusa para escaquearse, si me pregunta a mí.

"No tiene sentido forzar esto", pensó Jack. "Es demasiado pronto. Si lo voy hacer, tengo que aprender a manejar esas malditas ganzúas primero. Luego calcular el mejor momento para usarlas. Paso a paso, Jack. Paso a paso".

—Muy amable de su parte mostrarme el lugar —dijo—. Pero no debería sentirse obligada a enseñarme el hospital también. Podría acompañarla hasta el tranvía cuando lleguemos al Prado, si lo prefiere.

—¡No, para nada, señor Telford! Nunca tuve dinero suficiente para entrar en el Ritz antes de la guerra. Y nunca tuve una buena excusa para ello una vez que lo entregaron a los matasanos. Solo un vistazo rápido a su interior. Es todo lo que necesito. Y no tengo problemas con la sangre y las tripas. Por lo general.

Pasaron por el extremo sur del parque, con Ruby señalando cualquier cosa de interés. Cualquier cosa con una conexión británica. Como las antiguas oficinas de la compañía Río Tinto.

—Eso me hace recordar —dijo Jack—. Cuando estuve en San Pedro, los chicos me contaron que habían recibido una visita. De un tipo llamado capitán Charles. De Río Tinto.

—Ah, lo conozco. Venía mucho por aquí. Antes de la guerra. Creo que se fue a Burgos, ¿no?

—¿Todavía recibe noticias suyas?

—Dios mío, no. Nadie se molesta en tratar con nosotros aquí ahora, señor Telford.

Jack recordaba las palabras del general. "El hombre de Río Tinto envía informes. Informes regulares. A Londres. Sobre el hierro. Sobre la pirita. Todos ahora fluyendo desde España a los brazos de la industria armamentista de Alemania. Los informes pasan por Madrid. Codificados".

—¿No lo menciona nunca nadie?

—¿Por qué me pregunta? Parece que tiene usted asuntos pendientes con él.

Encontraron al capitán Constantino sentado en su cama, leyendo artículos en los diarios mañaneros sobre la emisión de Nochebuena del doctor Negrín.

—¡Inglés! Pensé que habías vuelto a casa. —Jack pidió perdón. La verdad es que no se había dado cuenta de que hacía más de una semana desde su última visita —aunque Fidel Constantino estaba claramente más interesado en Ruby Waters—. Pero veo que me has traído un regalo mejor esta vez.

—Te he traído unos *Lucky* también. —Jack sonrió y dejó caer dos paquetes del tabaco americano, mientras que Ruby y el capitán intercambiaron saludos formales y besos.

—Hace frío aquí dentro —dijo ella, y ajustó la manta que el hombre herido usaba como un chal, subiéndosela a los hombros, las vendas que envolvían su pecho y los hombros. El olor en la sala seguía siendo espantoso, aunque no parecía molestarla—. La próxima vez te traeré algo que abrigue más. ¿Es verdad que el Ritz no permite que se alojen aquí artistas o toreros?

—No parece que haya muchos de esos aquí en este momento —dijo el capitán, mirando a las demás camas—. Así que supongo que debe ser verdad, compañera. Y tú, inglés. ¿Sigues teniendo pesadillas?

—Aún más desde que llegué a Madrid —Jack respondió. Era un hecho. Ese maldito teniente Turbides, y Merry del Val todavía le perseguían la mayoría de las veces que lograba dormir. Los acompañaba normalmente el guardia civil al que Jack disparó, una cara imaginaria, porque Jack no podía recordar su cara real. Pero siempre la misma.

Y Carter-Holt, por supuesto. Normalmente los cuatro juntos, quemándole los ojos. O cosas peores. Y todas aquellas pesadillas en las que caía al vacío, vinculadas de alguna forma a la tortura.

—Por lo menos tu español ha mejorado ahora. ¿Esta camarada señorita te está enseñando? Ella es demasiado hermosa para ti, inglés. ¿Qué ves en él, compañera? Un hombre feo. De un ojo. Orejas grandes. No muy valiente. Llora mientras duerme. Como una mujer. Barba como Rasputín.

—Quizás no veo nada en él, capitán —dijo ella—, más allá de las cosas que has enumerado. Aunque no puedo hablar de sus hábitos en la cama. ¿Por qué querría hacerlo? Por otro lado, es apreciado y respetado por los colegas que yo, a mi vez, aprecio y respeto. Ha hecho amigos aquí en Madrid. Buena gente. Y, como nosotros los españoles decimos, *dime con quién andas y te diré quién eres.*

"Un discurso bonito", pensó Jack. Y Ruby Waters le hizo pensar. Jack tenía un defecto terrible, y lo sabía. Una absurda convicción de que cada mujer con la que entraba en contacto de alguna manera debía sentirse atraída por él. Hasta cierto punto. Un autoengaño generalmente inofensivo que él mismo consideraba ridículo y, por lo tanto, mantenía estrictamente bajo control. Aunque de repente se dio cuenta de que en el caso de la señorita Waters no cometió tal falacia. Se preguntó por qué. Pero, para entonces, Ruby y el capitán estaban metidos en una rápida y furiosa discusión sobre sus antecedentes, la sangre heredada de su madre.

"La chica suele ser tan remilgada", pensó Jack, sorprendido de lo coqueta que se había vuelto hablando en español. Levantó los ejemplares del *ABC* y el *Mundo Obrero*, ambos llevaban más o menos la misma portada. Una transcripción literal del discurso de Negrín dirigido a la gente de España, su recordatorio de que ahora habían pasado cuatro meses desde su propuesta abierta presentada a los rebeldes de Franco de que ambos bandos debían suspender la ejecución de prisioneros políticos, una proposición que Franco ignoró por completo. Le costó entender uno de los subtítulos. Lo tradujo, con dificultad, pero decía "*Solo aquellos que se sienten seguros y fuertes pueden ofrecerse a ser magnánimos*". Probablemente una declaración que afirma que la República se mantenía firme, leal, y por ello era capaz de mostrarse magnánima, mientras que la decisión de Franco de rechazar la propuesta le mostró como temeroso, débil. Pero

Jack dudaba de que muchos de aquellos que quedaban en las dos zonas republicanas todavía lo creyeran.

—Y nuestro amigo inglés —estaba diciendo el capitán—. ¿Sabes que tenía un plan para matar a Franco? —Jack vio la incredulidad en la cara de Ruby, la sonrisa que le decía que ella pensó que era un chiste—. ¿No me crees? El capitán fingió estar ofendido. —Bueno —dijo—. Nunca estuve seguro de si yo mismo me lo creo.

—Suena como un cuento bonito, señor Telford —dijo Ruby—. Estoy intrigada.

—¡Joder! —exclamó el capitán—. Soy un bocazas. ¿Lo ves, inglés? Ahora ella te mira con más interés. Soy un tonto y he perdido mi oportunidad. Pero así es la vida a veces—. El español estudiaba a sus dos visitantes con consideración simulada—. Y sabes —dijo—, creo que tu lugar está a su lado, compañera. —Jack vio a Ruby ponerse colorada—. Sí, ahora lo veo, inglés —continuó el capitán—. Esta mujer podría ser tu salvación.

Capítulo Veintiuno

Sábado, 7 de enero de 1939

Jack apenas sabía por dónde comenzar. Y Sydney Elliott tampoco se lo ponía más fácil. Silencio al otro lado de la línea. Pero Jack se lo imaginaba allí, en Londres. La oficina estaría nadando en humo a esta hora de la noche. Casi podía olerlos. *Capstan Medium*. Las ventanas estarían muy sucias, amarillentas por el humo de cigarrillos por dentro, de color gris del smog de la calle por fuera.

—¿Ya está lista? —preguntó, aunque sabía que a está hora los copiadores ya habrían dividido el trabajo, esperando salir temprano si podían. Los compositores de mano estarían ajustando los encabezados, y la sala de composición en espera. Las tiradas de medianoche. La remesa lista para su circulación, esa sofisticada red de camiones de consignación, de las rutas del tren lechero, camionetas de reparto de la madrugada, los escalones de los quioscos de periódicos y las reparticiones tradicionales de diarios del domingo.

—No hay mucho que contar esta semana —le dijo Elliott por fin. Pero fue un Sydney Elliott reservado—. Lo intentamos otra vez con Chamberlain, claro. Todas estas idas y venidas a Roma. Y nada salvo para mostrar más apaciguamiento.

—Quería esperar hasta tener la certeza de que estarías allí. Y encontrar un momento en que estaría tranquilo por aquí.

—El embajador me dijo algo sobre tu ojo.

—El cónsul —Jack lo corrigió—. Milanes es el cónsul. Ya no hay embajador en Madrid, me temo. —Pareció raro que Sydney no lo supiera. Jack siempre había admirado el conocimiento profundo de su editor sobre España y se dio cuenta de que a lo mejor los papeles ahora estaban invertidos. Pero, ¿qué iba a decir sobre el ojo?—. Y, oficialmente —siguió—, me pasó cuando fui arrastrado por las corrientes del mar.

Las rocas. Perdí mi ojo en el proceso. Pero la historia real es un poco diferente. Pero no te lo puedo contar ahora.

—¿Están interceptando esta llamada, Jack?

—Bienvenido al país de las maravillas. —Jack esperaba aligerar el tono—. Tendremos nuestro propio censor escuchando en la central local de Telefónica. Pero dudo que prestarán mucha atención. Solo es una larga historia. Y se podría cortar la llamada. Te deberías ir acostumbrando. Por si la guerra llega a Londres. A la censura, quiero decir.

Todo se volvió silencioso al otro lado de la línea.

—Sabes que nunca se me había ocurrido —dijo Elliott—. Y lo siento por lo de tu mamá, Jack. Debería habértelo dicho antes.

—El cónsul me pasó tu mensaje. Y gracias por llamarle. Por lo menos vuelvo a tener papeles. Puedo salir de aquí. Pronto, quizás.

—Deberías salir de allí ahora, Jack. Todo lo de Barcelona. Franco se está acercando. Una vez que caiga Cataluña…

—¡Oye! Ese tipo de derrotismo puede hacer que te disparen —dijo Jack riéndose—. Según los diarios de aquí, Franco se está estrellando contra la roca sólida de las defensas de Cataluña. Y nuestra nueva ofensiva en Extremadura, no me digas que no te has enterado de las noticias.

—No es gracioso Jack. ¿Y qué es todo eso de que te metieron en la cárcel? Amenazando con que te iban a fusilar. ¿Eso también es verdad?

—Gran historia, ¿no es cierto? El *Reynold's News* tiene su propio Arthur Koestler ahora, jefe. ¿No te alegra?

—Suenas diferente. ¿Seguro que te encuentras bien?

—Nunca he estado mejor. Pero habría sido mucho peor si hubiera sido encarcelado por nuestro propio lado, ¿no? Pero no hay de qué preocuparse. Tengo unos buenos amigos aquí. Van a encargarse de una acreditación para mí. Como corresponsal de la República. Y tengo unas noticias jugosas para ti también.

—¿Es seguro?

—Perfectamente. Y te haré llegar las noticias delicadas por otro lado.

Jack había hecho buen uso de la semana pasada. Clases diarias con las ganzúas en un pequeño lugar sucio y siniestro dentro del complejo de la estación de Mediodía, la *cheka* de Atocha, edificios cuyos ocupantes furtivos le provocaron escalofríos. Se contaban historias oscuras: prisioneros nacionales matados allí, sacados de los trenes y fusilados, o ejecuciones llevados a cabo por tribunales irregulares. Luego tuvo lugar la fiesta de año nuevo en el consulado, aunque Jack no se quedó por mucho tiempo. Solo una breve conversación con Milanes. La petición de otro favor. Alguna correspondencia personal que Jack necesitaba enviar a su hermana. No quería que lo leyeran los censores. ¿Quizás la valija diplomática? Por supuesto, le había dicho el cónsul. Ningún problema. De modo que Jack había comenzado a meterse de lleno en la redacción, rechazando dos ofertas distintas de Ruby Waters durante las celebraciones de Reyes para acompañarla en unas excursiones cortas. Para visitar el Palacio Nacional. Y luego al campo de refugiados establecido dentro de los claustros de la Plaza Mayor. Rechazos cordiales. No hubo más invitaciones. La culpa fue de Jack, tanto por despreciarla como por engañar a John Milanes respecto de la verdadera razón de su necesidad de usar la valija diplomática.

—Publicamos el artículo que enviaste desde Santiago, Jack. ¿Lo sabías? Fue buenísimo. Exactamente lo que quería. La tercera versión.

—Alguien me lo enseñó.

—¿En Madrid? ¿Alguien en Madrid tuvo un ejemplar del *Reynold's News*?

—Ay, somos muy famosos aquí en el consulado —Jack no pudo decir que fue un general soviético el que le enseñó el artículo—. Aunque creo —dijo— que lo tienen sobre todo por las historietas del *Joven Ernie*. Pero esa cosa de la tercera versión. Cambia mucho aquí en Madrid.

—Elliott coincidió en que cualquier cosa nueva sobre Madrid sería bienvenida. Todos los grandes periódicos habían dejado de escribir sobre el cerco ahora. Vieja historia. Agua pasada. Así que cualquier enfoque nuevo…— Y hay otra cosa —Jack le dijo—. ¿Sabes de lo de los niños? Los niños de las familias republicanas que los fascistas se llevaron para reeducarlos.

—Se escuchan historias de chicos llevados para el condicionamiento, niños de opositores políticos. La Alemania de Hitler. La Rusia de Stalin. Pero España, Jack. ¿Estás seguro? ¿Y el dinero cambiando de manos por esos pequeños arreglos?

—Buena pregunta —dijo Jack—. Lo averiguaré. Siempre hay nuevas formas de sacar provecho de la guerra, supongo. Y hablando de dinero…

—No te preocupes, Jack. Ya me adelanté. Me encargaré el lunes de que vuelvan a ponerte en nómina.

Jack intentó ocultar la emoción en su voz. La posibilidad de sobrevivir en Madrid sin depender del apoyo económico del general Kotov. La oportunidad de escapar y finalmente dejar atrás la muerte de Carter-Holt. La posibilidad de centrarse en su escritura.

—¿Y el pago de atrasos? —dijo.

Hubo un ambiente extraño en Madrid esa noche. Jack podía sentirlo. Las lámparas de la calle parpadeaban en un color amarillo, transmitiendo un mensaje en código morse de que todo estaba lejos de estar bien. La nieve convirtiéndose en fango, filtrándose hasta por el zapato de cuero de mayor calidad. Pies helados, literalmente. Silencio. Tranvías parados por la noche. La calle Génova sin tráfico. Los pocos peatones, nada más que fantasmas grises caminando entre las sombras. Y el sabor de Madrid en su lengua. El sabor a lentejas. Lentejas y fragmentos de bacalao seco, rehidratado. Y ahora, en el Café de las Salesas, las lentejas no le habían sentado nada bien a la mujer.

—Por favor —dijo ella—, no hay de qué preocuparse.

Un camarero estaba abanicando la cara de la mujer con un trapo manchado de vino, y el padre Lobo le palmeaba la mano, mientras que Julián Besteiro le sirvió un vaso de agua y la alentó a tomársela. La mujer lo hizo, apoyando su cabeza contra el espejo de la pared detrás de ella, sacando un alfiler de su sombrero cloche —de moda en su día— y le dio al camarero su sombrero para que se lo cuidara.

—Debería cuidarse mejor, Rosario —el padre Lobo la regañó—. Trabaja demasiado duro —le dijo a Jack—. Y luego se olvida de comer.

—No me olvido de nada, padre —le espetó.

A Jack le cayó bien. Tenía unos cuarenta y tantos años, quizás más. El comportamiento de una maestra de escuela. Pero los ojos hundidos y sombreados eran algo extendido entre las mujeres de Madrid. Y estaba en los huesos. Pero, como Besteiro, ella tuvo la oportunidad de salir de la ciudad y cumplir con sus responsabilidades en la Oficina de Prensa en Barcelona. Había rechazado la oportunidad. Para quedarse con su familia.

—Quizás necesita tomar aire fresco —dijo Besteiro—. Vamos afuera.

—¿Con usted, Besteiro? —se burló—. Eso no favorecería mi credibilidad en la calle. Solo es un desmayo. A veces pasa. Por comer demasiado deprisa. ¿Y cuándo se convirtió usted en un experto de la salud? Estaba al borde de la muerte usted mismo hace unas semanas.

—La puerta de la muerte está permanentemente abierta aquí, compañera —dijo Besteiro—. Afortunadamente, logré evitar atravesarla esta vez.

—El padre Lobo me contó que solía encontrarse con Machado aquí, señora —dijo Jack.

—¿Lo conoce, señor Telford?

Jack sacudió la cabeza.

—No. Pero pasé algún tiempo con un grupo de guerrilleros en el norte. Se llamaban los Machados, en su honor. —Jack había estado leyendo *El Crimen fue en Granada* otra vez. Para practicar su español, pero había vuelto a emocionarse con la elegía de Machado en memoria del asesinato de Lorca por los franquistas. *"Mataron a Federico cuando la luz asomaba"*.

—Me temo que Antonio está enfermo también —dijo ella—. Y planeando salir de Barcelona en cuanto esté en condiciones para viajar. Francia, por supuesto. —Tomó otro sorbo de agua, una cantidad mínima de color volvió a sus mejillas, probablemente tanto como llevaban normalmente—. Pero en los tiempos que corren es difícil encontrar a alguien que no esté enfermo. Odio estar de acuerdo con él, pero Besteiro tiene razón.

—Son los niños —dijo el padre Lobo—. Tantas enfermedades. La falta de vitaminas. Tuberculosis. Pelagra. Demencia. Pobres chiquillos. Y ahora, los sabañones. Congelación también. Me encontré con una mujer hoy, pegándole a su hijo en los pies con una rama espinosa. Para hacerlos sangrar, me dijo. Para así curar la congelación. ¿De dónde saca la gente estas ideas?

—Y luego eso —dijo Besteiro. Levantó el folleto todavía húmedo de la mesa. Más propaganda fascista. Habían estado cayendo con regularidad, junto con las bombas, desde lo de la envoltura del pan navideño. *"En España Nacional —una grande y libre— no hay familia sin hogar, no hay hogar sin mesa, no hay mesa sin pan"*. Estos últimos folletos eran sobre la medicina. *"Ningún niño sin un médico. Ningún médico sin suministros"*. Ese tipo de cosas.

—Me gustaría escribir sobre los niños —Jack explicó—. De esos aquí en Madrid. Y aquellos llevados por los facciosos, por los matones de Franco. Aquellos en prisión sin ninguna razón mejor que la de pertenecer a una familia republicana.

—Mañana —dijo Rosario del Olmo— cumplimentaré la autorización para que esté acreditado. Hace falta la aprobación de Barcelona. Pero solo es una formalidad.

"¿Mañana?", pensó Jack. "Lunes. Todo pasa los lunes". El lunes, Sydney Elliott le volvería a poner en nómina. Ojalá le enviara algo de dinero. El lunes, Sydney también llamaría a la hermana de Jack, y a Sheila, para explicarles a las dos las dificultades de las llamadas telefónicas y que Jack les escribiría. Claro que Jack lo haría. Cartas de muchas páginas para que Milanes se acostumbrase a su extensa correspondencia en la valija diplomática. Y ya había escrito una, a Nora Hames, explicando que, por razones totalmente fuera de su control, las autoridades nacionalistas habían confiscado muchas cosas anteriormente en su posesión, incluido el álbum de recortes de Julia Britten. Estaba mortificado por su pérdida, claro, y haría todo lo posible para asegurar su envío seguro a su debido tiempo, pero… Y, el lunes Sydney comenzaría a elaborar el borrador del editorial, el cual, a la semana siguiente, anunciaría a los lectores del *Reynold's News*, al mundo entero, que Jack Telford, afortunadamente, seguía vivo. Sin demasiado detalle. Lo justo. Imposible evitarlo, lo sabía, pero había esperado eludir la publicidad. Le preocupaba. Demasiadas sensibilidades. La familia de Carter-Holt, por ejemplo. Le incomodarían para que revelara más detalles, seguro. Quizás más que eso.

—He notado que las formalidades aquí pueden llevar mucho tiempo, señora —dijo Jack—. ¿Cuánto tiempo piensa que tardarán?

—Tiene usted prisa en dejarnos, señor Telford?

—Siento que este país es parte de mí, ahora —dijo Jack, y agarró el borde de la mesa con los dos manos, para darle énfasis, sintiendo el roble español en sus dedos—. Pero debo volver a Inglaterra algún día. Muy pronto.

—¿El general Kotov lo sabe? —preguntó ella—. Me dice que le está ayudando con algún periodismo de investigación. ¿No será el de los niños?

Jack había asumido que los deberes que Kotov le había encomendado podrían ser una cuestión de cierta confidencialidad, pero intentó mantener una cara de póker mientras que pensaba en una respuesta. Rosario del Olmo era, después de todo, una figura prominente en el partido comunista de España. Ella misma era una periodista de *El Heraldo de Madrid* y *Mundo Obrero*, ahora responsable del departamento de Relaciones con los Medios Extranjeros y Censura en representación del Comité de Defensa. "Es obvio que tiene una estrecha relación con Kotov", pensó. "¿Pero no es esto irse un poco de la lengua?"

—Había esperado más bien que el general me facilite una referencia. Para mi acreditación. Pero no, no es sobre los niños. Es un artículo diferente. Le mencioné que estaba planeando un artículo sobre el papel de Gran Bretaña en la guerra. Su papel oficial y no oficial, quizás. Estaba muy interesado.

—Claro —dijo Besteiro—. Lamentablemente los soviéticos están más interesados ahora en sus juegos con Inglaterra, Francia y Alemania que en el destino de España. Se han olvidado de nosotros.

—¡Por favor! —gritó Rosario del Olmo—. Todavía están aquí, ¿no?

—Debo mucho a los guerrilleros del general —intervino Jack.

—La guerrilla —dijo el padre Lobo sonriendo, casi igual de rápido— es una tradición española.

—Quizás —dijo Besteiro—, pero dudo todavía de cuánto el Cuerpo Guerrillero ha aportado a la guerra.

—Amigo mío —dijo el sacerdote con una sonrisa—, me hace recordar aquellas personas que presenciaron los estigmas del padre Pío de primera mano pero todavía dudan de la evidencia de sus propios ojos.

—¿Padre Pío? —dijo Jack.

—Ay, los ingleses. —El padre Lobo sacudió la cabeza— ¿Hubo alguna vez gente que supiera tan poco sobre tantas cosas?

—Eso daría para un buen debate, padre —dijo Rosario del Olmo—, pero creo que nuestros negocios acaban aquí, y yo estoy, como verá, un poco cansada. Tramitaré la acreditación del señor Telford tan rápido como sea posible, y luego...

—Y luego —Jack le dio unas palmadas al sacerdote en el brazo— espero que el padre Lobo hable bien, a su predecesor, ahora de la BBC.

—¿Barea? —dijo del Olmo, mirándole con desagrado mientras se bajaba ella misma de la mesa.

"Pobre España", pensó Jack, mientras que pagaban la cuenta. "Tantas divisiones".

Fuera en la entrada del café, sus despedidas fueron formales y algo frías. Pero a Jack le impresionó, una vez más, la tranquilidad que reinaba en las calles aquella noche. Sus voces resonaron con un eco vacío entre los edificios de la Plaza de las Salesas, y las luces de las calles parpadeaban todavía. Esta advertencia otra vez. Y estaba a punto de decir su último adiós cuando la puerta de detrás de él se abrió de golpe.

Todo pasó demasiado rápido. Jack fue empujado bruscamente a un lado. El camarero. Los principios de una disculpa. El sombrero de cloche de Rosario del Olmo en sus manos. Una sonrisa de gratitud en los labios de la mujer. La repentina sensación de su padre a su lado, por primera vez en mucho tiempo.

Pam.

La cabeza de Jack se giró en la dirección del ruido. Desde el otro lado de la plaza. Algún lugar arriba. Un fuerte golpe de impacto. Sonido de succión. Salpicaduras mojadas y pequeñas porciones de humedad viscosa rociaron la cara y el cuello de Jack. El camarero retrocedió de golpe chocando contra él, empujándolo a través de la entrada, cristales rompiéndose. Jack se estrelló contra sillas astilladas, y se pegó la cabeza en el suelo de baldosas, el cuerpo pesado del camarero inmovilizándolo abajo.

—Francotiradores pacos de mierda —dijo Besteiro, cuando la policía secreta militar del SIM había terminado con ellos—. Han vuelto a salir de la nada otra vez.

Todos estaban de acuerdo. Los quintacolumnistas de Franco olían sangre, ganando confianza nuevamente. Pero luego volvían a meterse en su madriguera. La rápida actuación del SIM, cerrando el acceso a la calle, de búsquedas casa por casa, no dio ningún otro resultado que el de vecinos enojados y asustados. La ambulancia. Se llevaron al hombre muerto. Después, un debate largo sobre el blanco del tirador. ¿El sacerdote? ¿Besteiro? ¿Rosario del Olmo? Todos del bando de sus enemigos. Podría haber sido cualquiera de ellos.

—Excepto usted —dijo Rosario—. El camarero, ese pobre hombre, le apartó a usted cuando recibió la bala, señor Telford.

Capítulo Veintidós

Sábado, 21 de enero de 1939

Tarragona había caído. Los ejércitos de Franco ahora a menos de cincuenta millas de Barcelona. Un silencio profundo había envuelto la ciudad en los sietes días siguientes. Pero, en el Teatro de Calderón, en la actuación matinal, resultaba difícil creer que algo iba mal.

—Creo que no podré soportar quedarme aquí —dijo Ruby durante el descanso— el día que Franco llegue a Madrid.

Ya fueron entretenidos por el payaso, Ramper; por un ventrílocuo, el Balder Yankee; por los bailarines de claqué, Elsie y Waldo; y por una versión española de Shirley Temple, Ana Mary. Y todavía quedaba otra docena de actos de variedades.

—Para ser honesto —Jack le dijo—, creo que yo no podría soportar la segunda parte del espectáculo. Pero es la misma cosa supongo. Salir de aquí siempre antes de que caiga el telón. ¿No es esa la idea?

Se abrieron paso entre la gente sentada en la fila, pidiendo disculpas en su camino, y recogieron sus abrigos del guardarropa. Ayudó a Ruby con su gabardina de color café claro.

—¿Nunca usa sombrero, señor Telford? —Ella ató el pañuelo estampado con flores debajo de su mentón, mientras que él se encendió un cigarrillo en el vestíbulo.

—Nunca. Pero con este huevo de pato en la parte de atrás de mi cabeza, nunca encontraré uno que quepa. —Se frotó el bulto.

—¿Piensa que soy una cobarde? ¿Huyendo?

—¿De qué, señorita Waters? Me imagino que el cónsul disfrutaría de la bendición del Generalísimo, por toda la ayuda que ha recibido de Gran Bretaña.

—Le deberían examinar la cabeza, ¿no le parece, señor Telford?

Jack ya no sabía si esto era una preocupación por el estado de su última herida o un comentario sobre su cinismo, pero salieron por la entrada principal del teatro para entrar en las profundidades oscuras y amargas del anochecer de Madrid. Se sumergieron también en una marea excitada de madrileños que fluía por la esquina hacia la calle de Atocha, donde un convoy de camiones circulaba por las calles heladas.

—¿Tropas? —dijo Jack.

—No. Donación de comida —gritó Ruby, señalando la lona ondeante de uno de los camiones—. Orihuela. Es un pueblo —le dijo, viendo su confusión—. No muy lejos de Alicante. ¿No se alegra de que le haya convencido para venirse ahora? —Sí, él había aceptado. Muy contento. Y lo estaba de verdad. Había sido convocado por el general otra vez el día anterior. ¿Por qué la demora? Kotov le preguntó. Estaba perdiendo la paciencia. Y, según sus informes, Telford ya dominaba el manejo de las ganzúas bastante bien. Entonces tenía aquí dos herramientas más para ayudarle. Una linterna militar plana de cabeza de ángulo con una pila seca de repuesto. Y una mini cámara plana. Minox. Con rollos de 11 mm. Minúscula. Carísima, explicaba el general. Alemana, una pena, pero bueno... Jack sabía que debería haber estado impresionado por esta maravilla de la tecnología moderna, pero había vuelto al mundo de las cámaras y el espionaje, imposible que no le hubiera traído recuerdos de Carter-Holt. Estaba atrapado por la mujer, otra vez, le pareció. Estaba todavía temblando cuando llegó al consulado. Y seguía estando nervioso cuando habló con Milanes para acordar una cita para otra llamada telefónica a Londres el sábado por la noche. Un pretexto, por supuesto, para su intento de entrar en la oficina del comandante Edwin. Entonces, cuando encontró a Ruby esperándolo fuera del edificio, y ella le comentó el espectáculo de variedades en el Calderón, aceptó más por distracción que por verdadero entusiasmo. Pero durante una noche de viernes sin poder dormir, se había sentido realmente agradecido, porque era la única cosa que distrajo sus pensamientos insomnes de la imposibilidad de su misión, de aquellos recuerdos de sus experiencias de pesadilla en Burgos, y de la duda persistente de la posibilidad de que tal vez Rosario del Olmo tenía razón, de que él fue el verdadero blanco del francotirador—. Bien, gracias a Dios —continuó Ruby—. Había decidido darme por vencida con usted si hubiera dicho que no. Habría sido su última oportunidad, señor Telford.

Y para asombro de Jack, ella iba de su brazo, dándole un pequeño abrazo mientras que seguían a la multitud y el convoy hacia la Plaza Mayor. Linternas encendidas en la plaza y altavoces montados sobre la parte trasera de un carrito, emitiendo a todo volumen grabaciones chirriantes de los muchos himnos de la República, el volumen tan alto como para ahogar el ruido del tráfico incesante de la terminal de los tranvías en la plaza. Los milicianos pusieron a gritos y empujones algo de orden entre la multitud de ciudadanos hambrientos, casi enloquecidos por las cajas de naranjas de invierno, botellas de aceite de oliva, sacos de sal, arroz y patatas, traídos aquí desde el distrito costero de la Vega Baja. Demasiado poco. Y probablemente demasiado tarde. Pero eso no importaba mucho. Manos hambrientas se extendieron por cualquier ración pequeña que pudieran recoger de este regalo bienvenido pero necesariamente modesto, caído del cielo.

—Dios mío —dijo Jack—. Allí en la Vega Baja tampoco les debe sobrar mucho.

—La idea española de la familia es muy profunda —dijo Ruby—. Y muy amplia. Para aquellos que pertenecen a ella, su familia es la República. Compartirán hasta su última lenteja. Hasta que simplemente no queda nada. No sabrían cómo no hacerlo.

Pero alrededor del carro con el altavoz la excitación había alcanzado un punto álgido. Ayudaron a una mujer a llegar al micrófono, su cara familiar iluminada por las llamas que salpicaban todo con una luz mortecina. Familiar, porque Jack la había visto en una docena de noticieros, cientos de carteles, cantidades infinitas de imágenes en los periódicos. Y hermosa, pensó Jack. Quizás la cara más sorprendentemente hermosa que había visto jamás.

—Está de vuelta en Madrid —dijo Jack. Una observación totalmente redundante. Pero estaba sorprendido. Creyó que la mujer aún estaba en Barcelona.

—Hubo un artículo en el *Mundo Obrero* —dijo Ruby—. Pero aparte de eso no hay mucho más en los diarios. Está aquí supuestamente para organizar el congreso de este año. No se puede criticar al partido por su optimismo, señor Telford.

"En efecto, no se puede", pensó Jack. Solamente el partido comunista de España podía seguir planeando su conferencia política regular aun cuando se enfrentaba a la destrucción inminente. A menos que supieran algo que el resto del mundo ignoraba felizmente, claro, algún tipo de equivalente marxista de una intervención divina. Y allí estaba, desde luego, esta intervención, en el breve discurso que la mujer pronunció ante la multitud. La gente de Madrid todavía de pie, impertérrita ante las bombas o las balas, las mentiras de la Quinta Columna o la infamia de los contrarrevolucionarios. Las madres de Madrid, mujeres de España, convertidas en una leyenda más en la lucha legendaria de la República por sobrevivir. Las mujeres de Madrid ya no eran esclavas domésticas sin derechos, sino ciudadanas que se interponían con firmeza en el camino del fascismo.

Y las mujeres le respondieron con el mismo slogan que la Pasionaria había hecho suyo.

—¡No pasarán!

Jack supo que Dolores Ibárruri ahora tenía unos cuarenta y pico años, pero aparentaba tener por lo menos diez años más, sus rasgos acentuaron su tristeza cada vez que hubo un descanso natural en su discurso. La guerra podría haberle cobrado un tributo totalmente distinto al de las mujeres que se aferraron aquí a cada una de sus palabras, pero aun así era un tributo considerable. Y él se esforzó en mantener algo de objetividad frente a las historias más cuestionables que había escuchado. El papel de Dolores en la destrucción del partido de los trabajadores marxistas, del POUM. Su participación en la supresión de los Trotskistas. Y su punto de vista que, cuando la vida de un pueblo está amenazada, es mucho mejor condenar a cien inocentes que absolver una sola persona culpable. Pero no podía negar que ella le inspiraba, enardeciendo su necesidad de dar un golpe. Por España. Y entonces alguien le dio unas palmadas en la espalda, como si fueran felicitaciones. Entonces se giró para encontrarse con el capitán a su lado, en uniforme una vez más.

—Yo seguiría a esa mujer hasta el infierno —dijo el guerrillero.

—Sí —Jack asintió—. Ella tiene ese efecto en mí también. Pero te han dejado salir. ¿Mejor ahora?

—Si me hubieran obligado a pasar un día más en ese lugar, me habría matado. Mucho más rápido que esto. —Golpeó con su puño el cabestrillo que envolvía su hombro y brazo izquierdo—. Además, quería volver a ver esta compañera hermosa. ¿Ya te salvó, inglés?

—¿Ya tuviste la oportunidad de leer algo de Kafka, capitán? —dijo Ruby—. Supongo que no. El pobre hombre. Murió demasiado joven. Anarquista, claro. Pero la Gestapo odia su trabajo. Muchas de sus obras fueron confiscadas en Alemania. Escribió una cosa interesante. Algo, más o menos, sobre que aunque no llegara la salvación, él quería ser digno de ella en cada momento. Supongo que significa que debemos vivir nuestras vidas de una manera piadosa, aunque no creamos en Dios. Es un pensamiento hermoso, ¿no te parece?

A Jack le costó entender tanto el idioma como el significado.

—Creo que te está diciendo, inglés, que vive en la esperanza. —El capitán se rió, golpeó a Jack en la espalda otra vez—. Pero necesito tomar algo ahora.

Se prometieron volver a verse esa semana y, por un momento, Jack estuvo tentado de pedirle su ayuda. El capitán sería mucho mejor en un robo. ¿Aunque con solo un brazo funcionando? Y Jack con un ojo solo. La imagen era de pronto muy cómica. De todas formas, el hombre se había ido, desapareciendo entre la multitud, y el cerebro de Jack, a veces lento, aún seguía repasando un diálogo anterior.

—¿Última oportunidad? —dijo.

—¿Le parezco demasiado atrevida, señor Telford? Pienso exactamente lo que decía. No tengo ninguna intención de estar aquí para ver a Franco aclamado a lo largo de la Gran Vía. Para ver estas mismas mujeres, que han hecho frente a tantas cosas para desafiarlo, sentirse obligadas por el bien de sus familias a salir a la calle y dar el saludo fascista. Me rompería el corazón. Y está usted claramente planeando salir del país más temprano que tarde. Entonces, cuando se vaya, ¿me llevará con usted?

—¿Está segura de que no se ha dejado seducir simplemente por mi fortuna recién adquirida, señorita Waters? —Fue un chiste compartido, porque él ya le había contado de su sueldo atrasado. Algo más de tres mil pesetas que Sydney Elliott le había enviado, la mayor parte guardada ahora en la caja fuerte del consulado, pero ya había gastado una parte en la papelería local, en unos cuadernos de mejor calidad, y una pluma estilográfica larga y elegante de Font-Pelayo, plumillas de repuesto y un portaminas del mismo estilo.

—No, es definitivamente el parche, creo —dijo ella riéndose. Jack encendió otro cigarrillo, y ella extendió la mano con la palma hacia arriba—. ¿Me daría uno?

—Usted no fuma —dijo.

—Podría decidir empezar a hacerlo. ¿No le importa, verdad?

Se dio cuenta de que no tenía ni idea de qué pensar de ella. Sabionda, sí. ¿Bonita? Supuso que sí. Si te gustan las hadas. Pero no estaba nunca cómodo en su compañía. Y esta sugerencia de Ruby. Volvió a sentirse un poco como cuando estaba con Carter-Holt. Había estado listo para volver a casa después de todo lo que pasó en Covadonga. Pero Carter-Holt le había pedido que se quedara, la acompañara en el resto del viaje. A Santiago de Compostela. "Porque te necesito", había dicho. "Para protegerme". Y, como un tonto, Jack la había creído.

El cónsul y la señora Milanes no estaban en casa. Y el oficial de servicio en el consulado era el mismo asistente atrevido del agregado naval que Jack conoció en el día de Navidad. En algún lugar más allá sonaba música de un gramófono, de tono agudo, risas de chicas. Pero por lo menos se habían encargado de que el señor Telford pudiera usar el teléfono y, a su llegada, Jack explicó al subteniente que tardaría un tiempo, que necesitaría mantener una conversación larga con su editor, para planear su viaje a casa.

—Ah, tómese todo el tiempo que necesite, amigo mío —le dijo el hombre.

Pero de todos modos Telford seguía estando nervioso, tartamudeando sus excusas y mentiras, aunque el joven no parecía darse cuenta, ansioso solamente por reanudar su propio entretenimiento. Y cuando Jack por fin se sintió satisfecho de que no había moros en la costa, los edificios en silencio y oscuros, cruzó con sigilo el patio y empleó sus herramientas, la llave de tensión y la ganzúa, en la puerta exterior del anexo, luego caminó con sigilo en la luz débil de la linterna cuyo foco rebotó en la oscuridad a lo largo del pasillo, creando un juego de sombras por la escalera hacia el primer piso, donde enseguida volvió a localizar la oficina del comandante Edwin.

Jack se quedó parado fuera por lo que parecía un tiempo largo, su oreja pegada al cristal esmerilado, convencido de que debería haber alguien dentro. Los pelos se le erizaron en la nuca mientras que obligó sus manos temblorosas a manipular el cerrojo una vez más. Demasiado fácil. Las palancas y los resortes se le rindieron y se deslizó dentro. Su corazón estaba palpitando con fuerza, se sintió mareado, así que cerró el ojo, respiró profundamente y apretó los puños para calmar las manos antes de enfocar la habitación con la linterna. En las paredes, mapas a gran escala de Europa y España, así como una fotografía enmarcada de Eduardo VIII —quien abdicó en circunstancias peculiares— con Wallis Simpson, claro. Había un escritorio con cubierta enrollable y un par de armarios archivadores con persiana a juego. El escritorio, decidió Jack. Tardó un tiempo, pero no encontró nada de claro interés. Y tampoco nada en el primero de los armarios. Pero el segundo reveló mucho más de lo que había esperado.

Jack temblaba como la hoja del proverbio durante todo el camino hasta el Hotel Victoria. Una mezcla de terror residual y una sensación temblorosa de euforia. La linterna abultaba en uno de los grandes bolsillos de su abrigo, pero en el otro mantuvo la mano cerrada alrededor de la Minox de manera protectora. Fue absurdamente sencillo manejarla, los documentos iluminados por la lámpara pequeña. Después, fue solo una cuestión de abrir el cuerpo deslizando la tapa, centrar la imagen en el visor y presionar el botón. Luego solo tuvo que cerrar y abrir el mecanismo otra vez para avanzar la película. Ocho exposiciones. Así que había usado ambos cartuchos y los envolvió en un pañuelo.

En el hotel los camareros anarquistas parecían especialmente bulliciosos, dándole la vuelta a las sillas y colocándolas en su sitio, con los asientos hacia abajo, encima de las mesas del comedor. Uno de ellos gritó un saludo estridente, aunque Jack no podía entender su argot. Otro le sonrió, un guiño exagerado también. Y había llegado a la recepción antes de que cayera en la cuenta. Como de costumbre, no había gerente de noche. Solo la campana de cobre para llamar al servicio en el caso de que fuera necesario. Todo muy libre y fácil en el Victoria. Pero faltaba su llave en el casillero. "Ruby", pensó. "Tiene que ser ella". Aunque no estaba seguro de qué hacer, se sentó en uno de los sillones. Era posible que hubiera llegado a todas las conclusiones equivocadas. Quizás simplemente tenía un mensaje para él, aunque, si era así, le habría estado esperando allí abajo. Ella le gustaba, aunque tenía las emociones tan a flor de la piel ahora que tenía miedo a confundirlas aún más. De todas formas, Ruby Waters era la única mujer con quien no había hecho sus suposiciones tontas de forma alguna. Pero estaba exhausto emocionalmente, agotado. O, quizás mejor dicho, harto. Como si no tuviera más capacidad para sentimientos adicionales, más complicaciones. Y Ruby Waters estaba en su habitación. Bueno, solo había una forma de averiguar el por qué.

Subió con el ascensor traqueteante al tercer piso, y se forzó a avanzar por el pasillo, se quedó parado delante de la puerta con su mano en el pomo mientras trató de calmarse. Pero no funcionó muy bien y, cuando entró, se puso irracionalmente furioso.

—Antes de que diga algo, señor Telford —dijo ella—, creo que debo aclarar algo. —Estaba sentada en el sillón al lado de la ventana y tiró el libro de Jack al suelo en cuanto vio su rostro—. ¿Tiene idea de lo difícil que es llegar a la costa hoy por hoy?

—No es la manera de tratar un buen libro, señorita Waters. —Se agachó y levantó la novela de Henty que había tomado prestado de la biblioteca del hospital Ritz, y examinó la tapa por daños—. Y ha causado un revuelo abajo. —Se dio cuenta de que esto podría ser mal interpretado—. Los camareros se regodearán con esto por semanas —agregó precipitadamente.

La gabardina y el pañuelo de Ruby estaban tiradas encima de la cama y Jack las apartó. Se sentó tan cerca de ella como consideraba apropiado.

—Tiene usted sensibilidad, señor Telford. Una cualidad rara en un periodista.

—No es la primera persona en decírmelo, señorita Waters. Pero es un cliché de todas formas.

—La vida es un cliché, ¿no? ¿Y acaso se lo ha pensado? Cómo llegará allí, a la costa. A todo esto, ¿cuál es su historia? ¿Valencia? ¿Alicante? ¿Cartagena? No es lo mismo, ¿sabe? —Se dio cuenta de que ella se estaba burlando de él. ¿Pero por qué?— Ya no puede ir vestido así tampoco —siguió presionándole—. Necesita provisiones. Muchas cosas.

—Logré llegar hasta aquí todo el camino desde Burgos —se rió Jack—. A través de territorio enemigo. ¿Se acuerda?

—Pero tuvo al querido capitán de los guerrilleros para cuidar de usted. Esta vez estará solo. A menos que...

—Es imposible, señorita Waters. Entiendo que el viaje no será tan fácil. Y un tanto más duro si tuviera que echarle un ojo a usted también.

Las palabras salieron de su boca antes de que las pudiera detener. Seguro que vendría una réplica. Sobre su ojo. Pero los propios ojos oscuros de Ruby simplemente centellearon y ella dejó pasar el momento.

—¿De verdad? —dijo ella—. ¿Sabe lo que pienso, señor Telford? Creo que no es lo que parece. Fue una actuación muy buena. Tratándome como si fuera una niña. Una misoginia magistral. Pero he visto cómo es. Creo que respeta a las mujeres. Es una cualidad rara en un hombre que quizás le da algo de miedo. Y luego esa extraña historia del plan de matar a Franco. ¿No fue lo que dijo el capitán, en el hospital?

—Estaba bromeando, creo. O delirando.

—¡Allí está! Lo volvió a hacer. Toca el parche cuando está nervioso. O mintiendo, tal vez. Usted no se irá a la costa en absoluto, ¿verdad? Tiene asuntos pendientes con Franco. Si es así, dejaré de importunarle.

La última oración casi se le atragantó, y Jack vio que sus ojos estaban húmedos. Se preguntó cómo podría haber llegado a complicarse tanto su vida.

—Señorita Waters... Ruby, es un historia larga. Es verdad que tuve un plan para matar a Franco. Pero las ruedas se salieron de ese carro en particular. Lo arruiné, si quiere saber la verdad. Y luego alguien me convenció de que podría haber una buena razón para mi fracaso. El destino. O algo así. Que el resultado podría haber sido mucho peor. Para la República. Para España. No sé. Pero no tengo planes de volver a tomar ese camino otra vez. Solo me quedé en Madrid para saldar una especie de deuda. Al capitán. O mejor dicho, a su comandante. Pero ahora ya está casi arreglado. Deuda pagada. Así que me voy a casa. A Inglaterra. Tan pronto como pueda.

Ahora parecía decepcionada. Una ilusión destrozada. Sus labios apretados. Y se puso de pie, levantó el pañuelo y el impermeable.

—Ya lo veo —dijo ella—. Bueno, lamento lo del libro.

Jack tiró la novela sobre la cama y le abrió la puerta, triste por su resignación, deseando que ella hubiera insistido más. Porque, en realidad, estaba muy lejos de estar seguro de querer hacer el viaje solo.

—Quizás podamos seguir hablando de esto un poco más —dijo él.— Esta semana.

—Sí, quizás —respondió ella, y se paró en el pasillo—. Vale, buenas noches, señor Telford —susurró por fin.

—Buenas noches, Ruby.

Capítulo Veintitrés

Viernes, 27 de enero de 1939

En el Hotel Gaylord, un par de días más tarde, no hubo vodka en el bar. En su lugar le escoltaron a Jack a una habitación privada en el primer piso, la misma en la que le había entrevistado el general en el primer encuentro. Pero hoy no estaban solos. El lugar estaba dominado por toda la triste determinación de desastre. Barcelona se había rendido. Casi no hubo mención en los diarios. Ni de la reubicación del gobierno a Figueras. Incredulidad quizás. Alguna vana esperanza de que se podría revertir la situación. Pero la gente lo sabía. Los camareros anarquistas del Victoria lo sabían. Los regulares del general Yagüe —las tropas marroquíes de Franco— ya estaban arrasando la capital de Cataluña, saqueando y quemando casas, violando a las mujeres españolas, matando cualquier persona señalada por los simpatizantes nacionalistas. Y aquí, en el Gaylord en Madrid, los soviéticos finalmente estaban recogiendo sus cosas para volver a casa.

—¿Cómo supo usted qué buscar, señor Telford? —Kotov golpeó suavemente las fotos, las ampliaciones de aquellas que Jack había tomado, esparcidas en la esquina de la mesa entre los mapas y montones de documentos—. Estos están cuidadosamente codificados. Nos ha llevado cuatro días en descifrarlos. Nuestros mejores decodificadores.

—Pero los archivos mismos no estaban, general. Muy extraño. Aunque creo que el comandante Edwin debió haberse sentido muy seguro en sus actividades. Estaban bien ordenados, y me fui directamente a aquel de la etiqueta de Río Tinto. Parecía muy obvio. Muchas cartas sin interés. Y luego estos. —Jack seleccionó cinco de las imágenes—. Codificados, como dice usted. Y, fijados a ellos con un clip, estos informes. Copias de papel carbón solamente, claro. ¿Pero se puede entender?

—Es una historia interesante, amigo mío. Estas, las cifras suministradas por el hombre de Río Tinto en Burgos. El dinero que le obligan a la compañía pagar a Franco. Más de dos millones de libras. Aquí, el tonelaje de minerales producido por Río Tinto y confiscado por los nacionales para el pago a Alemania. Piritas de hierro sobre todo. ¿Lo ve? Ellos ya estiman el valor en unos quinientos millones de libras esterlinas. Minerales esenciales por valor de quinientos millones de libras, señor Telford. Yendo a la industria de armas de Alemania en vez de a la de su país. ¿Ve la traición aquí? ¿En qué medida ha retrasado la pérdida de aquellos minerales la posibilidad de Gran Bretaña de armarse y defenderse? Y todo eso porque sus líderes han elegido deliberadamente la no–intervención en España mientras que le dan una carta blanca a Alemania para hacer exactamente eso.

—¿Los informes que el comandante Edwin envía a Inglaterra confirman esas cifras? —preguntó Jack. Estaba verdaderamente escandalizado.

—No precisamente. Mire, el comandante Edwin parece estar participando en un juego raro aquí. —El general levantó un par de fotos borrosas—. Sus propios informes también están codificados. Pero hay dos informes. Cada uno muy diferente del otro. Este va dirigido a su Junta de Comercio. Destinado al consumo público, como asumimos. Las cifras minimizadas. Recortadas a más de la mitad. ¿Y estas? Las cifras reales. Enviadas a sus superiores. Solo para sus ojos. O tal vez para aquellos de los amigos de Hitler en su gobierno. La pregunta es, ¿cómo usamos esta información, señor Telford?

—¿Todavía tiene intención de hacerlo? Parece que ustedes están todos listos para retirarse. ¿Y yo? Siento que he cumplido con mi parte del trato.

—Todavía tengo trabajo aquí —dijo el general—. Esto podría ser el final de otra contracción en el nacimiento de una Europa nueva, pero al embarazo le falta un rato aún. Muchos más dolores por venir, camarada, antes de que veamos al bebé. El nacimiento será una agonía. Para todos nosotros. Mucha sangre. Y, por supuesto, después de la euforia inicial, de que se acabó la agonía y que el bebé ha sobrevivido, entonces es cuando nuestros verdaderos problemas comenzarán.

Jack había escuchado el argumento antes. Uno de los temas favoritos de Sydney Elliott. Que los estados soberanos de Europa habían estado luchando desde la revolución francesa para reconciliar sus diversos sistemas políticos. Que la guerra que quedaba por venir, como la Gran Guerra, sería una guerra civil europea, pero librada en el escenario global. Y que, como las secuelas de la guerra civil de los Estados Unidos, llevaría generaciones antes de que se restaurase un nuevo equilibrio.

—Hasta el momento en que llegamos a nuestra tercera edad, general, y el niño que criamos ha llegado a la madurez y le toca a él cuidarnos. Y usted podría seguir teniendo trabajo aquí, pero yo...

—Quizás tiene un papel en este juego también. Cruzó una línea, ¿no es cierto? Corrió el riesgo, una o más veces. Porque sus propios servicios de inteligencia difícilmente verán estas como prueba de su lealtad patriótica. —Agitó las fotos delante de Jack, quien trató de encontrar en vano cualquier signo de humor en la cara de piedra de Kotov—. No es que descubrirán algo de esto —dijo el general con desprecio—. Por supuesto que no. Pero usted tiene habilidades, señor Telford. Habilidades que nos podrían servir.

—Lo que hice, general, ha sido infringir la sección uno del Acto Oficial de Secretos, varias regulaciones de la Ley de Defensa del Reino, y unas cuantas normas de la legislación de los secretos comerciales. Si tengo las habilidades de convertir esta información en un artículo que mi editor sea capaz de publicar, es algo que queda por ver. Por ahora, tengo que tratar de descubrir cómo es posible que todos aquellos documentos hubieran estado circulando sin que la industria armamentística de Gran Bretaña haya comentado nada sobre la auténtica magnitud del daño que ha estado sufriendo.

—Supongo que a los sectores de su industria, construcción naval, pertrechos, y los demás, les han dicho que la producción general de mineral de España ha bajado, simplemente. Debido a la guerra. Lamentable, claro. Una pena. España fue un socio comercial tan importante antes de que comenzara todo esto, dirán sus ministros. Veinte por ciento de todas las exportaciones iban a Gran Bretaña. Diez por ciento de todas sus importaciones vinieron de su país. Pero ahora, la guerra. Recesión global. Solo otra caída en el ciclo del capitalismo. Y su gente reaccionará tal como los británicos siempre reaccionan. Unas cuantas marchas de protesta. Enterrar sus cabezas en la arena. Aceptar la mentira de que el señor Chamberlain está asegurando la paz mediante el apaciguamiento. La mentira de que Hitler y Mussolini no son tipos tan malos, después de todo. Entonces, ¿qué hará usted señor Telford? ¿Usted y su editor? Usted y este *Reynold's News*. Esta revista socialista para la que trabaja. Y su plan para matar a Franco. Un simple artículo en un periódico del domingo parece una cosa tan pequeña en comparación.

Jack se estaba poniendo furioso, sorprendido de sí mismo por sentirse ofendido por la pésima opinión que Kotov tenía de su país. La generalización radical. Había cubierto Jarrow y las otras marchas del hambre hasta Londres. Había cubierto las manifestaciones para expulsar a los Camisas Negras, los fascistas británicos de Mosley, de las calles de Inglaterra. Y había escrito sobre los brigadistas que vinieron aquí para luchar por España. Nunca se podría dar por sentada a Inglaterra, como una nación. Nunca aplicar un análisis simplista a sus reacciones. Pero eso era para otro día.

—Hay otras formas de escribir el artículo —dijo—. Con una "fuente no revelada" y mantenerlo sencillo. Algo con qué empezar, por lo menos. Lo peor que podría pasar es que nos manden un Aviso-D. Pero lo dudo. No por esto. Somos, en efecto, solo un semanario, general. Pero no soy un espía, me temo. No tengo el estómago para esto. Puede que me haya salido bien una vez, pero esa experiencia simplemente me convenció del hecho de que no valgo para este tipo de cosas. No, me iré a casa lo más pronto que pueda.

"Se lo prometí, al fin y al cabo", pensó. En las cartas que por fin había escrito a su hermana. A Nora Hames. Y a Sheila Grant Duff. Explicaciones. Mentiras. Subterfugios. Y las envió por la oficina de correos, sabiendo que esas media verdades satisfarían a los censores. Enviadas por el servicio postal porque había mentido a Milanes y a Ruby Waters, diciendo que no había escrito aún estas mismas cartas, ya que todavía necesitaba la valija diplomática para los artículos que estaba escribiendo. *Este* artículo.

—Entiendo —decía el general—. Pero a lo mejor nos podría servir en Inglaterra, amigo mío. Creo que tiene poca simpatía por la élite capitalista que dirige su país, ¿no? Ustedes, los británicos, son buenos con el pretexto de la democracia, aunque usted y yo, ambos sabemos que es un juego, su país actualmente está dirigido por los barones de la prensa, unos pocos capitanes de la industria, el conjunto de terratenientes con su riqueza heredada. ¿No quiere ayudarnos a cambiar todo eso, señor Telford?

"Difícil discutir eso", pensó Jack, "incluso teniendo en cuenta las complejidades de la gente en casa como un todo". Pero este no era el futuro que tenía previsto para sí mismo.

—¿Quiere decir trabajar para el NKVD?

—Veo que la idea le espanta. Aunque no entiendo por qué. La madre Rusia encendió un faro para la clase trabajadora. Estoy orgulloso de eso. Mi papel es modesto. Y debo tratar de no ofenderme. Como usted, señor Telford, se ha esforzado tanto en no sentirse ofendido por mi representación desfavorable de su país. La verdad es que admiro mucho a Gran Bretaña. Claro que usted debe volver a Inglaterra tan pronto como pueda. Pero, mientras tanto, tengo un último trabajo para usted.

—Creo que mi deuda está saldada, general.

—Aún no, camarada. Tengo que hacerle una pequeña confesión. Ya hablamos de su plan de matar a Franco. ¿Se acuerda? Y quizás también recuerda que, cuando acabamos de conocernos, le pregunté si fue la señorita Carter-Holt quien le había dado la idea.

—Sí, lo recuerdo. Pensé que debía estar loco.

—No tan loco, señor Telford. Mire, la señorita Carter-Holt era un activo. ¿Entiende lo que significa?

—¿Para Rusia, quiere decir? No, no puede ser. La mujer era fascista, completamente. —Hubo momentos en los que Jack sintió que podría haber hecho carrera en el teatro, un punto de vista que, como descubrió atónito, el general parecía compartir.

—Somos todos actores en el escenario, ¿no? —dijo el general—. Y le aseguro que ella trabajaba para la Comintern. Para el NKVD. Para mí, amigo mío. Una suerte para usted que me creí su historia. Si no lo hubiera hecho, señor Telford, el resultado hubiera sido muy diferente. Solo otra razón que necesitábamos para traerle hasta aquí. Para aclarar asuntos. Y dado que creo en su relato, podría además tener razón en lo que se refiere a su capacidad de espionaje. El trabajo requiere cierta astucia. Básicamente, creo que es un hombre que carece de esa cualidad. Es por eso por lo que le creí. Pero puede ver mi dilema. Estaba en deuda conmigo por haberle salvado la vida. Pero todavía me debe otro favor totalmente diferente por haber matado a un activo tan valioso, aunque lo hizo por lo que considera un motivo apropiado.

—¿Alguna vez leyó *Las Aventuras de Alicia en el País de las Maravillas*, general? ¿Sí? Bueno, le tengo que decir que desde que llegué a Madrid el cuento me resulta muy familiar. Es como el mundo en el que vivo ahora.

Esta cosa de Carter-Holt, es extraordinaria. Increíble. Aunque no veo cómo me puede hacer responsable por su pérdida.

—Por favor, amigo mío. La mitad del trabajo ya está hecho. Estos otros dos documentos que copió, ¿cómo los encontró?

—¿Esos? Ah, de la misma manera. Había otra carpeta. Con la etiqueta *QC*. Coincidencia, supongo. Pero hace un par de semanas, estaba involucrado en un accidente. Un francotirador. Uno de los pacos, ¿no es como se llaman? ¿La Quinta Columna? Disparó a un café donde había estado comiendo. Casi lo tomé como algo personal. Y luego estaba esa carpeta.

—Lo lamento, señor Telford, pero ¿*QC*?

—No, para nada, general. La ventaja de una educación clásica, me temo. QC. Quinta Columna. Latín, tanto como el español. Era demasiado obvio y saltaba a la vista. Dentro había solo unas pocas hojas de papel. Listas. Codificadas, como puede ver. Pero aún quedaban algunas exposiciones en el segundo rollo. Simplemente pensé…

—Quizás la astucia no es la característica más importante para un buen agente de espionaje, después de todo. ¿Sabe lo que son estos, señor Telford? Debería, porque ya hemos discutidos sobre algunos. El predecesor del comandante Edwin. Su conexión con la Quinta Columna. Y aquellos altos cargos del ejército en su centro, pero posando como buenos republicanos, como miembros del partido comunista. Bueno, aquí están sus nombres. Joaquín Jiménez de Anta. Rodríguez Aguardo. Una docena más. Aquí, horas y fechas. Reuniones, creemos. Y listas de pagos. Es difícil decir si son gastos o recibos, pero todos son transacciones del año 1937. Mientras que estos… —Mostró la segunda fotografía—. Estos son todos del año 1938. Y los más recientes, amigo mío, justo antes de Navidad. Estas son todas las transacciones propias del comandante Edwin. No de sus antecesores. Ahora, permítame señalarle este nombre en particular. ¿Sabe quién es? Ese hombre es el asistente personal del coronel Casado. ¿Conoce a Casado, supongo?

—Pasé la noche del domingo pasado presenciando su gran discurso en el Monumental. —El cine estaba lleno. Porque el coronel Segismundo Casado, cabeza de facto de las fuerzas republicanas en Madrid, pese a las responsabilidades formales que el viejo Miaja tenía con la ciudad, muy rara vez hizo apariciones en público. Y la noticia de que iba a hablar pareció anunciar algún desarrollo significativo. Pero simplemente fueron las proclamaciones habituales. Sobre la lucha de España por la independencia y la justicia. Por una república democrática. Con un gran énfasis en el tema de la democracia. Y los camareros anarquistas en el Hotel Victoria se habían aferrado a esto, por supuesto. "Ya está", dijeron, "el comienzo de un divorcio. Un divorcio de los comunistas".

—Sí —dijo el general—. Debe tener cuidado de adónde le lleva su amigo Besteiro, camarada. Eso lo sabe, ¿no? Es más peligroso de lo que parece. Al menos para usted.

Fue Besteiro quien le había invitado al discurso de Casado. Y supo que Besteiro, el padre Lobo también, admiraban mucho a Casado. Pero en toda su estupidez nunca se le había ocurrido a Jack que Kotov le habría estado espiando también. Casi iba a protestar. Sobre que le estaban siguiendo. Aunque supo que solo estaría cavando un hoyo aún más profundo.

—¿Y qué es lo que quiere usted exactamente? —preguntó Jack.

—Escuchó el discurso de la Pasionaria también, que yo sepa.

—Supongo que se lo contó el capitán.

—Sí, por supuesto. Y me cuenta que estuvo con usted una encantadora compañera joven. Debería apreciarla, señor Telford.

Era difícil evitar sentir una amenaza indiscutible en todo esto.

—¿Qué es lo que quiere?

—La camarada Ibárruri no estuvo aquí simplemente para dar la bienvenida a un convoy de comida de Orihuela. ¿Ve la forma en que le demuestro que es de nuestra confianza, camarada? Pero la verdad es que hay rumores. Actividades. Y el doctor Negrín necesitaba garantías. Que nuestro buen Coronel Casado no está en contacto secreto con Franco. ¿Quiere que le diga algo? Esta Quinta Columna de la que todos hablamos, ¿tiene usted alguna idea de cuántos de la policía secreta de Franco están operando aquí en Madrid? Ahora mismo. Mientras que hablamos. Agentes del SIPM. Más de mil. Algunos de sus nombres están aquí. Pero veamos, por un momento, esta última lista. La que parece ser un intercambio entre el comandante Edwin y un hombre llamado Juan March. ¿Ha oído hablar de él?

—Creo que todos lo conocemos —dijo Jack—. Inmensamente rico. Seguidor de Franco. Rey de las Baleares, ¿no es como se le llama?

—March es como una araña, corriendo entre Roma y Mallorca y otras partes de la zona nacional. Fue su dinero el que financió gran parte de la insurrección. Y ahora esto. Parece ser... ¿cómo se llama?

Un pagaré. De Edwin para March. Una lista de pagos potenciales. Pero todos para los generales de Franco. Y hasta para Nicolás, el hermano de Franco.

—¿Pagos desde Inglaterra al hermano de Franco? —Jack estaba incrédulo—. Eso seguro que no puede ser cierto.

—Nosotros queremos que nos proporcione el enlace, amigo mío. Entre el comandante Edwin y Casado. ¡Habrá uno! Pero más importante aún son esas promesas de pago. ¿Sobornos? ¿Para qué? Ah, y una cosa más —dijo el general—. Esos asuntos respecto de la señorita Carter-Holt. Usted mencionó un rival por sus afectos. El vice-cónsul de Gran Bretaña en San Sebastián. Fielding, creo. —"La madriguera de conejo otra vez", pensó Jack—. Sí, lo conozco, señor Telford. Indirectamente, por lo menos. Pero pensé que se lo debía decir. Para evitar una situación embarazosa. Que usted podría volver a verle muy pronto.

Fielding. Viniendo a Madrid. ¿Por qué? Y no le había comunicado la noticia el consulado británico, sino, más bien, el representante de la NKVD en la ciudad. La relación de Carter-Holt con el tipo fue más bien política que sexual por aquel entonces. Jack siempre lo supo. Demasiados indicios en el camino. Pero, aparte de eso, Jack no fue capaz de encontrar pistas nuevas. Kotov se mantuvo hermético en cuanto al tema y simplemente le dijo que le informaría cuando llegara el momento. Mientras tanto, debería seguir con el asunto en cuestión. Un vínculo entre el comandante Edwin y el coronel Casado. Una explicación para el pagaré para los generales de Franco, con Juan March como intermediario.

Todo daba vueltas en el cerebro de Jack mientras caminaba por el lado norte del Retiro de camino al mercado Torrijos. Tenía previsto subirse al metro, pero necesitaba tomar aire fresco, tiempo para pensar. Había una solución fácil, por supuesto. Podía reunir las cosas necesarias para su viaje y largarse de inmediato. Dejar atrás todas estas tonterías. Pero Ruby Waters tenía razón. El viaje era complicado. Qué maravilloso sería si pudiera simplemente bajar a la estación y tomar el próximo tren. O un autobús. Para la costa. Cualquier lugar en la costa. Pero estaba claro que era una opción que no tenía. Nadie la tenía. No así de fácil, en Madrid. Y Kotov parecía conocer cada uno de sus pasos. Mirando a su alrededor, Jack podía ver una docena de personas que podrían ser hombres del NKVD. O agentes de la policía secreta, por lo visto, también a disposición del general. Además, había invertido mucho en conseguir esta historia, ¿no? ¿Pulitzer? Probablemente no. Aunque era buena. Y pensó que Sydney Elliott la usaría. Elliott no fue un hombre a quien le da miedo un ocasional Aviso-D. Así que Jack solo necesitaba un poco más de tiempo para terminar el artículo. Tal vez también el artículo sobre los niños. Meterlos en la valija diplomática y luego…

Llegó al mercado antes de que se diera cuenta, compró unos calcetines de lana, diez veces por encima de su valor real, luego una mochila, diseño militar. Con dos parches para ocultar… Bueno, Jack no quiso preguntarlo. Logró encontrar una cantimplora. Un suéter viejo del ejército también. Un par de latas oxidadas. Carne de res en conserva. Pobres provisiones, aunque le servirían para el comienzo de su viaje. Pero, con cada compra, estaba convencido de que el mismo hombre le estaba observando. Una comadreja con piel cetrina y un abrigo del ejército similar al abrigo de Jack. Y, seguramente, el tipo le estaba siguiendo hasta el tranvía, en su camino por el Paseo del Prado. Jack llevaba sus nuevas adquisiciones cuesta arriba por la empinada y bohemia calle de las Huertas hasta su hogar en el Hotel Victoria, tratando lo mejor que pudo de no prestar atención a la comadreja, pero una vez que había soltado sus compras en la habitación, bajó las escaleras hasta el primer piso, salió por la puerta de la cocina y tomó una ruta indirecta alrededor de la Plaza Mayor. Allí pasó una hora tortuosa revisando los programas y precios para las rutas de autobús a Cuenca, pues, había muchas conexiones desde allí a Valencia o a Alicante. Veintisiete pesetas a Cuenca. Pero un viaje que podría llevar hasta dos días. Horrendo. ¿Entonces cuáles eran las alternativas? Tomó la línea uno del tranvía hasta la estación del Mediodía, Atocha, destruida por las bombas. Imposible estar allí sin sentir los fantasmas del lugar a su alrededor. Pero por lo menos fue más fácil planear el viaje en tren. De Madrid a Albacete. Luego la elección de cualquier puerto. ¿La única complicación? Que hubo un bombardeo justo antes de año nuevo, y la primera sección de las vías a Aranjuez todavía se encontraba en reparación. Por tanto, tendrá que ser un viaje en autobús a Aranjuez. Pero después, con un poco de suerte, tan solo unas nueve o diez horas hasta la costa.

En un bar al otro lado de la calle se pidió un café y pensó en sus opciones, mientras que reflexionaba sobre Fielding y trabajó un poco más en el artículo de la industria de armas. Estaba desarrollándose muy bien, pero el próximo viaje, el artículo, llegar a meterlo en la valija diplomática, todo le hacía pensar muchas veces en Ruby Waters durante sus deliberaciones. ¿Había tenido Kotov realmente la intención de amenazarla? ¿O a Jack mismo? ¿Había cruzado la línea de verdad y se había puesto en peligro? Y luego estaba el enigma. La tentación de que podría, después de todo, querer darle al general lo que deseaba. Una conexión entre Casado, la Quinta Columna y el comandante Edwin. Entre el comandante Edwin y Juan March. Había llegado a la conclusión de que le encantaría proporcionarle al comandante una nariz sangrante. Verlo derribado. Quizás este era el golpe que Jack estaba destinado a dar.

Comenzaba a disfrutar de la idea. Limpió la ventana empañada de la cafetería, y casi dejó caer su taza. En el otro lado de la calle estaba otra vez la comadreja, con su cara ictérica, aunque ahora conversando muy de cerca con otro hombre mucho más grande, una figura que le puso los pelos de punta a Jack, un hombre de espaldas, un hombre que sin lugar a dudas era el teniente Enrique Álvaro Turbides.

Capítulo Veinticuatro

Domingo, 29 de enero de 1939

—Pero señor Telford —dijo el padre Leocadio Lobo—, me voy de Madrid. Mañana. Creo que es un buen momento para irse. —Le dio una carta a Jack, luego continuó cerrando los botones de su sotana—. ¿Lo ve?

—Estoy muy deslumbrado por los ropajes. —Jack sonrió. Ya estaba acostumbrado al traje reluciente.

—¿Se va a quedar para el servicio, hijo mío?

—¿La misa? No creo, padre. —Miró alrededor en la sacristía del Santísimo Cristo de la Paz: el gabinete de las vestiduras con la casulla del padre Lobo extendida sobre la tapa de cuero verde, el lienzo del altar, doblado cuidadosamente; y un cáliz dorado, vinajeras plateadas, todas las demás impedimenta—. ¿Es que yo debería estar aquí? —preguntó Jack.

—Por supuesto que no. Pero tampoco debería estar yo. ¿No lo sabía? El obispo me había suspendido de mis funciones *a divinis* en diciembre, hace dos años. Por mi apoyo a la República. O, mejor dicho, por mi fracaso. Por no apoyar a Franco. Por no denunciar la matanza de los sacerdotes.

Jack se rió.

—Pero sigue dando la misa —dijo—. Y todo esto. Es un mundo extraño.

—Bueno —dijo el padre Lobo—, el obispo no hizo pública la resolución. Y él ya no estaba aquí, claro. Entonces, nunca recibí una copia tampoco. Y ya que nuestra república parece volver a reconocer la necesidad de la fe, al fin, asumo que el Santo Padre hubiera querido que reanudara mis deberes. Pero, ¿qué le parece a usted? —El sacerdote sacudió la cabeza, y Jack estudiaba la carta, luego silbó.

—¡Nueva York! —dijo—. Va a ser un cambio drástico. —La carta era una invitación de la Agencia de Reconocimiento Médico y el

Comité Norteamericano de Ayuda a la Democracia Española, la misma organización estadounidense que había financiado la instalación del hospital en el Hotel Ritz. Además de incontables otros establecimientos médicos para la República—. ¿Y se va mañana? Es muy repentino. ¿Y qué pasará con sus feligreses?

—Ya está todo arreglado, señor Telford. Mi gran amigo, el padre Eduardo de Chinchilla, me reemplazará aquí. Y no me voy directo a Nueva York. Algunos negocios en Francia primero. Escucho cosas terribles. Miles de refugiados saliendo de Cataluña cruzando la frontera. Metidos directamente en los campos de refugiados sin comida, sin techo. ¡Con este clima! ¿En qué están pensando los franceses? ¿Es que no saben lo que viene ahora? Bueno, veré lo que podemos hacer. Y después, Londres. Para encontrarme con mi viejo amigo, Barea.

—¿El que trabaja para el servicio mundial de la BBC?

—El mismo. Y no se preocupe. Por supuesto que le recomendaré. Le daré su dirección también, para cuando usted mismo vuelva. Aunque no se quede aquí demasiado tiempo, hijo mío. Personalmente preferiría quedarme aquí con mis feligreses. Hemos pasado por mucho juntos. Pero no soy un hombre valiente. Y el Caudillo no me perdonará, ¿no le parece? Además, un pajarito me ha contado una cosa. Un rumor de que, si acepto esta invitación, un tour dando discursos por los Estados Unidos sobre este conflicto tan triste, me podrían ofrecer alguna forma de rehabilitación.

—Eso espero, padre. Aunque vino un poco por sorpresa. Como dije, esperaba encontrar refugio en usted.

—No hay refugio de los francotiradores, hijo mío. ¿Es eso lo que le preocupa? Creo que Rosario solo quería provocarle. Todo ese disparate sobre que usted era el blanco.

—Pensé lo mismo. Pero ahora ya no. ¿Se acuerda que le conté que perdí mi ojo en Burgos?

—Nunca me dijo cómo. Siempre asumí que tenía algo que ver con la prisión.

—Fue antes de la prisión. ¿Tiene tiempo ahora?

El padre Lobo esperaba que no llevara mucho tiempo. ¿Pero cinco minutos tal vez? Si tardaban más, podrían acabar de hablar más tarde. Pero Jack había practicado el relato tantas veces, esta versión por lo menos. La misma versión que le contó al general. Ninguna mención de

Carter-Holt o la cámara de la asesina. Solo su propio plan de disparar a Franco. Su detención por periodismo no autorizado en la zona nacional. Un equivalente al espionaje. El descubrimiento de la pistola vieja que había comprado. La convicción de que debía ser mucho más que un corresponsal de periódico. La tortura. El ojo. Turbides.

—Es una historia muy rara, hijo mío. En resumen, creo que me alegro de que haya fracasado. El plan de asesinato, quiero decir. Por el bien de su propia alma inmortal, no por Franco. ¿Y está seguro? Ese hombre está ahora aquí, en Madrid?

—El general Kotov me cuenta que hay cientos de agentes de Franco en la ciudad. Supongo que uno más no atraería mucho la atención. Hasta uno como este. No he salido de mi habitación en dos días. El trabajo ha sido mi excusa. Pero, en realidad, tengo que confesar que estoy aterrado. Y la habitación no es segura. Ya me han seguido hasta allí. Fue un hombre que vi más tarde hablando con Turbides.

—Entonces, ¿se acuerda que le conté de la casa, donde daba la misa antes? El oratorio.

—En la calle de Tamayo, creo que dijo, padre.

—¿Y por qué no? —dijo el sacerdote sonriendo—. Después de todo no la voy a necesitar ahora. Venga, escribiré el nombre y la dirección de la mujer que me la está cuidando. Le he dicho que le diría qué tenía que hacer con la casa. Una vez… Bueno, después veremos lo que pasa aquí. Pero le enviaré una nota. Para que esté al tanto.

—Es muy bueno de su parte. Me hace sentir mal por nunca llegar a entrevistarle a usted como es debido.

—Es más importante que se asegure de tomar nota de los relatos de Besteiro y mis otros amigos. Entrevísteles a *ellos*, hijo mío.

—Los hombres que piden a gritos ser escuchados sobre el futuro de Madrid. ¿No fue como los describió? Besteiro y San Andrés. Y el coronel Casado, padre, ¿a él también?

—Especialmente Casado. Él podría ser el futuro de España.

—Es un tipo popular, ¿no? Kotov me dijo que es la razón por la que la Pasionaria ha estado en Madrid, para buscar garantías de su lealtad. Parece que piensa que Casado tiene relaciones con la Quinta Columna.

—Kotov es un hombre peligroso, señor Telford. Uno de los fanáticos de Stalin. ¿Conoce lo de los columpios? ¿Las rotondas?

—¿Me va a decir que necesito saber la diferencia entre ellos?

—Por supuesto. En este mundo, no todo es negro. O blanco. Solo diferentes tonalidades de complejidad. Hay comunistas de verdad que creen en un mundo mejor. El mundo que nuestro Señor, Jesucristo, hubiera querido. Un mundo de justicia social. Como Rosario del Olmo. Muchos de mis amigos aquí. Negrín mismo. La Pasionaria. Aquellos que han defendido Madrid durante tanto tiempo. Muchos de los que vinieron aquí para luchar. Sus internacionales.

—Se puede ser un buen comunista —dijo Jack— sin amar a Stalin. Aquellos con los que estuve, en San Pedro, decían que nunca habían vivido sus ideales tanto como aquí en España. Pero luego están los mandamases. Aquellos que no pueden evitar atiborrarse en la fuente de comida. Los que necesitan destruir cualquier cosa que amenace sus privilegios, el imperio de Stalin. La nueva Ojrana.

—Es una comparación extraña, señor Telford. Conocí a Orlov antes de que saliera de Madrid. Estaba un poco borracho, me temo. Pero insistió en que Stalin mismo había sido una vez miembro de la Ojrana. Uno de los policías secretos del Zar. Y la cosa que le impulsa es la necesidad de eliminar cualquier rastro de su pasado oscuro.

—¿Orlov? —dijo Jack—. Lo siento, pero no…

—Su general Kotov es uno de los mandamases, amigo mío. Líder de la manada de lobos. ¿Pero cuánto tiempo piensa usted que lleva a la cabeza de la NKVD aquí? Se lo digo. Desde agosto. Antes de eso fue solo el número dos. Su superior en ese entonces fue Orlov. Pero Orlov salió. ¿Sabe por qué? Porque Kléber, el hombre que nos salvo, junto con Durruti, cuando atacaron Madrid, fue retirado a Moscú. ¿Sabe lo que significa? Ser "retirado a Moscú". Significa ser fusilado.

Jack se había esforzado en abrirse paso en el terreno pantanoso de los juicios de Moscú, leyendo artículos sobre el tema y preguntándose cómo tantos periodistas podían llegar a una opinión tan divergente sobre la verdad. Aquellos que, como Walter Durant y Harold Denny del *New York Times*, se habían creído con tanta facilidad las confesiones de innumerables líderes soviéticos, acusados de conspiraciones para derrocar a Stalin, o trabajando clandestinamente en nombre de la Alemania nazi. O aquellos que, como los corresponsales de Crowther del *The Economist*, rechazaban regularmente los juicios por ser una especie de respuesta de Stalin a los espectáculos deportivos de los nazis, una distracción de los dolores infligidos a las masas que sufrían en el país. De una forma o de otra, cientos, quizás miles de hombres líderes de Rusia habían sido ejecutados. Fueron, sin duda, miles los oficiales militares que murieron de esta forma.

—O enviados a un campo de concentración hasta su muerte, padre. Convertidos en no-personas. He escuchado la historia de Kléber. ¿Cree que estará vivo aún?

—¡Quién sabe! Orlov adivinó que él sería el siguiente, por supuesto. Orlov, quien recibió la Orden de Lenin por transportar con éxito todo el oro de nuestro tesoro a Moscú. Orlov, que alardeó de que había sido elogiado por Stalin por el número de trotskistas y anarquistas que había matado allí. Orlov, que fue el responsable, se dice, del asesinato de Andreu Nin.

—Torturado hasta la muerte.

—Sí, ese fue Orlov. Pero él lo sabía. Su turno había llegado. Así que salió. En julio, debe haber sido. Desertó. Escuché que está en Nueva York. ¿No sería raro? ¿Si volviera a encontrarme con él otra vez allí? Pero la tarea de Kotov ahora es la misma que la de Orlov. Matar a aquellos que son enemigos del Politburó. Sin tener en cuenta si estas personas están tratando de trabajar para la defensa de España. Stalin no controla a España. Pero a sus periódicos británicos les gusta creer que sí. Usted debe ayudar a contar la verdad, hijo mío.

—No me hago ilusiones respecto de Kotov —dijo Jack—. Y no cabe ninguna duda de que su coronel Casado no vivirá demasiado tiempo si Kotov tiene pruebas de que existe una conexión entre él y la Quinta Columna. Con los agentes de Franco aquí en Madrid. Pero me puso un rompecabezas difícil. Uno que me gustaría desenmarañar. Alguna prueba que encontró sobre una conexión entre la Quinta Columna y un agregado militar en el consulado británico. —Fue poco sincero de parte de Jack no admitir que fue él mismo quien encontró la prueba—. Un hombre llamado comandante Edwin. —La reacción al nombre fue instantánea. El ensanchamiento de los ojos del padre Lobo. Se quedó con la boca abierta para volver a cerrarla lentamente. La pausa en sus preparativos. ¿Jack se lo había esperado? No estaba seguro—. Kotov cree —siguió— que el comandante Edwin podría ser el enlace entre los agentes de Franco y su amigo, Casado.

El sacerdote le miraba como si el padre Santo en Roma lo hubiera excomulgado en vez de alabar su iniciativa.

—Yo creo, señor Telford, que ya es hora de que se vaya. Use la casa por todo el tiempo que quiera. Pero no se quede más tiempo de lo absolutamente necesario en Madrid. Salga pronto, hijo mío. Estas no son aguas en las cuales desearía nadar.

Jack giró esa pieza del rompecabezas en todas las direcciones posibles durante su camino de vuelta al Hotel Victoria, desesperado por encontrar algún lugar donde encajarla. Más que cualquier otra cosa, lamentó haberse despedido del sacerdote de una forma tan fría. Consideraba al padre Lobo como un amigo, aunque ahora supo que nunca más lo volvería a ver. Y seguía sin descubrir nada más acerca de las conexiones que buscaba el general. Bueno, lo tendría que ver desde otra perspectiva. Por ahora, estaba más preocupado por terminar su propio artículo, así que caminó un rato, una ruta indirecta desde Argüelles, cruzando la Plaza de España, a menudo mirando atrás en búsqueda de perseguidores, y cuesta arriba hasta Santo Domingo, donde tomó el metro hasta la Puerta del Sol. Luego dobló por la esquina y entró al bar del Hotel Biarritz. El hotel todavía conservaba una copia firmada de *Muerte en la tarde* del tiempo, no tan lejano, cuando Hemingway fue un huésped allí. Por lo que a Jack le hacía gracia trabajar en una mesa, la favorita de Hemingway, escribiendo ostentosamente con esa pluma estilográfica hermosa, la Font-Pelayo, larga y elegante, celuloide negro pero con insertos de oro, casi damasquinado, la palanca dorada a juego, ingeniosamente integrada dentro del diseño. Aunque también le encantó gastar algo de su paga atrasada invitando a copas a todos en el bar. Vino tinto peleón. Solo intentaba ser generoso, claro, no obstante, solo consiguió recibir una gratitud cordial aparente de los clientes, disimulando apenas el resentimiento, comentarios en voz baja sobre extranjeros con más dinero que sentido común. Aun así trabajaba tanto tiempo como podía, pasó la tarde allí con su artículo sobre la desaparición de los niños republicanos, y ya había oscurecido cuando por fin llegó a la recepción del Victoria.

La casilla vacía otra vez. Bueno, faltaba la llave. Pero hubo una carta para él. La abrió y sonrió. Una nota de Rosario del Olmo y, adjunto, un formulario oficial y sellado confirmando su acreditación como corresponsal de la zona republicana. Lo guardó doblado en su bolsillo y sonrió, pero no por mucho tiempo. No estaba la llave. "Ruby", pensó. "¡Maldita sea!"

Ella le había enviado un par de mensajes durante los días posteriores a su último encuentro, pero Jack decidió ignorarlos. Así que estaba practicando con cuidado la recepción fría que le iba a dar mientras accionaba la palanca, el ascensor subió dando tumbos y sacudidas hasta su piso. Luego caminó con rabia por el pasillo y encontró la puerta abierta. Sorpresa, y luego precaución repentina. Se quedó quieto y escuchó. Nada. Aunque el pelo de su cuello se había erizado y no entendía el motivo. De todas formas, sintió una tentación irresistible de empujar la puerta para abrirla, tal como si tocara algo a pesar de la advertencia de recién pintado. Y dentro descubrió que no era Ruby la que le esperaba, sino, con pistola en mano, el comandante Lawrence Edwin y, sentado en el sillón que una vez ocupó la señorita Waters, el mismo diplomático mencionado por el general, Harold Fielding, vice-cónsul de San Sebastián.

—¿Planeando un viaje, señor Telford? —El inglés entrecortado de Oxbridge. Fielding tenía la mochila de Jack sobre su rodilla y contemplaba su contenido. En su mano había un sobre. Un sobre voluminoso, ya con la dirección de Sydney Elliott y con el artículo sobre la industria de armas en su interior, uno de los sobres para la valija diplomática. El segundo artículo estaba en su bolsillo, el artículo sobre los niños.

—No es asunto suyo, Fielding. —Jack se olvidó de la pistola del comandante Edwin por un momento y, lleno de rabia, se acercó al diplomático sentado en su abrigo de piel de camello. El aroma pesado de su pomada le hizo arrugar la nariz a Jack, y le arrebató a Fielding la mochila de su rodilla. Pero no llegó a alcanzar también el sobre.

—Apártese de ahí —dijo bruscamente el comandante—. Póngase ahí, contra la pared. —No había alternativa salvo obedecer y, mientras tanto, Edwin se interpuso entre Jack y cualquier posible ruta de escape, dio una patada hacia atrás para cerrar la puerta y luego se apoyó con su hombro contra ella—. ¿Y no va a preguntar por qué estamos aquí?

—Me imagino que es la consulta que hice sobre los Kettering —dijo Jack—. Sabía que fue estúpido en ese momento. Me está bien por ser sentimental.

—No hubiera cambiado nada —dijo Edwin con desprecio—. Comprobé las tablas de mareas. El día del supuesto accidente de la señorita Carter-Holt. Dudo mucho que hubiera sido arrastrado mar adentro con la marea baja. No es tan inteligente como piensa, ¿eh?

—Y luego estaba el robo del pasaporte de Frederick Barnard —dijo

Fielding sonriendo—. Aquel asunto también pasó por mi escritorio. Es un amigo mío. ¿Lo sabía? Y la descripción del ladrón… Bueno, dos más dos, como dicen. Aunque casi no le reconozco ahora, claro. La barba. El parche. Pero, por aquel entonces, ya lo sabía. Mis contactos en la Guardia Civil. Una historia interesante sobre la sangre debajo de las uñas de la pobre Valerie. Llegaron a la conclusión obvia: usted, el rojo inglés, aquí para espiarlos; y Valerie, el orgullo de la España Nacional, condecorada por el Generalísimo mismo. Obvio. La mató usted. Asesinato político.

Jack recordó la conversación con Carter-Holt. Y sí, había estado celoso. "¿Te has acostado con otros amigos durante este viaje, Carter?", le preguntó. "¿Fielding?" Pero ella se rió de él. "¿Harold?", había dicho. "En Santander. Somos viejos conocidos. Colegas, se podría decir". Aunque ella se negó a decirle si él también trabajaba para Stalin.

—¿No es la historia del amante celoso? —dijo Jack—. Qué desilusión. Usted tuvo un papel principal en esa versión, Fielding. Ahora, ¿qué diablos es lo que quieren ustedes?

—Va a dar un paseo con nosotros, Telford —le dijo Edwin y lo empujó en el estómago con el arma automática.

—¿No es una sociedad rara, chicos? El agregado militar trabajando con la Quinta Columna de Franco y con Juan March, y el funcionario consular trabajando con uno de los agentes de Stalin.

—En serio, señor Telford —dijo Fielding—, ¿es tan sencilla la vida? Su apariencia podría haber cambiado. Pero es la *naïveté* lo que le delata. El mismo viejo Jack, comandante. Lo reconocería en cualquier lugar.

—Y yo, trabajando con la Quinta Columna de Franco, ¿dijo? —preguntó el comandante—. Qué imaginación, hasta para usted. Ahora, recoja cualquier cosa que no esté ya en su mochila y nos vamos.

No hubo ningún indicio de que Edwin había descubierto el robo en su oficina, y Jack pensó que podría empeorar las cosas si lo admitiera. Aunque enseguida llegó a la conclusión de que ahora necesitaba agarrarse a cualquier clavo ardiendo.

—¿Lo está negando? —dijo—. Ya vi los expedientes, comandante. En su oficina. De hecho, hay fotografías de los documentos. Mi amigo, el general Kotov, tiene copias. Los vínculos con la Quinta Columna. Los informes falsos sobre la situación de Río Tinto. Los sobornos que ofrece a los generales de Franco. Si me pasa algo a mí, los hará llegar a toda la gente indicada.

El comandante se rió. No era la reacción que Jack había esperado.

—Bueno, es usted muy emprendedor, señor Telford —dijo Fielding. Se paró, se quitó algo de mugre invisible de la valiosa piel de camello de su abrigo y levantó un sombrero hongo de la cama—. Pero me siento obligado a rellenar algunos huecos para usted. Mire, tuve mis dudas. Continué investigando. Y finalmente, mi persistencia ha dado sus frutos. Hablé con nuestro viejo amigo, el teniente Turbides, y me contó que encontraron una cámara en su habitación.

—No es cierto —dijo Jack—. La cámara nunca salió de la habitación de Carter-Holt. Y creo que usted lo sabe.

—Está hilando fino —dijo Fielding bruscamente—. ¿Piensa usted que a alguien le importa? El punto es que conoció el secreto de Valerie. Pobre chica. Matar a su amante, creyendo que era una fascista fanática, es una cosa. Matar a sabiendas una agente del NKVD, es otra.

—¿De qué lado está usted, Fielding?

—¿Y qué se cree que es esto, Telford? —dijo el comandante Edwin—. ¿Una novela de Margery Allingham? Dese prisa. Pronto estará muerto y todas las preguntas en el mundo no le salvarán.

"Muerto", pensó Jack, mientras que el comandante abrió la puerta otra vez, lo justo como para mirar para cada lado del pasillo. "Matado por mi propia gente, después de todo esto". Era casi cómico. Casi. Pero no tan cómico como para aliviar las náuseas. Apretó la mochila un poco más contra su pecho, y Edwin le empujó fuera de la habitación, la pistola ahora ocultada en el bolsillo del abrigo del hombre, pero todavía pegada a los riñones de Jack.

—Aunque es interesante lo que dice de Kotov —dijo Fielding, quien cerraba la marcha.

—Dijo que le estaba esperando. —Jack mantuvo su ojo fijado al frente, calculando por dónde podría escapar, pensando en gritar por ayuda. Cualquier cosa. Estaba teniendo problemas forzando sus piernas a moverse.

—Resulta que me encontré con él esta mañana —Fielding murmuró—. Nunca mencionó las fotografías, por supuesto. No, por Dios. Estaba mucho más interesado en mi propia historia entonces. E increíblemente enojado. Porque usted había matado a uno de los agentes del camarada Stalin de forma tan deliberada. Le ha puesto en ridículo. Por cierto, ¿sabe lo que le hicieron a Andreu Nín? ¿El general y su amigo, Orlov?

—Torturado hasta la muerte —dijo Jack. Una sensación rara de *déjà vu*, su conversación con el padre Lobo. Llegaron al ascensor que aún esperaba ahí con paciencia, exactamente como Jack lo había dejado.

—Torturado casi no le hace justicia, señor Telford. Conozco a un miembro del partido que estuvo allí. Le golpearon hasta dejarle la cara hecha una papilla. Sacaron sus uñas. Le despellejaron la piel de la carne, pedazo por pedazo.

—¿Me lleva a ver a Kotov? —Esa pregunta sencilla era todo lo que el terror de Jack le permitía expresar.

El comandante Edwin dejó abierta la puerta plegable de la cabina del ascensor y empujó a Jack dentro.

—Ya hemos prometido hacer eso, Telford —dijo, haciéndole señas a Fielding para que operara los controles—. Usted es una mercancía valiosa, a fin de cuentas. Pero ahora cambiaremos un poco el trato. Cobraremos un extra. Aparte de todo lo demás, ahora solo aceptamos entregarle si nos devuelven las copias de los documentos. Una pequeña molestia, pero nada más. Después averiguaremos cómo usted los consiguió. Esa pequeña puta de mecanógrafa le ayudó, me imagino.

¿Ruby? Jack supo que debía decir algo. Pero una negación sobre la participación de Ruby no iba a ayudar y, de todas formas, Fielding había llamado su atención.

—Verá, señor Telford, causaría un escándalo en casa si le permitieran hablar de la hija de Sir Aubrey Carter-Holt, de que es una espía para el Comintern. El secretario del Primer Lord del Almirantazgo relacionado con agentes rusos? Simplemente no sería conveniente. Y mucho mejor para nosotros si le dejamos al general Kotov arreglar el lío.

—¿Esta mierda no va más rápido? —dijo el comandante, golpeando con su mano libre la reja de la puerta—. Y es una pena que su amigo de la Guardia Civil no hiciera bien su trabajo.

—¿Turbides? —Fielding se echó a reír—. Venga, lo intentó. Y yo le ayudé todo lo que pude. ¿Ve, señor Telford, en qué tipo impopular se ha convertido?

Fielding tardó unos momentos manipulando la palanca de un lado para otro, el ascensor sonaba arriba y abajo hasta que por fin se quedó en la posición adecuada para que la puerta de rejas plegable se abriera. Todo el tiempo, Jack rezando para que alguien viniera a su rescate. Pero solo un par de ancianos que no conocía, de camino al bar. Sus captores lo empujaron fuera hasta la recepción y hacia la entrada.

—El coche está atrás —dijo el comandante Edwin, luego agarró a Jack por el cuello y lo arrastró hasta detenerse y presionó el arma aún más fuerte contra su espina dorsal. Uno de los camareros anarquistas estaba entrando, luchando bajo el peso de una caja de madera, escasos suministros clandestinos de los cuales el Hotel Victoria dependía tanto.

—¡Señor inglés! —murmuró el camarero en su confuso español madrileño—. ¿Dónde ha estado? ¿Y adónde va? Hace tanto frío como las tetas de la Virgen allí afuera.

Pero apenas se detuvo, demasiado ocupado con que no se la caiga la carga.

—Me voy al Hotel Gaylord —Jack gritó, mientras que se acercaban a la entrada.

—Está bromeando, ¿no? —dijo el camarero, y Jack vio que se había detenido en su camino. Se volvió hacia ellos. Nombrarle el Gaylord a cualquier anarquista que se respetaba a sí mismo era como mencionarle la sede del Orden de Orange en Belfast a un católico irlandés.

—No se preocupe —gruñó Edwin—. Siga.

—¿Qué pasa camarada? —preguntó el camarero y dejó su caja.

—Esto es un asunto oficial, camarada. —Fielding sonrió al hombre—. Y no tiene nada que ver con usted, me temo.

El pequeño camarero fornido rascó su barbilla. Luego silbó, un silbido ruidoso, y comenzó a avanzar lentamente.

—Señor inglés —dijo—. ¿Va todo bien aquí?

El comandante Edwin sacó la pistola automática de su bolsillo y apuntó al camarero.

—¡Alto! —gritó con un español mal acentuado. Sacudió el cañón un par de veces, advirtiéndole al hombre para que retroceda. Pero no lo hizo. Seguía avanzando. Y ahora dos de sus colegas también habían llegado a la recepción, gritando, queriendo saber qué pasaba. Edwin apuntó. Jack vio que sus ojos se estrecharon, entonces sacó la mochila y golpeó el brazo del comandante hacia el techo. La pistola estalló, ensordeciéndole a Jack y provocando una lluvia de polvo de yeso sobre sus cabezas. Cordita y caos, el primer camarero corriendo hacia adelante, lanzando a Fielding al suelo mientras que Jack soltaba su mochila, agarró la mano del comandante Edwin, la que sostuvo el arma, sabiendo que no era ningún rival para su oponente. Empujaba y tiraba, el comandante golpeando su cabeza, consciente solo a medias de que los dos chicos jóvenes en sus grasientos delantales ahora se habían unido a la pelea cuerpo a cuerpo. Jack ni siquiera se había dado cuenta del golpe que le había enviado desmadejado al suelo de baldosas a cuadros, pero escuchó la automática disparar otra vez. Dos veces. Uno de los anarquistas jóvenes cayó de golpe al suelo a su lado, la mitad de su rostro destrozado. "Alfredo", pensó Jack. "Ese es Alfredo". Y estaba alejándose rodando, a la espera de que las balas de Edwin le alcanzaran, prácticamente meándose. Había pies pateando a su alrededor, de forma que, mientras Jack se levantaba, el comandante Edwin se cayó, finalmente en desventaja, pero agitando la pistola todavía, los rebotes aleatorios silbando por toda la sala.

Mientras tanto, Fielding se había liberado del agarre de su agresor, le dejó sin conocimiento y estaba de pie, arrastrando a uno de los combatientes del comandante, haciéndole tropezar, luego se arrodilló en su pecho y le golpeó la cara. Fielding y Edwin podían ser superados en número, pero Jack no tuvo ninguna duda de que muy pronto volvían a llevar ventaja, pues, la pistola fue un buen ecualizador. Y supo que tenía solamente esta oportunidad. Aunque antes de que se fuera...

Telford corrió hacia la salida, pero, mientras pasaba por la figura arrodillada de Harold Fielding, no pudo resistir golpear la cabeza del cabrón. Vic Woodley, el portero de la selección inglesa, no lo podría haber hecho mejor. La patada con carrerilla conectó de lleno con el mentón de Fielding con el mismo golpe satisfactorio como si hubiera sido una pelota de fútbol. Y Jack no dejó de correr mientras que se agachaba para agarrar su mochila, bajó a trompicones las escaleras hasta la Plaza de Santa Ana, pasando a toda prisa por delante de la estatua de Calderón de la Barca, y se perdió entre una multitud que estaba saliendo de la Cervecería Alemana para descubrir la fuente de toda esta conmoción.

Capítulo Veinticinco

Martes, 31 de enero de 1939

—¿Desde hace cuánto tiempo lleva cerrado? —quiso saber Jack. Envuelto en su abrigo del ejército, mirando por las contraventanas de la casa vieja en la calle de Tamayo y Baus con su ojo dolorido. Dos noches de insomnio, todas las escenas retrospectivas de la tortura en Burgos, las alucinaciones, los fantasmas de su padre, su madre y el Coronel F.C. Telford, sensaciones de pánico incontrolable cada vez que percibió un ruido inesperado de fuera. Vino aquí directamente después de haberse salvado por los pelos huyendo del Victoria, pero ahora estaba lejos de sentirse tranquilo.

—Desde la guerra —respondió la pequeña, desdentada y arrugada ama de llaves, limpiándose las manos en un delantal manchado. —Mejor ahora. Antes fue todo ruido. Cada día. Cada noche.

La fachada gris del teatro María Guerrero le miraba desde el otro lado de la angosta calle, sus paredes cubiertas con carteles de propaganda, uno de ellos apenas revelando una cartelera conmemorativa con la cara de la actriz famosa.

Terminó la carta, la firmó y la metió dentro del sobre.

—Tome —dijo—. ¿Está segura, señora, de que sabe qué hacer?

Había renunciado a tratarla de compañera, porque la mujer mayor simplemente no lo toleraría. Ella insistió en señora Moreno. Una buena católica, decía. No quería tener nada que ver con todas esas otras tonterías. Jack se preguntó qué postura política tenía, qué simpatía, inseguro de si podía confiar en ella. Aunque ella era claramente leal y devota al padre Lobo. Excepto... Bueno, había comenzado a reflexionar sobre las palabras del sacerdote. "*Estas no son aguas en las cuales usted desearía nadar*". Si hubiera cualquier vínculo entre el comandante Edwin, la Quinta Columna y los asociados del padre Lobo, particularmente con este coronel Casado, ¿se podría fiar del sacerdote mismo? Esperaba que sí, por ninguna razón mejor que la amistad entre el sacerdote y aquel tipo que estaba ahora en Londres. Barea. El hombre que trabajaba para la BBC. Quizás un buen contacto para el futuro. Sin embargo, aquí estaba Jack, por ahora, en la casa algo derruida del padre Lobo. En la planta baja, habitaciones convertidas en un oratorio, ahora caído en desuso, con una cocina, un patio abierto y un cobertizo con un inodoro ocasionalmente funcional. Aquí, en el primer piso, esta modesta sala de estar con muebles oscuros y una habitación solitaria. En el piso de arriba, dos habitaciones más, cada una llena de trastos.

—¿Es que piensa que soy estúpida? —gritó el ama de llaves. Vino hasta el escritorio, golpeó con la mano mustia uno de los sobres, mucho más grueso que el otro que Jack acababa de cerrar—. Este es para el hombre llamado Milanes —repitió, como una niña practicando aquello que se había aprendido de memoria—. Una carta para su hermana. Dirigida a su amigo en Londres. Esta —señaló el sobre todavía en la mano de Jack— solo debería entregársela en mano a la chica. Se llama Ruby. —La señora Moreno luchó con el nombre. Pero fue pasable—. A nadie más que a Ruby.

—Muy bien, señora. ¿Y tendrá cuidado? De que no la sigan.

Ella, impaciente, agarró el segundo sobre y luego bajó por las escaleras para recoger su abrigo. Jack estaba lejos de estar seguro de si estaba haciendo lo correcto, pero ya estaba hecho. Dio un último vistazo por la ventana, revisó la calle una vez más, luego encendió otro cigarrillo, sus manos todavía temblando. Ya había perdido la cuenta de cuántos había fumado desde el domingo. Demasiados. Pero estaba agradecido por el alivio que le proporcionaban. Eso y la música también. El gramófono alemán del padre Lobo estaba sobre una pequeña mesa de caoba, su colección de discos debajo. Era una mezcla ecléctica. Jazz Americano. Tango, canciones de Carlos Gardel. Tosca de Puccini. Y una grabación Columbia de una canción de una mujer que nunca había escuchado, Brachah Zefira, una canción hebrea llamada *La-Midbar Sa'enu*, pero con todas las melodías flamencas de Andalucía, un gran recordatorio a las raíces judías de España, la tradición sefardí. Le fascinó y le ayudó a pensar. Y, por Dios, ¡cómo necesitaba pensar!

Así que el robo del pasaporte de Frederick Barnard era la primera pista que encontró Fielding siguiéndole el rastro. Y Fielding tenía esa maldita relación estrecha con la Guardia Civil y Turbides. Pero, ¿cómo de estrecha era? ¿Sería posible que la llegada de Turbides a Madrid tenía algo que ver con Fielding? Y luego estaba el francotirador. ¿Coincidencia? ¿O es que el camarero del bar había recibido una bala que iba dirigida a Jack aquella noche? No obstante, había visto a Turbides con sus propios ojos. En Madrid. Con la comadreja. Y Turbides lo quería muerto. Para impedir que Jack pueda poner en ridículo a Franco por haber sido engañado por Carter-Holt, dándole su condecoración de la Cruz Roja del Mérito Militar a una asesina soviética.

Pero no pudo ignorar las amenazas de Fielding y del comandante Edwin. El papel del comandante, como imaginó, era el más fácil de explicar de los dos. Un miembro del servicio secreto británico. ¿No era ese el papel clandestino más habitual para un agregado militar? Recordó la conversación con Carter-Holt. Sobre los comienzos de la rebelión de los generales insurgentes. Se le había venido a la mente otra vez durante una de las primeras conversaciones con el padre Lobo. Y ahora, aquí, le vino a la memoria de nuevo. La implicación del piloto inglés, Bebb, y su amigo Pollard. Bebb, le había dicho, siempre había insistido en que su avión efectivamente fue requisado para transportar a Franco desde las Islas Canarias a Marruecos, para que pudiera ayudar a liderar la rebelión. Requisado por los conspiradores nacionales. Que Bebb no tenía opción cuando, según las fuentes de Carter-Holt, el avión había sido alquilado por los amigos de Franco semanas antes de que comenzara la insurrección. Tampoco fue casualidad que Bebb haya tenido a Pollard a bordo. Porque, le había dicho Carter-Holt, Pollard también era un agente de los servicios de inteligencia británicos. ¿Tenía razón? Nunca lo dudó. Había tantos de los grandes y de los buenos en Inglaterra, metidos hasta sus sucios cuellos en la admiración por Hitler y Mussolini —por Franco también— que era perfectamente posible que el comandante Edwin estuviera entre ellos, ayudando clandestinamente a la Quinta Columna de Franco, redactando informes. Restándole importancia a la utilidad que la guerra tenía para Herr Hitler.

Aunque, si fuera este el caso, ¿cómo encajaba Fielding? Su relación con Carter-Holt fue más que simplemente sexual. Viejos conocidos, dijo ella. Como quiera que se hayan conocido al principio, era evidente que Fielding sabía lo que era. Y él la había involucrado en su astuto plan para liberar al grupo en Covadonga. ¿Por qué? "Porque", pensó Jack, "sabía perfectamente que ella tenía asuntos más importantes que atender". Su plan para matar a Franco. Fielding debería haberlo sabido también. Ella no podía permitir que nada se interpusiera en su camino. ¿Entonces él trabajaba también para los rusos? Si eso era correcto, ¿qué hacía ahora? Codo a codo con el comandante Edwin, el hombre que, como Jack ya había concluido, estaba con la facción pro-fascista de Inglaterra. ¿Un agente doble, quizás? La maldita madriguera de conejo, otra vez. En cualquier caso, si confiaba en su palabra, Fielding ya había alertado al general Kotov sobre los hechos reales. De forma que Kotov lo quería ver muerto también. Simple venganza por la muerte de Carter-Holt, por matar a un agente del NKVD.

Luego estaba el comandante Edwin mismo, quien no quería ensuciarse sus propias manos y se alegraba de que los rusos hicieran el trabajo de su parte. Para evitar cualquier posibilidad de poner en evidencia al poder establecido británico, el escándalo potencial si se hiciera público que la hija de Sir Aubrey Carter-Holt era una espía rusa. Y para colmo, Edwin sabía ahora que sus propios tratos dobles corrían el riesgo de ser revelados. En una palabra, Edwin y Fielding lo querían muerto también.

¿Cómo era siquiera posible? Haberse convertido en un hombre buscado, no solamente por la Guardia Civil y los fascistas de la Quinta Columna, sino también por el NKVD y, ahora, por los servicios de inteligencia de su propio país. Habían pasado cuatro meses desde que mató a Carter-Holt y aquí estaba, de vuelta a donde comenzó. Huyendo. Todavía lejos de casa. No. Esto era peor, por supuesto. Mucho peor. Sus manos temblaban todavía. Estaba aterrorizado. De Turbides y el general no esperaba nada menos que la más dolorosa de las muertes. Dolorosa y solitaria. A Fielding simplemente le despreció. Sin embargo, todo su odio, sus emociones más fuertes, las reservaba para el comandante de mierda Edwin. Si *hubiera* otra guerra, si Gran Bretaña fuera condenada a perder una generación más de hombres jóvenes, hombres como su padre, y si sus pueblos iban a sufrir bombardeos, como los que sufrieron Guernica, Barcelona y Madrid, pues, sería todo gracias a los traidores pro-Hitler como Edwin.

La canción de Bracha Zefira terminó, la aguja del gramófono rascando sin rumbo en los surcos centrales hasta que Jack levantó el brazo del disco. No había cuarto de baño en la casa, pero había una palangana y un aguamanil al lado de su cama, y un espejo en la pared. Encontró sus artículos de afeitar, se enjabonó y comenzó el doloroso e inestable proceso de rasparse la barba, limpiando el fango peludo en el ejemplar del domingo del *ABC*. Muchos artículos hacían examen de conciencia en el diario, sobre cómo el Frente Popular logró perder a Barcelona, pero todavía peleaba heroicamente en otras partes de Cataluña, acciones de retaguardia en el norte de Mataró. ¡No pasarán!

"¿Esto servirá?", pensó, mientras que la carne pálida debajo de la barba comenzó a revelarse. "¿Como un disfraz?" Se cortó un par de veces también, usó pequeños trozos de papel del periódico para detener la sangre. Sangre. El anarquista joven del Hotel Victoria, Alfredo, detrás de él, reflejado en el espejo. "Otro", pensó, "que vuelve para atormentarme". Una muerte más en su conciencia.

Y, finalmente, quedaba lo de Ruby Waters por considerar. La asunción inmediata del comandante Edwin de que ella de alguna manera estaba involucrada en la copia de sus preciosos expedientes. ¿Ella también corría peligro ahora? La nota de Jack para ella fue sencilla. Una breve disculpa por no haber mantenido el contacto. Una promesa de explicárselo. Una oferta de que, si ella todavía quería ir a la costa, debería encontrarse con él más tarde, en la Plaza Mayor. A las tres y media en punto. Si no quería, lo entendería. Pero si venía, no debería decirle nada a nadie. De ninguna manera al comandante Edwin. Tal vez debería dejar una nota, había sugerido, para Milanes.

Jack pensó un momento en el cónsul y, por supuesto, en la señora Milanes también. Fueron amables. Gente decente. A lo mejor, un día, tendría la oportunidad de recompensarles. Lo que le hizo recordar. Escribió otra carta más. Esta para la señora Moreno. Pensó que podría confiar en ella. ¿Y de todos modos, qué diablos iba a hacer con estas pesetas en Inglaterra? Técnicamente, el general Kotov había pagado su cuenta en el Hotel Victoria, pero estipuló en su carta que debería enviar quinientas pesetas a la familia del camarero, Alfredo; trescientas para que las compartan entre el resto de los trabajadores del Victoria; y doscientas para la señora Morena misma, por haberle cuidado, aunque solo por poco tiempo, y por ayudarle a cumplir sus deseos. Cometió muchos errores en español, pero pensó que lo entendería. El resto de su sueldo atrasado lo dividió y lo metió en bolsillos diferentes.

"El maldito comandante Edwin", pensó.

Era lo que le pasaba por la cabeza una y otra vez, desde que huyó del hotel. ¿Qué había dicho el hombre? Que Jack era una mercancía valiosa ahora. "Cambiaremos el trato un poco. Cobraremos un extra. En adición a todo lo demás, ahora solo aceptaremos entregarle si nos devuelven los malditos documentos". Edwin necesitaba los documentos. Bueno, Jack también. "Haría cualquier cosa para hundir a ese pedazo de cabrón", se dijo a sí mismo. Una vez que Edwin los recuperase, la prueba de su duplicidad y traición habría desaparecido. Ya había perdido el articulo sobre Río Tinto, lo dejó en el suelo cuando le dio esa patada de bote pronto al mentón de Fielding. Siempre podría volver a escribirlo. No era realmente un problema. Pero consideró que las copias de los documentos podrían ser usadas con un propósito mucho mejor.

Recogió el resto de sus pertenencias y se cercioró de dejarlo todo tal como quería, luego bajó las escaleras. Un hombre con una misión. Había un perchero en el estrecho pasillo de entrada, con una gran boina negra, dejada atrás por el padre Lobo, como Jack supuso. Jack nunca se ponía sombreros, pero la boina le atrajo. Podría ser útil, pensó, y se la probó. Tenía un fuerte olor a brillantina, pero era más o menos su talla. Quemó el periódico y la prueba de su afeitado en el cubo del aseo y luego, en el oratorio abandonado, sentado en la mesa que el padre Lobo usó una vez como altar improvisado, encontró a su padre. En uniforme, claro, exactamente como Jack se lo esperaba. Había una expresión rara en la cara del espectro cuando apareció. A veces una sonrisa burlona, nada más. Pero ahora había preocupación, y casi le hizo llorar.

—Sí, lo sé —le dijo al fantasma—. Esto también es suicidio.

Dobló a la izquierda por la calle de Tamayo bajo una llovizna ligera y sulfúrica y llegó a la esquina justo antes de que se desatara el infierno detrás de él. Observó como dos camiones frenaron en seco y descargaron más de una docena de hombres armados, envueltos en sus capote-mantos contra el frío y la humedad. Pero Jack podía ver, aquí y allá, por sus mantos y por la evidencia de los uniformes azules y gris-verdes que vestían debajo, que esta era una fuerza mixta de la Guardia de Asalto, la policía urbana y los carabineros. Dos coches también. Miembros del SIM vestidos con abrigos de cuero. Y del segundo coche salía el comandante Edwin, ayudando a la señora Moreno, llorosa, a bajar del asiento trasero, mientras los gritos de los hombres llenaron las calles. Sus botas chapoteaban en el pavimento y abrieron la puerta principal de la casa del padre Lobo a patadas. La mujer mayor, ¿estaba llorando de preocupación por haberle traicionado, o simplemente por la casa? Jack no lo sabía, ni le importó. Simplemente agarró las correas de su mochila, agachó la cabeza y avanzó bajando por los callejones hacia Cibeles.

Cuando cruzó la plaza, no prestó mucha atención a los bastiones de sacos de arena de los edificios ministeriales, ni a los trabajadores limpiando escombros de otro cráter que habían dejado las bombas en la calle durante el ataque de artillería de anoche. Aunque había sido particularmente violento y los ecos del bombardeo parecían seguir resonando, hasta ahora. En la calle Alfonso XI, a tan solo unos cientos de metros de allí, había un silencio casi perfecto. Frío pero tranquilo. Mucha actividad más adelante, sin embargo, delante del Hotel Gaylord, estaban cargando furgonetas. Pero todo sucedía en silencio, y Jack mantuvo la distancia, observando y esperando. Por una parte, fue su manera de infundirse algo de valor. Por otra parte, la falta total de un plan razonable. Pero el asalto a la casa del padre Lobo le había alentado. La presencia del comandante Edwin. Si, de hecho, existía una conexión entre Edwin, Fielding y Kotov, y habían fallado en su intento de encontrarle, ¿no podrían los teléfonos estar sonando ahora? ¿No podría eso ayudar a sacar al general de su guarida? Pero después, ¿qué? ¿Una distracción tal vez? Pero mientras que seguía su vigilia, la esperanza de Jack por tal milagro se iba desvaneciendo y empezó a morirse de frío.

"Es hora de moverme", decidió. Hora de probar suerte. Las palabras *ruleta rusa* le llenaron la cabeza. Era una locura. Y suicidio podría ser exactamente lo que estaba cometiendo. Visiones de la muerte espantosa de Andreu Nín. El concepto del suicidio siempre le acompañaba, desde el día en que descubrió la verdad sobre la muerte de su padre. Sobre los terrores tan grandes que podían anular el amor del hombre por la vida, por su familia, por su mujer y por su hijo. Pero, en el fondo, un acto egoísta, que no tuvo en consideración los terrores que heredarían aquellos dejados atrás. Bueno, eso no era una opción para Jack, y la muerte no tenía misterio ni temores para él. Era simplemente el dolor potencial implicado el que no podía contemplar. Aunque había algo más. Semejante a la euforia. Un fin a la vista. Y la audacia. Este era el último lugar en el mundo donde sus enemigos, ahora tan numerosos, le estarían buscando, o donde esperaban encontrarlo.

Salió a la calle, tirando la boina sobre su cabeza, el ojo fijado en la entrada del Gaylord, la procesión de un nido de hormigas llevando maletas de cartón, cajas de cartón ondulado y cajas de listones hasta los camiones que esperaban con sus guardias armados, cada uno de ellos envuelto en una lona impermeable de color verde oliva, y la segunda fila de trabajadores locales con las manos vacías tiritando en su camino de vuelta al interior a por la próxima carga. Lo sincronizó perfectamente, los guardias ocupados con el proceso de carga. Murmuró una instrucción brusca en español para que le dejaran pasar al abrirse paso entre la fila. Subió las escaleras y entró al vestíbulo, ni siquiera los habituales matones rapados trabajaban hoy. Ningún rastro de Kotov ni tampoco de los otros oficiales en el bar, solo la memoria del humo de sus puros, flotando alrededor de los candelabros.

La fila de porteros terminó en el primer piso, y Jack los acompañó, aunque nunca formando parte de la cola. Pensó por un momento en unirse a ellos, pero supo que eso nunca funcionaría. Solo la audacia le podría salvar ahora. Y sí, sabía que fue la novela de Henty, tomada prestada de la biblioteca en el hospital Ritz la que le inspiró. *Bajo el Mando de Wellington.* El libro juvenil de aventuras, ahora dejado atrás en la casa del padre Lobo. La manera en que Wellesley había forzado el paso del Duero en Oporto. Gloriosa audacia. Entonces Jack caminó directo a la habitación donde se había encontrado con Kotov la última vez para examinar los documentos. ¿Estaría allí todavía? Improbable. Tres soldados más aquí, uniformes soviéticos de invierno, supervisando el proceso de los trabajos. El montón de paquetes y cajas al lado de ellos disminuía de manera continua. Pero la mesa estaba allí todavía, lejos en su esquina. Con dos cajas apiladas encima, y la de arriba estaba abierta, mapas enrollados y gráficos sobresaliendo por todas partes, la de abajo parecía estar cerrada, tal vez sellada.

Jack se encendió un cigarrillo para darse tiempo para pensar. Pero uno de los soldados lo miró con cara sospechosa. Había un par de insignias triangulares en la solapa roja de su abrigo, pero Jack no tenía ni idea del rango que tenía. Pensó en el dicho inglés. *In for a penny, in for a pound.* De perdidos, al río.

—¿Habla usted inglés, sargento? —preguntó, caminando hacia el hombre con su paquete de cigarrillos extendido delante de él.

—*Da* —dijo el soldado. Sí. Y aceptó uno de los *Lucky* ofrecidos. —*Little.* —Poco.

—¿Español mejor?

—Sí, español mejor. —Pero Jack lo dudó. El español del hombre era terrible.

—¿Me conoce? —dijo Jack—. Teniente Hemingway. ¿Recuerda? Parte de la unidad del capitán Constantino.

—Unidad. Sí. Constantino. Buen hombre.

—Pero yo —dijo Jack—, teniente Hemingway. ¿Recuerda? —El hombre estaba dudando, pero Jack continuó de todas formas, subiendo su voz, fingiendo impaciencia, a pesar de que su estómago ahora estaba totalmente hecho un nudo—. Bien. Vengo de parte del general. Del León. General Kotov. Necesita papeles. De esta caja. —Jack señaló la mesa.

—El general dijo que vuelve por la caja —dijo el soldado—. Solo el general. ¿Dónde está el general? Ahora.

—Le acabo de decir —gritó Jack, volviendo al inglés—. Está con el capitán. Me enviaron por los papeles. Estos papeles. —Dejó caer su cigarrillo y lo apagó con su bota—. ¿Como se llama, sargento?

—¿Nombre? —dijo el soldado—. ¿Yo? —Y la duda le nubló los ojos. Un destello de miedo—. Le ayudo. —Sonrió débilmente, llevó a Jack a la mesa, ayudó a mover las cajas y cortó las cuerdas de la caja inferior. Tardó unos minutos para encontrar las copias de las fotos en su carpeta manila, quizás los minutos más difíciles en la vida de Jack, mientras se esforzaba en mantener las manos quietas, resistir la tentación de mirar a su alrededor constantemente, manteniendo un aire fingido de superioridad e indiferencia.

"Pero por lo menos las tengo", pensó, mientras le mandó al sargento a continuar con sus otros deberes y se fue hacia las escaleras. "Lo único que necesito ahora es averiguar cómo las voy a usar para hundir a ese cabrón de Edwin".

Continuó actuando en su nuevo papel, abriéndose paso a empujones y con impaciencia entre los hombres de la mudanza una vez más, apresurándose ahora, y casi chocó con el tipo que subía por las escaleras hacia él.

—¿Inglés? —El capitán sacudió la cabeza—. ¿Eres tú? Pero hostia, ¿qué demonios has hecho? El León tiene a hombres allí fuera buscándote. —La mirada de Fidel Constantino cayó sobre la carpeta manila debajo del brazo de Jack y su mano se fue a la solapa de la funda de su pistola—. ¿Qué demonios has hecho? —preguntó de nuevo.

*

Escondido entre las columnatas alrededor de la Plaza Mayor, con sus refugios provisionales para las víctimas de la guerra sin hogar de Madrid, un poco antes de las tres y media, y fingiendo mirar los tranvías que iban pasando, Jack estaba reproduciendo el encuentro una y otra vez. Había balbuceado una historia. De que el capitán debía confiar en él. De ese comandante inglés. Un traidor de España. Pero, para ese entonces, Fidel había sacado la pistola. Los hombres que iban y venían a su alrededor se alejaron corriendo para cubrirse. Había pánico, gritos y empujones. Jack fue empujado desde atrás, cayó hacia delante y golpeó al capitán en el choque. Los dos hombres cayeron rodando por las escaleras, brazos y piernas por todas partes, más porteros enredados en la confusión... y la carpeta manila deslizando de los dedos de Jack.

Había aterrizado sobre su espalda, mejor dicho sobre la mochila. Luchó como una tortuga varada para darse la vuelta, entonces se puso de rodillas y volvió a subir gateando algunos peldaños para sacar la carpeta por debajo de algún hombre que clamaba a la Santa Virgen pidiendo ayuda. Levantó la boina también. Pero, ahora, el sargento y sus dos amigos de la habitación de arriba estaban en el otro extremo de las escaleras, chillando en ruso, apuntando sus rifles. Y, abajo, el capitán estaba de pie, agarrando su lado herido, pero con Jack firmemente en el punto de su mira.

Jack había levantado sus manos, muy despacio, y agitó la carpeta.

—Tengo pruebas —había dicho.

Y el capitán les gritó a los soldados.

—¡Tranquilos! —Y luego a Jack—. No entiendo que es eso, inglés. Pero aquí, ya todo se acabó. Deberías irte. E irte rápido. Porque creo que si volvemos a vernos otra vez, uno de nosotros deberá morir.

Jack ni siquiera le había dado las gracias. Solo se echó a correr, y no dejó de correr hasta que llegó a la Plaza Mayor. Para esperar a Ruby Waters. O tal vez la llegada del comandante Edwin... Pero Ruby no apareció, ni tampoco Edwin y sus hombres. Y el autobús, aparcado justo delante en la calle, iba a salir en menos de diez minutos.

"No vendrá, Jack", se dijo a sí mismo. Pero revisó la plaza una vez más por si acaso. Les dio cigarrillos a aquellos que los pedían, y se abrió paso entre las tiendas de campaña, tiendas de lona impermeable. Clavó sus dedos en la piedra española fría y antigua de las columnas de la galería. Pensó en dónde podría estar escondido Turbides. Luego, sin venir a cuento, pensó en la hermana María Pereda, sobre lo que debía pensar de él ahora. Y se preguntó por qué, en vez de toda esta historia de autobuses y trenes, no había contratado simplemente a alguien con una camioneta, un coche, para llevarle a la costa. Bueno, de una manera u otra, se iba. Ya no quedaba ninguna oportunidad más para encontrar la conexión entre el comandante Edwin, la Quinta Columna y el coronel republicano, Casado. Ni tampoco averiguar lo de los sobornos que al parecer habían sido ofrecidos a los generales de Franco. Pero sospechó que todo se iba a desentrañar, aquí en Madrid, dentro de poco. Para entonces, Jack habría tomado el autobús a Aranjuez, el tren a la costa y, ojalá, estuviera bien en su camino de regreso a Inglaterra. Pero extrañaría a España. La extrañaría mucho.

Alguien le tocó la manga de su abrigo y Jack se giró sorprendido, con miedo.

—Señor Telford, no le reconocí. —Ruby Waters. Pues, por lo menos la señora Moreno había conseguido entregar las cartas. La sorpresa de volver a ver a Ruby se convirtió en alegría, la alegría convertida en desilusión cuando vio la rigidez en su comportamiento, la formalidad de su saludo—. La boina —dijo ella, aunque sin ninguna emoción—. Y sin la barba.

—Aunque no puedo hacer mucho por el ojo, ¿eh? Pero Ruby, ¿dónde están sus cosas? Necesitará ropa.

No había sonrisa. No venía nada de calidez de su parte.

—No le puedo acompañar. Lo deberá saber, ¿no? Con lo que me habría gustado salir de Madrid.

Estaba determinado a ocultar su desilusión. Y le sorprendió sentirse tan profundamente alicaído. Pero sacó la mochila, buscó el sobre para Sydney Elliott, y la carpeta también.

—Creo que está en peligro. Por el comandante Edwin. Mire, me llevé unos documentos de su oficina. Es un traidor, Ruby. Pero piensa que usted me ayudó. Y es un hombre peligroso.

—No tengo ni idea de por qué vine aquí, señor Telford. No le conozco realmente, ¿verdad? Pero desde luego que no es quien dice ser. Quizás no me gusta mucho el comandante Edwin, pero todas las evidencias me dicen que usted es mucho más peligroso que él.

"Se habría inventado algún tipo de relato para ella", pensó Jack. "Pero no hay tiempo para arreglar las cosas. No ahora".

—Entonces, ¿hará un par de cosas para mí? —Ella comenzó a sacudir la cabeza y le miró con incertidumbre. Pero él siguió de todas formas—. Primero, está este artículo. Sobre los niños republicanos separados de sus padres por Franco. ¿Podría usted asegurarse de que se envíe en la valija diplomática por mí?

—¿Cómo se supone que debo saber qué es lo que hay dentro realmente?

—Ábralo, si quiere. Léalo. Luego vuelva a cerrarlo.

—Supongo que eso lo puedo hacer —dijo ella—. Por los niños.

—Y luego, ¿podría entregar esto a Milanes? Agradecerle. Y enseñárselo. Es muy importante, Ruby. Mire, escribí unas notas atrás. Pero solo es para sus ojos. —Ella sobrevoló su letra escrita con lápiz, tratando de descifrar la información—. Uno de los documentos —explicó Jack— demuestra que Edwin tiene relaciones secretas con la Quinta Columna aquí. Pero los otros son mucho más importantes. Ha estado recibiendo informes. Sobre la cantidad de materiales de guerra enviados a Hitler por los nacionales. Desde empresas británicas como Río Tinto. Luego ha estado manipulando las cifras. Para encubrir la rapidez con la que el programa de rearme de Hitler avanza. Otra cosa más. Parece estar en contacto con los generales de Franco, a través de ese tipo, Juan March. Edwin es un traidor de España. Pero peor, también es un traidor de su propio país. Y yo realmente deseo que me acompañe. Hasta la costa, al menos.

—No le puedo acompañar. Es un hombre buscado, señor Telford. No sé qué está pasando aquí, pero no puedo formar parte de ello. Solo quería volver a verle. Dios sabe por qué. Pero no debo estar aquí. ¿No lo sabe, señor Telford? ¿Lo que ha hecho?

—Sé que he logrado que tres enemigos diferentes me están persiguiendo. Y parece que todos me quieren muerto, Ruby. Sé que hay un camarero joven del Hotel Victoria que murió porque el comandante Edwin le disparó al pobre tipo. Dios sabe qué más pasó después de que yo salí de allí. Pero Edwin obviamente sobrevivió. Le he visto. Intentó que los carabineros me detuvieran. O fusilaran, quizás.

—No. Realmente no lo entiende, ¿no? Es el señor Fielding. Lo mató.

Jack se quedó paralizado.

—No puede ser —dijo—. Es Edwin otra vez. Más mentiras.

—Él dice que estaban intentando interrogarle. Sobre un posible asesinato. Que usted mandó a una banda de matones para que les atacaran en el Hotel Victoria. Y que esperaba hasta que el señor Fielding hubiera caído para luego patearlo. Como un cobarde. Le rompió el cuello.

—¿Edwin le contó a usted del camarero al que disparó? A sangre fría, señorita Waters.

—¿No le dio la patada al señor Fielding?

—Yo… —Jack forcejeó con sus palabras, había llegado a un punto en el que supo que con cualquier intento más para justificarse simplemente terminaría cavándose un pozo más profundo. Pero no dudó que ella le contaba la verdad. Fielding muerto. El mundo cerrándose a su alrededor.

—Creo que hemos dicho bastante, señor Telford. ¿No le parece?

Estaba de acuerdo. Nada más que decir. No mucho.

—Ruby —agarró sus hombros—, no espero que se crea todo esto, pero podría explicarlo. Solo que ahora no hay tiempo. Debo tomar ese autobús. Hasta Aranjuez. Luego el tren a Valencia. ¿Pero por lo menos revisará esta carta? ¿Y entregará la carpeta a Milanes? Podría ayudarme a arreglar todo esto. ¿Lo hará?

—Supongo que sí —prometió ella. Luego la acompañó deprisa hasta una de las muchas paradas del tranvía en la Plaza Mayor, asegurándose de que ella lo viera caminar hacia el autobús para Aranjuez en la calle de Atocha. Miró por la ventana sucia mientras que pasaban por el teatro Calderón, donde había visto el espectáculo de variedades aquella tarde con Ruby, diez días atrás. Estaba cerrando, la gente saliendo a la calle. En Madrid, como Jack supo, solo un tonto esperaba hasta que cayera el telón. Pero para él ya había caído. Con un estruendo. El NKVD. Turbides y la Guardia Civil. El comandante Edwin. Todo eso ya era bastante malo. ¿Pero ahora? ¿Acusado de un asesinato? El asesinato de un diplomático británico. Telford estaba solo, un fugitivo de su propia fuerza de policía, o de la Comisión Internacional de Policía. Solo y huyendo una vez más. Sus papeles, el Certificado de Emergencia que había adquirido con tantos esfuerzos del cónsul Milanes, de pronto no tenía ningún valor. El regreso a Inglaterra imposible, salvo que pudiera limpiar su nombre. "¿Pero cómo puedes limpiar tu nombre?", pensó, "¿si tú mismo sabes que cometiste el crimen?" En medio de todo su pánico, culpa y miedo, la parte racional de su cerebro le dijo que necesitaba un plan nuevo. Así que, cuando llegó a la siguiente parada, la estación de Mediodía-Atocha, agarró su mochila y saltó del autobús.

Capítulo Veintiséis

Martes, 7 de febrero de 1939

Jack había pasado la noche entre las ruinas de las casas bombardeadas del barrio de Argüelles y, a la mañana siguiente, casi una semana más tarde, emprendió con precaución su camino de regreso al centro, a una librería que había visto en la Puerta del Sol, sus ventanas protegidas con sacos terreros. Necesitaba un mapa, aunque no quería atraer la atención. Y la librería San Martín tenía casi todo lo que necesitaba, algo que le ayudaría con la geografía general del Levante. Así que compró dos publicaciones allí. La primera fue un ejemplar maltratado de la edición de 1908 del Baedeker, *España y Portugal.* Había conseguido uno en Londres, pero solo se había fijado en las secciones sobre la costa norteña, sin haber soñado nunca que iba a necesitar el resto del mapa y, por tanto, no se lo había llevado al tour. La segunda fue un folleto, *Folleto Turístico: Aspectos de España.* Generosamente ilustrado con fotografías del Escorial, del acueducto en Segovia, de la Alhambra y, más enigmáticamente, las playas de San Sebastián y la catedral de Burgos. También tenía un mapa decente dentro, y Jack se había tomado el tiempo para contrastar las posibles rutas con las de la información que ya poseía sobre los medios de transporte al este.

De hecho, había una ruta alternativa para llegar a la costa. Autobús a Cuenca, a un poco más de cien millas de distancia. Tortuoso, pero factible. Luego el tren local a Arguisuelas. Y una serie más de viajes en autobús o tren hasta llegar a Valencia. ¿Después de eso? Bueno, tal vez necesitaría ver hacia donde soplaba el viento. Francia quizás. ¿Le buscarían en Francia? Se imaginó que sí. Pero supuso que podría esconderse allí, si fuera necesario. Aunque había mencionado Valencia a Ruby. ¿Lo diría ella? En el caso de que sí, no haría falta ser un genio para deducir que elegiría la ruta de Cuenca. Llevaría unos días también. Más días durante

235

los cuales correría el riesgo de ser descubierto. Considerando que Ruby le había visto ir al autobús hacía Aranjuez y si ella se había ido de la lengua, ya lo estarían buscando allí, probablemente ya habrán dado por hecho que les había dado esquinazo. Entonces, ¿por qué no dirigirse a Aranjuez de todas formas? Pasar desapercibido allí. Hasta que estuviera seguro de que no estaban vigilando la estación, y luego intentarlo con un tren expreso. Pero no hasta Valencia. No, mejor intentarlo con los puertos del sur de Alicante o Cartagena.

Había estudiado minuciosamente en particular el mapa rudimentario del folleto, recordando lo que había aprendido sobre los trenes interurbanos, y su dedo encontró el lugar. "Albacete", se dijo a sí mismo. "Donde la línea se divide. Eso es. Llegar a Albacete y luego decidir. Alicante. O Cartagena".

Aranjuez casi lo hizo llorar. Después de Madrid, era un lugar relativamente tranquilo. Solo treinta y pico millas al sur de la ciudad, justo en el lado opuesto del saliente nacionalista, el terreno que habían ganado pero que nunca pudieron extender durante la fatídica ofensiva de Jarama en febrero del año '37. Un pueblo había crecido alrededor, y con el único propósito de servir, los jardines y el palacio real de primavera allí, en la orilla del Tajo. Una sensación de aislamiento confortable, a pesar de su proximidad con el frente de guerra de Franco. Algo que tal vez tenía que ver con la brecha temporal que había en las vías de ferrocarril entre Madrid y Aranjuez. Sin embargo, precisamente eso hizo que el tráfico en las carreteras estuviera más denso aún, esa carretera principal, que cruzaba el río y caía en la congestión diaria de la Plaza Santiago de Rusiñol. Congestión para los estándares de Aranjuez, por lo menos. Aunque, incluso allí, parecía que los camiones apenas pasaban susurrando, por deferencia hacia el artista por el cual la plaza fue nombrada cuando aún seguía vivo, y como si el gran hombre estuviera todavía dibujando, tomándose su Pernod en el restaurante Rana Verde, justo enfrente.

Jack había llegado por carretera con un taxista que había contratado para llevarlo allí. Un recurso escaso, los taxistas de Madrid, la mayoría ahora con sus vehículos convertidos en coches cisterna para el abastecimiento de agua, los taxistas mismos recapacitados para conducir tanques. Pero todavía había algunos para alquilar.

Encontró una habitación con bastante facilidad, justo al otro lado de la calle del mercado San Antonio. Un paseo cómodo hasta la estación cada día o, mejor dicho, al bar lleno de humo de la calle Toledo desde donde podía observar la estación de trenes, construida con gran riqueza ornamental al estilo morisco, de la Compañía de los Ferrocarriles de Madrid a Zaragoza y Alicante. Miraba. Y escuchaba. Mientras los hombres mayores discutían. Fuerte y violento. Sobre todo y nada.

—¡Solo el jodido país de México podría permitir mujeres en el ruedo!

Conchita Cintrón, la chica chilena, se estaba haciendo un nombre en las plazas de toros de la Ciudad de México.

—Bueno, aquí seguro que no va a torear. ¿Y qué hay de este chico nuevo? En Córdoba. ¿Manolete? Es una pena. Buenas plazas de toros paradas sin usar. ¿Entonces qué diferencia hay entre aquí y la zona facciosa? España es el hogar de la tauromaquia, al fin y al cabo. Si no tenemos corridas de toros, se podría decir que no podemos ser españoles.

—¡No digas tonterías! Un torero menos, un fascista menos.

—¡Hombre! ¿Has visto esto? Ahora les vamos a pedir a los malditos ingleses y franceses que nos consigan un acuerdo de paz.

—¡Qué va! Todo lo que pueden hacer los franceses es poner unos cuantos puestos sanitarios para los refugiados. ¿Y los ingleses? No me hagas reír.

—¿Refugiados? Dicen que Figueras es un único cementerio enorme ahora.

—¡Bastardos fascistas! Redujeron el hospital de allí a cenizas. La estación también. Trescientos muertos. Mujeres y niños. ¡Mujeres y niños!

—El río desbordado de tantos cuerpos, es lo que leí. Cuerpos tirados por las calles. Los *fritzes* acabaron con los pobres refugiados a base de bombas.

—¿Y dónde está Azaña, eh? Apuesto a que cruzó la frontera sano y salvo. Liberales de mierda.

El presidente Azaña, según el *ABC*, ya había salido de España, se había ido a Francia, a Perpignan, dejando al presidente del Gobierno Negrín y sus ministros en Figueras. Y, en el *ABC* también, Jack había leído un informe asombroso, sacado del *Daily Mail*, de todos los lugares. El mismo *Daily Mail* que había sido sólidamente pro-Franco desde el principio y que había informado con alegría sobre lo que había descrito como el Terror Rojo en los primeros días de la guerra. Sin embargo, aquí estaba su corresponsal español en Barcelona, informando con gran detalle de los horrores indescriptibles que había presenciado desde que el ejército de Franco había tomado esa ciudad. Crueldad y asesinato en masa a una escala sin precedentes, lo peor que había visto desde el comienzo de la guerra. Mientras Jack reflexionaba sobre esto, la conversación en el bar había vuelto a un asunto que, para ellos, era igual de crucial. El fútbol.

—¿Qué diablos vamos a hacer? Ahora ni siquiera tenemos la Liga de Cataluña.

—Y pobre Barça.

Las fuerzas de Franco solo llevaban en Barcelona dos semanas, pero ya le habían prohibido al club de fútbol el uso del catalán para su nombre, sustituyendo las siglas F.C.B. por las de C.F.B. Y les habían obligado a cambiar las cuatro barras de su escudo —elemento representativo de Catalunya— para dejar solamente dos barras en el cuarto superior. Peor, Franco tenía ahora el control sobre la selección de fútbol de España. España había estado ausente en la última copa mundial, pero el Caudillo estaba tan seguro de una victoria que restableció el equipo en la zona nacional, e impuso inmediatamente otro cambio. No más camisas rojas. Ahora los colores serían azul y blanco.

—¡A la mierda con el Barça! Yo solo estaré feliz cuando nos devuelvan nuestro propio equipo.

Jack adivinó que los hombres hablaban del Real Madrid. La guerra había sido difícil para los aficionados, pero de una manera totalmente inesperada. El presidente y ex-jugador del club, Santiago Bernabéu, estaba en algún lugar, en el ejército de Franco, luchando para los fascistas. Bajo la autoridad de la República, el club había sido obligado a quitar la palabra *Real* de su nombre. Ahora simplemente era el Madrid Club de Fútbol, la corona real retirada de sus camisetas. Con la deserción de Bernabéu pasándose al bando de los generales rebeldes, había sido reemplazado por el coronel comunista Antonio Ortega.

—¿Qué diablos sabe Ortega de dirigir un equipo, eh? —dijeron los hombres.

Al mismo tiempo, la liga había sido abandonada y se crearon dos campeonatos nuevos, la Liga Mediterránea y la Copa de la España Libre. Pero como las regiones de España iban cayendo en manos de Franco, uno por uno, las ligas de fútbol regionales también iban desapareciendo, y quedaba en el aire la pregunta de por qué el Madrid pareció haber sido excluido de la Liga Mediterránea en todo caso. Y resultó que al Atlético Madrid no le iba mucho mejor. Curiosamente la situación sirvió para unir a ambos grupos de aficionados.

—Pobre Madrid —dijeron—. Cada hijo de puta la tiene contra el Madrid.

Esa tarde Jack se aventuró por el pórtico del edificio principal de la estación. Se mantuvo en las sombras, recorrió las concurridas galerías flanqueadas por columnas y, finalmente, compró un billete para el tren nocturno de las diez de la noche. Le pareció que el vendedor de billetes pasó demasiado tiempo escudriñándolo, un exceso de cautela, pero fue probablemente porque Jack tuvo que explicar tres veces que sí, que deseaba pagar por ambas literas en el compartimiento de primera clase. Dos literas. Y el tipo miraba por su ventanilla, buscando la compañía invisible de Jack, o cualquier señal de equipaje adicional aparte de la mochila. Luego volvió a ser objeto de un parecido grado de escrutinio mientras compraba un ejemplar del *Mundo Obrero* y también cuando, para su sorpresa, encontró un vendedor de comida vendiendo trozos de salchicha de ajo. Sospechaba de todos ellos. Miró atrás frenéticamente muchas veces mientras se abría paso entre el miasma de cebolla, humo de tabaco, sudor y humo de carbón que desprendían los mendigos bulliciosos, los veteranos de guerra heridos, los vendedores de boletos de lotería merodeando y los pasajeros perplejos. El lugar estaba muy concurrido, ruidoso y lleno del olor único de una estación de trenes, pero Jack pasó entre la multitud, encontró su andén y, en algún lugar entre el vapor, también encontró aquel remanso de paz y tranquilidad que representaban los dos vagones delanteros de la primera clase, pintados de color naranja, color corporativo de la compañía Madrid-Zaragoza-Alicante. Hasta había un revisor, quien buscaba en vano las maletas de Jack y lo llevó hasta el compartimiento, todo de madera barnizada y lino de algodón blanco y todo estampado con la insignia MZA. Atrás, en la tercera clase, había un acordeonista que estaba ofreciendo un concierto improvisado, pero aquí había paz.

Jack probó el asiento plegable debajo de la ventana y el interruptor de la lámpara de mesa de baquelita con su pantalla adornada. Luego colgó su mochila en la litera superior. Era un cambio importante frente a la segunda clase que compartió en el *Sud Express* desde París a Irún en septiembre, y mucho más cómodo que los asientos de madera de la tercera clase del tren nocturno que lo llevó a él y también a Carter-Holt, desde Coruña a San Sebastián. El final de ese tour fatídico. La noche antes de matarla. La noche cuando finalmente comenzó a encajar las piezas del rompecabezas. Y cuando bajó la persiana de la puerta y se acomodó en las sabanas de la cama, todavía completamente vestido, pero con su abrigo verde como manta, fue difícil deshacerse de los recuerdos. De Carter misma. Su humor acerbo. Sarcasmo. Ingenio agudo. Inteligencia. Erotismo. Duplicidad. Sus momentos finales. Entonces alcanzó arriba, bajó la mochila, buscó hasta que encontró el periódico y lo examinó sin ningún interés real. Más derrotas, suavizadas por cuentos de defensa heroica, en la ofensiva de Extremadura ya abandonada, y la caída de Girona. Pero, cuando la locomotora se puso en marcha dando tumbos, saliendo de la estación y entrando en la oscuridad, su cabeza se llenó de otros pensamientos. El viaje, claro. Su propia vida, de todo menos exitosa, treinta y un años dentro de poco, sin vida familiar real, ninguna perspectiva de amor y afecto duradero, todavía al principio de su carrera profesional, y el laberinto de desastres y horror en el que se había perdido desde que llegó a España. Además, ahora tenía tres dudas recurrentes.

Primero, ¿por qué el capitán lo dejó libre, allí en la escalera del Hotel Gaylord? ¿Es que a Fidel Constantino le convenció la súplica de que debía, en efecto, confiar en Jack? ¿Su mención del comandante Edwin había tocado alguna fibra sensible? ¿O es que la caída y la herida del capitán le habían desorientado? Jack le había prometido pruebas, pruebas que ya no poseía. Y hubo un derrotismo atípico en sus palabras. "*Pero aquí, ya se acabó todo*". La amenaza. La promesa. "*Si nos volvemos a ver, uno de nosotros debe morir.*"

En segundo lugar, ¿se encontraba Ruby realmente en peligro con el comandante Edwin? Jack la había dejado en una situación terrible si el comandante de verdad creía que ella era su cómplice. ¿Y ahora qué? ¿Habrá conseguido pasarle los documentos fotografiados a Milanes? En el caso de que sí, ¿cuál sería su opinión respecto de la información? ¿Y dónde estará Edwin ahora? ¿Todavía siguiéndole?

Pero cuando por fin se quedó dormido, con la ayuda del ritmo del tren, soñó con las imágenes de pesadilla del teniente Turbides. Dolor y tortura.

Se volvió a despertar de golpe, la lámpara de mesa todavía encendida y la locomotora deteniéndose con un bufido en otra estación. Jack apagó la lámpara, dejó el compartimiento a oscuras y miró por el vidrio manchado de hollín, buscando un cartel en la estación. Alcázar de San Juan. Buscó en la mochila, encontró el Baedecker y revisó el mapa turístico, la luz ahora parpadeando otra vez. Allí estaba. Pero a una escala tan pequeña que fue difícil calcular la distancia exacta que ya habían dejado atrás. ¿Cien millas? Más o menos. Se puso cómodo: escribió una notas, impresiones aleatorias de sus viajes; se preguntó si tenía tiempo para bajar, estirar las piernas; y luego garabateó en una hoja en blanco bocetos rápidos de gente ocupándose de sus asuntos en el andén, incluso a estas horas. Según el reloj de la estación era la una y cuarto de la mañana cuando el tren salió y, para entonces, Jack ya había comenzado a adormilarse, aunque de repente le molestó una voz, una voz española alta, fuera en el pasillo. Jack enseguida estaba alerta, asustado, cuando la cerradura de la puerta del compartimiento se movió, haciendo clic, y la puerta se abrió. Saltó de la litera esperando ver al revisor, pero en su lugar se encontró con un hombre moreno en un impermeable y con sombrero, gafas gruesas, luchando con una maleta de gran tamaño.

—Disculpe —dijo Jack, tratando de impedirle el paso—. Este es mi compartimiento.

—No —dijo el hombre—. Mío. —Y rebuscó en el bolsillo de su abrigo, presentó un billete y lo consultó—. ¡Mire! —Puso la cosa delante de la cara de Jack y miró por encima de su hombro—. ¿Solo usted, camarada? —dijo.

—Yo he pagado por ambas literas.

—¿Inglés?

—¿Es un problema?

—¡Los ingleses y su dinero! —dijo el otro, sacudió su cabeza, entró, subió la maleta al portaequipaje, resoplando y jadeando—. Gente codiciosa, los ingleses. Avaros.

Jack observó cada uno de sus movimientos. Era un hombre rechoncho, el físico de un luchador. Pero un luchador viejo, en baja forma, echándose a perder. ¿Podría ser una amenaza? En el caso de que sí, ¿cómo le encontró? ¿Una llamada telefónica de la taquilla de Aranjuez? Posible. Pero, ¿trabajando para cuál de sus enemigos? ¿O fue solamente paranoia? "Sí", pensó. "Paranoia. Solo que el único problema con la paranoia es…" Amenaza o no amenaza, Jack estaba decidido a quejarse y, cuando el tren aumentó la velocidad, con chispas en el humo y vapor, formando nubes que flotaban allí fuera en la oscuridad al otro lado de las ventanas, se balanceó por el pasillo con la esperanza de encontrar al revisor de la primera clase.

Consiguió cruzar al otro coche cama pasando por la plataforma movediza del vestíbulo de acople, luego se dio cuenta de que era tan estúpido de haberse dejado el abrigo y la mochila atrás en el compartimiento con un desconocido total del que, solo unos minutos antes, había sospechado de ser un enemigo mortal. Su Certificado de Emergencia estaba en la mochila y uno de sus paquetes de dinero estaba metido en el fondo de un bolsillo del abrigo. Jack se detuvo, indeciso de si debía volver para recoger sus pertenencias antes de seguir la búsqueda. Y, en ese momento de duda, de distracción, no les prestó la debida atención a los dos hombres que venían hacia él, abriendo y cerrando las puertas de los compartimientos.

Hubo un momento de reconocimiento mutuo. Jack en un extremo del pasillo, un Turbides en su abrigo de cuero y la comadreja detrás de él, en el otro extremo. Jack se dio cuenta de que rara vez había visto al teniente sonreír. Pero el cabrón sonreía ahora. Depredador. Le heló la sangre, le hizo entrar en pánico y recordar el terror. La mano del guardia civil se metió en el bolsillo, sacó una pistola automática mientras avanzaba por el pasillo traqueteante. Jack se dio la vuelta para correr. ¿Pelear o correr? Correr, por supuesto. Ni idea adónde iba. Cualquier lugar. Pero justo cuando por fin había obligado sus piernas a moverse, se chocó con su compañero de viaje rechoncho con la pesada maleta a cuestas.

—Mi error, camarada. Compartimiento correcto, vagón equivocado. Debe estar en algún lugar por aquí delante.

Pero a Jack le importó un bledo. Estaba desesperado por salvar el obstáculo que le estaba impidiendo la huida.

—¡Facciosos! —gritó, señalando atrás a Turbides—. Fascistas. Quinta Columna, camaradas.

Las puertas de los compartimientos se abrieron, se asomaron algunas caras que desaparecieron inmediatamente al ver el arma. Pero Turbides agitaba ahora una tarjeta de identidad en su mano libre, sosteniéndola en el aire. Incluso desde esa distancia, Jack podía ver las grandes iniciales impresas en el documento. SIM. El Servicio de Información Militar republicano. Papeles falsos, claro. Y parecía que el tren volvió a reducir la marcha, el ruido de *chaca-chaca, chaca-chaca* de sus ruedas sobre las juntas de los raíles volviéndose más pronunciado. ¿Otra estación? Tan pronto seguro que no. Pero si el tren se detenía, si Turbides lo podía sacar…

—Ese hombre es un espía inglés —gritó Turbides—. Un traidor a la República Española.

—¡Hostia! —exclamó el hombre rechoncho cuando Jack le agarró por las solapas del abrigo, lo giró con todas sus fuerzas, la maleta golpeando contra el revestimiento de madera, se abrió y derramó el contenido, esparciéndolo a su alrededor. Paquetes de medias de nylon. Y zapatos de mujer. Zapatos con tacón. Jack casi se echó a reír, le echó un vistazo a Turbides, el teniente tenía ahora los ojos fijos en los zapatos que cubrían el pasillo. Jack soltó las solapas, empujo al hombre para que cayera sobre la maleta abierta. Y luego se fue corriendo hacia atrás por el vestíbulo que conectaba los vagones, saltando por encima de la plancha de conexión tambaleante, entrando con gran estrépito en su propio vagón. Las puertas de este pasillo también se abrieron, pero Jack no se detuvo. Encontró la puerta de su compartimiento abierta, agarró el abrigo militar, la boina, la mochila. Ya estaba fuera cuando Turbides apareció detrás de él, con la comadreja pisándole los talones. Solo pudo correr en una dirección. Adelante. ¿Pero adónde? No quedaban más vagones por delante.

Pam, pam. Las balas arrancaban astillas de madera de la pared del vagón, a unos pocos centímetros de su oreja. Turbides le gritaba. Pero a Jack no le importaba. Jack prefería morir de un disparo que ser capturado vivo otra vez. Así que esquivó la bala y corrió, apretando sus posesiones contra el pecho, rezando. "Dios mío, ayúdame". Pensó en Merry del Val. *"No existe tal cosa como un ateo cuando el tornillo del garrote está apretando su cuello".* Esa oración otra vez. "Dios mío, ayúdame". Y ahora el padre Lobo. *"En el campo de batalla hay pocos ateos, hijo mío".*

Pam, pam, pam. Pero para entonces ya había doblado la esquina, llegó al vestíbulo más lejano. Un vestíbulo que parecía no llevar a ninguna parte. Ninguna parte más que el vacío que había fuera al otro lado de la puerta de embarque. Su padre estaba allí, cómo no, invitándole a saltar. Y por primera vez en su larga y extraña relación, Jack decidió cumplir con su deber filial. Tiró de la palanca hacia abajo, abrió la puerta de una patada y, velocidad baja o no, seguía sintiendo la fuerte ráfaga de viento con humo de carbón.

Luego, con la vaga percepción de Turbides en el espacio detrás de él, casi respirándole en la nuca, tratando de agarrarle, presionó su cara contra el abrigo, contra la mochila, y se lanzó fuera a la negrura desgarradora de la noche de La Mancha.

Capítulo Veintisiete

Miércoles, 8 de febrero de 1939

Jack tocó tierra mucho, mucho antes de que la imagen de su viejo profesor de física se formara completamente en su mente. Algo sobre velocidades verticales y horizontales, sobre torsión y arrastre. Para entonces, la lección había martillado cada onza de aliento de sus pulmones, tal era el impacto que tenía la extraña sensación de que la locomotora le había golpeado. Impacto demoledor, sacudiéndole los dientes en el cráneo. La gravilla, España misma, incrustada profunda y dolorosamente en el dorso de sus manos, en sus rodillas, sus muslos, sus hombros, sus posaderas. La sensación extraña de que sus piernas se habían quedado atrás en un lugar, abajo en algún terraplén, mientras que su cuerpo fue catapultado hacia delante, dando vueltas una y otra vez, las luces del tren como estelas de trazadoras al lado y encima cada vez que su cara se despegaba de la mochila, la tierra debajo de él temblando con el paso de la locomotora. El olor a humo y aguas residuales envolvió su miedo, su desamparo, las interminables vueltas. Cada golpe nuevo trajo consigo otro puñado de agonía abrasiva durante su carrera con el tren. Se cayó hacia delante y se cayó hacia abajo, rebotando en la maleza y las plantas espinosas que azotaron sus heridas, pincharon su cráneo como una corona de espinas. Pensó que nunca acabaría. "¿Hasta dónde? ¿Hasta dónde?" Incesantemente. "Oh, Madre de Dios, ¿hasta dónde?" Hasta que se estrelló chapoteando en un banco de fango fétido, acostado en un charco de lodo helado sobre la espalda destrozada que le ardía de escozor. Sin embargo, fueron sus manos y rodillas las que le hicieron llorar, llorando como un niño que necesitaba a su madre, a alguien simplemente para consolarlo. Para mejorarlo todo. Y pasó mucho tiempo antes de que pudiera controlarse, librarse de su puerilidad y recordar que había sobrevivido. Que no había sido alcanzado por ningún disparo. Que no había chocado con algo que le pudiera haber matado. Que todo lo que necesitaba hacer ahora, era evaluar el costo de su sobrevivencia.

Se sentó recto, aunque el proceso le hizo contraerse de dolor y gritar, para exprimir cada palabrota que tenía en su posesión. Estaba sentado en algún tipo de cuneta de poca profundidad, un canal de irrigación, quizás. Desde su izquierda le llegaba un olor a verdura. ¿Repollo? ¿Coles? Jack se agarró y subió por la pendiente hasta llegar al borde, empujó el abrigo y la mochila por delante de sí. Sí, un campo, la débil percepción de balones de fútbol plantados en unas filas que se alejaban adentrándose en la oscuridad total. Había un viento frío que soplaba sobre el terreno, pegándole en la cara. Algo desconocido. Levantó su mano hacia aquella ruina cicatrizada donde una vez estuvo su ojo izquierdo, y descubrió que había perdido el parche en algún lugar durante el caos. Pero estaba vivo. Clavó sus dedos en el suelo arenoso de esta tierra áspera y se miró el dorso de las manos. Un desastre doloroso de humedad goteando, unos cuantos hilos de piel más clara alrededor de los nudillos que estaban oscuros de la suciedad y temblando. Se tocó con cuidado las piernas y sintió los jirones de sus pantalones, empapados y pegajosos por la sangre. Y, por Dios, cómo dolían aquellas rodillas. Sus muslos también, como si hubiera escalado una montaña. Le estaban gritando. Sus costados también, y sus costillas. ¿Rotas? Casi no las podía tocar. Sin embargo, sus nalgas estaban completamente entumecidas. El lodo helado, supuso. Su espalda estaba igual, y supo que tenía que moverse. El abrigo militar. Jack lo levantó del suelo, metió con cautela una mano herida dentro de una de las mangas, luego la otra. La boina se había ido, quizás estaba todavía en el tren, pero logró abrazar la mochila otra vez y comenzó a volver cojeando y arrastrándose cuesta arriba hacia las vías.

La primera luz del día. Jack se había movido tambaleando y arrastrándose hacia la fuente de aquellas pocas luces llamativas que había visto al principio, cuando por fin logró llegar a las vías ferroviarias. Nada al este excepto una cortina oscura como el ébano. Al oeste, las luces. Ni idea, por supuesto, si representaban alguna forma de poblado, pero eran su única opción. Ni idea tampoco de cuánto tiempo le había llevado. ¿Pero la primera luz? ¿Febrero? Debieron haber sido cuatro horas. Cinco quizás. Luchando contra el agotamiento, descansando cada vez que el cansancio le superaba.

Primera luz. Tenía que hacer cálculos. ¿Habrían asumido sus

perseguidores que el salto le había matado? No, no Turbides. Jack estaba casi seguro de que la próxima parada programada del tren sería Albacete, aunque no lo supo con absoluta certeza. Y, en su nuevo disfraz como agente del SIM, ¿no tendrá autoridad para detener el nocturno en algún lugar más cercano? Si fuera así, y ha requisado un vehículo, ya podría estar de vuelta en el área.

Primera luz. Una calle que subía una ligera pendiente hacia una iglesia medio arruinada. Un pueblo más significativo de lo que había esperado y, alrededor en el terreno elevado, molinos. Muchos molinos. Casas a cada lado del camino, antiguas casas blancas, alicatadas, casi árabes en apariencia. Humo de leña y el olor tentador del pan cociéndose. Gallos cacareaban compitiendo el uno con el otro. Alguien gritando en el interior de una de las viviendas. Un bebé llorando.

Primera luz. Jack se escondió detrás de una esquina, prestando oídos a cualquier signo de persecución, cualquier cosa más allá de lo ordinario. Pero no había nada. Solo un burro, con alforjas laterales vacías, siendo llevado al granero por una mujer vestida de negro, su cara envuelta en una bufanda. Jack cojeó hacia ella.

—Perdón, señora —dijo—. ¿Hay un doctor? —Ella le sonrió. Boca sin dientes, labios agrietados, cara momificada. Pero sí, le dijo. Un doctor. Tres calles más arriba hacia la izquierda, luego recto. Todo recto. La primera a la derecha. Jack le dio las gracias, repitió las instrucciones, luego recordó preguntarle dónde podría estar.

—¿Aquí? —dijo la mujer—. Por la gracia de Nuestra Señora, Campo de Criptana.

—¿Qué, en el nombre de todos los santos, le ha pasado a usted? —dijo el doctor, toqueteando las astillas incrustadas en el cuero cabelludo de Jack.

El hombre aún iba envuelto en la bata que llevaba cuando por fin abrió la puerta, enfadado por ser molestado.

—El tren de Aranjuez a Albacete, doctor —explicó Jack, escogiendo con cuidado las palabras adecuadas de su vocabulario ampliado. Estaba todavía lejos de ser fluido, pero una conversación como esta era mucho más fácil para él ahora—. Un cigarrillo en el pasillo. Abrí la ventana. Luego creo que toqué la palanca. Me caí por la puerta.

Jack estaba apoyado en la mesa, se quitó el abrigo queriéndose morir de dolor en el proceso.

—Bueno, tuvo suerte. —El español del doctor era deliberado, fácil de seguir, aunque sus formas eran bruscas, secas, un trato muy diferente a la asistencia que había recibido en San Pedro de Cardeñas del pobre Bob Keith. Jack necesitaba acordarse de buscar a la familia de Bob, para explicarles cómo murió—. Debe haber sido la curva antes de los Córcoles —dijo el doctor. Echó un vistazo rápido a las manos y brazos de Jack, luego acercó una silla de madera y comenzó a examinar las nalgas a través de los pantalones desgarrados—. El expreso reduce la velocidad allí. De otro modo ya estaría muerto. Suerte que llevaba la mochila. Cuando se fue a fumar. Y, por favor, quítese esos pantalones sucios.

Jack ignoró el cinismo, así como su propia vergüenza. Sus pantalones bajaron hasta sus tobillos, revelando unos calzoncillos que estaban igualmente empapados de barro y hechos jirones. Turbides sabría todo eso sobre el tren también. Preguntaría al conductor para saber a qué velocidad viajaba el tren cuando desaceleraba en la curva de Córcoles y calcular así la probabilidad de sobrevivir a un salto a tal velocidad. Treinta y cinco millas por hora, digamos. O cuarenta.

—¿A qué hora llega ese expreso a Albacete? —quiso saber Jack.

—¿El nocturno? A las cuatro, más o menos, creo. ¿Por qué? —Miró al reloj de la pared—. Ya estará casi en Valencia. ¿Dejó su equipaje en el tren?

—Nada de equipaje. —Jack hizo una mueca cuando el doctor tocó los rasguños profundos de sus rodillas, usando un par de pinzas para quitar los restos de dentro de las heridas—. Pero tengo que ir a Valencia también —mintió—. Rápido.

—¿Está dejando España? No le gusta estar aquí, supongo. Usted es inglés, ¿no es cierto? Hubo hombres ingleses aquí el año pasado, durante un tiempo. Algunos de sus voluntarios internacionales. Vinieron a ayudarnos a proteger nuestra democracia. ¿Es usted uno de ellos? ¿Camarada…? ¿Cómo le debo llamar?

—Mi nombre es Telford —Jack le dijo, cuando la primera pieza de grava brillaba en la bandeja quirúrgica. No parecía necesario seguir ocultando su identidad. Todo lo contrario. Si Turbides venía por aquí buscándolo, estaría bien ponerle las cosas fáciles. Telford. De camino a Valencia—. Y no, no soy uno de los internacionales. Pero estuve en prisión con algunos de ellos. Durante un tiempo, en Burgos. —El doctor parecía no escuchar—. ¿Usted piensa que no deberían haber estado aquí, doctor?

—No importa lo que yo pienso, señor Telford. Soy médico. Hago lo que puedo para mantener vivos a los niños que están muriéndose de hambre en este pueblo, para afrontar sus enfermedades, sus infecciones, para los que ya no dispongo de suficientes medicinas. Quizás con más medicinas en España, menos soldados, se podría haber apoyado mejor a la causa de la democracia.

Jack quiso contarle del trabajo de Sydney Elliott con la Alianza Unida de la Paz, los grupos de apoyo, los esfuerzos del Movimiento Cooperativo. De los suministros medicinales, enfermeras y ambulancias. Quería contarle de los hombres como Bob Keith. Pero todo parecía demasiado poco, demasiado trillado…

—¿Cuánto tiempo tardará en curar esto, doctor?

—¿Esto? Un par de meses. Parece que no hay huesos fracturados, por lo menos. ¿Pero España? Toda una vida. Quizás más.

Cayó el silencio entre ellos mientras la excavación de las heridas continuaba; mientras le aplicaba el yodo ardiente, yodo diluido, claro, porque era demasiado precioso para desperdiciarlo; y mientras le vendaba con destreza las rodillas, los codos y las manos.

—¿Y el siguiente tren? —preguntó Jack, cuando estaba terminando con los vendajes—. Para Valencia.

—Solo para aquí el tren correo —el doctor le dijo—. Llega a las nueve y media. Si tiene suerte llegará a Albacete a tiempo para cambiar al expreso de Aranjuez. En caso contrario, se quedará atrapado en el tren correo hasta la última hora de esta noche. Pero al final le llevará a Valencia.

"A las nueve y media", pensó Jack, "Turbides estará aquí. Solo tardará dos minutos como mucho en encontrarme en el tren lento".

—Eso suena bien —dijo—. Nueve y media. Perfecto. ¿Hay algún bar que esté abierto a estas horas, quizás? Creo que necesito tomar un trago mientras espero.

—Sí —le dijo el doctor y le dio las instrucciones. No lejos de la estación. Y no discutió cuando Jack insistió en pagarle por sus servicios. Cien pesetas. Suficiente, esperaba Jack, para que comprara algo de medicina. Para los niños, para cuando los suministros vuelvan a estar disponibles.

—Hablando de niños —dijo el doctor, rebuscando en el cajón de un escritorio y sacando un parche de ojo de color piel—. Tome —dijo—.

Es un poco pequeño, me temo. Para niños con ojo vago. Pero la cuerda debería tener la longitud suficiente. Y a lo mejor deja de asustar a mucha gente con la cicatriz. Asumo que no fue un cirujano quien le cosió.

—No —dijo Jack—. No fue un cirujano. Pero un buen hombre. Resulta que era inglés también. Murió aquí, doctor. Lejos de su casa. Quizás no necesitaba venir, aunque él creía que sí. Y sí, también creyó que era todo por España y la democracia española. —La bandeja quirúrgica estaba ahora encima de la mesa, y Jack logró levantar entre sus dedos un poco de la tierra pegajosa con sangre. —¿Piensa usted que no me gusta estar aquí? —dijo—. Pero está equivocado, doctor. Me encanta este maldito país. ¿Pero no dijo Cervantes algo sobre el amor no correspondido? Sobre que a menudo es el estado natural de las cosas. Es así para mí, me temo. Por más que quiero a su país, me acabará matando con seguridad si no logro salir de él.

El bar había cubierto sus necesidades de forma admirable. El coñac. La disposición del dueño a venderle un par de pantalones de trabajo que le venían algo grandes, y a un precio exorbitante, por supuesto. El hombre era un bandido por naturaleza. Aunque lo acompañó hasta el patio derrumbado de su buen amigo, Luís el Loco. Luís que estaba ahora, completo con unas gafas protectoras de piloto, en los controles de esta trampa mortal, Jack iba apretujado al lado. Había visto autociclos de cuatro ruedas en alguna que otra ocasión, pero nunca había viajado en uno. Y este endeble Izaro, con su manivela de arranque, el mal olor de su motor de 700cc, no era más que una caja sobre ruedas. Sin ventanas. Un techo de lona encima de un marco frágil. Y Luís, justificando su nombre, dando giros y tumbos por la carretera local hormigonada, pasando el último de los molinos de Criptana.

—Aquellos —señaló Jack—. ¿Don Quijote? —Dudó que Luís el Loco hubiera leído Cervantes, pero tenía curiosidad.

—Claro —gritó el hombre, por encima del ruido del motor—. Quijote, camarada inglés. Vivió aquí. De verdad. Él vivió aquí.

Venían más tonterías por parte de Luís, pero Jack recordó aquel capítulo de la novela. La primera vez que el decrépito caballero ve los treinta o cuarenta molinos que se levantaban de la llanura. Su juramento de que lucharía contra los gigantes. La confusión de su sirviente, Sancho Panza. —¿*Gigantes? ¿Qué gigantes?* —*Aquellos, por allí, con sus largos brazos.*

"Luchando contra molinos", pensó Jack. "¡Qué apropiado!" Sonrió, y luego la sonrisa se le quedó congelada. Luís el Loco seguía parloteando, apenas se dio cuenta cuando Jack se encogió en el asiento, con las sombras del Izaro fundiéndose detrás de su mochila, e hizo una mueca cuando se golpeaba las rodillas contra el salpicadero, mientras una limusina negra vino tronando hacia a ellos, casi tirando el autociclo de la carretera. Luís interrumpió su charla y se asomó por la ventana abierta para gritarle a la nube de polvo que se encontraba ahora detrás de ellos y que iba a toda velocidad hacia el pueblo.

"¡Eso estuvo cerca!", pensó Jack, seguro de haber visto a Turbides en el otro coche. ¿Pero ahora qué? Le pagó a Luís para llevarlo a la próxima parada de la ruta del tren correo, a Socuéllamos. Hubo una intensa negociación, luego un retraso mientras Luís sacudía una sucesión de latas de combustible hasta que estuvo de acuerdo de que había suficiente para llegar a su destino, y volver después. ¿Funcionará la treta? Jack no tenía ni idea. Pero estaba satisfecho con el plan. Imaginó a Turbides volviendo de Albacete en coche, a primera hora de la madrugada, explorando las carreteras alrededor del lugar donde Jack había saltado. No encontrándole, sabiendo que su víctima seguramente debía estar herida. Así que, ¿adónde iría? Seguramente a Campo de Criptana. Se acercaría desde el este, exactamente como Jack lo acababa de ver. Él también preguntaría por un médico, y le señalarían la dirección correcta. Y el buen doctor se chivaría de él. Sí, diría, había tratado al hombre inglés, le había informado de los horarios a Valencia. Sí, Valencia. Estaba seguro de eso. Luego Turbides estaría justo a tiempo para rastrear la estación. Después buscaría en el tren mismo cuando por fin llegara. A las nueve y treinta. Tendrían que seguir buscando en algún otro lugar. Para entonces, Jack ya estaría en Socuéllamos, esperando para tomar el tren que Turbides ya habría revisado. ¿El punto débil? Ese maldito dueño del bar. Jack le había pagado muy bien para que se olvide de ciertas cosas. Pero fue un punto flaco, de todos modos. Jack miró atrás preocupado, aunque la limusina ya había desaparecido de la vista.

—Luís, ¿hay muchos facciosos en Criptana? —Fue el modo de Jack para comenzar a comprobar si se podía confiar en el dueño del bar.

—Creo que los encontramos a todos —gritó el conductor—. El cura. Un sacerdote sucio, ¿me entiende, inglés? Un par de cabrones de la Falange. Unos cuantos más cuando volvieron los milicianos de Cáceres.

Fue cuando volaron la iglesia. ¡Bum! Rodearon otro grupo también. Los enviaron a Ciudad Real. Y uno de los chicos me contó que cuando los milicianos se fueron a luchar a Madrid, tenían una lista. Criptanenses que habían huido para esconderse. Sí, creo que los encontramos a todos.

—Pensé que la iglesia fue bombardeada —dijo Jack. Pero estaba tratando de averiguar cuántas personas habían sido fusiladas por apoyar a Franco. O quizás solo acusadas del crimen.

—Las otras iglesias, sí. Los cabrones nos bombardearon mucho. Pero la iglesia parroquial, eso fue dinamita, amigo mío. ¡Bum!

Jack recordó sus conversaciones con los guerrilleros en Covadonga. Sus historias. La mujer joven, Encarna, que había sido violada por los soldados de Franco en el año 34, en Asturias. Cuentas pendientes que saldar, y conducida por el temor cometió su propia brutalidad tan pronto como se enteró de que había vuelto, que la sublevación había comenzado. O los otros, que habían sido amenazados por los sacerdotes con una represalia horrible en cuanto Franco llegara allí, y que, lanzando su ataque preventivo, mataron a los sacerdotes. O aquellos que estaban simplemente fuera de control. Sedientos de sangre, fanáticos. Y, para entonces, la mayoría de ellos había escuchado los relatos de lo que pasó en las primeras zonas tomadas por los nacionales. Las listas oficiales de aquellos que fueron fusilados. Los poetas y los políticos de la izquierda. No habría parado a ninguno de ellos. Como Barcelona, ahora mismo. Ese mismo día, Jack imaginaba. ¿Cuántos habrán sido puestos contra la pared y masacrados como perros por los secuaces de Franco?

—¿Cómo acabará todo, Luís?

—Como acaba todo siempre. Con nosotros, los pobres cabrones, fusilados también.

Jack supo que tenía razón, pero, ¿cuánto tiempo les quedaba hasta entonces? Hasta las ejecuciones sumarias, las fosas comunes en los cementerios. Intentó moverse en el espacio estrecho, su cuerpo se había hecho una sola masa sólida de molestias y dolores, y volvió su atención hacia el autociclo mismo. El motor retumbaba y rugía como una motocicleta, la velocidad controlada con una palanca encima del volante y una palanca para los cambios, Jack asumió que era la palanca de cambios, en la parte exterior del vehículo, junto con el freno de mano. Había conducido el *Austin Ten-Four* de Sheila un par de veces y se arrepintió de no haber pagado los cinco chelines por una licencia voluntaria antes de que fuera obligatorio tener una, y encima más cara. Sheila le había fastidiado con el tema con bastante frecuencia, pero Jack siempre se las apañó bien con los autobuses y trenes.

—Luís, no pareces el tipo de hombre que espera a ser fusilado.

—No. En eso estoy trabajando, camarada.

Quizás la sonrisa debería haberle delatado, pero Jack no lo había notado. Estaba demasiado ocupado aliviando sus nalgas machacadas adoptando una posición más cómoda, y solo medio consciente del campo que pasaba a su alrededor. Aunque hubo muy poco que pudiera distraerle. Era todo plano, monótono en gran parte. De horizonte a horizonte. Viñas abrazando la tierra en un gesto protector. Campos de vegetales huérfanos. Rastrojos devastados. Un buitre o dos dibujando círculos en el cielo acorazado. De vez en cuando, un camión. Y en un tramo particularmente recto y estéril, sin ni siquiera una ruina a la vista, Luís el Loco iba reduciendo la marcha y los llevó a detenerse al costado de la carretera.

—¿Hay un problema? —le preguntó Jack.

—Como dice usted, inglés, no tiene sentido esperar si hay otra opción. —Sacó un revólver del interior de su abrigo. Pareció bastante básico, descuidado. Pero letal—. Déjeme ver su dinero de nuevo.

Jack se alejó de él y logró meter su mano izquierda vendada en el bolsillo de su abrigo militar. Sacó el rollo de billetes con los que había pagado a Luís en Criptana. Pero, ¿como terminaría esto? En el mejor de los casos el viejo bandido se llevaría estas pesetas y dejaría a Jack abandonado en medio de la nada. En el peor de los escenarios, lo mataría y examinaría su cuerpo en busca de más dinero. Y *había* más, por supuesto. Dos rollos más de billetes escondidos en otros bolsillos.

—Luís —dijo—, puede quedarse con todo esto si me lleva a Socuéllamos.

Pero ni siquiera había terminado la oración cuando Luís se lo arrebató de las manos.

—Todo esto me lo puedo quedar —dijo a Jack sonriendo— sin hacer nada, camarada inglés. La pregunta que me hago es, ¿habrá más?

—¿Si tuviera más, Luís, por qué estaría viajando así?

—Esta es la misma pregunta que me he estado haciendo, señor. ¿Por qué está viajando con Luís el Loco en esta pobre excusa de coche? ¿Y quienes fueron los hombres del Hispano-Suiza que usted no quiso que le vieran? Ah sí, los he visto. Con tanto dinero —levantó las pesetas recién adquiridas— podría haber viajado mucho más cómodo. Sin la necesidad de este pequeño desvío a Socuéllamos. Ahora, salga. Y deje la mochila.

El espacio en el Izaro era, cuanto menos, limitado, el autociclo solo tenía una puerta en el lado del pasajero y el conductor tenía que entrar primero si llevaba a una segunda persona. Así que Jack alcanzó detrás de sí y levantó con torpeza la manilla, luego comenzó la ardua e incluso más dolorosa tarea de bajar del vehículo.

—Ay, Madre de Dios —exclamó, cuando se golpeó las rodillas otra vez, en parte dentro y en parte fuera del coche.

—Por allí —dijo Luís—. ¡Venga! Aléjese.

Jack retrocedió cojeando, solo un par de pasos.

—Tenga compasión, Luís. No me puede dejar aquí.

—¿Que no puedo? —Luís levantó la mochila del asiento del pasajero, se desplazó a ese lado, puso la mano con el revólver en la puerta, la otra, todavía agarrando el dinero, en el soporte metálico del techo. La única oportunidad de Jack y, por más difícil que pudiera ser, avanzó dispuesto a usar sus botas. Había matado a Fielding de esa manera, después de todo. Pero entonces el arma volvió a levantarse—. Eso sería estúpido, inglés —gruñó Luís—. Muy estúpido. Ahora, muévase. —Jack se alejó cojeando, mirando alrededor en busca de cualquier cosa que pudiera servir como un arma, una distracción, un escape. Pero no había nada.

—Bolsillos —dijo Luís—. Todos. Muéstremelos.

Una luz de esperanza. "Si quisiera matarme", pensó Jack, "me hubiera disparado primero y examinado los bolsillos más tarde. ¿No es cierto?" Pero ahora no estaba tan seguro. Así que metió las manos en los bolsillos de su abrigo, agarró el forro con las puntas de los dedos, los sacó volviéndolos del revés.

—¿Lo ve? —dijo—. Nada.

Luís sacudió la cabeza, comenzó a levantarse del asiento y salir del vehículo, se giró para parar el motor, perdiendo contacto visual en el momento que Jack necesitó para agacharse y rodar, sintiendo cada corte y moretón, hacia la parte posterior del Izaro. El revólver disparó, pero simplemente levantó polvo a unos cuantos metros de Jack, que ya se había agachado pegándose contra el maletero.

—Inglés, no me haga dispararle. —Jack escuchó las botas del hombre en la gravilla, dando pasos hacia atrás, como supuso, para darse espacio.

Pero, tarde o temprano, Luís tendría que cambiar de posición para así obtener un tiro limpio. Desde un lado o el otro. Y allí estaba, el ruido de su movimiento justo a la izquierda. Jack tenía la espalda apoyada en el coche, se deslizó al otro lado para mantener el vehículo entre sí mismo y el bandido—. Se lo dije, señor. Es una caricatura pobre de un coche. Demasiado pequeño para esconderse. ¿Por qué no sale ahora? Y se ahorra algo de dolor.

La voz salía ahora casi del lado posterior del Izaro, por lo que Jack avanzó poco a poco hacia la parte delantera y se paró cuando llegó a la parrilla pequeña en la que se encontraba insertada la palanca de arranque. Intentó sacarla sin hacer ruido, pero fue imposible, y la maldita cosa resonó como una campana de monasterio mientras la retorcía y giraba. Finalmente la tuvo en sus manos. Al mismo tiempo, Luís comenzó a correr por el lado de la carretera mientras Jack se giró otra vez, como una peonza, buscando la cobertura del paso de rueda delantero y manteniendo su cabeza baja. Sabía muy bien que Luís podría haber acabado con él. Pero el hombre, a pesar de todos sus errores, era plenamente reacio a matar. O quizás un poco inseguro de sí mismo. O de su adversario. Era la única ventaja que Jack poseía.

—Luís —llamó—, tiene la mayor parte de mi dinero. El resto está en la mochila. Y la mochila está en el coche. Mire, confío en usted, Luís. Coja el dinero y déjeme. En serio, los hombres que vio, me quieren vivo. Muchísimo. Le perseguirán si me mata. Se lo prometo. La mochila está en su asiento. Mire dentro usted mismo.

No hubo respuesta, pero un momento más tarde escuchó a Luís moverse con cuidado hasta el lado del conductor. "Espera, espera", Jack se dijo, estirando las orejas para captar el momento en que el viejo bandido alcanzaría su tesoro. Ahí. La puerta del pasajero estaba todavía abierta y Jack se lanzó dentro. Luís estaba mirando dentro, su brazo izquierdo extendido hacia la mochila. Sus miradas se encontraron. Luís retrocedió, levantó el revólver. Luego sonrió, pensó que Jack también iba a por la mochila y volvió a alcanzarla. Pero Jack agarró la manga del hombre todo lo que pudo, lo arrastró hacia él, estampando a Luís el Loco contra el coche. El revólver disparó otra vez pero Jack no esperó. Estaba fuera de nuevo, rodando sobre el capó mientras Luís se ponía de pie. Y cuando Luís giraba el revólver una vez más, Jack golpeó con la palanca de arranque su muñeca. Hubo un chasquido desagradable, un grito de dolor. Jack levantó la palanca otra vez y le hubiera aplastado el cráneo al tipo, pero Luís había soltado el arma y estaba en el suelo, retorciéndose, sujetándose la muñeca dañada en el pecho.

—Hijo de puta —gritó—. No le hubiera matado, inglés.

—¿De verdad? —dijo Jack, recogiendo el revólver y alejándose de él. El español todavía estuvo sentado, doblándose de dolor, algo que lo llenaba de placer y culpa a la vez, una compensación por las torturas que acababa de infligir a su propio cuerpo—. Quítese las botas Luís —le dijo.

—¿Por qué, inglés? No me va a disparar si me niego. No lo creo.

—Luís, debe escucharme. ¿Se acuerda de todas aquellas preguntas? ¿Sobre por qué viajo de esta forma? ¿Sobre por qué no quería que aquellos hombres me vieran? Es porque, en los últimos cuatro meses, he matado a tres personas. —Podía ver la incredulidad grabada en la cara sonriente del bandido—. Es por qué me están buscando. Si no escapo, Luís, moriré. Así que no, no le quiero disparar. Bueno, mejor dicho, no lo quiero matar. ¿Pero dispararle? No me importaría para nada. En su pierna, su rodilla, su pie. No me costaría nada si eso significa que puedo escapar. —Jack sostenía la mirada del hombre, fríamente, hasta que vio evaporarse su escepticismo. Luís desató sus cordones, con una mano, para revelar un par de calcetines tan agujereados que eran prácticamente redundantes—. Ahora, camine —dijo Jack—. Por allí. —Señaló con el revólver hacia atrás, en dirección a Campo de Criptana.

—Pero, señor, usted no puede manejar el coche. —Luís se mantuvo de pie con dificultad—. No sabe cómo conducirlo.

—Me las arreglaré, Luís. Váyase. Ahora.

Jack lo miró hasta que desapareció de la vista, luego volvió al Izaro, recogió la palanca de arranque y después de un par de giros hizo arrancar el motor de nuevo. Conducirlo, sin embargo, era una cuestión diferente. El acelerador, el freno de mano y el freno de pie eran bastante sencillos. ¿Pero los cambios? Cada vez que pisaba el pedal de embrague y trató de avanzar, el ruido del metal rechinando era terrible y los cambios se negaron a engranar. Le llevó media hora de pruebas y errores antes de darse cuenta de que operar esta máquina en particular era contra-intuitivo, pues, requirió que mantuviera pisado el pedal de embrague mientras conducía, soltándolo solo cuando necesitaba meter otra marcha.

Aunque al final logró dominar el arte, seguía su camino a Socuéllamos y, como esperaba, a la libertad.

Capítulo Veintiocho

Jueves, 16 de febrero de 1939

Según el Baedeker, el nombre de Albacete tiene sus orígenes en el árabe, *Al-Basit*, o sea, el llano. Era una descripción apropiada, consideró Jack, tanto por su ubicación como por su arquitectura: la parte alta de la ciudad con su importante nudo ferroviario, Jack había llegado a pensar en ello como la respuesta de Castilla-La Mancha a la estación de Crewe en el norte de Inglaterra; el corazón medieval, con algunos edificios interesantes; unas calles angostas, atrapadas en el centro de un laberinto desconcertante de callejones estrechos, llenos de casas deterioradas, casas no mucho menos preocupantes que sus homólogas relativamente más modernas de la parte baja de la ciudad, el ensanche, el cual se extendía en torno al Palacio del Conde de Pinohermoso. 14 200 habitantes. O los que hubo en el año 1908. Debía haber aumentado significativamente desde ese entonces, por supuesto. Más recientemente la población había crecido enormemente por la llegada de las Brigadas Internacionales, las cuales habían usado Albacete y sus pueblos periféricos como base. Miles y miles de voluntarios habían venido aquí para ser equipados, asignados a sus unidades militares y enviados a los distintos frentes para luchar por la República de España. Voluntarios de más de cincuenta países, decían. Aunque ahora todos se habían ido. La mayoría de ellos, en todo caso. Y Albacete tenía todo el aire de un pueblo balneario, una vez rebosante de actividad, ahora cerrado y azotado por el viento durante el invierno.

Jack ya llevaba allí una semana, en contra de su plan original. Logró conducir el Izaro hasta las afueras de Socuéllamos, luego arrojó el aparato infernal a un arroyo lleno de matorrales. Caminó el resto hasta la estación, con un poco de tiempo de sobra antes de la llegada del tren de cercanías. Encontró una tienda de ropa donde compró otra boina, luego esperó hasta el último minuto posible para embarcar, se alegró de que no hubiera enemigos obvios a la vista, y concluyó que el tren había sido registrado atrás en Campo de Criptana. Pero la tediosa continuación del viaje había mantenido sus nervios de punta mientras que pasaban a través del paisaje pincelado de nieve, paroxismos de miedo cada vez que llegaban a las estaciones. Villarrobledo. Minaya. La Roda. La Gineta. Finalmente Albacete mismo, donde, como estaba convencido, habría un comité de bienvenida esperando su llegada, algún grupo raro compuesto por la Guardia Civil, el servicio de inteligencia británica, la policía secreta de la República y los agentes del NKVD.

Claro que no había nadie, pero para entonces las heridas de Jack le estaban atormentando y ya no estaba seguro de lo que debía hacer ahora. Estuvo vacilando, luego decidió encontrar algún lugar para descansar y caminó por las calles hasta que encontró el Hotel Francisquillo en la calle del Progreso. Tenía todo el aire de una antigua posada, pero le gustó. Había ponderado la posibilidad de que sus perseguidores le siguieran hasta aquí, aunque le pareció improbable que cualquiera de ellos lo considerara tan estúpido como para interrumpir su viaje de esta manera. Así que se instaló en el Francisquillo, inicialmente solo por una noche. Pero aquí estaba, muchos días después todavía en la residencia. Aun así, a su llegada a Albacete hizo lo mejor que pudo para dejar un rastro falso, siendo pesado en la ventanilla de la estación. Un billete para Valencia. Y cuando ese tren por fin llegó, embarcó y del mismo modo molestó al revisor, junto con un par de pasajeros, para que todos le recordaran, antes de bajarse al andén en el último momento.

En la habitación del hotel jugó con su última adquisición. El revólver. Había una marca del fabricante, Éibar, y el año 1927 en la culata, mientras que el cañón llevaba la información Cal.32.20 CTG. Así que una treinta y dos, según el lenguaje común de las películas de gánsteres. Hasta allí llegaba su conocimiento por lo menos, pero, por más absurdo que parezca, se encontró agarrando el arma entre sus manos torpes, murmurando líneas de *El enemigo público*, una imitación excepcionalmente mala de James Cagney.

Aunque su risa nerviosa cesó pronto. Solo le quedaban cuatro balas. Apenas suficiente para protegerse si fuera necesario, como se estaba dando cuenta. Pensó en Éibar también, porque ese fue uno de los pueblos que había visitado en la costa del norte. El autobús del tour. Carter-Holt. Todas esas imágenes confusas. Y pensó en Luís el Loco.

¿Qué habría hecho el tipo? ¿Hacer todo el camino de vuelta a Criptana? Jack lo dudó. Pero habría denunciado a Jack, de una manera o de otra, ¿no? Habría informado sobre el hombre buscado, quizás esperando una recompensa. Bueno, si vinieran a buscarlo a Albacete, acabarían siguiendo su inteligente rastro falso con seguridad. Una larga búsqueda inútil en Valencia. Según el Baedeker, Valencia era enorme, el tipo de lugar donde un hombre podía perderse durante mucho tiempo, es decir, si realmente estuviera allí.

"Pero no estaré", pensó Jack, alisando el mapa del folleto turístico de España. Albacete. A más de medio camino entre Madrid y la costa. Excelente. Por tanto, es el momento para tomar una decisión. ¿Alicante o Cartagena?

—Buenos días, don Alberto —dijo Jack al tipo con gafas, inclinado y dibujando en una mesa al lado de la ventana en el pequeño comedor del Francisquillo. Jack dejó su abrigo en el respaldo de la silla, se sentó sin necesitar una invitación y miró el dibujo: una caricatura de Hitler, con Franco y Chamberlain, ambos lamiéndole sendas botas—. Es muy bueno —le dijo Jack con sincera admiración. Don Alberto tenía talento y gozaba de un gran respeto de los locales, a pesar de tener solo un par de años más que Jack. Pero parecía ser don Alberto en vez de camarada Alberto para casi todos en el pueblo. Un caricaturista, aunque también un periodista local y uno de los archivistas oficiales de Albacete. Un asiduo, cada mañana, del Francisquillo—. ¿Y qué hay para desayunar esta mañana?

—Pues, lo de siempre —dijo don Alberto, levantando el *Defensor de Albacete* y un ejemplar del *ABC*—. Déjeme ver. ¿Qué le apetecería? Podría comenzar con la promesa de Roosevelt de vender armas a cualquier país que luche contra el totalitarismo, cualquier país excepto España, claro. O quizás esta promesa de Chamberlain de que cualquier amenaza a Francia llevará a Gran Bretaña a acudir de inmediato en su defensa. Es una excelente noticia. Pero, ¿por qué entonces dejaron colgada a España?

Jack no había ocultado su propia identidad cuando se conocieron por primera vez, unos días antes, ni su profesión.

—Mi propio país me da vergüenza, don Alberto. Parece que asumimos que Franco solo está ganando esta guerra por la asistencia de Italia y Alemania, pero no hacemos nada para impedirlo.

—Bueno, creo que de todas maneras es demasiado tarde ahora. ¿Escuchó los rumores de Madrid?

Jack admitió que no y don Alberto tampoco se lo aclaró del todo.

—Bueno —dijo Jack—, feliz aniversario, en todo caso.

—Tres años —don Alberto dijo con una sonrisa—. Se ha acordado usted.

Tres años desde las elecciones generales que habían llevado al Frente Popular al poder. Pero Jack solo lo había recordado por un artículo en el diario de ayer.

—¿Y qué hay de nuevo en el frente de Alicante? —dijo Jack.

Las noticias llegaron ayer. Bombarderos italianos habían bombardeado y descarrilado un tren. Al parecer hubo pocas víctimas, pero no podía haber pasado en un momento peor, justo cuando Jack había decidido continuar su viaje.

—Nada en los diarios —afirmó don Alberto—. ¿Por qué? ¿Se va usted? ¿Y como están los cortes?

Los dorsos de las manos de Jack seguían siendo un desastre, pero se había quitado las vendas, dejando al aire curar las heridas. Por fin comenzaron a formarse costras, a secarse, pero todavía tenían un aspecto horrendo. Su rodilla izquierda y ambos codos estaban iguales, mientras, alrededor de esas abrasiones, había contusiones de todos los colores de una tormenta, y moretones aún más grandes en sus muslos y nalgas. Sus miembros habían estado rígidos como tableros durante prácticamente toda la semana.

—Fue una caída fea —contestó Jack—. Pero ahora estoy mejorando. Y sí, es hora de que siga mi camino, creo.

—Desearía que todos tuviéramos esa opción, señor Telford. Qué desastre. Solo doy gracias a Dios que no hubo más heridos en el tren. Cientos de nuestra gente han muerto solamente aquí en Albacete. ¿Lo sabía? De las bombas. En Valencia, más de ochocientas. Y ahora esto. —Golpeó con la mano el ejemplar del *ABC*. Jack ya había estudiado el artículo. Más atrocidades cometidas por los hombres de Franco contra la gente de Barcelona—. Animales —dijo don Alberto—. Sucios Animales.

Jack se acordó de Luís el Loco, su relato sobre cómo los partidarios de la Falange en Campo de Criptana fueron rodeados y fusilados sumariamente. Injusticias en ambos lados, lo sabía.

—Estos no habrán sido unos pocos individuos locos tomando la ley en sus propias manos, ¿no? —dijo, porque había estado consternado por la escala de las ejecuciones que supuestamente se estaban llevando a cabo ahora en las zonas nuevamente tomadas por los nacionales.

—¿Todavía trata de ser imparcial, señor Telford? Deformación profesional de periodista, supongo. Pero no, esto es muy diferente. Y si las historias de las matanzas cometidas por los supuestos "rojos" todavía le molestan, déjeme contarle algo diferente. Yo mismo pasé mucho tiempo buscando la verdad, al principio. Entonces, un día, conocí a un campesino de un pueblo muy cerca de aquí. Lo entrevisté. Un hombre culto. Culto en sus pensamientos, por lo menos. Me contó esto. Que en algún lugar profundo de su ser sentía una alegría por los placeres simples, un instinto natural por su familia. Pero solía salir de su choza cada mañana, a un pequeño trozo de tierra que intentaba cultivar. Este trozo de tierra en particular se encontraba en una ladera y desde allí todo lo que veía, de un horizonte al otro, era la tierra cuyo dueño era el Duque de Alba. O el Duque de Tal-y-Cual, no me acuerdo. Esa parcela de tierra era parte de la tierra del duque. Y el duque le pagaba dos pesetas al día para que la cultivara para él.

—¿Dos pesetas al día? —dijo Jack—. ¿Qué es eso? ¿Justo lo suficiente para no morirse de hambre pero para quedarse atrapado en la malnutrición?

—Si fuera una mujer —don Alberto contestó— ni siquiera recibiría las dos pesetas. Al fin y al cabo es su deber natural partirse la espalda yendo a por madera y agua, fregando, arreglando y cocinando. No tendría educación escolar. ¿Por qué? Porque la Iglesia dice que no la necesita. Solo un par de meses. Suficiente para que aprenda a firmar con su nombre y se quede con los nombres y la historia de los santos mediante algunas rimas estúpidas. Quizás lo suficiente para que el sacerdote disfrute de su culo también. Pero, ¿por qué quejarse? Su vida no se distingue de la de tres cuartos de la población de España. Tendría suerte si llega a los cincuenta años. Pero en ese tiempo la Iglesia las alentará a tener muchos niños. Demasiados para alimentar. Pero, ¿qué demonios? De todos modos la mitad morirá siendo bebés todavía. Morirán y se irán al cielo. Si trabajan duro y no se quejan, cuando también se mueran, recibirán una recompensa, volverán a ver a sus bebés.

—Y entonces llegó la República.

—Sí —dijo don Alberto—. Un día el campesino escuchó que algo había cambiado. Unos hombres vinieron a su choza. El Duque de Tal-y-Cual se había ido, dijeron. El sacerdote también. Los ciudadanos eran dueños de la tierra ahora. El campesino y sus vecinos. La podían cultivar juntos, le dijeron, y compartir los beneficios. Toda esa alegría, toda esa pasión por su familia salió brotando de él. Bailó y cantó. Pero no por mucho tiempo.

—Creo que conozco esta parte —le dijo Jack—. Porque el sacerdote no se había ido de verdad.

Don Alberto sonrió, pero era una sonrisa cansada, preocupada.

—El sacerdote dijo que iba a venir un gran general para retomar la tierra por el Duque de Tal-y-Cual. Le dijo al campesino que, si no entregaba la tierra voluntariamente, el general diría que era un "rojo", lo que sea que signifique ese término. Le dijo que el general le dispararía y que la Iglesia lo excomulgaría, de modo que, cuando le dispararan y estuviera muerto, no iría al cielo y no volvería a ver a sus bebés después de todo. ¿Qué hacer? me preguntó el campesino. Tal vez, dijo, simplemente encoges los hombros y haces lo que te dice el sacerdote, como se había hecho siempre. Quizás decides alistarte en el ejército que está luchando contra este general. Y luego el viejo campesino me miró a los ojos. Joder, me dijo, ¡a la mierda todo! A lo mejor sería más fácil matar a ese sucio cabrón de sacerdote. En aquel momento supe que eso fue lo que había hecho, y no le podía culpar. Después de aquello, me di cuenta de que no tenía sentido tratar de ser racional respecto de nada de esto.

Jack sonrió.

—Es una historia muy ingeniosa —dijo—. A lo mejor la voy a usar algún día.

—Adelante, le invito —dijo don Alberto—. Pero usted seguro que no se irá hoy, señor Telford. ¿Entonces vendrá a la reunión de esta noche?

Una reunión pública. Había carteles por todo el pueblo.

—¿Dónde dijo que era? ¿En el teatro Circo?

—Hablará Talayo —don Alberto le recordó—. Sí, en el Circo. Una camarada excelente del Colectivo de Mujeres Socialistas. Otra del Movimiento Antifascista de Mujeres. Ellas reactivarán el fuego en nuestros corazones. Lo disfrutará.

Jack había preferido planear una noche de entretenimiento alternativo al de las mujeres de Albacete, uno de sus espectáculos de variedades frecuentes en el Cine Capitol.

—Bueno, ya veremos —dijo—. Pero caminaré hasta la estación de todos modos. Para ver cuándo tienen previsto volver a abrir la línea a Alicante.

—¿Al final no desayuna?

—No diga nada —Jack susurró, levantándose y poniéndose el abrigo—, pero el café es mucho mejor en la Caja de Cerillas.

El Bar el Progreso, dañado el año anterior por una bomba, era conocido más comúnmente como la Caja de Cerillas. Al parecer su nombre se debía a las mesas largas cubiertas con mármol blanco, en cuyo extremo había una serie de divanes de color rojo brillante. Se encontraba cerca del hotel, en la misma calle del Progreso, un bulevar elegante y nevoso, con su paseo central bordeado de árboles. Estaba situado también al lado de la Diputación Provincial. Y no era solo el café lo que le atrajo a Jack a ese lugar. Era la chica, Estefanía. Atractiva. Pelo de color castaño. En la conversación que tuvieron durante su primera visita Jack descubrió que ella nació y se crió en un pueblo al sur de Pamplona. Un punto de contacto común. ¿Había visto esto? ¿Visitado aquello? Jack admitió que su estancia en Pamplona fue breve, sin muchas oportunidades de ver los lugares de interés. Pero ella coqueteaba de forma exagerada con él y Jack al final le preguntó si tenía un hombre en su vida.

—Solo a usted, guapo —le había dicho. Pero se sentían obviamente atraídos el uno por el otro y, como a Jack le gustaba pensar, una cosa fue llevando a la otra. Dos noches antes. Hubo mucho subterfugio: le dio a Jack su dirección e instrucciones de cómo encontrar el lugar; voces bajas cuando llegó; ninguna luz; pero muchísima pasión que le ayudó a quitarse en gran medida a Valerie Carter-Holt de la mente.

Esa mañana, como ya era rutina, su café y un trozo de pan con muy poca mantequilla le estaban esperando cuando entró a la Caja de Cerillas, aunque el saludo de Estefanía fue, cuanto menos, tibio. Pero el lugar estaba concurrido a esa hora y ella parecía estar más nerviosa de lo habitual en su trabajo. Así que, mientras ella atendía sus otros clientes, Jack se esforzó en centrarse en otra cosa que las virtudes obvias de la chica. Estaba más que un poco atontado, pero leyó con diligencia las páginas del otro periódico local, el *Diario de Albacete*, y observó los funcionarios y oficiales militares del pueblo entrando y saliendo.

Nada nuevo. Entonces, cuando terminó, pidió a Estefanía alegremente la cuenta.

—Hay un espectáculo de variedades esta noche —le dijo, mientras buscaba unas monedas—, en el Capitol. ¿Te gustaría ir?

¡Ni hablar! —le dijo enseguida—. ¿No sabes que hay una reunión, en el Circo?

Se fue a buscar su cuenta, mientras Jack se estaba recuperando del rechazo.

—Oye, Estefanía —escuchó a uno de los viejos del bar llamarla—. ¿Alguna noticia de ese marido tuyo?

Ella lanzó una mirada severa en la dirección de Jack.

—No —dijo—. Nada desde hace meses. Sigue en algún lugar en el frente de Guadalajara, creo. Pero el idiota nunca escribe, entonces, ¿cómo voy a saberlo?

¿Debería haberse enfadado Jack? No estaba seguro. Solo triste, vacío en lo profundo de su estómago, a pesar del desayuno. Lo sabía, por supuesto. Fue un participante voluntario en el juego. Y ella no necesitaba explicárselo en detalle, ni restregárselo por la cara. Tiró cincuenta céntimos en la mesa, se giró a la izquierda para salir del café y se encaminó hacia la estación, reflexionando en su camino sobre su sucio escarceo amoroso con Estefanía, pensamientos demasiado obvios como para llegar a ser profundos. Cruzó la calle Isaac Peral, con su pórtico arqueado hacia el teatro Circo, en el que se celebraría la reunión de esta noche. Había carteles anunciando el evento, cubriendo parcialmente los carteles de películas recién exhibidas allí. *Los Marineros de Kronstadt. Shanghai. Tiburón Tigre.* Pero más allá de la calle del Progreso, los callejones tenían un aspecto cada vez más lamentable: pequeños talleres; niños hambrientos; el olor a verdura podrida; el sonido metálico de herramientas, a lo largo de toda la calle de la Estación; y los vendedores en la calle, la mayoría de ellos tratando de vender navajas y puñales por los cuales Albacete era famoso. Jack se detuvo para examinarlos, pero la mayoría parecía ser de mala calidad, a pesar de los eslóganes llamativos grabados en sus hojas. *No me saques sin razón ni me entres sin honor.* Ese tipo de cosas. Lo que a Jack le hizo pensar en Estefanía otra vez. Y en su marido. En su propia deshonra. Luego en si un arma así podría serle útil durante su viaje. Pero decidió que no y continuó sin aceptar ninguna de las muchas invitaciones a hacer trueques.

Delante de la estación misma, se paró y observó el tráfico ferroviario paralizado en los extensos apartaderos de Albacete, varios trenes ahora sin poder seguir su viaje a Alicante. Un tren blindado del ejército más cercano a la cerca, los soldados con sus rostros demacrados, sin ningún lugar adonde ir salvo las vías, en cuclillas al lado de los vagones de ganado acondicionados para su alojamiento. Había un fuerte olor a mierda; pequeñas fogatas para calentar sus gábatas militares; caras infelices, derrotadas. Tenía un paquete de cigarrillos en su bolsillo y llamó a uno de los hombres para entregarle los Superiores. Le dijo al soldado que los compartiera.

—¿De dónde vienen? —le preguntó Jack, y el soldado le miró como si fuera estúpido.

—Del frente, camarada —dijo—. ¿De dónde si no?

Jack asintió, le deseó suerte y siguió su camino hasta el largo bloque de ladrillos que era el edificio principal de la estación. Descubrió un tablero de noticias y pensó que podría contener noticias sobre la línea a Alicante. Pero retrocedió con horror cuando llegó a ver de cerca el cartel. Un buen dibujo a mano de un rostro semejante al suyo. Dos rostros, de hecho, uno al lado del otro. Uno mostrándole bien afeitado, el otro con una barba y boina. Ambos con el parche de ojo.

—¡Mierda! —dijo, y miró a su alrededor rápido, luego al cartel otra vez. *Se busca,* leyó. *Por el asesinato de un diplomático inglés.* Había una buena descripción de Jack también. Y una recompensa. Quinientas pesetas. Instrucciones para notificar cualquier información a las autoridades pertinentes. ¿Dónde más podrían haber publicado los avisos? Se los imaginaba en cada esquina de la calle. ¿Pero por qué? ¿No había borrado su rastro? Le llevó unos minutos para darse cuenta que, con las pocas opciones de destino —realmente solo Cartagena, Alicante o Valencia— hubiera sido relativamente fácil para sus diversos enemigos poner vigilantes en cada una de esas estaciones y, si no lo habían visto ya en alguna de ellas, debía seguir, por tanto, en algún lugar entre esos puertos y Madrid. Y allí estaba la culpa, por supuesto. La sensación de haber sido golpeado por la mala suerte, atraída por sí mismo, la retribución por su noche de pecado con Estefanía. "Haz que tenga sentido, Jack. ¡Piensa!", se dijo, y casi instintivamente se puso detrás del árbol más cercano. Decidió volver a la ciudad, recoger sus pertenencias y perderse durante un tiempo, intentar arreglar las cosas. Pero cuando lo hizo, su ojo fue atraído por una figura viniendo de la dirección opuesta, el camino por el que Jack había venido hace poco. La figura ordenada y ajetreada de Ruby Waters.

El corazón de Jack dio un salto. Literalmente. Casi salió corriendo a la calle, pero luego se dio cuenta del riesgo. "Qué diablos está haciendo aquí?", pensó. Ella sabía que había matado a Fielding, claro. ¿Pero estaba siguiéndole? No podía ser. Y luego, allá atrás por la calle de la Estación, vio a alguien más. Un hombre que se movía como un gato, caminando con aire despreocupado, pero atento al mismo tiempo. Pasó por delante de los vendedores de la calle, parando para hablar con ellos, aunque, de vez en cuando, también manteniendo a Ruby a la vista. El comandante Edwin. ¿La conclusión de Jack? Que Edwin usaba a Ruby para seguirle; que de alguna forma habían resuelto sus diferencias para formar esta alianza; que lo habían localizado en el Francisquillo; y que habían seguido sus pasos hasta la estación. Se puso de espaldas contra el tronco del árbol y miraba mientras que Ruby desapareció dentro de la estación. Luego observó al comandante permanecer parcialmente escondido entre las carretillas del vendedor.

Unos minutos más tarde volvió a salir Ruby y volvió sobre sus pasos. Interesante. El comandante Edwin había desaparecido del todo, al parecer para asegurarse de mantenerse fuera de la vista. Luego, una vez que ella había recorrido un buen trozo de la calle en su camino de regreso, comenzó a seguirla otra vez. Lentamente. "¿Por qué?", pensó Jack. "Si la chica trabaja con él, por qué se mantiene escondido de ella?" Fue en ese momento cuando Jack descubrió una tercera cara conocida saliendo de un bar cutre, justo cuando Edwin había pasado por allí. Y este tipo iba detrás del comandante de la misma manera en que el comandante estaba siguiendo a Ruby. Casi absurdo. Pero lejos de ser divertido. Porque el hombre que perseguía al comandante Edwin y, por lo tanto, también iba detrás de Jack, fue la comadreja, el ser que Jack había visto por última vez en el tren de Madrid con el teniente Enrique Álvaro Turbides.

Capítulo Veintinueve

Viernes, 17 de febrero de 1939

"Poderoso compañero es don dinero", pensó Jack. "Hasta entre los anarquistas". Era temprano, todavía no eran las siete. Había pasado una noche inquieta refugiado en el Francisquillo, el revólver siempre a mano. Pero esta mañana pagó la cuenta tranquilamente y más tarde se encontró en la entrada de servicio del Gran Hotel Albacete, justo al lado de los jardines formales y los árboles desnudos de la Plaza del Progreso. Dentro del hotel el personal de pisos estaba preparando ropa de cama fresca para los huéspedes, los camareros preparando el desayuno.

—Mi novia —dijo Jack—. Mi prometida. Llegó ayer. —Era una conjetura razonable, tras haber seguido a aquellos que, a su vez, estaban siguiendo a Ruby hasta aquí, y él había visto al comandante Edwin entrar al hotel solo unos minutos después de ella. La comadreja, sin embargo, tenía su puesto de observación en la plaza de enfrente. —Me gustaría sorprenderla. —Jack tocó un lado de su mochila para darle más énfasis a sus palabras—. Pero no sé en qué habitación está. —El viejo camarero con el pañuelo de cuello de color rojo y negro parecía dudar, pero el incentivo de Jack en forma de billetes impecables de veinte pesetas parecían producir un cambio en su actitud.

—¿Nombre?

—Señorita Waters —dijo Jack y le entregó un papelito en el que había escrito el nombre de Ruby.

—¿Su prometida, camarada? —La expresión del viejo se endureció.

—Sí —Jack le dijo, sabiendo por el comportamiento del hombre que algo iba muy mal.

—Entiendo, amigo mío. —El camarero asintió lentamente, con aire solemne—. Habitación tres-uno-cuatro. Haga lo que tenga que hacer —dijo, y le devolvió el dinero—. No hay necesidad de esto tampoco.

Jack tomó las escaleras traseras y subió al tercer piso, luego tocó a la puerta de Ruby sin hacer mucho ruido. Llegó la hora de la confrontación, y estaba bastante seguro de que había entendido la inferencia del camarero. Una cuestión de honor que debía quedar resuelta, aunque quizás no era lo que el viejo anarquista había asumido. Pasó un buen rato hasta que se abrió la puerta, solo un par de pulgadas, luego el asombro en la cara de la chica y unas pulgadas más.

—Señor Telford, Dios mío. —Un vistazo rápido hacia atrás en la habitación, pero ninguna invitación para entrar. La mano de Jack se acercó al bolsillo de su abrigo militar, al Éibar 32.

—Está aquí, ¿verdad?

—¿Quién, señor Telford?

—¡No me venga con jueguecitos, señorita Waters! Su amigo, el comandante Edwin.

—No he visto al comandante Edwin desde…bueno, desde hace algunas días. Y está acabado. Eso es lo que parece, en cualquier caso. El señor Milanes leyó los informes codificados. Pasó toda la documentación arriba, a la gente en la que confía. Pero hubo una fuerte discusión. El comandante dijo que el señor Milanes no tenía jurisdicción sobre él. Que solo respondería ante sus propios superiores.

—¿Entonces qué está haciendo aquí en Albacete?

Como si hubiera dicho un ¡ábrete sésamo! de pantomima, la puerta se abrió de golpe y alguien agarró el brazo derecho de Jack tan fuerte, mientras le arrastraba hacia dentro, que fue imposible para él sacar el revólver. Se encontró boca abajo en la alfombra, alguien estaba arrodillado en su espalda, le había quitado el arma, y cada nervio aún magullado gritando en contra de la violación.

—Cierra la puerta —siseó una voz en español, una que Jack conocía bien—. Y encuentra algo con qué atarlo. Allí, el cinturón. De tu abrigo. —Luego la misma voz, más cerca de la oreja de Jack—. ¿No te dije, inglés? Que si nos volvíamos a ver otra vez, uno de nosotros debía morir.

—Pensé que estabas dramatizando —Jack jadeó—. Y no hace falta atarme. No tengo ningún lugar adonde ir. Además, tienes mi arma.

Pero no surtió efecto. El capitán ya estaba atando las manos de Jack detrás de su espalda, apretando con fuerza, raspando las costras frescas de sus heridas. Jack gritó, el dolor era casi tan fuerte como el de las heridas originales. Luego lo puso de pie y lo tiró a un sillón enfrente de la cama matrimonial.

—Te di una oportunidad —dijo Fidel. Estaba sosteniendo el revólver en una mano, una pistola automática propia en la otra—. Por ella. —Señaló a Ruby con la cabeza—. Pero parece que tienes ganas de morir, inglés.

—En inglés —dijo Jack con una mueca de dolor— lo llamamos un penique falso. —Usó las palabras como las había escuchado decir a otros en español—. Pero no entiendo. ¿Me dejaste marchar por Ruby?

—Me había encariñado con ella, pero sabía que a ella le gustabas tú también. Pero mi general, el León, me había dado órdenes para dispararte. Bueno, para entonces el general ya estaba de camino a la costa. A Alicante.

—El presidente del Gobierno Negrín está allí, señor Telford —explicó Ruby—. En Alicante. Cruzó la frontera con Francia junto con Azaña. Pero ahora ha vuelto. Tal vez podrá negociar la paz después de todo.

—O la paz o luchamos juntos hasta la muerte —dijo Fidel—. Esa es ahora la decisión política del partido en Madrid. De todos modos, me imaginé que, si te mataba, podría ser por las razones equivocadas. Matando a un competidor. ¿Entiendes lo que quiero decir? Un asunto del corazón. —Se rió, pero enseguida se volvió serio otra vez. Muy serio—. En vez de ejecutar a un traidor. Además, ella me dijo que solo te quedaste en Madrid tanto tiempo para pagar una deuda. A mí. Por haberte traído de Burgos. ¿Sabes a lo que me refiero, inglés?

Jack miró a Ruby. Sus mejillas se pusieron coloradas y la remilgada cara de hada parecía angustiada. Ruby le gustaba. Pero no había nada entre ellos. ¿O sí?

—¿Competidor? —dijo Jack—. No entiendo. Y me quedé en Madrid por mi deuda con el general Kotov. Quería saber de mí qué le había pasado a la agente que el camarada Stalin envió para matar a Franco. Esa es la razón por la que te envió a rescatarme, ¿no?

—No importa —Fidel le espetó—. Dijiste que este comandante Edwin está aquí. ¿En Albacete?

—Anoche —Jack contestó—. Siguió a Ruby hasta la estación de trenes, y a la vuelta también.

—El comandante me amenazó, señor Telford. Después de su

confrontación con el cónsul. Convencido de que yo le había ayudado de alguna forma a conseguir las copias de sus informes.

—Él no se creía, inglés, que eras lo bastante listo para haberlo hecho solo. —El capitán sonrió ante la humillación de Jack.

—Su conclusión —siguió Ruby— era que podía silenciar al señor Milanes por vía diplomática. Sus superiores en el servicio de inteligencia se ocuparían de ello. Pero no podía tener un periodista inescrupuloso suelto por ahí o volviendo a Gran Bretaña con el contenido de aquellos informes. Ni al periodista inescrupuloso, ni al soplón del periodista. Esa era la palabra que usó. Soplón. Hablaba de mí, por supuesto. Se lo dije al cónsul y me sugirió que saliera de Madrid. Que me fuera a casa. Por un tiempo por lo menos. Las cosas no están bien en Madrid, en cualquier caso. Y Fidel —el capitán Constantino, quiero decir— aceptó acompañarme. Resulta irónico, ¿no le parece? Que yo asumiera que usted ya había salido de España.

—Milanes es un buen hombre —dijo Jack—. ¿Corre peligro por el comandante Edwin?

—Solo profesionalmente, creo. Pobre hombre. Pero está a punto de retirarse. De todas formas estará sometido a la Ley de Secretos Oficiales.

—Entonces, ¿por qué el comandante Edwin cree que no está usted sometida a esa ley también?

—Ah, los empleados de grado inferior del servicio diplomático son mucho más difíciles de amenazar. Tienen mucho menos que perder. Así que parece que estamos los dos en el mismo barco, como se suele decir, ¿no es así? No puedo creer que el comandante realmente llegue a hacerme daño. Mientras que usted, señor Telford, parece encontrarse en una situación totalmente diferente. —Se volvió hacia el capitán—. Fidel —le imploró—, no hablarás en serio. ¿Sobre la necesidad de matarlo? No lo permitiré.

—Tengo mis órdenes —dijo el capitán—. Pero quizás pueda conseguir órdenes nuevas. En Alicante. Entregarlo a las autoridades allí.

—Y, señor Telford, todavía tiene que responder de la muerte del señor Fielding —le dijo Ruby—. A lo mejor podría ayudarle si me cuenta la verdad. Toda la verdad.

Así que lo hizo. Se lo contó a ambos. Sobre Carter-Holt. Sobre el ataque en Covadonga. Sobre la intervención de Fielding poniendo fin al ataque, aunque por sus propios motives ulteriores y los de Carter-

Holt. Sobre las consecuencias para los guerrilleros Machados, allí en las montañas del norte. Sobre el plan e intento de Carter-Holt de asesinar a Franco pero echarle la culpa a Jack. Sobre su confrontación en San Sebastián y su convicción de que Carter-Holt lo quería asesinar. Sobre su acto de autodefensa y la muerte de Carter-Holt. Sobre Burgos. Sobre la tortura de Turbides. Sobre su ojo. Luego sobre la aparición de Fielding en el Hotel Victoria, junto con el comandante Edwin, su clara intención de deshacerse de Jack. La parte de Fielding contándole al general Kotov su propia versión retorcida del motivo de Jack para matar a Carter-Holt, así como la dudosa relación entre el hombre y Turbides. No quería matar a Fielding, claro que no, ¿pero también fue autodefensa?

—Me habías prometido pruebas —dijo Fidel—. Sobre aquellos informes que robaste del León.

—Robé los informes *para* el general —dijo Jack—. Él sabe lo que el comandante Edwin ha estado haciendo. Enviando informes falsos que ocultan cómo Hitler ha podido construir tantos tanques y aviones. A costa de nuestro propio programa de defensa. Tanques y aviones que serán empleados en contra de Gran Bretaña y Rusia. Y hay gente en las altas esferas de Gran Bretaña y Rusia, amigo mío, a los que todo esto no les preocupa demasiado. Gente que prefiere ver a toda Europa bajo el talón de Hitler antes que tener que ver perjudicados sus propios intereses y derechos adquiridos. No puedo responder por Carter-Holt. Si quieres saber mi opinión, creo que ella de verdad creía en lo que hacía. Como yo de verdad creo que no tuve otra opción que matarla, para salvar mi propia vida. Una verdadera creyente de la causa comunista. Pertenecía a la plantilla del partido, de personas con firmes principios, como tú, capitán. ¿Pero Fielding? Tal vez estaba trabajando para ambos bandos. En cualquier caso estaba metido hasta el cuello en los juegos del comandante Edwin, cualesquiera que fueran.

—Y el señor Milanes —dijo Ruby al capitán— desde luego que creyó en la autenticidad de los informes. —Luego le tocó a Jack el hombro con ternura—. Tendría que informar de la muerte del señor Fielding, por supuesto. Pero estoy convencida de que será absuelto de cualquier culpa, Jack. Bajo esas circunstancias. Aunque, si el comandante Edwin nos ha seguido hasta aquí, eso me preocupa.

—No solo Edwin, me temo. El teniente de la Guardia Civil, Turbides, esa escoria de la Quinta Columna de Franco, está aquí también.

—¿Turbides? —dijo Ruby—. ¿No fue él quien…? —Se tocó su propio ojo izquierdo con lástima.

—Sí, cariño. El mismo hombre.

—Esa malvada criatura. Ay, Jack. Se acuerda del día de Navidad. La historia que nos contó durante la cena sobre cómo perdió su ojo en las rocas. Eso ya era bastante terrible, pero esto…

Jack se dio cuenta de que, en todo este tiempo, solo había contado la verdad sobre el ojo a tres personas. Bueno, más o menos la verdad. Bob Keith, por supuesto. Luego al general Kotov. Y al padre Lobo. Pero en las palabras de Ruby percibió preocupación real y comenzó a preguntarse si el capitán, después de todo, hablaba en serio. ¿Competidores? ¿Tenía ella quizás un afecto dividido por los dos?

—Malvado apenas le hace justicia —dijo él—. Y ahora sus hombres están siguiendo al comandante, probablemente pensando que les va a llevar hasta mí también. Todavía tienen el mismo problema. Franco tampoco quiere que ande por ahí hablando sobre Carter-Holt: sobre cómo el Generalísimo galardonó a una de los mejores agentes de Stalin con el honor más alto de la España Nacional. Por supuesto, Fielding fue responsable por contarles eso también. Pero dijo que las cosas no iban bien en Madrid, Ruby. ¿En qué sentido?

—Recibimos noticias hace dos días —respondió Fidel por la chica—. El León te habló de nuestro coronel Casado, ¿verdad?

—Sí, claro. —Jack se acordó también de la manera en que los ojos del padre Lobo se habían abierto cuando mencionó un posible enlace entre el comandante Edwin, los agentes de Franco y Casado. Se preguntó si el capitán había compartido esa información sobre el comandante con Ruby Waters también.

—Hace dos días —continuó el capitán— los agentes de la policía secreta de Franco en Madrid entregaron un acuerdo al coronel Casado. No conocemos todos los detalles pero parece que Franco no quiere nada más que una rendición incondicional. Después, la forma en que serán tratados dependerá únicamente de cuánto le harán la pelota a la España Nacional. ¿Sabe lo que significa eso? Aquellos de nosotros que se olviden de sus convicciones, todo por lo que hemos estado luchando, que demuestren que son buenos fascistas, aquellos serán liberados. El resto, incluso si nos rendimos, pasaremos el resto de nuestras cortas vidas pudriéndonos en uno de sus asquerosos campos de concentración. ¿Te lo puedes imaginar, inglés?

—Demasiado bien —dijo Jack—. ¿Y Casado? ¿Lo aceptará?

—¿Traicionar a la República? Creemos que sí. Aunque el Partido mismo luchará hasta el final, pase lo que pase. Pero parece que le han dicho a Casado que una demora será fatal. Hay muchas personas a su alrededor que le persuadirán para que se entregue. Algunos de los mismos hombres con los que habías pasado tanto tiempo en Madrid, camarada. Besteiro. San Andrés. Tu amigo, el sacerdote. No es de extrañar que tanta gente te quiera matar. Y yo, por mi parte, no estoy todavía seguro si sería más fácil dejar que te mataran. Es lo que querría el León.

"Qué maldito desastre", pensó Jack. Todas aquellas discusiones que tuvo con ellos. Sobre encontrar alguna forma de acabar con esta maldita guerra, evitar más violencia. Eran buena gente. Sabía que eran gente buena, Besteiro y sus amigos. ¿Pero era esto lo que querían? ¿Salvar a España mediante el sacrificio colectivo de tantos que ya habían dado tanto por la República?

—No puedes hacer esto, Fidel —le decía Ruby—. No voy a permitirlo. Y si dejas atrás al señor Telford para que le lleven al matadero como un cordero, tendrás que dejarme a mí también. Pero tengo la sensación de que me falta una pieza del rompecabezas. El cónsul también sabía lo de Casado, ¿no? Me lo dejó muy claro. Sobre Madrid convirtiéndose en un lugar peligroso. No solo por el riesgo de que Franco tome la ciudad. Hay algo más. ¿Estará el comandante Edwin involucrado en todo eso también?

—Si la inteligencia de tu cónsul es tan buena como la nuestra, no lo sé. Pero si Casado intenta rendirse de acuerdo con los términos de Franco, Madrid se desgarrará mucho antes de que Franco llegue allí. Y esa era la tarea que el León le había encomendado a nuestro amigo, el señor Telford. Encontrar la prueba de una tercera persona que hace de enlace entre la Quinta Columna y Casado. Creemos que el enlace es el servicio secreto de Gran Bretaña. Específicamente, el vínculo es el comandante Edwin. La razón por la que el comandante quiere matar al señor Telford no son simplemente los informes, sino porque también piensa que el señor Telford podría poseer la prueba de tal enlace. La prueba de que el comandante es un traidor a su propio país.

—Sería más fácil si me desatas —protestó Jack mientras el capitán lo empujó por el pasillo hacia el ascensor.

—Imagínate solo cuánto podría ganar si te disparo, inglés —susurró

Fidel—. He visto los carteles ahora. Podría reclamar la recompensa. Quinientas pesetas serían muy bienvenidas. Luego tendría la gratitud del León, de Moscú, del Partido. Podría negociar con tu comandante Edwin también. Ofrecerle tu cabeza para que se olvide de Ruby a cambio. Finalmente, podría usarte como anzuelo para ponerle una trampa a este Turbides y sus amigos de la Quinta Columna, para matar a todos esos cabrones. Así que no me tientes, amigo mío.

Ya había sacado de Jack una descripción detallada de la comadreja y, tanto de Jack como de Ruby, un dibujo en miniatura del comandante Edwin. Resultó ser más difícil este último, ya que ninguno de ellos podía identificar muchos rasgos característicos aparte de su gabardina y su pelo liso peinado hacia abajo. Luego el capitán pagó a una de las camareras de habitación para que saliera a hacer un reconocimiento de los alrededores, entregar algunos mensajes y traer uno de los carteles de recompensa. Y entonces mandó a Ruby a la estación con su bolso Gladstone.

—Pero esto es un maldito engorro —dijo Jack, mientras su propia mochila colgaba de sus manos atadas y golpeaba constantemente contra las partes traseras de sus rodillas—. Si vamos todo el camino hasta la estación de esta manera.

—No vamos a la estación, inglés. Todavía no. Con un poco de suerte este comandante Edwin y algunos de los otros cabrones la seguirán, mientras tú y yo nos vamos en una dirección totalmente distinta. Por ahora.

—¿Por qué no vamos directos a la estación?

—Porque no tenemos ni idea de cuántos de ellos están allí fuera. Podría pedir ayuda de nuestra propia gente. Puede que ellos consigan atrapar a Edwin, puede que no. Quizás rodearían a uno o dos fascistas. Pero luego, ¿qué? Terminaríamos en el tren. Y solo haría falta un asesino, amigo mío. Un francotirador. Un hombre con un cuchillo o una cuerda de piano. No, necesitamos encontrar otra forma para llegar a la costa.

En la entrada de servicio al hotel el viejo camarero anarquista del pañuelo rojo y negro le dedicó a Jack una mirada de puro desdén. Luego, fuera en el callejón, Fidel Constantino se cercioró de que no había moros en la costa antes de empujar a su prisionero en la dirección opuesta a la estación.

—¿Dónde vamos? —dijo Jack.

—A ver a un amigo mío. —Jack no conocía ninguna de estas calles, y parecían atravesar un laberinto sin fin de casas de un piso, lugares bombardeados y huertos abandonados hasta que por fin llegaron a una plaza con una gran torre de agua en una esquina. Niños con aspecto de muñecos de trapo jugaban alrededor de su base y, justo al lado de la torre, había una chimenea alta de ladrillos. Un letrero en la esquina de la calle anunciaba que esa era la Plaza del Pozo de La Nieve. Jack sabía que la chimenea —como las que Jack había visto en otros lugares— era un conducto de ventilación para el refugio antiaéreo que debía estar aquí bajo tierra, aunque no había más evidencias de su existencia. Al otro lado de la plaza había un taller de reparaciones para motos—. ¿Sabías, inglés, que Albacete era famoso por sus carreras de motociclismo? Antes de la guerra. Carreras por las calles. —Un hombre de una pierna salió de la oscuridad del taller, un par de gafas protectoras colgando del travesaño almohadillado de su muleta. El tipo se paró al lado de una moto con un sidecar.

—¿Esta? —gritó el hombre.

—Preciosa —Fidel Constantino le contestó gritando, su voz haciendo eco alrededor en la plaza—. Mi amigo, Lorenzo —murmuró a Jack—. Era un gran personaje aquí. Antes del choque.

—¿Vamos en esa cosa? —dijo Jack.

—¡Solo entra y no me discutas!

—¿Así?

—Correcto, así.

—¿Quién es? —preguntó Lorenzo, mientras el capitán forzaba a Jack a entrar en el sidecar, sus manos todavía atadas atrás con el cinturón de Ruby. Cosa imposible y terriblemente incómoda—. Faccioso, supongo. —Lorenzo escupió al suelo—. ¿Pero cuidarás de la moto? —preguntó.

—¿De dónde diablos la has sacado? —preguntó Fidel, y acarició con admiración el tanque de gasolina verde pulido. Llevaba la leyenda *Sokół* 1000 sobre un fondo blanco.

—No preguntes —Lorenzo le dijo, y le entregó las gafas protectoras—. ¿Y por qué no le disparas a este bastardo aquí?

—No, lo necesitamos. Por ahora. —El capitán levantó la pierna por encima del tanque, se sentó sobre el asiento ancho de cuero, encendió el combustible, revisó los cambios y se puso de pie en el pedal de arranque.

—Cuidado —dijo Lorenzo—, te devuelve la hostia como una perra.

Y así era, pero la *Sokół* arrancó a la primera, volvió a la vida con un rugido, mientras los niños se acercaron corriendo, gritando y riendo. El capitán agarró las manillas largas y encorvadas hacia atrás, giró el acelerador un par de veces, gritó algo a Lorenzo que Jack no entendió, luego salieron a toda velocidad, levantando piedras y tierra, los niños corriendo detrás hasta que por fin abandonaron la persecución.

—¿Qué hay de Ruby? —Jack gritó lo más fuerte que pudo, mientras que parecían salir del pueblo, pasando por un polígono de fábricas y almacenes. Pero Fidel lo ignoró, giró la moto a la izquierda en una curva estrecha cuando se acercaron a las vías de ferrocarril, y siguió la calle de al lado hasta que llegaron a la estación. Otra curva pronunciada hacia la izquierda delante del edificio de la estación, el sidecar levantándose peligrosamente cuando doblaban el recodo, y luego bajaron volando por la calle de la Estación una vez más. Los ojos de Jack lloraban por la velocidad y casi no podía discernir la pelea que había cerca de los puestos de los vendedores de la calle. Pero había milicianos allí, luchando por derribar a un hombre, quien, Jack estaba seguro de ello, debía ser la comadreja.

Pero no se detuvieron. Pasaron por delante de la Diputación Provincial y ralentizaron la marcha hasta detenerse delante de la Caja de Cerillas, aunque Fidel seguía revolucionando el motor.

—¿Dónde diablos está ella? —gritó, y miraba como loco a su alrededor.

Allí. Había estado refugiándose dentro del café, pero salió corriendo ahora.

Pam.

La tan conocida sensación de ser disparado; una bala pasó volando cerca de la oreja de Jack y silbó al chocar contra la pared del café; el comandante Edwin apareció por la entrada principal del Francisquillo, por la izquierda, levantando su revólver otra vez; y Ruby metiendo el bolso Gladstone en el espacio ya demasiado estrecho del hueco que había debajo del sidecar, ocupado por Jack mismo. Un segundo tiro, una bala desviada porque alguien estaba ahora luchando con el comandante Edwin. Era don Alberto. Y entonces Jack se distrajo con el movimiento poco digno de Ruby subiéndose al asiento trasero de la moto, echó un vistazo a los pololos de color rosado, la parte superior de las medias y los muslos alabastrinos. La moto se puso en marcha con un tirón violento, mientras Ruby se aferraba a los tirantes de la mochila de Fidel para no caerse, y Jack echó un último vistazo a la asombrada y hermosa boca abierta de Estefanía cuando se había abierto paso entre sus clientes para ver de qué iba toda la conmoción. Lo vio, y Jack pensó que Estefanía estaba sonriendo, medio levantando una mano para despedirse, un gesto que, por supuesto, Jack no podía devolver.

Capítulo Treinta

A la mañana siguiente se encontraban en los alrededores de Jumilla. El pueblo mismo estaba situado inmediatamente debajo de ellos, un antiguo castillo árabe sobre una cordillera rocosa a su izquierda, y aquí en las afueras había un montón de casuchas, donde Fidel había pagado para que pudieran pasar la noche en un granero deteriorado, acurrucados en sus abrigos. Habían recorrido las carreteras escabrosas y tortuosas desde Albacete, pasando por Pozo Cañada, Hellín y Nava de Campaña. En algún lugar habían cruzado al interior de la provincia de Murcia, el clima iba mejorando ligeramente según avanzaban, y las viñas volvían a crecer profusamente por todas partes a su alrededor. El capitán también pudo conseguir un mono para Ruby, para ayudarle a cubrir sus partes pudorosas, de modo que ahora parecía una auténtica miliciana.

"Una pena", pensó Jack, cuyo único placer durante el viaje de ojos lagrimosos había sido la proximidad de las piernas sedosas y bien formadas de Ruby, y las tentaciones que le provocaban los ligueros de sus ligas.

—¿Cuánto hemos recorrido? —dijo Ruby.

—¿Desde Albacete? —dijo el capitán. —Sesenta millas. Más o menos.

—¿Sesenta? —Jack hizo una mueca. —¿Solo eso? Mira, ya no siento mis brazos en absoluto. —Salvo en un par de ocasiones cuando tuvo que pedir que le dejaran en libertad temporal para ir al baño, había estado atado durante más de doce horas—. Y os aseguro que no puedo seguir así. ¿Cómo se dice en español cuando un hombre promete no huir? ¿Quedarse como su prisionero voluntario? —Estaba bastante seguro de que cualquier mutilación de la palabra inglesa *parole* no le serviría.

—En español lo llamamos libertad condicional —Fidel Constantino le respondió—. Pero, ¿cómo puedo confiar en ti, inglés?

—Por el amor de Dios, ¿adónde crees que va a ir? —Ruby abrió sus brazos de par en par y los usó para abarcar todo aquel paisaje vacío.

—A lo mejor cuando vuelva —dijo el capitán—. Primero voy a bajar al pueblo, a intentar conseguir algo de comer. Un poco de pan, por lo menos. Averiguar cómo queda la sala con la cortina abierta.

El capitán saltó de nuevo a la *Sokół* 1000 y salió rugiendo a la carretera.

—Le tiene cariño al capitán —dijo Jack.

—Con eso quiere decir que hay alguna relación amorosa entre nosotros, y lo presume porque parecía que estábamos compartiendo una habitación en Albacete.

"Bueno, se me pasó por la mente", pensó Jack.

—¿Hay alguna alternativa que debo considerar?

—Señor Telford, ¿se acuerda, solo unas semanas atrás, que le pregunté si, cuando dejara Madrid, me llevaría con usted? Ni siquiera se dignó en darme una respuesta.

—Sí, pensé que solo estaba detrás de mi pago atrasado. —Se rió, pero esta vez Ruby no compartió el chiste—. Y en su lugar se conformó con un cigarrillo, que yo recuerde.

—No lo disfruté. Ni el cigarrillo ni el hecho de que no me tomara en serio.

—Por supuesto que la tomé en serio. Aquella última noche, antes de subirme al autobús a Aranjuez, le pedí que me acompañara. Y eso no fue fácil para mí. Me temo que me he convertido en una especie de cascarrabias. Tiene que ver con Carter-Holt, creo.

—Desde luego que no sonaba como si hablara en serio. Y luego hizo como si fuera a tomar el tren a Valencia. Aunque obviamente no lo hizo. ¿Acaso tuvo alguna vez la intención de ir a Valencia? No, no necesita responder a eso. Solo debe entender que es difícil para mí considerar cualquier otro escenario que no fuera uno en el que, primero, simplemente se negó a ayudarme. Segundo, me mintió sobre Valencia, para que le ayudara a borrar su rastro. Y me alegro que esto le esté haciendo gracia. —Jack se dio cuenta de que estaba sonriendo como un tonto, era vergüenza en realidad, y se mordió el labio inferior para controlarlo—. Pero la verdad —prosiguió Ruby— es que sus propias conclusiones no me importan mucho, de ninguna manera.

—Quizás estuviera en terreno más seguro preguntando por la indomable señora Norris.

—Ella sigue, como usted dice, siendo indomable. Y, antes de que me pregunte, sí, leí su artículo, como me pidió. Está sonriendo otra vez, señor Telford. Que yo recuerde no fue un asunto que le causara tanta preocupación en Madrid.

—¿El artículo? —dijo Jack.

—El de los niños. Es una de las mejores cosas que he leído. Me conmovió muchísimo. ¿Cuántos cree que son? ¿Cuántos de aquellos pobres niños fueron robados de sus padres?

Fue difícil para Jack no sonreír ahora que el elogio le gratificó tanto.

—No lo sé, Ruby. Miles, supongo. ¿Y qué sigue ahora? Para usted, quiero decir.

—Ah, espero casarme con el capitán Constantino, darle muchos niños hermosos, y asentarme en algún lugar tranquilo. Un bonito y pequeño lugar. Dorset, quizás. Un jardín estilo rural inglés. Flores silvestres por todos lados.

—No es muy amable de su parte tomarle el pelo a un hombre cuando tiene las manos atadas detrás de su espalda.

—¿No me cree?

Ahí estaba otra vez la Ruby Waters sabionda, y a Jack le gustó. Por extraño que parezca, ahora se sintió más cómodo en su presencia.

—No, no le creo —dijo—. Pienso que es una mujer joven que está casada, antes que nada, con su carrera profesional. Sean cuales sean sus sentimientos por el capitán, creo que volverá a su escritorio muy rápido, en cuanto todo esto acabe. Y, cuando eso pase, ¿hablará con Milanes por mí? ¿Se lo contará todo? Él sabrá qué hacer. Espero seriamente que nadie de la clase dirigente querrá que se arme demasiado escándalo por Fielding o Valerie Carter-Holt.

—Aborrezco la violencia, señor Telford. La entiendo, pero la aborrezco. De hecho, es muy difícil para mí entender cómo un ser humano puede infligir daño a otro de forma deliberada, incluso si, como en el caso de Fielding, usted estaba peleando por su vida. Pero aquella mujer en San Sebastián. La ahogó. Con sus propias manos.

—¿Piensa usted que su precioso Fidel es mejor? Lo he visto participar en alguna que otra matanza también.

—Él es un soldado, señor Telford. Para bien o para mal, le pedimos matar por nosotros. Para protegernos de males incluso peores. —Tres mujeres jóvenes salieron de una de las casas, llevando jarras vacías.

Bajaron la colina, charlando como gorriones—. Parecen tan alegres —dijo Ruby—. Tan llenas de vida en medio de todo este dolor.

—Mi madre me crió como un pacifista —dijo Jack—. Ella no podría entender todo esto más que yo.

—¿Entonces adónde irá usted? Para arreglarlo todo. Mientras Milanes se enfrenta a la clase dirigente por usted. ¿Francia, quizás?

Al mencionar Francia Jack se dio cuenta de que su padre se encontraba una vez más a su lado, sonriendo a Ruby Waters con benevolencia. Era diferente a todas las manifestaciones anteriores de su padre, ya que su aparición siempre había sido un presagio de miseria o tragedia. Y entonces fue cuando Jack escuchó la advertencia a través del ruido gutural de la moto, la urgencia en los cambios de marcha, el chillido terrible de sus neumáticos.

—Desáteme, Ruby. Ahora.

Y ella obedeció sin preguntar, de forma que, cuando Fidel frenó en seco, habían agarrado el bolso Gladstone y las mochilas y estaban corriendo abajo para encontrarse con él.

—Rápido —gritó el capitán.

—¿Turbides? —gritó Jack.

—Podría ser, inglés. El lugar está lleno de hombres que dicen ser agentes del SIM. Y están todos buscándote, camarada.

Había sido una carrera loca bajando la colina otra vez, lanzándolos de lado a lado con cada curva cerrada, un giro cerrado a la izquierda que los llevó a las calles estrechas de Jumilla. Casas pobres. Una iglesia. Una plaza con árboles a su alrededor que Jack apenas pudo divisar por las lágrimas provocadas por el viento. Luego un cruce, el sonido de la bocina de un coche mientras que Fidel tiró la *Sokół* todo lo que pudo hacia la derecha, dio un giro brusco delante de una gran limusina negra. Familiar. El Hispano-Suiza en el que Jack había visto a Turbides en las afueras de Criptana. El coche giró hacia la derecha justo detrás de ellos, y Jack, preocupado, miró atrás, aunque para entonces ya no había rastro alguno del coche. Siguieron, dejando atrás las últimas casas de las afueras del pueblo y volviendo a campo abierto otra vez. Olivos, viñedos, la llanura ancha y vacía estirándose hacia el este. Cerros y montañas en el horizonte.

El capitán mismo se aventuró a echar una mirada atrás.

—¿Los has visto? —le gritó a Jack.

—Sí. Dame una de las pistolas. —Pero Fidel Constantino sacudió la cabeza. Ruby había colocado su propia bolsa y la mochila de Fidel entre ella y el capitán, y estaba agarrándose por su vida a su abrigo militar, manteniéndose en el asiento trasero. Pero su cara estaba girada hacia Jack y parecía estar considerándolo con cuidado. Jack, por otra parte, estaba más interesado en la carretera atrás. Pero allí estaba de nuevo, el mismo coche negro. Y los estaba alcanzando rápidamente—. ¡Aquí vienen! —Jack gritó.

Fidel pisó el acelerador, todo lo que le quedaba a la máquina y, por un momento, Jack pensó que podría ser suficiente para escaparse. Pero no hubo suerte. Su optimismo se convirtió en preocupación cuando, en las próximas diez millas más o menos, perseguidor y perseguido parecían ir a la par. Y luego cayó en la desesperación cuando finalmente se dio cuenta, con cada milla adicional, de que el coche estaba ganando cada vez más terreno. Aún quedaba un cuarto de milla entre ellos, pero la distancia iba disminuyendo constantemente.

Jack consideró la posibilidad de aliviar la carga, seguro de que, sin el sidecar y pasajeros, la moto podría dejar atrás a la limusina con facilidad. Pero las bolsas harían solo una diferencia insignificante. No sería suficiente. Y rezó para que el capitán tuviera algún tipo de plan, alguna idea para salvarles antes de que simplemente sea demasiado tarde.

Habían adelantado a algún que otro vehículo, el flujo y reflujo, donde la carretera lo permitió. Un par de camiones, un coche de vez en cuando, dos autobuses. Y ahora corrían por un pueblo, haciendo suficiente ruido como para despertar a los muertos del ordenado cementerio de mausoleos familiares. Pasaron por delante de una taberna al borde de la carretera, con clientes campesinos locales gesticulando y gritando frente al espectáculo que pasó por delante. Luego la carretera ascendió por la falda de una cresta escarpada al norte. Subían la cima y volvían a bajar, el Hispano-Suiza ahora a menos de doscientos metros de distancia. Aunque Fidel seguía un extraño curso de zig-zag, lo cual le ayudaba al coche a acortar la distancia aún más rápido. Jack golpeó la rodilla del capitán con insistencia, pero el viento le quitaba el aliento, impidiéndole hablar. Así que hizo gestos de corte con su mano. "¡Recto!", gritó Jack para sí mismo. "Por el amor de Dios, conduce recto".

—Nos disparan —gritó el capitán y, efectivamente, cuando Jack giraba la cabeza había humo de disparos saliendo de la ventanilla del asiento pasajero del Hispano-Suiza, una cabeza y un brazo asomándose.

La moto tomó la próxima curva a toda velocidad, Jack estaba convencido de que iban a volcar, así que se inclinó fuera del sidecar para volver a bajar el vehículo. Ruby, como vio, todavía parecía impávida, pero Jack estaba aterrorizado. Levantó su mano, un gesto fútil, mientras tomaban otra curva y allí, delante de ellos, donde la carretera se estrechaba para cruzar un puente, había una carretilla agrícola, bloqueando prácticamente todo el camino. No había visto adónde se fueron las balas anteriores, pero vio esta. Levantó la tierra a su lado. Miró hacia atrás y ahora vio a Turbides con claridad.

—Por el amor de Dios, dame un arma —gritó Jack, dándose cuenta de que había gritado en inglés. Delante de ellos se estaba acercando la carretilla, un canal de desagüe a cada lado de la calle, sin espacio suficiente para pasar. Seguramente no sería suficiente. Pero Fidel apretó la pelota de su bocina, una y otra vez. Redujo una marcha, luego otra. El conductor de la carretilla se paró, se giró para ver qué pasaba, comenzó a gritar, luego tiró las riendas bruscamente hacia la derecha mientras la *Sokół* pasó entre el hueco y por encima del puente con, literalmente, unas pocas pulgadas de espacio libre.

Atrás también se oyó el sonido de la bocina de un coche, chirridos de freno, humo saliendo de los neumáticos, y el Hispano-Suiza girando hacia un lado y cayéndose a la zanja. Fidel Constantino se estaba riendo contra el viento.

—Bueno, ¡allá vamos! —gritó.

"De la gran olla a la calderilla", pensó Jack.

El sol había salido de entre las nubes, fuerte y brillante, así que pararon en la sombra de algunos olivos al costado de la carretera, bebiendo a sorbos el agua de la cantimplora de Fidel. Delante de ellos la carretera parecía bastante tranquila: de vez en cuando un vehículo, arrastrándose por el vacío; buitres, en lo alto del cielo de color azul pálido; los olores salvajes y ácidos de la tierra rojiza de España, llegando con una brisa ligera que acariciaba sus caras; y el silencio, un silencio perfecto.

—¿Los puedes distinguir? —Jack preguntó.

Estaban descansando debajo de los árboles antes de ver la furgoneta, pero ahora tenían toda su atención puesta en el vehículo. Todavía estaba muy lejos y cualquiera hubiera dicho que parecía ser un camión de granja abollado, estacionado justo al lado de otro puente. Ni siquiera eran puentes de verdad, simplemente secciones de carretera que pasaban por encima de los conductos de los numerosos arroyos secos de la zona, y adornados con flancos bajos en mal estado.

—No. —El capitán bajó los prismáticos y se frotó los ojos—. Tres de ellos, creo. Quizás cuatro. Pero se mantienen en la sombra, o fuera de la vista, al otro lado.

—¿Siesta? —Ruby sugirió.

—Demasiado temprano, ¿no? —dijo Jack.

—Los campesinos estarían trabajando a estas horas —les dijo Fidel—. Estarán acabando sus tareas antes de irse a comer.

—Probablemente no sea nada. —Pero Jack tenía un mal presentimiento. "A la calderilla". Aunque, si fueran secuaces de Turbides, ¿cómo podrían estar aquí?— Tal vez ahora sería una buena idea dejarme tener un arma de todas formas —dijo, tratando de no sonar muy preocupado e ignorando la mirada de aprobación en el rostro de Ruby.

—Recuerdo la última vez —dijo el capitán, pero, mientras guardó los binoculares en su caja y la caja dentro de la mochila, sacó la pistola automática, procurando que Ruby no la viera. La dejó caer dentro del bolsillo de su abrigo militar—. Bueno, compañera miliciana —le dijo—, vámonos. Nada de qué preocuparse, como dice el inglés. —Ella estaba atando su pelo atrás otra vez y continuaba mientras subía al asiento—. ¿Lo hueles? —Fidel le susurró a Jack, mientras que Ruby se acomodó en el asiento—. Allí afuera. Esperándonos.

—Sí, lo huelo —contestó Jack, y el capitán le pasó la pistola.

—Recuerda la palanca de seguro —Fidel murmuró, y Jack le dio la espalda a Ruby, inspeccionó el arma rápidamente, luego la guardó en su bolsillo—. Y, inglés —dijo el capitán—, no la uses a menos que yo te lo diga. Pero si te lo digo, por el amor de Dios, dispara en línea recta.

Salieron de debajo de los árboles y saltaron a la carretera como un oso enfurecido, a toda máquina. Fidel movió la palanca de cambio hacia delante y hacia atrás sobre el tanque de gasolina, subiendo y bajando las marchas para sacar la máxima potencia a la moto. Se percibió un olor fuerte a humo del tubo escape y a aceite de motor quemado. Ruby lo miraba con cara inquisitiva, sabiendo que algo no iba bien y agarrando el abrigo del capitán aún más fuerte de lo normal.

—¿Qué pasa? —gritó ella en inglés.

Jack sacudió la cabeza. Nada. ¿Por qué? Aunque para entonces ya estaban a más de medio camino de distancia del camión y Jack observó, con su ojo entrecerrado, la actividad frenética que estaba ocasionando la llegada del *Sokół* por la aceleración ensordecedora de la máquina. Tres hombres. Uno corriendo alrededor hacia el lado del conductor y entrando en la cabina. Dos más en su carrera hacia el puente, uno de ellos llevaba una metralleta.

"¡Joder!", pensó Jack.

—¿A qué estás esperando? —gritó Fidel—. ¡Dispara al conductor!

Jack buscaba torpemente en su bolsillo y maldijo cuando la tela se enganchó en sus heridas sangrientas y reabiertas. Vio que el conductor había arrancado el motor del camión y estaba saliendo marcha atrás, dando tumbos hacia la carretera. Los dedos de Jack encontraron la pistola automática y se inclinó hacia adelante, apoyó ambos codos en el panel superior del morro del sidecar, agarró la culata de la pistola con ambas manos. "¿Cuántas balas?", se preguntó y apretó el gatillo, vio como la bala rebotó inofensivamente del capó, mientras el camión se acercaba aún más para cortarles el paso.

—Al conductor —gritó el capitán—. Al maldito conductor.

Jack apuntó de nuevo. Tres disparos en una sucesión rápida, y la satisfacción de ver la ventana de la cabina romperse, el conductor desplomándose sobre el volante. Pero el camión no se paró. Y los dos hombres en el puente empezaron a devolver el fuego. Hubo un martillazo a la izquierda de Jack. Un agujero limpio en el tanque de la moto, debajo de la rodilla de Fidel, gasolina derramándose sobre la pierna del capitán, sobre las aletas del motor, el colector de escape. Una imagen, en la mente de Jack, de ellos explotando en una bola de fuego.

—¡Gasolina! —gritó.

—¡Mata a los cabrones! —le devolvió el grito Fidel, y fue directo hacia el camión, el cual ahora también se encontraba en la carretera, el conductor muerto sobre el volante, pero de alguna manera... Por lo menos bloqueaba ahora la línea de fuego del tipo de la metralleta, pero no la del tercer hombre. Aquel tenía un rifle. Estaba arrodillado. Jack disparó, falló, vio el rifle retroceder. Las manos de Ruby se soltaron del abrigo de Fidel, se fueron a su cabeza, sangre en sus dedos y, en ese momento, cayó hacia atrás. Jack intentó agarrarla pero apenas rozó el pantalón de su mono, y ella se había ido, golpeando la carretera, rebotando como una muñeca de trapo, manteniendo el paso con la moto por uno, dos, tres segundos, luego se quedó atrás. —¡Dispara, inglés, dispara! —Fidel mantenía su cabeza baja, casi al nivel del manillar pero conduciendo en curso recto hacia el hombre del rifle. Otra bala les golpeó, los radios de las ruedas resonaron como las notas de un xilófono. El camión todavía estaba rodando, marcha atrás, dejando un hueco en el puente.

Jack disparó otra vez. Luego otros tres disparos más. El rifle voló por los aires, el hombre fue tirado hacia atrás, chocó con el parapeto y cayó por encima del mismo hacia abajo al arroyo. El capitán pisó a fondo los frenos y se inclinó hacia un lado para evitar que la moto volcara cuando la detuvo dando un giro. Desde detrás del parapeto de enfrente, el hombre de la metralleta se había puesto de pié, ahora tenía una línea de fuego limpia, con el camión apartándose rodando. Levantó el arma mientras Jack apuntó con manos temblorosas la pistola automática, sin tener ni idea de cuántas balas le quedaban. Pero entonces Fidel le tiró hacia abajo al sidecar, y el capitán tenía empuñado el revólver, el que Jack había robado a Luís el Loco.

Capítulo Treinta y Uno

Jueves, 2 de marzo de 1939

Ruby Waters seguía con vida, pero Antonio Machado, el poeta más importante de España, había muerto.

—*Caminante* —citó Ruby solemnemente—, *son tus huellas el camino, y nada más.*

—Es muy apropiado —dijo Jack.

—Claro que sí. —Le sonrió desde la cama, todavía demasiado débil para moverse mucho—. Pero es el único que recuerdo completo. *Caminante, no hay camino, se hace camino al andar. Al andar se hace el camino, y al volver la vista atrás se ve la senda que nunca se ha de volver a pisar.* Es triste, ¿verdad, Jack?

Ella ahora lo llamaba Jack más a menudo durante los últimos días.

—No recuerdo haber leído ese. Pero no puedes haberte hecho mucho daño en la cabeza si consigues recordarlo. Eso es lo que importa. —Dio unos golpecitos sobre el diario, el último que habían comprado, un par de días atrás—. Dice aquí que después de su muerte encontraron un poema nuevo en su bolsillo. Aunque solo dan la primera línea. *Estos días azules y este sol de la infancia.*

—¿Dicen cómo murió?

—No, solo su edad. Sesenta y tres. En un campo para refugiados en Francia, algún lugar cerca de Toulouse, creo. —Recordó las preocupaciones de Rosario del Olmo respecto de la salud del poeta, la probabilidad de que escapara de Barcelona para irse a Francia. Recordó las noches en Madrid cuando había usado los poemas de Antonio Machado para mejorar su español, un español inmensamente mejorado ahora, aunque a menudo lo abandonaba del todo cuando estaba fatigado. Y pensó en los guerrilleros en Covadonga que habían tomado el nombre de Machado como el suyo, como un símbolo de la libertad.

—No es una edad muy avanzada, ¿verdad?

—Es un poco preocupante —dijo Jack—. Partiendo de esa edad, mi vida ya va por la mitad.

—Mientras que yo me siento como si hubiera vuelto a nacer.

—A decir verdad, pensábamos que te habíamos perdido unas cuantas veces. Los primeros días, cuando tus ojos ni siquiera se abrían, el doctor estaba convencido de que no sobrevivirías. Y luego comenzaste a llorar. ¿Lo recuerdas?

—No, Jack. No mucho. La primera cosa que recuerdo eras tú, dándome la vuelta.

—Eres más pesada de lo que pareces, señorita Waters. —Decidió no atentar contra su dignidad mencionando las veces que la tuvieron que limpiar. O tratar de hacerla tomar agua, sopa ligera, cuando ni siquiera podía tragar—. ¿Y como están las manos hoy?

Las levantó con dificultad, las férulas y los vendajes extendiéndose desde su codo hasta las puntas de sus dedos.

—¿Crees que volveré a tocar el piano? —Un chiste viejo.

—El doctor parece estar seguro de haber vuelto a colocar las muñecas en su sitio. Pero podría pasar mucho tiempo antes de que puedas volver a ese escritorio tuyo.

—¿Y qué aspecto tengo, aparte de eso?

Un rizo solitario de su hermoso cabello se había escapado de las vendas que todavía envolvían su cabeza.

—Tan duro de cerviz como siempre —dijo Jack—. Pero me dicen que esos turbantes vuelven a estar de moda en Londres.

—Debes estar contento, señor Telford. Supongo que estarías bajo custodia en algún lugar ahora, si esto no hubiera pasado. Pobre Fidel, he estropeado sus planes.

—Por extraño que parezca, no creo que le importe demasiado. Oh, está todavía decidido a entregarme a las autoridades. Pero no parece estar muy seguro de quién está al mando ahora. Le frenó un poco cuando descubrió la semana pasada que Negrín había vuelto a Madrid. Para pasar revista a las tropas en el frente. Aunque no tiene ni idea de dónde podría estar su propia unidad y los cuarteles en el pueblo no han podido ayudarle. Ha recibido mensajes contradictorios. Sobre el general Kotov estando en Madrid con Negrín, luego la noticia de que está en Valencia. Y ahora parece que podría haber vuelto a casa, a Moscú.

Había sido una semana extraña para las noticias, en todos los sentidos. Mucha excitación en los diarios por las declaraciones muy claras de Francia e Inglaterra, a pesar de la amistad persistente de Chamberlain con Hitler y Mussolini, declaraciones de que darían respuesta inmediata y militar a cualquier agresión contra Hungría o Polonia. Fue una advertencia directa para Alemania. El mundo al borde de otra guerra. Aunque para España, ¿aquello no implicaba que una guerra europea contra Alemania también significaría una guerra europea contra los aliados de Hitler, contra Franco? Ojalá la República pudiera sostenerse hasta ese día. ¿Y no era ese el mensaje de Negrín? Con ese fin también se habían llenado los diarios con las promociones de Negrín. El coronel Casado en Madrid, ascendido a general y con aún más responsabilidades sobre la defensa de Madrid. "Aunque es Casado", pensó Jack, "del que Kotov sospechó de estar aliado con la Quinta Columna". Casado, en el que confían aquellos con los que Jack había llegado a tener afinidad en Madrid, el padre Lobo y Julián Besteiro, los grupos que representaban, deseando por encima de todas las cosas poner fin a la matanza y al sufrimiento de España, a toda costa.

—Quería volver directamente a Madrid, ¿no? —dijo Ruby, su voz llena de culpa.

—¿El capitán? Sí. Pero no estaba seguro de si serviría de algo. Y nunca te iba a dejar así. Además, no creo que pudiera soportar devolverle la moto a su amigo de una pierna, Lorenzo, sin haberla arreglado adecuadamente. Por lo menos tienes la suerte de no acordarte del viaje hasta aquí. Rellenó el agujero de la bala en el tanque con un pedazo de goma. Pero la rueda delantera estaba en mal estado. Una bala había destrozado algunos radios de la rueda, y luego la horquilla. Cojeamos, literalmente, todo el camino hasta aquí.

"Contigo, querida Ruby, atada al asiento corrido de la parte trasera de ese maldito camión, y luego tu incómoda camilla atada longitudinalmente encima del sidecar".

—¿Y ahora? —preguntó ella.

—Y ahora esperamos. Al menos tu Fidel parece contento de que nos hayamos deshecho de Turbides. Se habrán encontrado con el camión y sus asesinos muertos. Habrán decidido que ya nos habíamos ido hace mucho tiempo. Quizás, que ya estaríamos en Alicante. Y, Ruby, te debo una disculpa. Por haberte engañado. Con lo de Valencia. Tenías razón.

Lo hice a propósito. Tratando de borrar mi rastro, como dijiste.

—Disculpa aceptada. Pero supongo que ya no importa mucho, de todas formas. —Jack esperaba un poco más de su parte. Quizás un reconocimiento de que, aunque ella seguía aborreciendo la violencia, Jack había matado a dos de los hombres que trataron de tenderles una emboscada y asesinarlos. Pero se llevó una decepción—. Desde una perspectiva más amplia de las cosas —dijo ella—, después de todo, no estaríamos en este lío, y tendríamos a gente intentando aniquilarnos, si no hubiese sido por ti, señor Telford.

Jack esperaba fuera, preguntándose con qué se estaría entreteniendo el capitán, mientras que dentro el doctor realizaba su visita diaria a Ruby. Era un pueblo tranquilo, Encebras, a un millón de kilómetros de distancia del resto de España, de las partes arrasadas, aunque en realidad no estaban a más de cinco millas de El Pinós y la carretera para Alicante. Se encontraba enclavado debajo de los bancales del Monte Coto. Pero Fidel Constantino eligió el lugar con cuidado. Tenía amigos aquí. El doctor tenía una expresión seria cuando había llegado y estaba igual cuando salió.

—¿Cómo está? —le preguntó Jack.

—Ah, ¿la chica? Está muy bien. La ventaja de la juventud. Pero un día negro para otras cosas, amigo mío. ¿No lo sabe? La viuda de Lenin ha muerto. Pobre Krupskaya. Ella era su roca. Durante toda la revolución. Luego lo cuidó durante su enfermedad. Querida criatura. Qué bendición debe ser tener la devoción de una mujer como Nadya Krupskaya.

Y se marchó, llevando su bolsa de cuero.

—¿Te dijo algo? —preguntó Ruby, cuando Jack entró por la puerta. —Me dio miedo. Tan sombrío.

—No eres tú, querida. Está triste por lo de Krupskaya. —Jack se lo explicó—. Pero contigo parece estar más que satisfecho.

—¿Y tú, señor Telford? ¿Cuál es tu pronóstico?

—¿Es que mi opinión importa? Ya que, al fin y al cabo, estamos en todo esto por mi culpa.

—Nada de autocompasión, por favor. No va contigo, Jack. Y perdóname si he sido algo brusca. Resulta que estoy todavía con mucho dolor.

—¿El doctor te dio algo para eso?

—Me ofreció algo. Pero no respondo muy bien a la medicación. De todas formas, una parte del dolor es autoinfligido. Me temo que podría haber sido de alguna forma ambigua. Con los afectos del pobre Fidel. Esa no fue mi intención.

—Te tiene mucho cariño.

—Sí, lo sé. Pero no servirá, ¿verdad, Jack?

Supuso que no, pero tuvo la sensación de que se abrían puertas delante de él, y retrocedió, no queriendo comprometerse, ni por una posición ni por la otra.

—No estoy seguro de si puedo comentarlo, señorita Waters. Después de Albacete…

Volvió a recordar el escenario de cuando tocó la puerta de su habitación y descubrió al capitán en su interior.

—Me temo que tienes una pésima opinión de mi moralidad, señor Telford. ¿No podrías haber tenido la cortesía de hacerme una pregunta directa? ¿O tal vez darme una oportunidad para explicarlo? Pero no. Enseguida sacaste tu conclusión. Tal como hubiera hecho la mayoría de los hombres, supongo. Sin embargo, estabas muy equivocado. Fidel pasó la noche entera en la recepción del hotel. Haciendo guardia. Llegó a mi habitación solo unos minutos antes de que llegaras tú mismo.

Jack gemía por dentro, luchando por encontrar alguna manera de librarse, pero en ese momento escuchó la moto, recién arreglada y repostada, su sonido familiar retumbando por las calles del pueblo.

—Está en algún lugar cerca de aquí —dijo Fidel—. En la provincia de Alicante. El periódico no dice dónde exactamente, pero parece que vamos por buen camino.

—Eso está bien, ¿verdad? —a Jack le estaba costando entender por qué el capitán volvió de tan mal humor. Fidel trajo el diario local y un ejemplar del *ABC* del día anterior. Y allí estaba, el presidente del Gobierno Negrín y sus ministros, ahora establecidos en aquella parte del Levante, con Alicante como su capital provincial. Pero era una región grande, y ninguna pista sobre dónde estaría asentado el Gobierno Republicano. Pero seguro que no en Alicante misma. Estaban arrasando la ciudad con bombardeos a gran escala, hasta ahora mismo. Hubo más ataques durante los últimos días. El puerto. Las fábricas. El centro de la ciudad. —Y veo que tenemos un nuevo presidente de la República también —dijo Jack.

—¿Tenemos? —dijo Fidel con brusquedad—. Perdón. Inglés.

Supongo que piensas que también te has ganado tu lugar en España. Pero sí, con Azaña huido a Francia, un nuevo presidente de la República. ¡Viva el presidente!

Fue un anuncio importante. Algo para celebrar, Jack imaginó. Pero no a los ojos de Fidel, eso estaba claro. Don Diego Martínez Barrio.

—¿Cómo es? —dijo Jack.

—Se llama a sí mismo revolucionario. Y ha sido presidente antes. Pero está cerca de ese gusano, Azaña. Ambos escondidos en París o algún lugar ahora. Solo fue nombrado presidente porque Azaña renunció y es el siguiente en la línea de sucesión. ¿Realmente crees que va a venir aquí a ensuciarse las manos? Para nada. Pero ya sabrás de eso, inglés. De no ensuciarte las manos.

"¿Qué le pasa?", se preguntó Jack. El capitán solía ser ocasionalmente propenso a los cambios de humor, pero muy rara vez era tan acerbo.

—Siento —dijo Ruby— que es tiempo para volver a la carretera. ¿Tus obligaciones te llaman, querido?

A Jack no le gustaba que ella llamara "querido" a ese tipo. Era demasiado íntimo, y sabía que lo hizo solamente para fastidiarle. Pero la respuesta del capitán a la chica no fue menos abrupta que los comentarios que le hizo a Jack. ¿Por qué estaba tan enfadado? Por alguna estúpida razón, Jack volvió a pensar en la muerte de la viuda de Lenin. Krupskaya. ¿Era esa la razón?

—Hay mejores noticias, dependiendo de cómo se mire, por supuesto —dijo Fidel—. Les han pedido a todos los ayuntamientos que envíen todas las ambulancias disponibles a Alicante. Sabes lo que ha estado pasando allí, supongo. ¿Sí? Muy bien. Mi gente está muriendo allí también. Cientos de ellos. Bueno, les pregunté si nos podrían llevar. A ti por lo menos, compañera. Quizás no sea tan cómodo como te gustaría, pero bueno, a buen hambre no hay pan duro. O los mendigos no pueden ser quisquillosos, ¿no es así como lo decís vosotros? ¿Tu gente?

—¿Tú y yo en el *Sokół*, supongo? —dijo Jack. Tenía muchas ganas de relajar los ánimos, pero al final solo consiguió enojarse él mismo.

—¿No es suficiente para ti, inglés? Tú eres el mendigo aquí, ¿o no es así? El prisionero de España. De la España republicana, claro. No de los amigos que tienes entre los facciosos. O quizás debería entregarte a ellos. A este Turbides.

—¿Sabes algo de él?

Fidel se encogió de hombros.

—Presenté un informe en el cuartel cuando llegamos aquí. Enviaron una patrulla para recoger el camión, para intentar identificar a esos pistoleros. No encontraron nada. Ningún rastro de ellos. Pero dicen que la policía secreta de Franco ha estado activa en el área durante un tiempo, por lo que no ha sido ninguna sorpresa. Pero ya no quedan más grandes sorpresas, ¿no?

—Estás hablando en clave, capitán —dijo Jack—. Piensas que está allí fuera todavía, ¿verdad? Turbides. Pero no entiendo por qué. Es poco probable que Franco esté preocupado, a estas alturas, por alguna revelación del asunto de Carter-Holt.

—¿A estas alturas, inglés? No, si tienes razón. Pero no lo comprendes, ¿eh? Para criaturas como Turbides —ese comandante Edwin también— esas cosas se vuelven personales. No hay mucha lógica. Un asesino no es más que un asesino.

—Y tú, capitán. ¿Dónde te deja eso a ti?

—Donde siempre he estado. Con una guerra en la que luchar. ¿Y vosotros dos? Volviendo juntos a Inglaterra, supongo. Donde podéis seguir riéndoos a costa nuestra.

Jack sintió erizarse el vello en su nuca. ¿Había estado este hombre espiándolos? Imposible. Había escuchado la moto llegar, ¿no? Miró a Ruby, vio cómo se ruborizó.

Fidel —ella comenzó—, no sé lo que te molesta, pero te puedo asegurar...

—¿Asegurarme qué, compañera? Volverás a tu pérfido país y escupirás en mi memoria. ¿Por qué miras sorprendido, inglés? Demasiado ocupado leyendo esas tonterías sobre los presidentes para no ver las noticias más importantes. Vale, que solo le han dedicado unos cuantos párrafos pequeños. Cómo no. No hay razón para darle demasiada importancia. Muchos de nosotros siempre lo esperábamos. Ese cerdo de Chamberlain. Un amigo de Hitler. ¡Aquí! —Señaló con su dedo dando golpecitos a la sección relevante del diario, y Jack la leyó con más cuidado.

Tres días antes. Gran Bretaña y Francia habían reconocido oficialmente el gobierno de Franco.

Capítulo Treinta y Dos

Domingo, 5 de marzo de 1939

Viajaban en convoy, aunque Jack no entendía por qué. Había aviones alemanes e italianos más a menudo en el aire y parecía una vana esperanza creer que aquellos que ya habían bombardeado y disparado a tantos inocentes de verdad se iban a detener ante una fila de camiones solo porque llevaban cruces rojas.

Habían vuelto a enganchar el sidecar una vez más, pero ahora cargándolo con las mochilas y el bolso de viaje de Ruby, mientras que Jack iba sentado en el asiento trasero de la moto agarrando la barra delantera del sillín, sin atreverse a tener contacto físico con el capitán como lo había tenido ella. Puede que Jack haya llevado a un Fidel Constantino herido por un largo camino hasta llegar a las líneas republicanas, pero la ira justificada del hombre lo había cambiado todo. Un silencio helado había caído entre ellos, interrumpido solo por un gruñido ocasional, instrucciones formuladas con intención de dejarle claro que Telford era, de nuevo, nada más que el prisionero del capitán.

—¿Todavía vamos a Alicante? —gritó Jack.

—Quizás. Ya verás.

Eso era todo. Pero estaba claro que el capitán había recibido órdenes antes de que partieran del cuartel aquella mañana en El Pinós. Aunque Jack no tenía ni idea de cuáles podrían ser, y mientras que se dirigían hacia el este, se quedó reflexionando sobre los dolores de sus tripas, la sensación de malestar que había sufrido en los últimos días, llegando a la conclusión de que debían ser simplemente los síntomas exteriores y visibles de su sentimiento de culpa por la última traición de Gran Bretaña frente a la República Española. Algo en su interior le gritó que aquí había una relación: entre el comandante Edwin y sus mensajes para la Quinta Columna; o entre Edwin y esas extrañas promesas de pago a la figura aborrecible de Juan March. Pero no podía encontrar las respuestas, y el viaje continuaba. Por tierras cada vez más áridas, las cuales le sorprendieron casi tanto como la vegetación exuberante del norte de España. Por Culebrón, El Xinorlet, Manya y Pedrera, y parando por fin en Monóvar, donde supuestamente iban a comer y donde Jack se adelantó para ayudar a Ruby a bajar de la ambulancia a la que la habían asignado.

—Bueno —dijo, mientras la ayudaba a bajar—, parece que el jardín inglés tendrá que esperar un poco.

—Estoy segura de que se arreglará —respondió ella, apoyándose con fuerza en él para sostenerse, y sus piernas temblaban del esfuerzo—. Y no le puedes culpar, Jack. Qué cosa más despreciable. Me siento muy sucia.

Había sido el tema más recurrente de sus conversaciones.

—Avergonzado de ser británico —dijo Jack—. La idea de que simplemente nos largamos.

—Abandonamos Checoslovaquia, ¿no? Supongo que esto no es peor.

—¿Se supone que puedes tener opiniones de este tipo, señorita Waters, dada tu posición?

—Pensaba que podría arriesgarme apelando a tu integridad, Jack. De no chivarte de mí.

—Entonces supongo que deberías haberme dicho antes que esta conversación iba a ser extraoficial. Eso suele vincularme, como periodista. Juramento hipocrático. Secreto de confesión. Ese tipo de cosas. Pero supongo que esta vez será gratis para ti. Lo menos que puedo hacer, dada mi frecuente conducta inaceptable.

—¿Es una disculpa, señor Telford?

—Sabes por qué, ¿no?

El estúpido patinazo que había cometido. En cuanto a Ruby y el capitán en Albacete. Deseaba que la tierra se abriera y lo tragara mientras hablaba. Y en Albacete también había estado Estefanía, desordenando sus pensamientos, incluso ahora.

—Por supuesto que lo sé —dijo Ruby riéndose—. Entonces doy por hecho que mi secreto, mi lapso temporal de lealtad al Servicio, está a salvo en tus manos. ¿Y tienes alguna idea de adónde vamos? No vamos directamente a Alicante, me imagino.

—Quizás averiguaremos más durante el almuerzo, sea lo que sea que ofrezcan aquí. No parece muy prometedor, ¿eh? —La plaza era de gravilla polvorienta, oscurecida por un cielo de plomo, con unas calles escabrosas bajando hacia su centro desde tres lados y una iglesia abandonada en el cuarto lado. Pero mientras la ayudaba a salir de los vehículos estacionados y vigilados, y a andar hasta un mesón antiguo al otro lado de la calle, Jack se detuvo en seco, saltó como si hubiera sufrido una descarga eléctrica que sacudía su cerebro—. No puede ser —gimió—. Dios mío, no es posible.

Aunque no era imposible en absoluto, claro. Ya había sucedido, ¿cuántas veces? En el callejón, al este de la iglesia. Casi totalmente escondido en las sombras. El capó de una gran limusina Hispano-Suiza negra.

Fidel se negó a creerle y lo acusó de seguir algún juego. Ruby no le había ayudado, dado que no podía confirmar haberlo visto. Pues, podría haber sido cualquier otro coche negro. Y cuando el capitán accedió de mala gana a venir con ellos a verlo de cerca, no había nada. Solo más cabreo. Incluso se negó a decirles adónde se dirigían a continuación, aunque estaba claro que Fidel ya conocía su destino inmediato. Pero, a pesar de todo, a pesar de la incredulidad de Fidel, Jack lo vio en muchas ocasiones cuando se giraba para mirar atrás a la carretera.

Así que continuaron avanzando, dejando Monóvar atrás, las vías del ferrocarril a su izquierda, el lecho de un río rocoso a su derecha, hasta que entraron al pueblo de Elda donde hicieron una breve parada en un cuartel general del ejército y donde llegaron camiones en fila trayendo suministros para descargar. Los otros vehículos se separaron aquí saliendo en direcciones distintas, quedándose atrás solo la moto y la ambulancia de Ruby siguiendo su camino por las afueras más lejanas, por la carretera hacia Villena. Un par de millas, no más, y después continuaron por un camino de tierra que se sumergió en un bosque frondoso. Un camino recto y sin desviaciones que los llevó a los portones y anexos de una residencia palaciega, anidada entre los árboles. Había guardias. Muchos guardias.

Se detuvieron delante de la escalera ancha y las balaustradas que ascendían hasta las puertas principales, el intenso aroma del pinar en el aire. Y allí Fidel le dio instrucciones al conductor de la ambulancia antes de llamar a Jack para que le siguiera. El capitán sacó sus documentos de identificación para la inspección, le dijo al sargento de la Guardia de Asalto su nombre, rango y unidad militar. Sí, confirmó Fidel, el inglés era su prisionero, y le ordenó a Jack a entregar sus propios papeles, todos ellos. Dijo que necesitaba ver al general Kotov. El sargento se rió.

—¿Los rusos? —respondió. —Por las tetas de la Virgen, ¿quién les contó que todavía quedaría alguno de ellos por aquí?

Pero por lo menos el nombre de Kotov y el rango de Fidel Constantino parecían ser suficientes para poder entrar. Una sala de recepción amueblada con roble oscuro, pulido con cera de abeja y también con guardias. Y allí se quedaron esperando.

—¿Qué arreglos has hecho para la señorita Waters? —dijo Jack.

—Los obvios —respondió Fidel—. Debe examinarla un oficial médico. Para asegurarse de que no ha sufrido ningún daño por el viaje.

—¿Por qué no la envías directamente a Alicante? Por lo menos hay un hospital allí.

—Está más segura aquí.

—¿Aquí…?

—En Monóvar me dijeron que la casa se llama El Poblet.

—Es muy grande —dijo Jack, y se paseó por la habitación, inhalando el fuerte olor a cera para muebles, pasó su dedo por los prístinos bordes de un escritorio sin polvo y contempló los cuadros que adornaban las paredes empapeladas. Un Sorolla. Un Andreu. Un Blanchard. "¿Auténticos?", se preguntó.

—No íbamos a alojar al presidente del Gobierno en los establos. —dijo Fidel con un sarcasmo exagerado.

"¿Negrín?", pensó Jack, pero antes de que pudiera formular su siguiente pregunta, se abrió la puerta y entró un hombre. Ignoró a Jack totalmente, a Fidel le dedicó el más mínimo reconocimiento, y se sentó detrás del escritorio. Estaba bien vestido, aunque su cara parecía haber sido aplastada por una pala.

—¿Capitán Constantino? —dijo—. No sabemos por qué debería estar aquí, pero tengo instrucciones de escuchar su historia. Capitán Orca, SIM. —Fidel contó su historia: su unidad fue despachado por su comandante, el general Kotov, para ayudar a un prisionero a escaparse de San Pedro de Cardeña; un periodista, encarcelado por la muerte de una mujer muy apreciada por Franco, pero lo que desconocían los facciosos era que la mujer también actuaba como agente de la Comintern. El general Kotov necesitaba averiguar qué es lo que había sucedido, pero también creyó que este prisionero podía ser útil para ayudar a desenmarascar algunos de los tratos clandestinos entre Gran Bretaña y la Quinta Columna de Franco—. ¿Y el ojo? —dijo el capitán Orca, y con aire arrogante señaló con un dedo en la dirección de Jack—. ¿Eso pasó en San Pedro?

—No —le dijo Fidel—. Le torturaron. En Burgos. Es cómo el general se enteró de él, creo. Uno de los vigilantes, quizás. —Luego, siguiendo la instrucción, continuó su relato. El escape fue exitoso y el prisionero traído a Madrid. Allí había prestado unos servicios valiosos, entre otras cosas, había conseguido pruebas respecto de unos pagos, considerados como donativos por los británicos, a favor del hermano de Franco y sus generales. ¿Motivo? Aún desconocido. Aunque, por consiguiente, al prisionero le persiguieron tanto los agentes del servicio de inteligencia británica como los de la policía secreta de Franco. Además, el general Kotov descubrió que el prisionero había matado a la mujer, en San Sebastián, sabiendo que ella estaba trabajando para la Comintern. Así que el general ordenó la captura del prisionero.

—¿Y también su ejecución? —preguntó el capitán Orca.

—Si fuera necesario, sí.

—Pero, en vez de ello, lo trajo aquí. ¿Por qué?

—No esperaba encontrarle, camarada capitán. Fue pura casualidad. Y en ese entonces yo ya me encontraba en Albacete, escoltando a una mujer joven. Sabrá de ella, me imagino. Servicio Diplomático de Gran Bretaña en Madrid.

—¿Se trata de una misión oficial? ¿Escoltarla?

—No, no es oficial. Fui separado de mi regimiento y de mi comandante. Me enteré de que estaba aquí, en el Levante. Necesitaba órdenes nuevas.

—Las podría haber conseguido en Madrid, capitán, ¿no es cierto? Ah, no. Es parte del Cuerpo Guerrillero, claro. Reglas diferentes a las del resto de nosotros. ¿No es eso a lo que se refiere?

—No son diferentes, camarada capitán. Pero el general Kotov, el León, me había encargado ciertas responsabilidades. Cuando volví a encontrar al prisionero, creí que nos podría ser útil. La chica también. Resultó gravemente herida ayudándonos a llegar hasta aquí.

—¿Puedo decir algo ahora? —dijo Jack.

—No, no puede —gruñó el capitán Orca, y se volvió de nuevo hacia Fidel—. ¿Y usted le permite pasearse por ahí así? Sin ninguna restricción. Libre para escaparse.

—Libertad condicional —Fidel le dijo, y el capitán Orca sacudió la cabeza con desesperación—. Pero hay una cosa que debe saber, capitán. Los facciosos que le han estado persiguiendo, se están haciendo pasar por miembros del SIM. Tienen credenciales falsas.

—¿Y qué me quiere decir con eso, capitán Constantino?

—Quiere decir —dijo Jack en un español impecable— que he vuelto a ver a esos cabrones en Monóvar. Por lo menos, es lo que creo…

Orca golpeó la mesa.

—Capitán Constantino —gritó—, conozco su reputación. Sus supuestas hazañas. Pero no me impresionan mucho. Si este hombre inglés es su prisionero, confío en que le va a tratar como un maldito prisionero. Sean cuales sean los disparates que le haya metido en la cabeza, se encuentra ahora en la sede del gobierno de la República Española. Aquí. Elda. Esta es nuestra posición Yuste. ¿Entiende? —Fidel asintió, aunque los músculos de su cara estaban tensos como el hierro. Y la referencia a Yuste no le sonaba de nada a Jack—. Nuestra seguridad aquí es inexpugnable —continuó el capitán Orca—. Así que llévese a su prisionero y enciérrele en uno de los trasteros. Decidiremos qué hacer con él más tarde.

La puerta del trastero se abrió y vio la silueta de Fidel perfilarse con la luz amarilla de una linterna. Era tarde. Muy tarde.

—Tengo que avisarte que tendrás el honor de cenar con el presidente del Gobierno, inglés.

La noticia pareció dejarle totalmente frío, pensó Jack.

—¿Estoy libre? ¿Por qué tardó tanto tiempo? Debe de ser casi medianoche. ¿Y cenar? ¿Ahora?

—Libre no. Tuve que esperar dos horas hasta que Orca hubiera contado su historia a Cordón, mostrarle tus papeles. Luego tuve que esperar tres horas más hasta que Cordón encontró el tiempo para interrogarme personalmente. Negrín ha estado en una conferencia toda la tarde. Pero ya están tomándose un descanso. Para cenar, como dice. Y sí, es casi medianoche.

—¿Cordón?

—El Subsecretario de Defensa de Negrín. Y, por cierto, no necesitas darme las gracias por haber hecho el ridículo. Repitiendo esas tonterías sobre Turbides.

—Perdón, Fidel —dijo Jack, mientras el capitán lo acompañó fuera de la celda improvisada y lo llevó hasta un baño.

—Aquí —dijo Fidel—. Es mejor que te pongas más presentable.

Se quitaron sus abrigos militares, quedándose Fidel en su campera de combate y Jack en sus no tan impecables mangas de camisa. Pero poca cosa podía hacer Jack en cuanto a su aspecto, y todavía estaba preocupado por la barba incipiente en su cara sin afeitar y las nuevas costras que cubrían sus manos, queriendo preguntarle al capitán por qué en el nombre de Dios se supone que debía cenar con el presidente del Gobierno de la República Española, cuando le llevaron al salón comedor. "Esa madriguera de conejo otra vez", pensó, mientras su cerebro perplejo y cansado luchó por dar sentido a todo esto. Una sala cómoda, el abrillantador otra vez, humo de puros, un olor que había saboreado tanto en el pasado, pero que ahora solamente le recordó la tortura y el dolor. Pero los hombres reunidos alrededor de la mesa ya estaban cenando: trozos de tomate rojo y verde con una capa de aceite de oliva de tono ambarino, combinado con trozos dorados de perdiz y matizado con cebolla aromatizada y ajo tostado. Hubo vino también, y la panza demacrada de Jack anhelaba poder probar tan solo un bocado de tal manjar. Miró a su alrededor buscando a Fidel, inseguro de qué hacer, y lo encontró de pie atrás, rígido y formal, en la puerta con otro guardia armado, mientras que escuchó desde la mesa a alguien pronunciar su nombre.

—Señor Telford. —Jack se volvió. Un hombre se levantó de la mesa, y aunque Jack lo reconoció inmediatamente, pensó que rara vez había visto fotografías de Negrín. Siempre fue Azaña, el ex-presidente de la República, el que estaba en el candelero, más que el presidente del Gobierno. Aunque parecía ridículo, Negrín parecía más imponente en realidad, no precisamente la imagen del físico eminente que una vez había sido, tenía más bien el semblante de un boxeador y matón en vez del aspecto de un doctor—. Me temo —dijo— que no ha recibido la hospitalidad que se merece siendo uno de nuestros corresponsales acreditados. —"Entonces", pensó Jack, "ha leído mis credenciales"—.

¡Venga! —Negrín lo invitó, señalando una silla vacía—. Por favor, acompáñenos. Es bastante sencilla, pero buenísima. Los mejores cocineros de España, ya sabe, los alicantinos.

—Pero me imagino que no será ese su motivo principal para estar aquí, señor.

Jack se sentó, aceptó un plato de tomate dulce con rodajas finas de cebolla, aceitunas de color verde oscuro y pequeñas rodajas de bacalao frío.

—No, qué va —Negrín respondió—. Pero sí que tiene algo que ver con el hecho de que los alicantinos están entre los seguidores más firmes de la República Española. Y su castellano, es excelente. —Jack aceptó el elogio de buena gana mientras que el presidente del Gobierno dirigió su mirada, de ojos privados de sueño, hacia sus otros compañeros—. ¿Qué les parece, caballeros? —Hubo un par de sonrisas, pero algunos de los hombres parecían nerviosos, inquietos, estaban tan incómodos con la compañía de Jack como lo estaba Jack estando entre ellos. Hubo presentaciones, y Jack se esforzaba en hacerse notas mentales, aunque sabía que le iban a abandonar antes de que la noche terminara. Pero hubo un hombre en traje, con cara ancha, de ligera calvicie, llamado Paulino no-sé-qué. Un soldado, un general con un nombre que Jack conocía, Matallana —castigado con una sonrisa maligna permanente—. Un ministro de Educación, con una cara apropiadamente delgada e inteligente. Y otros, los ministros de Comunicación, de Justicia, y el tipo que Fidel había mencionado, otro general, Antonio Cordón. —Antonio —Negrín le dijo—, explíquele a nuestro invitado, por favor. Es lo menos que podemos hacer.

Cordón era posiblemente el más joven allí, mayor que Jack, pero no mucho. Una de aquellas caras eternamente jóvenes. "Si iba a confiar en alguno de estos personajes", pensó Jack, "sería probablemente en Cordón". Pues, en cuanto al resto, la mitad de ellos le recordó a mafiosos en su escondite, planeando su próximo atraco. O quizás, siendo más preciso, mafiosos esperando a que su jefe actual fuera abatido a tiros para ver cuál de ellos ocuparía su lugar. "Y me pregunto en cuántos de ellos Negrín mismo puede confiar".

—¿Por dónde empiezo? —decía Cordón, y comenzó a colocar platos, condimentos, piezas de fruta y cubiertos para su mapa de sobremesa—. Bueno, quizás con usted mismo, señor Telford. Si hubiéramos sabido antes que estaría con nosotros…

—¿No podemos ir directamente al grano? —gruñó el otro general, el de la sonrisa insincera, Matallana.

—Nos trajo información importante —Antonio Cordón siguió—. Este asunto de Gran Bretaña considerando efectuar pagos a favor del hermano de Franco y los generales de mayor confianza de los rebeldes. Importante, aunque quizás nos hemos enterado demasiado tarde.

—¿Es verdad entonces?

—Parece —dijo Negrín— que el motivo está claro ahora. Ha habido respuestas por parte del personal de Franco. Respuestas favorables, por lo que respecta a su país. Aquellos más cercanos a Franco están sumamente contentos con la idea de que, si estalla una guerra con Alemania, puedan aceptar alguna que otra recompensa de su generosa nación y persuadir al Caudillo y a España a permanecer neutral. Claro que ningún pago sería ético hasta que estemos efectivamente en un estado de guerra. Pero se mostraron muy interesados en un pago por adelantado. Un gesto de buena fe.

—El gobierno de Franco lo reconoce —dijo Jack suspirando. Tendría que haberlo sabido.

—Correcto, señor Telford. —Negrín se tomó media copa de vino tinto de un solo trago—. Aprovecharon la dimisión de Azaña como su razón principal, claro. Pero, ¿puede ver lo que esto significa? Que el hilo del cual pendía la estrategia final de la República se ha roto ahora.

Jack recordó el libro que había tomado prestado de la biblioteca del hospital en el Ritz. La novela de Henty, *Bajo el Mando de Wellington*.

—¿Planeaba constituir una línea defensiva final aquí? —preguntó—. Como lo hizo Torres Vedras alrededor de Lisboa.

—El camarada presidente es un admirador ávido de su Wellington —dijo Cordón.

—Y entonces resistir hasta que estalle la guerra con Alemania —dijo Jack—. Es solo cuestión de tiempo.

—Solo habría sido cuestión de tiempo, como dice usted —afirmó Cordón. —Un gran plan. Hubiéramos resistido. Luego nos habríamos ofrecido para ocuparnos de un gran aliado de Hitler, el general Franco, si solo Gran Bretaña y Francia nos dieran las armas para ello. Solo que ahora su país ha encontrado una opción más económica. Mantener a España fuera de la guerra en cualquier caso. Unos sobornos por aquí y por allá. Simplemente dejarán que la República se vaya al infierno.

—Y Madrid —dijo Jack—. Una línea defensiva alrededor de Alicante significaría en pocas palabras cederles Madrid, ¿verdad? Entregar la ciudad después de que había resistido durante tanto tiempo.

—Una retirada organizada, nada más. Evacuar a todos los que están en peligro. Traerlos todos aquí, a un buen terreno que podemos defender de nuevo. Dejar que Franco tome Madrid. Quizás sea lo mejor para aquellos que se quedan atrás de todos modos. Puede que no haya mucha comida y medicamentos en la zona nacional, pero es mucho más de lo que tenemos en la nuestra.

—¿Y ahora? —dijo Jack.

Cordón alzó los hombros.

—La primera parte del plan aún sigue en pie. Evacuamos nuestra mejor gente de Madrid. Poco a poco. Nos traemos a todos aquí. A la provincia de Alicante. Es por lo que hemos llamado a este lugar posición Yuste. Parece estar desconcertado, señor. Solo se trata de un nombre en clave. Yuste fue el monasterio al cual se retiró Carlos Quinto, con la intención de dedicar el resto de su vida a la oración. Su último combate de honor por su fe. —Jack vio a Negrín sonreír—. Sí —dijo Cordón—, nuestro camarada presidente aún no ha perdido del todo su sentido del humor. Pero con el número de gente que podemos reunir, Franco nunca podrá desplazarnos. No de las montañas de Alicante. —Recolocó sus platos y condimentos para ilustrar el punto.

—Y si Gran Bretaña y Francia entran en guerra con Alemania —dijo Negrín— Hitler tendrá que sacar por lo menos sus malditos aviones. Mussolini a lo mejor también. Entonces habrá estancamiento. Y yo puedo negociar un acuerdo.

—Así que todo depende de una retirada ordenada de Madrid.

—Sí, señor Telford. Como siempre. Todo depende de Madrid. De algunos otros aspectos también. De los camaradas anarquistas. De nuestra flota en Cartagena. Pero ante todo de Madrid.

—Gracias, señor —dijo Jack—. Ha sido usted muy claro. Pero, si me permite, tengo que preguntarle por qué. Ahora entiendo la razón por la que está usted aquí, pero, ¿por qué yo? ¿Por qué compartiría todo esto con un don nadie del país que le acaba de traicionar?

—No debe subestimarse —dijo Negrín—. Cuando estuve en Barcelona me aseguré de celebrar reuniones informativas periódicas con nuestros corresponsales acreditados. Con Matthews, Buckley, Forrest,

Sheean y los demás. Ah, con Capa también, por supuesto. Siempre fue importante para mí. E independientemente de lo que pase ahora, sigue siendo necesario que el mundo sepa lo que estamos haciendo aquí, que la lucha continúa.

Jack estaba a punto de responder, pero alguien llamó con urgencia a la puerta. Se abrió de golpe y un ordenanza casi cayó al interior de la sala.

—Señor —dijo balbuceando al presidente—. Es Radio Madrid, señor. Dicen que va haber un anuncio. A medianoche. Del general Casado, señor.

—¿Anuncio? —dijo Negrín, mientras Jack miraba alrededor de la mesa. Vio la expresión de desconcierto en algunas caras. Pero la de otros, como Matallana, solo era furtiva, contemplando fijamente sus platos, sabiendo lo que vendría a continuación.

—Sí, señor —dijo el ordenanza—. Sobre un nuevo Consejo de Defensa Nacional. Para reemplazar... bueno, señor, para reemplazar su gobierno.

Aquellos para quienes estas noticias eran nuevas de verdad daban alaridos de rabia, levantándose, gritando, golpeando la mesa.

—Traiga la maldita radio aquí, hombre —gritó el general Antonio Cordón, mientras Negrín se desplomó en su silla. Jack se levantó también y se acercó a la puerta donde estaba Fidel. El color había desaparecido del rostro del capitán.

—¡Joder! —dijo Fidel—. Esos traidores de mierda. Tus malditos amigos, inglés. ¡No puede ser!

Llegó la radio, ajustaron los diales, se oían chirridos y silbidos en torno a las ondas de radio hasta que sonaba Radio Madrid por la malla metálica del altavoz. Era medianoche, y se escuchó una voz que Jack Telford reconoció de inmediato. La voz de Miguel San Andrés. Difícil de oír, por la radio mal ajustada y los gritos dentro del comedor. Algo de manifiestos, de ser la propia autoridad para defender el pueblo de España, y de salvar a todos o hundir a todos. Un caos en la sala cuando se oía a Casado mismo por el micrófono. Unas pocas frases, un mensaje para los españoles en ambos lados de las trincheras. O la paz por España o la lucha a muerte. Un aluvión de protestas alrededor de la mesa. ¿No fue esta exactamente su propia posición? Negrín pidiendo silencio, para escuchar. Y luego el tono nervioso pero inconfundiblemente lúgubre de la voz del amigo de Jack, Julián Besteiro.

—¡Ciudadanos españoles…! —Besteiro decía, y Jack casi se desplomó contra el marco de la puerta, sus rodillas se convirtieron en gelatina, la ensalada de capellán recién consumida subiéndole a la garganta, mientras Besteiro anunciaba el golpe del general Casado. Un golpe contra aquellos que habían luchado tanto, durante tanto tiempo, después de ese otro golpe, casi tres años atrás.

Capítulo Treinta y Tres

Lunes, 6 de marzo de 1939

Teléfonos. En la penumbra. Era algo, para Jack, propio de aquel mundo de madriguera de conejo otra vez, cuando Negrín trataba desesperadamente de mantener su compostura, el presidente del Gobierno en un debate racional con el hombre en Madrid que le había derrocado.

—General, acabo de escuchar su declaración. Creo que lo que ha hecho es una auténtica locura. —Una pausa—. ¿Su deber? Espero que reflexione más a fondo sobre su deber. Porque tal vez podemos llegar a un acuerdo todavía. —Otra pausa—. No, ¡no está todo arreglado! Al menos podría enviar un representante para discutir alguna separación de poderes. O yo podría enviar alguien a Madrid. —El silencio en la sala del comedor fue roto por un balbuceo de voces enojadas. Negrín tapó con su mano la boquilla—. Por favor, amigos míos —dijo—. Por favor. —Y luego volvió al teléfono—. Se equivoca, general, sí que seguimos teniendo poderes. Y nunca los hemos abandonado. —Pausó—. Entiendo lo que dice, pero en la opinión de mis ministros aquí, usted sigue siendo un general de mi gobierno. —El presidente levantó desesperado una mano en el aire—. ¿No obedecerá mis órdenes? Entonces considérese despojado de todo rango militar. De toda responsabilidad. —Escuchó unos momentos más, luego apartó el auricular—. Es muy obstinado. Paulino, háblele usted, por el amor de Dios.

El hombre de cabello raleado, rostro ancho y traje bueno tomó el teléfono.

—¿Quién era, otra vez? —Jack le susurró a Fidel.

—Paulino Gómez Saíz —respondió el capitán en voz baja, con una cólera apenas contenida—. Ministerio del Interior. Partido Socialista. ¿Es que no sabes nada, inglés?

"Está claro que no", pensó Jack, "pero ha sido una buena elección", porque la emisión de Besteiro fue mordaz, acusó a Negrín de estar animando a la gente a luchar mientras que él mismo estaba simplemente preparándose para salir corriendo. Si fuera así, Jack se preguntó, para empezar, ¿por qué diablos habría vuelto Negrín de Francia? Y todos esos preparativos para crear una muralla defensiva con todas las montañas alrededor de Alicante. Además, en contradicción total con la afirmación de que Negrín se preparaba para huir, Besteiro le había acusado de estar planeando su propio golpe de estado, un golpe comunista, dejando a Casado sin otra alternativa que anticipar este siniestro complot. "Sí, buena elección, la de elegir a un socialista para tratar de hacerle entrar en razón". Y Jack miró alrededor de la mesa. No podía nombrar a todos estos hombres todavía, pero sus comentarios habían delatado claramente sus políticas. No eran para nada todos comunistas. Aquel hombre, Álvaro de Vayo, era otro socialista. Segundo Blanco, el anarquista. ¿Y los demás? No estaba seguro. Pero algo seguía pasándole por la cabeza. Un comentario de Sydney Elliott cuando habían estado discutiendo el comienzo de este terrible conflicto después de ver las noticias de *Pathé News*. Milicianos en Madrid cantando su slogan. "*¡El pueblo unido jamás será vencido!*"

—Sabes, Jack —le había dicho Sydney, muy de pasada, con un cinismo poco típico—, en realidad eso solo es cierto para la derecha. ¿No te has dado cuenta? Sean cuales sean sus diferencias internas, la derecha siempre se vuelve más unida en una crisis. A la izquierda siempre le resulta más fácil desgarrarse.

Jack apartó el recuerdo, con dificultad.

—Fidel —susurró, y agarró el brazo del capitán, sacándole de la sala—, si Negrín quiere que escriba sobre esto, necesito mis lápices y cuadernos. ¿Me puedo ir? ¿Y dónde está mi mochila?

Fidel liberó su brazo.

—Tus amigos, inglés —espetó—. ¿Cuánto sabías de todo esto?

—¿Del golpe? Nada. Nada en absoluto. La última vez que hablé con Besteiro fue en compañía de Rosario del Olmo. Ella también es miembro del Partido, ¿verdad? Y me advirtieron de forma alta y clara del peligro de tratar con Besteiro. Tu general Kotov. Tú también, Fidel. Sabías lo estrecha que era la relación entre Besteiro y Casado. Mejor que yo, en realidad. ¿Me caía bien? Sí. Pero por entonces, como todo el mundo sabe, siempre he sido un poco ingenuo en cuanto a la elección de mis amigos. ¿Y ahora qué? ¿Llevarme a una checa y matarme? ¿No es lo que hacéis, tú y tus amigos del NKVD?

—Cuando te enfadas, inglés, a veces casi me gustas. Vamos, encontremos tus malditos cuadernos. Los debería tener Ruby. Está en una de las casas de los trabajadores. En los jardines.

Llevó a Jack a las puertas principales, donde el capitán Orca se levantó para encontrarse con ellos.

—¿Y ahora qué? —dijo Orca.

—Parece que ya no es prisionero —dijo Fidel, mientras fuera se escuchó el ruido de un coche frenando en seco en la gravilla. La mano de Orca se fue hacia su pistolera. Pasos corriendo escalera arriba al otro lado de la puerta doble. Pero, ¿podrían ser los zapatos de una mujer? El *clac, clac, clac* de tacones altos. Alguien aporreó la puerta y el capitán Orca abrió con cautela para examinar a esos visitantes nocturnos. Dos mujeres y un hombre. Jack conocía a la primera mujer. La última vez que la vio fue en la Plaza Mayor en Madrid, aquella última noche, con Ruby Waters. Dolores Ibárruri. La Pasionaria. El hombre le parecía vagamente familiar y la mujer a su lado era asombrosamente bella. Incluso más bella que Dolores.

—¿Es verdad? —preguntó Dolores—. ¿Lo de Casado?

Los tres tenían aspecto de haber estado en alguna celebración. Un aspecto incongruente.

—El presidente está muy ocupado, camarada —dijo Orca—. ¿Le puedo dar algún mensaje?

En el interior de la casa comenzaron a traquetear los teleimpresores, y parecía que cada teléfono estaba operativo ahora.

—¡Váyase al diablo, Orca! Dígame qué ha pasado.

—Perdóneme —dijo Fidel—, pero soy el capitán Fidel Constantino Sánchez, anteriormente bajo el mando del general Kotov. Cuerpo catorce. Estuve con el presidente durante la emisión de Madrid. Y cuando habló con el general Casado. Me temo que es verdad. Ha habido un golpe. En Madrid. Un autoproclamado Consejo Nacional de la Defensa. Pero las cosas no van muy bien allí dentro en este momento. Tal vez, si quieren tomar asiento en la recepción unos minutos, estoy seguro de que el capitán Orca avisará al camarada presidente de que están aquí. ¿No es cierto, Orca?

Orca abrió su boca para hablar, pero, para entonces, Dolores y sus dos acompañantes ya habían entrado a la sala de espera pasando de los hombres y condenando a Casado, a los contrarrevolucionarios, a los llamados socialistas de mierda, a los traidores, a su dolor palpable e ineludible.

—¿Sabías que ella estaba aquí? —preguntó Jack cuando estaban fuera, caminando por el patio arenoso de la casa principal hasta el grupo de casas de campesinos al final del bloque de establos.

—¿Qué crees que estaba haciendo todo el tiempo? —Jack escuchó el dolor en su voz por primera vez, le vio pasarse la manga de su uniforme por la cara—. Por supuesto que lo sabía. Toda la dirección del Partido está aquí. Pensaron que tenían algo que celebrar. Por fin, una estrategia que nos podría haber dado una solución. Una oportunidad de luchar. Y si íbamos a plantarle cara a nuestros enemigos, estaríamos todos juntos en esto, incluso la Pasionaria. Tienen su propia residencia, los cuadros del Partido, justo al otro lado del pueblo.

—¿Y el hombre?

Fidel parecía estar asombrado.

—Para ser un tipo culto, inglés, sabes muy poco. Rafael Alberti Merello. Ahora me vas a decir que nunca has oído hablar de él. —"Alberti el poeta", pensó Jack. "Una leyenda. Una leyenda de verdad"—. Y su mujer, por supuesto —dijo Fidel—. María Teresa León. ¿A que te agita la sangre, camarada?

Jack estaba demasiado sorprendido para hablar al principio. Había leído muchas veces su revista literaria, *El Mono Azul*, mientras estaba en Madrid. En cuanto a agitarle la sangre, le hubiera dado a Fidel una respuesta muy clara pero, en ese momento, hubo un disparo viniendo de algún lugar en el terreno, y todas las luces de la casa y de los jardines de repente se apagaron.

La hora siguiente se desarrolló como en una pesadilla, con detalles difíciles de recordar, o detalles que se entrelazaban como arena, cemento y agregado, mezclados con una pala pesada, todo unido por las aguas de autoengaño del cubo herrumbroso del cerebro de Jack. Pero estas eran las cosas que Jack recordaba por el tiempo que le permitió su memoria: la intensidad de aquella noche oscura; él y Fidel irrumpieron en la casa de la vieja campesina que trabajaba en la hacienda, la casa de piedra polvorienta, de ladrillo cocido en la que había sido alojada Ruby; Fidel gritó a la anciana para que apagara la vela que acababa de prender; Ruby quiso saber qué pasaba; Jack mismo, estaba escarbando en su mochila, metió un cuaderno dentro de un bolsillo de sus pantalones holgados e, inútilmente, su querida pluma estilográfica dentro del otro; el capitán, apenas visible en la oscuridad, revisó su pistola automática y tiró el revólver viejo de Luís el Loco encima de la cama de Ruby; sus instrucciones estridentes de que debían volcar la cama, formar una barricada, luego mantenerse escondidos. Pero entonces la mujer vieja se puso histérica, salió gritando por la puerta. Hubo una ráfaga de fuego de ametralladora, los gritos silenciados, y una sinfonía corta de otros disparos, en su mayoría disparos solitarios, resonando desde diferentes direcciones, algunos cerca, otros más lejos.

—Solo quedaros aquí y manteneos escondidos —Fidel les dijo a ambos.

—¿Qué es, Fidel? ¿Qué está pasando?

—Ha habido un golpe, preciosa —dijo—. Creo que... Bueno, no sé qué pensar. Pero tengo que irme. El inglés, él te lo explicará todo.

—No, ¡espera! —dijo Jack—. Fidel. Si nos quedamos todos aquí, juntos, estaremos más seguros, ¿no?

—No te preocupes, amigo mío —dijo—. Vosotros, los ingleses, siempre lográis sobrevivir de alguna manera. —Y luego se fue, fuera de la habitación, al pasillo oscuro, y adentrándose en la noche.

—¿Otro golpe, Jack? —le preguntó Ruby susurrando, y también podía sentir su terror.

—Hemos estado con Negrín. Y luego hubo una transmisión por la radio desde Madrid. Nuestros amigos, Ruby. Mis amigos. Besteiro. Se han vuelto locos. Piensan que pueden negociar con Franco. Pero el Partido Comunista entero está aquí. Ibárruri y otros. Casado básicamente los llamó a todos traidores, y estos deben ser los hombres de Casado, supongo. O, tal vez...

Se tocaron los brazos exactamente en el mismo momento. Algún sonido de raspado allí afuera, al otro lado del colchón de paja que habían volcado. Jack se inclinó y se asomó con cuidado por detrás del borde de su barricada endeble, pero no pudo ver nada, solo el contorno oscuro del marco de la puerta. "¿Pero dónde diablos ha ido a parar ese revólver?", se preguntó Jack. No podía recordarlo y comenzó a entrar en pánico. Había estado encima de la cama. ¿Pero ahora?

Dos pasos rápidos de botas de clavos, fuera en el pasillo. Una silueta llenó el marco de la puerta y Jack gritó en su propio idioma.

—*Don't shoot. We're English.* —No dispare. Somos ingleses.

Entonces, la pequeña sala estalló a su lado: el destello iluminó las manos entrelazadas y entablilladas de Ruby, el revólver entre ellas; la percusión ensordecedora cuando el Éibar 32 disparó; el sonido apagado del impacto y del gruñido cuando la bala mandó al intruso al infierno, quienquiera que fuese; y el estrépito de su arma al caer dentro de la habitación.

—Ay, que Dios me perdone, Jack —sollozó Ruby. Pero luego tuvo un momento de histeria pura, la mímica de su propio grito—. *No dispare. Somos ingleses.* ¿Qué era eso? ¿Y no deberíamos salir de aquí?

Jack levantó el rifle del suelo. Pasaron con cuidado por encima del cadáver despatarrado de la campesina. Luego se detuvieron en la puerta principal y echaron un vistazo afuera. Más disparos. Dos rayos de luz salían de la casa grande. Pero, por lo demás, no se vio nada más que un cielo de ébano lleno de estrellas y, en el patio, las palmeras con sus frondas flotando y susurrando en un viento perfumado de cordita. Jack se dio cuenta de que nunca en su vida había disparado un rifle. ¿Pero cómo de difícil podría ser?

—¿Jack, puedo darte esto? —susurró Ruby, extendiéndole el mango del revólver.

¿Dónde aprendiste a disparar? —dijo, y le quitó el arma.

—Mi padre —respondió—. Insistió. Nunca sabes adónde seras enviada. Ese tipo de cosas.

—¿Estás disfrutando con esto, señorita Waters?

—Estoy aterrorizada, señor Telford.

—No es lo que pregunté. Pero no veo a nadie. —Aunque se escuchó el ruido de un terrible alboroto viniendo de la casa—. Vamos a intentar llegar a las palmeras.

Se esforzó en mantenerse dentro de las sombras más oscuras, Ruby rengueando detrás, agarrando con las puntas de sus dedos un pliegue de la camisa de Jack. Llegaron a la palmera más cercana y se pegaron dolorosamente al tronco que los pinchó con sus restos afilados de décadas de tallos de frondas muertas. Tuvo la sensación de que tenía que proteger a Ruby, aunque Jack mismo no sentía apenas nada en absoluto. "Si me muero", pensó, "me muero". No le conmovió, ni de una manera ni de otra. "¿Pero dónde diablos están los guardias de Negrín?"

Otra ráfaga de fuego de ametralladora, detrás de ellos. Luego dos figuras, bailando juntas en la oscuridad, dando vueltas, una y otra vez, antes de caer a la tierra. Jack dejó el rifle apoyado en el árbol.

—Quédate aquí —dijo entre dientes—. Lo digo en serio. Quédate. Nada de actos heroicos. —Y se acercó lentamente a los dos hombres, el revólver levantado delante de él. Uno debía ser amigo, el otro el enemigo. ¿Pero cuál era cuál? Fue una imagen extraña, el primer tipo tumbado boca arriba, el segundo parecía estar unido a él por la cabeza y los pies, pero su espalda estaba extremadamente encorvada, como un arco tensado, aunque no por mucho tiempo. Se escuchó un horrible ruido de gorgoteo, luego el sonido de algo reventándose, seguido de un suave susurro, tal como haría una guadaña al cortar el pasto. El arco colapsó, y el hombre de abajo se liberó del enredo.

—Inglés —jadeó—, soy yo. —Y Fidel estaba a su lado, un largo hilo metálico colgando de su mano—. Alambre de queso —alardeaba—. Lo encontré en la cocina antes. Siempre útil, alambre de queso. —Pero desde la casa llegaban más disparos—. Vamos —dijo—, ven conmigo.

Ruby se quedó a salvo entre las palmeras, pero cuando Jack y Fidel llegaron a las puertas principales, ahora entreabiertas, encontraron al capitán Orca tumbado en los escalones, muerto. Entraron despacio. Dos cadáveres más en el vestíbulo oscuro y en el pasillo. El hedor de la sangre, una luz tenue saliendo de la puerta entreabierta del comedor y una voz desde el interior.

—Vamos a llevar a este pedazo de mierda roja afuera, luego puedes acabar con los otros. Y asegúrate de dejar un par de tarjetas de visita.

Jack intentó calmar los temblores que habían alcanzado sus extremidades. Terror puro. No podía moverse. Ni siquiera cuando, dentro, alguien comenzó a cantar. La voz de una mujer. La Internacional. Ni siquiera cuando Fidel deslizó con cuidado la corredera de su propia arma y se acercó a la puerta. Ni siquiera cuando una tercera figura apareció de la nada, de las negras profundidades del pasillo, presionando el cañón de una pistola contra el cuello de Fidel, y apuntando a Jack con una segunda pistola.

—Cabrones —dijo el hombre—. Suelten sus armas. Suéltenlas ahora. —Jack había visto escenas como esta una docena de veces en el cine, y supo con certeza absoluta que Fidel, el héroe, se giraría ahora para inhabilitar a su agresor en una elegante exhibición de combate sin armas. Pero la aparición repentina del padre de Jack le hizo darse cuenta de que esta escena no acabaría así. Solo la muerte por delante en este final particular. Fidel se inclinó un poco, soltó su arma en la alfombra, y Jack hizo lo mismo. Dentro hubo un disparo, y el canto se desvaneció—. Teniente —gritó el hombre por la puerta abierta—, dos más de esta escoria. Pateó la puerta para abrirla más, con una pistola le hizo señas a sus prisioneros y, cuando la luz débil de una linterna de noche alumbró sus facciones, Jack vio que este hombre era la comadreja. Entonces entendió el pánico que se había adueñado de él. Porque, cuando la puerta se abrió del todo, estaba allí el teniente Álvaro Enrique Turbides.

—Estos no son los hombres de Casado —murmuró Jack.

—Señor Telford —dijo Turbides con desdén, su propia pistola puesta en la cabeza de Negrín. El presidente parecía ileso, aunque su pelo, sus hombros y la mesa estaban rociados con polvo de yeso. Justo encima de él, un agujero en el techo—. Será un beneficio adicional, me pregunté, cuando vimos la moto. Y hubiera ido a por usted dentro de poco. Pero esto es incluso mejor—. Al extremo más alejado de la mesa, los otros ministros, junto con Dolores Ibárruri y los Alberti, estaban bajo la guardia de un hombre con una metralleta Thompson. Parecían desafiantes, aunque el disparo de advertencia del teniente había silenciado del todo su canto. De alguna manera su guardia era el hombre más raro que Jack había visto jamás, un enano al revés, la cabeza sobredimensionada, pero asentada sobre un cuerpo tan alto y esquelético que era imposible. Aunque no todos los demás invitados estaban reunidos allí. El general Matallana parecía estar separado de los demás, su colega general, Antonio Cordón, contemplándolo con una mirada de puro desprecio. "Si las miradas matasen", pensó Jack mientras Turbides continuaba—. Aun mejor —dijo—. Todo este nido del diablo fusilado por la policía secreta de los rojos mismos, bajo orden directa de Casado. Esta es la conclusión a la que llegará el mundo. Y con el notorio corresponsal de la prensa británica, un doble asesino, atrapado en el proceso. Muerto también, claro. Limpio y ordenado. Y esta porquería —golpeó su pistola automática contra el pecho de Negrín—, se viene con nosotros. Tenemos algo especial en mente para él. —Luego Turbides señaló al capitán—. Ese se va allí con sus amigos. Pero el inglés, tráelo aquí. Tenemos que tratar algunos asuntos pendientes con él también.

Forzaran a Fidel a unirse al grupo en un extremo de la mesa, mientras que la comadreja empujó a Jack al otro, y Turbides, todavía apuntando a Negrín, metió su mano libre dentro de su abrigo de cuero, sacó un puro. Arrancó con los dientes la punta.

—Teniente —dijo la comadreja —no quedará mucho tiempo.

—Queda suficiente —Turbides le dijo, luego sacó un mechero, encendió el Zippo y dio algunas caladas hasta que el cigarro brillaba, al rojo vivo—. ¡Tú! —llamó al guardia de Matallana—. Olvídalo y ven aquí. Vigila a este traidor. —Señaló a Negrín—. Y tú —le dijo a la comadreja—, sujeta al inglés. Y sujétalo fuerte.

Jack forcejeaba, pero la comadreja era más fuerte de lo que parecía y le agarró los brazos mientras Turbides inmovilizó la cara de Jack con una mano, como un tornillo de banco, echó una bocanada de humo a su ojo bueno, y sostuvo la punta del puro cerca de su mejilla para que pudiera sentir el ardor, recordar la última vez, la agonía, en su totalidad.

—Hijo —dijo el padre de Jack—, fuiste bendecido con un solo don, ¿sabes?

Jack no lo entendió e intentó concentrarse en el enigma, pero supo que estaba llorando tanto por el humo como por el pavor. Quiso resistir, pero no pudo. Alguien estaba gritando al otro extremo de la mesa. Fidel quizás. Luego la Pasionaria, llamando a Turbides cobarde, una vergüenza para España. Y, finalmente, apareció Ruby, parada en la puerta.

—Perdón —dijo en su perfecto acento anglo-español—, soy del Servicio Diplomático de Gran Bretaña...

El problema de aquella hora era la dificultad de recordarlo todo. ¿Cómo se puede acordar uno adecuadamente de una escena en la que tantas cosas pasaron exactamente en el mismo instante? El enano sobredimensionado se giró para mirar a Ruby; Fidel le quitó la metralleta Thompson de una patada y sacó el alambre de queso de su bolsillo; el rápido movimiento circular con los pequeños mangos del alambre que rodeó la garganta del hombre para agarrotarlo; la comadreja soltó a Jack y buscó su arma; el general de aspecto juvenil, Antonio Cordón, agarró un cuchillo trinchante de la mesa y lo lanzó como un puñal directamente al corazón de la distraída comadreja; Negrín, aprovechando la ventaja de la confusión de su propio guardia, lanzó un derechazo letal que dejó noqueado al hombre; y el padre de Jack, una vez más.

—Un solo don —repitió—. Deberías usarlo. Ahora, Jack, hijo mío.

Turbides cambió su agarre a la garganta de Jack, soltó el puro y lo giró como un escudo humano, estrangulándolo con el pliegue de su codo, sacó la pistola de su bolsillo una vez más, apuntándola a Negrín. Jack arañó el brazo del teniente con una mano y metió la otra dentro de su propio bolsillo. ¿Dónde estaba esa maldita cosa?

—Paren —gritó Turbides—. Todos. O este bastardo muere ahora. —Todavía no mostraba nada de miedo, simplemente estabilizó su blanco en el presidente Negrín, de modo que la confusión de movimientos en la sala se ralentizó, luego se detuvo en seco, como el carrete de una película llegando a su fin.

"Allí", pensó Jack y, con una sola mano, lentamente y con torpeza, desenroscó el capuchón de su pluma estilográfica Font-Pelayo. Logró girar la cabeza justo lo suficiente como para poder ver la cara de Turbides con el ojo derecho que le quedaba, midiendo aquellos ojos crueles de cerdo mientras que estos, a su vez, escudriñaban la sala. Jack repasó también el bigote estrecho y aceitado de su torturador, las fosas nasales absurdamente ensanchadas por encima.

Levantó la pluma en un movimiento brusco, salvaje, y bien lejos de su blanco. Esperaba alcanzar un ojo, pero, en vez de ello, el plumín entró al lado de esa nariz de halcón. La cabeza del hombre se echó para atrás en una reacción espontánea. Gritó y la pistola automática se disparó, luego cayó y la garganta de Jack se liberó de su agarre, permitiéndole girarse. Girarse para atacar. Le invadió una niebla roja de ira y odio. Turbides levantó una mano para sacarse la pluma, pero la mano de Jack era más rápida. La mano de un escritor, la pluma su arma. Y esta pluma era larga, fina, puntiaguda. Jack agarró la punta del cuerpo de celuloide y empujó el plumín de acero hacia arriba por la cavidad nasal del teniente. Esperaba que se introdujera directamente en el cerebro del cabrón, aunque eso era, por supuesto, imposible. Sin embargo, Turbides cayó hacia atrás contra la pared, se derrumbó deslizándose por el papel estampado, berreando de agonía, entonces Jack se agachó, levantó la pistola y vació el cargador en su enemigo, lo vació lentamente, y así, con cada disparo cargado de furia, iba perdiendo un poco más de su inocencia, ahogada por el instinto.

*

Llegaron los refuerzos de Elda. Más generales de la sede nueva del Partido Comunista situada al sur del pueblo, con el nombre clave de Posición Dakar. Identificaron los cuerpos, amigos y enemigos, Jack confirmó la identidad del guardia civil teniente Turbides, y los papeles de los atacantes, credenciales de la Guardia de Asalto, habían sido identificados ahora como falsificaciones. Negrín había enviado un último mensaje fútil a Madrid, una vez que había recobrado la compostura, y Jack estaba todavía presente, al amanecer, cuando el presidente empezó a ser más optimista de nuevo.

—No se preocupen —dijo—. Aún podemos recurrir a Alicante.

—Me temo que no, señor —respondió un ordenanza—. La rebelión se ha extendido incluso hasta allí. Acabamos de recibir la noticia de que el comandante militar de la ciudad ha sido detenido por los partidarios de Casado.

Casi al mismo tiempo Negrín se enteró de que la flota republicana había abandonado Cartagena. Y, aun peor, mientras el ataque de esta noche en El Poblet fue claramente el trabajo de los facciosos de la Quinta Columna, ya había informes sobre los propios hombres de Casado estableciendo controles de carretera, buscándole en los pueblos de la zona.

—Este es el fin, entonces —dijo Negrín a sus amigos—. No nos queda nada. Hora de irnos, creo. —Y ordenó el envío de aviones de transporte que salían de la base aérea de Los Llanos, fuera de Albacete.

Toda aquella situación era demasiado triste como para atribuirle el reconocimiento que se merecía a la defensa de El Poblet, y ni siquiera tuvieron la oportunidad de considerar lo bien que había sido orquestado el ataque. Estaba claro que algunos de los guardaespaldas de Negrín simplemente habían desaparecido. Sin rastro. Oficialmente figurando como desaparecidos en combate, pero una sospecha obvia era que habían sido sobornados por la Quinta Columna. Jack, en cambio, tuvo tiempo de sobra para repasar una y otra vez los acontecimientos mientras iba sentado en la ambulancia que los llevó a la pequeña aldea y pista de aterrizaje de El Fondó. No podía ser pura coincidencia, ¿no? Que Turbides les había seguido todo el camino hasta y desde Madrid, y después, de pura casualidad, llegó a Monóvar y Elba con el tiempo suficiente para descubrir el paradero secreto de Negrín y luego planear el ataque. Aunque la desaparición de los guardias dejó entrever que había suficientes traidores alrededor del presidente que podrían haberle allanado el terreno a los atacantes. Y luego estaba el general Matallana. Entraron llamadas telefónicas febriles de partidarios de Casado en Valencia, insistiendo en que fuera liberado, aunque era una novedad para todos en El Poblet el hecho de que Matallana se consideraba a sí mismo un prisionero.

"Entonces", pensó Jack, "¿Matallana también está involucrado en esta conspiración?" Puede que sí, pero entonces ya habían llegado a El Fondó, con Fidel instruido a unirse a los demás luchadores traídos allí por los generales Líster y Modesto para formar una guardia final para Negrín. Veinte de ellos. E incluyeron un viejo amigo de Fidel, Sergio Sifre. Los dos hombres se abrazaron como viejos amantes, intercambiaron historias, y expresaron su asombro sobre la manera en que ambos habían terminado aquí. Entretanto, en la fila solitaria de casas situadas al borde de la pista de aterrizaje, justo enfrente de la entrada al refugio antiaéreo, en una cocina modesta, el ejecutivo del Partido Comunista español se reunió por última vez. Fueron las once de la mañana, tres aviones —dos aeronaves de transporte DC-3 y un biplano de pasajeros más antiguo— habían llegado desde los Llanos. Luego llegó un taxi. Un taxi. Qué raro pareció todo. Y del taxi salió Dolores Ibárruri con algunos de sus amigos. Se quedó esperando unos minutos, mientras que preparaban el primero de los aviones y lo desplazaron por la pista de tierra. Fue un DH89 Dragon Rapide.

—¿No es raro? —dijo Jack, mientras observaba como la Pasionaria subía a bordo.

—¿Raro? —Ruby estaba sentada en la sombra de unos árboles, justo enfrente de las casas, disfrutando del descanso y oliendo contenta el humo de leña que flotaba por la calle. Le habían dicho a Fidel que estaba dispensado de prestar servicio, y su viaje a Alicante podía continuar en cuanto el presidente Negrín estuviera a salvo.

—El avión —dijo Jack, recordando las historias que le habían contado sobre cómo Franco fue trasladado por aire desde las Islas Canarias para empezar su sublevación sangrienta, por el piloto británico, Cecil Bebb—. Solo resulta irónico —dijo—. Que la Guerra Civil Española ha de comenzar y acabar con un De Havilland Dragon Rapide.

Sin embargo, no se había acabado del todo, porque Jack aún estaba allí cuando más tarde llegaron otros taxis. Negrín. Y sus ministros. Pero Jack vio que, aun ahora, mientras estaban esperando sus aviones, Negrín se había quedado algo apartado de los demás, con la mirada perdida en las tierras de cultivo, planas y desecadas, en las montañas brumosas más allá, sus anchos hombros temblaron suavemente.

—Nunca tuve la oportunidad de darle las gracias como es debido, señor Telford. —Ni siquiera se había dado la vuelta.

—¿Le puedo ofrecer un cigarrillo, señor? —Jack le acercó su paquete de Superiores.

—Y escribirá sobre esto, ¿no es cierto? ¿Escribirá sobre estos últimos días de nuestra pobre república? —Aceptó el fuego de la cerilla de Jack, protegido entre sus manos ahuecadas.

—Aunque quizás sin mencionar el pequeño debacle de anoche.

—Tal vez sea mejor así —dijo Negrín. Luego buscó dentro de su chaqueta, en un bolsillo interior—. Pero lo que sea que decida escribir, será mejor que tenga esto. Le debo esto, y mucho más. —Fue la pluma estilográfica de Negrín, menos elaborada que la Font-Pelayo, pero para Jack valía más que su peso en oro puro.

—No me lo merezco —Jack le dijo—. Usted no lo entiende, señor. En Madrid. Algunos de esos hombres, Besteiro y su grupo, eran amigos míos.

—No se preocupe, señor Telford. Yo también pensé que eran amigos míos. Todos cometemos errores. —Negrín tomó una larga calada del cigarrillo y exhaló el humo—. No. Errores, no. Dejamos a un lado nuestros principios personales por lo que creemos que sea lo mejor para el bien común. Es solo una pena que parezca que nosotros —aquellos que la pobre España ha elegido para dirigirla— no tengamos consenso sobre cuál sería ese bien común. Bueno, por lo menos no hay racionamiento de tabaco en Francia. Aunque, ¿qué piensa usted, amigo mío? ¿Todavía seré bienvenido allí? Ayer, me hubiera sentido en casa allí. Ayer, pertenecía a España también. Al mundo. Pero hoy, no pertenezco a ninguna parte, ¿verdad?

Capítulo Treinta y Cuatro

Miércoles, 22 de marzo de 1939

El agua en la amplia bahía estaba helada. Pero el sol brillaba sobre la arena dorada y Jack no pudo resistir la tentación de darse un chapuzón. Ahora se encontraba acurrucado en su toalla, en una barraca de la playa, barcos pesqueros varados a su lado, con su pesca recién descargada, pesca de la que ya estaba dando buena cuenta. Lubina fresca, a la parrilla sobre un fuego de leña, compartida con Ruby Waters. A orillas del mar, donde el muelle de piedra del balneario se adentraba en el mar murmurante, se encontraban Fidel Constantino Sánchez y su camarada de armas, Sergio Sifre. Estaban leyendo a Lorca, y Sergio también estaba dibujando.

—Ojalá pudiéramos quedarnos aquí para siempre —dijo Jack.

—¿Y comprarnos una de esas, quizás? —Ruby sonrió, y señaló la fila de casitas, construidas hace poco como residencias vacacionales por los comerciantes adinerados de la provincia, pero actualmente ocupadas por los refugiados de la guerra. Las casitas, así como un restaurante y el Hotel Moñino de dos pisos, estaban situadas en una línea justo detrás de ellos. A este lado de las dunas, el esparto, los pinos, bordeando una calle pedregosa que subía hasta el pueblo y su castillo, a un kilómetro de distancia.

—¿Qué pasó con tu sueño del jardín estilo rural inglés en Dorset? ¿Y de tener muchos niños con Fidel?

—A lo mejor me equivoqué un poco con esa parte. De todas formas, quizás podría usarlo como una especie de veleta.

"¿Qué?", pensó Jack. "¿Solo estaba siendo descarada?" Pero decidió no caer en la provocación.

—Dicen que este tramo de la costa de Alicante tiene el mejor clima de Europa durante todo el año. —"Y los mejores cocineros", Jack se acordó de Negrín diciéndolo. Y los más leales partidarios de la República—.

Pero creo que la guerra nos alcanzará dentro de poco, incluso aquí.

Jack podría haberse mordido la lengua, porque, mientras hablaba, vio la formación de pequeñas manchas negras circulando más allá del cabo de Santa Pola, avanzando hacia el norte, donde la ciudad de Alicante misma quedaba escondida, inmediatamente detrás. Había armas antiaéreas en el promontorio, pero ninguna señal de disparos, aunque era difícil saberlo. Habían hecho una excursión ayer subiendo a aquella cresta prominente y, desde allí, el plan frustrado de Negrín se aclaró, casi toda la provincia de Alicante extendida delante de ellos: su creciente fértil, algunas de las mejores tierras agrícolas de España a su alrededor y extendiéndose hacia la media distancia; y más allá, las paredes rocosas de aquellas sierras que separaban esta región de las demás. Los pasos entre aquellas montañas, insistió Sergio, deberían haber sido los campos de aniquilación dentro de las cuales podrían haber bloqueado el avance de Franco. Si solo…

—¿Los veis? —gritó Fidel, señalando los aviones. Aviones italianos, por supuesto. Alemanes también, quizás. La ciudad había sido bombardeada muchas veces durante la guerra, el peor bombardeo fue hace diez meses, cuando su blanco era el Mercado Central, cientos de inocentes asesinados. Pero los ataques se habían intensificado durante las últimas dos semanas. Desde lo ocurrido en El Poblet. Escaparon justo a tiempo, la última retaguardia de Negrín. A luchadores leales como Fidel y Sergio les habían dado permiso para considerarse desmovilizados, advirtiéndoles de tener cuidado ya que la facción anti-comunista de Casado había comenzado su pogromo. En cuestión de horas, quedaron arrestados los comisarios comunistas en Madrid, los comandantes comunistas relevados de sus cargos. Al mismo tiempo, entraron en Madrid brigadas pro-comunistas y otra guerra civil estalló dentro de la guerra civil. Luchas en las calles entre los partidarios comunistas en un lado, socialistas y anarquistas en el otro. Dos mil muertos, según los rumores que llegaban hasta aquí a este refugio.

—Sí, los veo —Jack respondió. Pero miraba a Sergio Sifre. Alicante era el hogar del joven con cabeza rapada, y el dolor escrito en aquel rostro de rasgos bronceados era una imagen conmovedora—. ¿En qué estás trabajando, Sergio?

Los dos guerrilleros se levantaron lentamente de la arena y trajeron el libro y los dibujos de Sergio a la mesa.

—*Canción china* —respondió Sergio. El poema de Lorca. *Canción china en Europa.* Y Fidel comenzó a recitarlo de memoria.

—*"La señorita del abanico, va por el puente del fresco río".*

Y allí estaba el hermoso dibujo de Sergio: una chica china; el puente oriental arqueado; y más esbozos.

—Tienes un don, Sergio —dijo Ruby, pasando las páginas del cuaderno del joven, teniendo cuidado de no ensuciarlas con sus dedos manchados de grasa de pescado—. Estos dibujos son hermosos.

—Te enseñan muchas cosas —dijo Sergio con una sonrisa—, en el colegio jesuita. —Luego se rió al ver la estupefacción en sus rostros—. ¿Dónde pensáis que aprendí tanto sobre el marxismo, amigos míos? Las palabras de Cristo y las palabras de Marx no se distinguen tanto. Y entre los practicantes de esas dos creencias no hay mucha diferencia tampoco. Buenos y firmes creyentes por un lado, hipócritas por el otro.

A Jack, le pareció muy joven, mucho más joven que Fidel, por ejemplo.

—¿Es posible seguir ambos caminos? —preguntó Jack—. ¿El de Marx y el de Cristo?

Sergio alzó los hombros.

—En mi barrio, en Sant Joan —respondió, pronunciando la palabra *Joan*, como Jack sabía, como lo hacían los hablantes de valenciano de aquella zona—, la cofradía de los pescadores era muy fuerte. Hombres duros, forjados por el mar. Muchos de ellos son comunistas. Creyentes firmes. Aunque durante la semana santa, cualquier día en que había que llevar en procesión por las calles a los pasos, aquellas plataformas con estatuas de Cristo o de la Virgen, esos mismos camaradas solían ser los primeros en ofrecerse para llevarlos. ¿Tradición? Sí, supongo que sí. Pero es más profundo que eso. Es la España profunda, amigos míos.

—¿Entonces viste la luz? —dijo Ruby—. Sergio, en el camino de Damasco.

—Algo así, inglesa. Hubo elecciones. En el año treinta y seis. Ahora me parece que fue hace siglos. Otra vida. Y había visto cómo se estaba comportando la iglesia ya para entonces, durante todo el tiempo que estaba en el seminario. Sacerdotes sembrando terror en los corazones de la gente. Terror de verdad. Semana tras semana tras semana. Sobre lo que les pasaría si dejaban de ser leales a sus patrones. Los amenazaron con cosas terribles. Y no pude quedarme. Sabíamos lo que nos esperaba. Así que en su lugar me alisté. Al ejército y al Partido Comunista.

Eso era todo lo que les había contado en ocasiones anteriores. Sobre cómo se alistó justo antes de que comenzara la guerra, y luego fue transferido al Cuerpo de Guerrilleros, donde conoció a Fidel. A Sergio también le ascendieron, en su caso, al rango de teniente.

—Y cuando acabe la guerra —dijo Ruby—, ¿qué harás? ¿Te harás famoso como artista?

Le pareció a Jack que una nube de repente había oscurecido el sol. Casi iba a mirar hacia arriba al cielo, entonces vio la manera en que Fidel puso su mano en el hombro de Sergio, apretándole suavemente, y el rostro de cada uno de los hombres se endureció por un momento.

—Y tú, inglés —rompió el silencio Fidel—. ¿Cómo va la escritura, con esa fina pluma del camarada Negrín?

—Tienes razón, capitán. Es una buena pluma. Pero todavía me consume la culpa cada vez que la uso. Si hubiera hecho las cosas de una forma diferente, quizás si hubiera hecho más preguntas a Besteiro y al padre Lobo, hablándoles de una forma adecuada… No sé, solo siento que debería haber visto lo que estaban planeando, hecho algo al respecto.

—Cargas con demasiada responsabilidad, señor Telford —Ruby lo regañó—. Y la verdad, Fidel, es que ha estado escribiendo unos artículos muy buenos. Los he visto. Son excelentes.

No había sido fácil. Porque habían caído, todos a la vez, fuera de la madriguera de conejo. El mundo que habían conocido tan íntimamente desde dentro —por extraño que podía haber sido a veces— ahora parecía estar cerrado para ellos. Los amigos que seguían llegando a Alicante les habían traído testimonios del caos en Madrid, de la matanza allí. Pero los diarios, la mayoría de ellos ahora bajo la censura de Casado, solo habían dado una imagen obtusa de los hechos. Lo hacían con ayuda de las funestas noticias internacionales: la invasión de Hitler del resto de Checoslovaquia; Gran Bretaña y Francia adoptando postura al respecto; las fracturas dentro del parlamento británico con serias advertencias dirigidas a Chamberlain sobre las consecuencias del apaciguamiento y las ambiciones a largo plazo de Hitler respecto de los campos de petróleo de Ucrania.

—Entonces tendrás que hacer que aquellos artículos lleguen al mundo exterior, preciosa —dijo Fidel—. ¿Cuándo vuelves a Alicante?

—Mañana. O pasado mañana. No estoy segura.

—¿Cuándo decidiste eso, señorita Waters? —Jack estaba consternado.

Ofendido. Lleno de temor—. Y cuando dices que vas a volver a Alicante, ¿quieres decir para que puedas escaparte, espero?

—Jack —le dijo—, me recuerda al principio. En Madrid. Cuando llegamos a Alicante, el señor Donald fue muy amable. —Donald era el vice-cónsul interino en Alicante, operando ahora desde oficinas provisionales en el distrito de Vistahermosa. El ex-cónsul, el escocés Gabriel de Callejón, fue asesinado en el mes de agosto del año anterior cuando una bomba de quinientas libras de peso, soltada por un Savoia italiano, había destruido el antiguo edificio consular. Pero el señor Donald se había puesto en contacto con la familia de Ruby, asegurándoles que ella estaba a salvo, luego se ocupó de que pudiera venir aquí, a un lugar de la localidad que él mismo amaba, para que pudiera recuperarse durante un tiempo. Y al no tener otros planes, así como por el deseo más que obvio de quedarse al lado de Ruby, Jack y Fidel, Sergio también, se habían pegado a ella—. Pero has visto a toda esa gente, ¿verdad? —dijo Ruby. Incluso entonces seguían entrando oleadas de refugiados a Alicante, llegando a modo de embudo a la ciudad porque no les quedaba ningún otro lugar al que ir, y muchos de ellos acudieron a las oficinas del consulado británico.

—¿Toda esa gente haciéndose pasar por ciudadanos británicos? —dijo Jack.

—¿Puedes culparlos, Jack? Y a mí no me importa. Si puedo ayudar al menos a algunos de ellos. Es importante para mí.

—¿Te dijo el señor Donald que lo hicieras?

—¡Ay, Señor! No, Jack. Él piensa que debería haberme ido ya.

—Es un buen consejo, señorita Waters. Muy bueno. ¿Recuerdas los camareros anarquistas? Nunca esperes hasta que caiga el telón. —Luego Jack se acordó de Fidel y Sergio—. Perdón, compañeros. ¿Y vosotros? Ruby tiene razón. Necesitáis un plan.

Fidel se rió.

—Confiamos en que regrese la flota para recogernos a todos —dijo riéndose otra vez.

La flota republicana, que había abandonado Cartagena durante el golpe de Casado, se encontraba ahora anclada en el puerto de Bizerta. En el territorio francés de Túnez.

—Y mientras tanto —dijo Sergio—, aún nos queda Lorca. Por ahora. —Miró con tristeza al libro—. ¿Sabéis lo que va a pasar? Cuando todo esto termine y Franco haya ganado, asesinarán al pobre Federico otra vez. Prohibirán sus poemas. Quemarán sus libros. Puede que eso sea lo peor de todo.

—Nos quedarán las negociaciones de paz —dijo Jack—. Nunca se sabe.

—Ya hemos recibido noticias al respecto. —Sergio lo miró—. Los periódicos no lo dirán, pero Franco ya ha dado su respuesta. *La negociación es incompatible con la rendición sin condiciones.* Lo dice en serio. Es nuestra sentencia de muerte, señor.

Fidel puso un brazo sobre los hombros del joven.

—Ánimo, teniente Sifre —dijo—. Hora de dar un paseo, supongo.

Los dos soldados se alejaron paseando a lo largo de la orilla del mar, hablando a la vez en voz alta, sus manos grabando dibujos en el aire para enfatizar. "La España profunda", pensó Jack.

—¿Cómo puede ser que personas tan bellas hayan acabado metidas en todo esto? —dijo Ruby. Jack nunca había pensado en el capitán como alguien particularmente bello. "Qué rara elección de palabras", pensó. ¿Y volverán a estar bien alguna vez? —se preguntó ella—. ¿Algún día?

Levantó un puñado de arena, arena caliente, española, y la dejó escurrir entre sus dedos.

—Todo el país ha sido metido en esto, Ruby. Es lo que pasa cuando se alimenta a la gente el tiempo suficiente con propaganda. Como en Alemania. Crean un chivo expiatorio, y crean miedo. El miedo se convierte en odio y enojo. Es espantoso, pero hay que poner las cosas en perspectiva. Nunca he estudiado astronomía, pero lo entiendo. Entiendo que hay más estrellas y planetas en el universo que granos de arena en esta playa. Todo lo que pasa aquí, o en nuestro mundo entero, no es nada más que el aleteo del ala de una mariposa. Es de vital importancia para aquellos de nosotros que vivimos en esta instantánea del tiempo, pero insignificante en realidad.

—Si fuera insignificante, ¿por qué pasas tanto tiempo escribiendo, tratando de explicarlo todo?

—El egoísmo. Porque, cuando escribo, puedo escaparme un rato de la impotencia que siento, para convencerme a mí mismo de que existe algún tipo de orden, de justicia, algún tipo de sentido en todas aquellas vidas sacrificadas, algún propósito, después de todo. Pero nunca dura mucho tiempo.

—Tú también necesitas un plan, señor Telford. Para tu vida. En lugar de toda esa autocompasión. Establecerte en algún sitio. Encontrar una esposa inteligente, Jack. Una buena esposa. Una mejor amiga.

—¿Te estás ofreciendo? Obviamente no, ya que al parecer decidiste volver a tu escritorio, a pesar de tus muñecas fracturadas y todo. Hubiera estado bien conocer tus intenciones, claro. El resto del mundo parece estar al día. Pero yo no.

—Ahora estás siendo quisquilloso. Te dije que era mi deber, Jack. Cuando acabe mi trabajo aquí, me iré. Y, hasta entonces, solo tengo que cuidarme a mí misma, ¿no es así?

—¿Cómo pretendes protegerte de las bombas italianas, Ruby? Por el amor de Dios…

—Entonces, proponme algo mejor, señor Telford. Convénceme de que hay otra forma de marcar la diferencia. ¿Adónde tienes previsto irte tú?

—Eso depende del éxito que haya tenido Milanes en convencer a las autoridades de que la muerte de Fielding fue un accidente o una muerte justificable.

—Tus enemigos tienen la costumbre de perecer en accidentes desafortunados, Jack.

—Salvo los que maté a sangre fría. ¿No es lo que estabas pensando?

"Porque es lo que pienso yo", pensó Jack enfurecido consigo mismo. "Solía tener pesadillas repetitivas de aquel cabrón torturándome. Ahora no me atrevo a dormirme del miedo de las pesadillas que tengo por haberle matado".

—Ya te dije una vez que no me sentía capaz de infligir ninguna crueldad innecesaria a otro ser vivo.

—Perdón, Ruby, pero, ¿no habías sido tú la del revólver en El Poblet?

—Te estaba salvando tu pellejo ingrato, por el amor de Dios. Y el mío. Eso está muy lejos del placer que obviamente sentiste al matar a Turbides. No creo que pueda sacarme eso de la cabeza nunca. No por su muerte. Merecía morir. Sino por el horror. La mirada de euforia en tu pobre rostro. Y si el señor Milanes convence a las autoridades de que no eres culpable, ¿adónde irás? Para eludir todo eso. Porque lo necesitarás, Jack. Necesitas encontrar un lugar donde puedas reconciliarte contigo mismo.

—¿Cuando acabe todo? —Alzó los hombros—. A casa, supongo.

Inglaterra. O a Francia. No me puedo quedar aquí, no con la gente de Franco todavía buscándome. Tal vez otros también. Aunque estaría dispuesto a correr ese riesgo si una cierta señorita del consulado de Alicante quisiera que me quedara aquí.

Se preguntó de dónde habría salido ese pequeño discurso, porque estaba muy lejos de lo que había querido decir. Su intención fue la de hablar con ella, abrirle su corazón: sobre la salvación; sobre cómo esas muertes, toda una serie de muertes ya, le pesaban en el alma; sobre la culpa que sintió, su culpa acatólica; y sobre cuánto creía, profundamente, en que el afecto de esta joven mujer era verdaderamente el único destino y refugio que buscaba. Pero este era él, claro. Seguía siendo Jack Telford. El solitario Jack Telford. ¡Por el amor de Dios!, hasta su padre le había vuelto a abandonar, había salvado su vida en El Poblet y ahora simplemente se había esfumado como una vela apagada.

—Jack… Señor Telford… no podría preguntártelo. No lo haría. Sería totalmente inútil. Carecería de sinceridad.

—¿Tu corazón todavía anhela ese jardín inglés, y los bebés de Fidel?

Ella se rió y miró por la playa, protegiendo sus ojos del sol para poder ver a Fidel y Sergio. Se encontraban lejos de allí, chapoteando con los pies descalzos en las suaves olas que lamían la playa, cada uno de ellos, como Jack notó, con un brazo alrededor de la cintura del otro.

—Jack —dijo—, ¿es que estás totalmente ciego?

Capítulo Treinta y Cinco

Lunes, 27 de marzo de 1939

"He quitado la vida a tantas personas", pensó Jack, "y ahora estoy eternamente condenado a sufrir en silencio el remordimiento reiterado, sin perspectiva alguna de absolución".

Ruby le hubiera dicho que ese era un pensamiento lamentable. Sin duda. Pero Ruby no tenía que sufrir el tormento. Y ahora esto. Se miró fijamente en el espejo de su habitación. Una habitación decente con vistas al mar, en lo alto del Gran Hotel, al parecer conocido todavía por todos en la ciudad como el Iborra. El sol de la mañana brillaba tan fuerte que, hasta con las persianas de madera bajadas a medias, llenaba con sus rayos la habitación con luz, suficiente luz como para resaltar aquellos finos mechones de plata que habían aparecido de la nada, en sus sienes. Y allí estaba la maldita mano también. La derecha. La frotó, trató de aliviar el ligero entumecimiento masajeándola, calmar el temblor, antes de encenderse el primer cigarrillo del día.

Se acercó a la ventana, atraído por el ruido metálico y el traqueteo de los tranvías circulando por la Plaza Joaquín Dicenta. En el centro de la plaza se encontraba ese monumento de los Mártires de la Libertad, aquellos que fueron fusilados en la rebelión de Boné en el año 1844, los primeros revolucionarios en perseguir el sueño de una España más liberal, más tolerante. El monumento marcaba el extremo septentrional del paseo marítimo de Alicante, su malecón, frente a la entrada al puerto de Alicante.

"Debe de ser hermoso", imaginó, "debajo de todo eso". Pues, el paseo marítimo estaba en aquellos días, como en los muchos días anteriores, completamente atestado de todo tipo de refugios provisionales, restos de lona y chatarra, de hojas de palmera y arpillera, el humo que todavía se levantaba de las fogatas que habían sido encendidas durante la noche, o para cocinar. Se podía presenciar escenas como estas por toda la ciudad, una ciudad que parecía gemir sin cesar bajo el peso del influjo de refugiados. Este santuario de último recurso.

Más allá de la carretera, la dársena interior del puerto se extendía en un semicírculo, repleto de grúas de carga, como aves zancudas en el agua, y albergando solo unos cuantos buques mercantes. Entre la dársena interior con sus muelles de atraque y ese espigón exterior no había nada. Ni un solo barco en la vía marítima, porque, más allá del horizonte, en algún lugar allí fuera en las aguas mediterráneas de color azul turquesa, estaban acechando los submarinos italianos, aguardando y observando, asegurándose de que el bloqueo de Alicante fuera impenetrable. Sin embargo, todavía había esperanza en la ciudad, esperanza de que la flota republicana, en cualquier momento, volviera de Bizerta para llevarse a todos los leales de verdad. ¿Al exilio? Sí, pero también a la libertad, para sobrevivir. Aunque hoy todavía no había señal de los destructores y acorazados de la República. En el puerto nada más que las gaviotas planeando y chillando alrededor de los barcos pesqueros vacíos. Un par de carboneros también, y aquellos buques mercantes británicos, el *Stanbrook* y el *Maritime*. Algunos otros ya habían zarpado, llevándose a solo unos cientos de los refugiados, un número tan lamentable comparado con las decenas de miles esperando escaparse de las garras del ejército de Franco.

Jack se había ido de juerga la noche anterior con algunos de los marineros del *Stanbrook* al Bar Lepanto a la vuelta de la esquina. Su patrón estaba de camino a Madrid, le dijeron, para pedir instrucciones a los dueños del barco.

—¿Por qué todo ese camino hasta Madrid? —Jack les había preguntado entre unos coros estrafalarios de *Yes Sir, That's My Baby, La Banda de Alexander Ragtime* y *Danny Boy*, o cualquiera de esas canciones que mascullan con voz ronca los marineros cuando el vino y la cerveza y el humo hacen mella en sus voces ebrias.

—No tengo ni idea —gruñó el camarero de barco, Billy Clark—. No pudo conseguir órdenes de otra forma, eso es lo que nos dijo. Pero no es un tipo malo. Es decir, comparado con otros capitanes. Sabe lo que hace.

—Hay mucha gente en Alicante que te pagaría un dineral para estar a bordo cuando zarpes, Billy.

—Eso no va a pasar, amigo. Órdenes. Sin malditos pasajeros. Demasiado arriesgado.

—¿Arriesgado? —Jack había dicho—. Entonces, ¿qué diablos estáis haciendo aquí?

—Tuvimos mercancía para descargar.

Había hablado como si Jack fuera un idiota.

—¿No os han avisado de alejaros del puerto? ¿De no navegar por estas aguas plagadas de todos esos malditos submarinos? Pero, aun así, habéis venido.

—Sí, bueno… nos dijeron eso en Bilbao. No sé cuántas veces.

Uno de los otros tripulantes, Oskar el Sueco, estaba tirado boca arriba sobre la mesa de al lado, en medio de los restos de comida y botellas rotas, la panza peluda saliéndole de la camisa abierta y subiendo y bajando como un fuelle al ritmo de sus ruidosos ronquidos. Todos estaban duros como cuerda vieja, como Jack había concluido cuando el marinero de primera, Ramón, salía tambaleando a la calle para mear. Otro, un tal Lascar, vomitaba en un rincón, mientras otro, el oficial de máquinas de segunda, comenzó una discusión con un soldado español descalzo y con uniforme raído por una chica de la calle de aspecto gitano. Ninguno había entendido los insultos del otro pero la cosa se volvió fea, otros metiéndose entre golpes y empujones en la disputa que se desarrollaba rápidamente, hasta que Billy Clark se subió a una mesa y comenzó a cantar *Red River Valley* con una voz grave de barítono, de la que el bajo estadounidense, Paul Robeson, con razón hubiera estado orgulloso. La canción se había convertido en una especie de himno, la melodía prestada por las Brigadas Internacionales, adaptando las letras refunfuñadas de soldados para su propia canción, *El Valle de Jarama*, y los españoles en el bar, ahora con otra versión más y reconociendo el ritmo, se unieron al canto, aceptando la cosa como una oferta de paz, sin importar si estaba intencionada o no.

—¿Viste a Fidel? —gritó Ruby—. Parece que tuviste una noche salvaje, señor Telford.

El consulado provisional cerca de la colegiata de San Nicolás estaba lleno de refugiados, y habían puesto una mesa en el callejón de al lado para ayudar a acelerar los trámites y acortar la cola. Algunos parecían gente adinerada: con maletas llenas; con todos sus bienes materiales en carretillas de mano, o en sus brazos; y una jaula de pájaros totalmente fuera de lugar. Parecían estar bien alimentados, esa gente, profesionales con sus esposas y niños limpios. Pero el resto parecía estar medio muerto de hambre: mujeres con bebés en brazos; gente de todas las edades, niños pequeños, ancianos, lisiados, precariamente vestidos. Y, entre ellos, algunos de los que quedaban de las fuerzas derrotadas de la República. Jack sabía que había miles más, allí fuera en el barrio de San Gabriel, en el área que llamaban Doce Puentes. Fidel y Sergio estaban allí, haciendo lo que podían para ayudar.

—No los he visto —dijo, un poco demasiado rápido—. Estaba tratando de establecer relaciones diplomáticas con la tripulación del *Stanbrook*.

—Entonces, tal vez tengamos algunos clientes más para el viaje —dijo ella, mirando alrededor a la multitud amargada—. ¿Alguna vez en tu vida has visto algo como esto? ¿Alguna vez? Y Jack, te asegurarás de encontrar plazas para los chicos, ¿no?

Le llevó un momento. ¿Los chicos? Fidel y Sergio, claro. Pero la verdad es que desde que habían vuelto a Alicante, no había pasado mucho tiempo en su compañía. El choque de darse cuenta tan tarde de la homosexualidad de Fidel le había dejado totalmente desconcertado. Jack se consideraba un hombre moderno, progresista. En la universidad había condenado con firmeza comentarios sarcásticos sobre los "clubes de maricas" y los "mariposones" o cosas peores. ¿Pero Fidel? Había pasado todo ese tiempo con él. Nunca se había dado cuenta. Se sintió algo engañado. Y sí, se acordó de todas aquellas imágenes de antiguos guerreros griegos y sus amantes entre las filas de las tropas. Aunque ese era otro mundo, ¿no? Como el mundo académico, artístico o del teatro, en el que las tendencias de los ricos y célebres fueron aceptadas de buena gana. Ivor Novello. Benjamin Britten. Noel Coward. Siegfried Sassoon. E.M. Forster. Y en San Pedro de Cardeña, entre aquellos poetas y filósofos dentro de las Brigadas Internacionales, por supuesto que había hombres que, en casa, podrían haber sido acusados, como Oscar Wilde, de conducta indecente. Pero Jack nunca se lo podría haber imaginado aquí, en el propio ejército republicano de España, con todo su machismo tradicional. ¿Por qué no? No tenía ni idea, y simplemente estaba confundido.

—Volveré a hablar con ellos más tarde —dijo—. Cuentan con que el capitán del *Stanbrook* vuelva de Madrid mañana por la mañana como muy tarde. Espero poder confirmar algunas cosas hasta entonces. ¿Qué dice el cónsul?

Ruby tardó un momento en responderle, pues, estaba ayudando a un miembro del personal consular a estudiar un documento mugriento y arrugado que, según el dueño, demostraba que su padre había sido un marinero inglés.

—Ah, el señor Donald ha sido muy claro —dijo por fin, acordándose de que Jack seguía allí todavía—. La política. Ningún buque registrado en Gran Bretaña debe poner en peligro a su tripulación intentando pasar el bloqueo.

—¿Qué es lo que espera que haga el *Stanbrook*? ¿Quedarse aquí hasta que acabe la guerra? ¿O hasta que se aburran los italianos?

—Dios mío —dijo Ruby—, esto es imposible. —Protegió sus ojos de la luz, estudió el callejón, la multitud simplemente seguía creciendo con cada minuto—. ¿Te gustaría ayudar, Jack?

—Preferiría invitarte a cenar —dijo, pero vio que ni le estaba prestando atención. Había sido el único lado bueno del asunto de Fidel y Sergio, el fin de esos celos que ni siquiera sabía que sentía por dentro, el nacimiento de una esperanza renovada de que ella ahora lo vería desde una perspectiva más favorable. Esperanza frustrada—. No, gracias —gritó un poco más fuerte—. Simplemente he venido a ver cómo estás. Ver cómo lo llevas con las muñecas. Pero pareces estar bien.

—Estoy lejos de estar bien. La atmósfera está terrible aquí. Mucho peor que en Madrid. Y anoche, cuando ya había oscurecido, hubo pandillas de matones en la calle. Podía oírlos. Gritando. "¡Vamos a por vosotros!" Y otras cosas espeluznantes también. Tenía mucho miedo, Jack.

—Entonces, por el amor de Dios, ven conmigo Ruby. —Pero ella no escuchaba eso tampoco.

Al final del callejón, allá en la calle principal, llegaba un taxi.

—Esperemos que sea más ayuda —dijo ella, y luego su quedó con la boca abierta.

Jack se dio la vuelta, entrecerró el ojo por el sol, y vio que de hecho no era la llegada de alguna forma de ayuda. Era el comandante Lawrence Edwin.

Jack se echó a correr, más rápido de lo que recordaba haber corrido jamás en su vida. Y, detrás de él, un par de guardias de asalto que estaban patrullando por la zona respondían a la orden de Edwin para detenerle y se unieron a la persecución. Le siguieron a lo largo de la calle y por todo el paseo, donde Jack chocó con una carretilla, un dolor punzante atravesando su cadera. La colisión desparramó las naranjas amontonadas por toda la acera, en la que rebotaban y se abrieron, Jack pasó sorteando los restos, el verdulero maldiciendo, gritando, tirando algunos de los productos de cosecha propia detrás de él. Pero allí fue donde los guardias de asalto abandonaron la persecución, dejando a Jack salir corriendo por las calles, las cuales, lejos del caos del consulado, parecían extrañamente vacías ahora. Su pecho le palpitaba y un flato se estaba desarrollando en su costado. Un vistazo atrás. El comandante Edwin todavía estaba allí, con la chaqueta aleteando como las alas de un gavilán. Y se estaba acercando.

"Por el amor de Dios, déjame en paz". Las palabras resonaban una y otra vez dentro de la cabeza de Telford.

Una sirena empezó a sonar.

"Por mí", pensó Jack neciamente, mientras seguía corriendo. "La sirena suena por mí".

La sirena empezó a sonar más fuerte, el volumen de su sonido aumentando y bajando, atrayendo a la gente que salían de sus escondites, de bares y de bloques de apartamentos. Estaban corriendo con él ahora, madres arrastrando o llevando en brazo a sus niños, hombres y mujeres viejos, parejas, trastabillando por la calle. Fugitivos individuales.

Escuchó los bombarderos también, tal como los había escuchado en Madrid.

Ren-di-os. Ren-di-os. Ren-di-os.

Delante de él estaba el bulto de hormigón que marcaba la entrada al refugio local, el refugio antiaéreo, y Jack ignoró toda convención civilizada, conducido por su pánico fruto del doble peligro, se abrió paso a codazos entre los que ya estaban luchando para entrar y pasó por la entrada oscurecida, miró atrás hacia un mar de caras enfadadas, para ver a Edwin acercándose también a empujones. Telford bajó por las escaleras, tomando dos escalones a la vez, a la penumbra, bombillas parpadeantes encima de él. Un pasillo central con pequeños cubículos a cada lado, perdiéndose a la distancia en las sombras. Jack gritaba disculpas en inglés, una y otra vez, mientras pasaba por encima de rollos de mantas, cojines, y chocaba con familias buscando espacios libres. Y el comandante Edwin casi respirándole en la nuca.

Luego las bombas encima. Inmediatamente encima. Dos explosiones, una detrás de la otra, oyeron, o mejor dicho, sintieron cada una de ellas. Las paredes del refugio y todo, todos los refugiados en su interior, fueron sacudidos hasta las raíces, polvo cayendo de los techos, luces encendiéndose y apagándose de nuevo, una grieta abriéndose en el techo. Había un cochecito de bebé, vacío, y Jack lo agarró por el manillar y lo tiró hacia atrás, esperando hacer tropezar a su perseguidor, pero la acción solo consiguió frenar y distraer a Jack mismo. Y la mujer, la dueña del cochecito, gritó. El comandante Edwin salvó el obstáculo con facilidad y, en ese instante, agarró el abrigo de Jack con una mano, mientras, en la otra mano, apareció un cuchillo de la nada, una navaja de muelle, el maléfico estilete salió disparado en un rápido movimiento de mano.

El comandante se abalanzó sobre él, ambos cayeron dentro de un cubículo, chocando con la madre, el bebé que llevaba en brazos y los niños gemelos a su lado. Jack le tenía agarrado por la muñeca mientras caían, logrando cerrar todos sus dedos alrededor de la muñeca del comandante. Intentaba empujar ese acero mortal lejos de sí cuando cayó hacia atrás, sobre una caja, una cesta, un dolor agudo atravesó su columna vertebral. Pero seguía sosteniendo la muñeca, la mano con la navaja. "A donde sea", pensó. "A donde sea, pero lejos de mí. Dios mío…"

Los ojos de reptil del comandante estaban a nada más de unas pulgadas de los suyos.

—¡Cabrón traidor! —Edwin jadeó, mientras rodaban sobre el hormigón frío. Su mano izquierda estaba levantada, agarrando los dedos de Jack, la derecha con la navaja de muelle, y el agarre de Jack aflojándose lentamente. Miró a su alrededor desesperado, buscando ayuda. Nada. Una imagen confusa de gente gritando, la madre y su crío siendo arrastrados lejos del combate, uno de los gemelos se quedó enganchado en una rueda del cochecito. La mano del comandante Edwin se liberó y la hoja destelló. Jack se encogió y no podía mirar. Escuchó el agudo y penetrante chillido de un niño, luego sintió algo húmedo salpicando su mejilla. Cuando abrió el ojo, Edwin estaba arrodillado.

¡Joder! —dijo el comandante con una mirada salvaje. Al cuchillo y luego al niño histérico que había herido, y luego a Jack—. ¡Cabrón! —volvió a gritar.

"¿Culpa *mía* también?", pensó Jack. "¿El niño?" Pero no tenía intención de perder el tiempo convenciéndose de una cosa u otra. Se puso de pie, se abrió paso entre la aglomeración de humanidad española que bajaba por el pasillo y que se metió dentro del cubículo para ayudar a la madre desconsolada, el niño ensangrentado y herido, y los hermanos aterrados del niño.

Jack se lanzó a ciegas bajando por el pasillo, casi perdiendo el equilibrio cada vez que la estructura entera fue sacudida, como un hueso de caña en las fauces de un terrier, cada vez que caía otra bomba arriba. "¿Cuánto más queda?" Los pensamientos se agolpaban en su mente. Pues, el refugio parecía interminable y, ahora mismo, prefería arriesgarse con las bombas. No necesitaba ojos en la nuca para saber que Edwin estaba muy cerca detrás de él otra vez. Le podía oír. Percibir el olor a aceite capilar y el aliento de olor a ajo.

Una escalera. Hacia arriba. Un acordeonista viejo sentado en el primer escalón, sustrayendo las primeras notas sibilantes del instrumento. Desconcierto, luego enfado en la cara del tipo cuando Jack saltó por encima de él. Su pie se enganchó con las teclas discordantes y casi cayó sobre aquellas personas concentradas dentro de esta otra entrada-salida. El brillo de la luz del día, el aire fresco y un segundo destello cegador. Pero entonces el mundo se vino abajo, el colapso llegó casi antes de que pudiera sentir y escuchar la explosión. Parecía que era arrojado hacia un lado, echado boca abajo, mientras al mismo tiempo alguien le estaba metiendo a martillazos clavos en los tímpanos, la sirena de alarma sonando en su cráneo, pedazos de hormigón atravesados por largas barras de refuerzo golpeando su cuerpo. Humo, polvo y silencio. Un silencio puro y momentáneo. Antes de que comenzaban los gritos amortiguados y sollozos de los sepultados. Miró hacia arriba y vio el cielo. Un avión zumbaba y se ladeaba en el círculo azul encima de él, y desapareció de su vista.

Se sacudió y movió con cuidado cada una de sus extremidades. Su espalda le dolía, pero achacaba el dolor a la cesta sobre la que cayó en el cubículo, y no le iba a impedir a salir trepando a la libertad. La bomba que vio debió haber impactado en el refugio. Un impacto directo que de algún modo había dejado ileso tanto a Jack como a la pared de la entrada. Sin embargo, había dejado un cráter inmediatamente detrás de él. Se arrastró hasta el borde. Abajo quedó al descubierto el pasillo del refugio. "Otra madriguera de conejo", se dijo a sí mismo. Allí estaba el acordeón, intacto, sin ni siquiera una capa de polvo, pero ni rastro del viejo. Al lado del instrumento, un bloque de hormigón se había desplomado sobre el corredor y, debajo, se encontraba atrapado el comandante Lawrence

Edwin, sus piernas aplastadas. Estaba gimiendo en silencio, mientras encima de su cara colgaba otro bloque, redondo, del tamaño de una peña considerable, balanceándose, pendiente casi de un hilo, y bajaba lentamente deslizándose por una barra de armazón. Todo lo que tenía que hacer Jack era darle una buena patada.

—Hágalo —gruñó el comandante Edwin, aunque Jack apenas lo escuchó con sus oídos zumbando todavía—. Vamos, Telford. Hágalo.

"Sus deseos son órdenes para mí", pensó Jack y bajó trepando por los escombros para comprobar si sería fácil moverlo.

Detrás del comandante había oscuridad, el túnel bloqueado, los que habían quedado atrapados todavía estaban pidiendo ayuda a gritos.

—Siempre me imaginé que querría que mi muerte parezca un accidente —dijo Jack, y volvió a mover casualmente el bloque de hormigón.

—Como un gato, Telford —murmuró el comandante, aunque ahora parecía estar alucinando—. Siete vidas. Pero se le están agotando los recursos. Ya no tiene a donde ir.

—Usted es un maldito idiota, comandante. Milanes tiene todos los informes. Sus tratos sucios con los generales de Franco. Tarde o temprano saldrá a la luz. No le sirve de nada matarme. Y ahora mírese.

Jack notó que el bloque empezaba ceder, a deslizarse por la barra de acero.

"Déjalo caer, Jack", le decía una voz. "Solo déjalo caer". Pero sintió curiosidad. Por muchas cosas.

—¿Milanes? —resopló el comandante, luego tembló del dolor—. Puedo mantener a ese idiota callado. Fácil. Pero usted. Periódicos entrometidos de mierda…

—Bueno —dijo Jack—, acaba de perder su oportunidad. Y, para que conste, comandante, la chica no tuvo nada que ver con eso. Solo yo. Con un poco de ayuda de parte de mi amigo el general Kotov. Hay otra cosa también. Si toda esta maldita venganza tiene algo que ver con Carter-Holt, debe saber que su secreto está a salvo conmigo. No me importa un bledo si me cree o no. Pero debería haber quedado claro, incluso a los servicios de inteligencia de Gran Bretaña, que no puedo decir nada de ella sin incriminarme a mí mismo también.

Más sirenas. Esta vez, eran los bomberos. Acercándose.

—Hágalo —volvió a decir el comandante.

Jack cerró el ojo y se maldijo por ser un idiota. Estaba seguro de que el comandante Edwin, vivo, seguiría persiguiéndolo durante todo el tiempo que pudiese, con o sin piernas. Con la sombra de la muerte de Fielding cerniéndose sobre la cabeza de Jack. Pero, aun así, colocó sus hombros debajo de la roca de hormigón, y la sostuvo allí, gimiendo, incluso hasta cuando llegaron los bomberos para aliviarlo de su carga, para concederle una especie de redención, aunque, en realidad, no estaba del todo seguro si había salvado al comandante Edwin por rencor o por compasión.

Capítulo Treinta y Seis

Martes, 28 de marzo de 1939

En los años posteriores, Jack solía recordar la escena en imágenes monocromáticas, pero aquella tarde el sol traidor sonreía alegremente sobre la prominencia de arenisca y maleza, así como sobre las paredes pálidas del castillo a lo largo de esa elevada cumbre, mientras, más abajo y hasta donde podía ver con el ojo, brillaba sobre las cúpulas grises, metálicas y alicatadas de la zona costera de Alicante que resplandecía en sus elegantes tonos blancos y ocres.

—Dónde está ahora? —le preguntó Ruby. Se había reunido con ella en el consulado provisional otra vez. Estaba ayudando a algunos de su rebaño, como los estaba llamando ahora mientras venían caminando hasta aquí, hasta las oficinas de aduana en el muelle, donde los refugiados tuvieron que esperar la decisión de si uno u otro de los dos barcos británicos aceptaría llevarse a unos cuantos de ellos como pasajeros.

—En el Hospital Provincial —dijo Jack—. Todavía me estaba llamando traidor, incluso cuando le estaban llevando a la ambulancia.

—Supongo que, a sus ojos, tiene razón. Agregado militar británico, trabajando bajo las órdenes de sus superiores. Trabajando para salvaguardar los intereses de la seguridad nacional, diría él. La gente del gobierno, algunos de ellos por lo menos, ven la guerra llegar con Hitler. En esa guerra necesitaremos Gibraltar. Y el menor número posible de enemigos. Así que algunos sobornos a los generales de Franco parecerán un precio razonable para mantener a España fuera del conflicto.

—Unos cuantos sobornos y la libertad de España, Ruby. Mira dónde estamos, por el amor de Dios.

Ya debía haber un millar en la cola, y más gente llegando todo el tiempo. Aquella mezcla extraña de indigentes permanentes, de ciudadanos de clase media que lo habían perdido todo de golpe, y de los

337

hombres desesperadamente derrotados del miserable resto del ejército republicano, solo unos pocos de ellos seguían llevando sus armas. Pero Jack solo veía a Ruby Waters, la pequeña figura menuda dentro de su mono miliciano azul y una pañoleta roja que mantenía el pelo rebelde recogido para que no se le caiga en la cara. La amaba por todo eso. Por su devoción por los refugiados. Por ser Ruby.

—La libertad de España ya estaba perdida, querido. Se perdió en el Ebro. Tal vez mucho antes.

—Porque Gran Bretaña y Francia se quedaron al margen para ver lo que iba a pasar. Estoy tan avergonzado. Tan profundamente avergonzado.

—¿Es por eso por lo que no volverás a Inglaterra?

—Si tuviera otra opción, quizás lo haría. No sé qué me espera allí, ¿verdad? Pero no puedo quedarme tampoco. Eso está claro. Si Turbides todavía me persigue, estaré en una de las listas de Franco, como muchos de estos pobres desgraciados. España está en mi sangre ahora, pero si no me voy, España va a acabar conmigo. No hay forma de salir del país, salvo desde aquí. Y ni el *Stanbrook* ni el *Maritime* se dirigirán a ninguna parte excepto a Orán. Desde allí, puedo llegar a Gibraltar, supongo. Lisboa, tal vez. Ambos podríamos llegar hasta allí, Ruby.

—No puedo negar que sea una idea tentadora, Jack. Déjame hablar con el señor Donald. ¿Vale?

"Por fin", pensó Jack. "Gracias a Dios. Está entrando en razón. Y una vez que estemos juntos en un barco…"

—Estoy seguro de que te dirá lo mismo que yo.

—Yo también estoy segura de ello. —Le tocó el brazo y le sonrió con cariño. Llenó su corazón de esperanza—. ¿Y el niño, Jack? No me has dicho nada del niño, el que Edwin apuñaló.

—Está bien, que yo sepa. Un corte horrible, pero lo pudieron sacar por la otra entrada. Me imagino que estará en el mismo hospital. Resulta un poco irónico, ¿no te parece? Pero mira, ese debe ser el capitán.

En la parte superior de la pasarela se habían reunido varias figuras uniformadas. En el centro del grupo, en medio de la apertura en la barandilla del *Stanbrook* en la que acababa la pasarela, un tipo alegre y animado, de unos cuarenta y tantos años. Su gorra de oficial había visto mejores días. Dickson, ¿no fue el nombre que le dijo Billy Clark? Jack le vio señalar el cargamento que se hallaba abajo, tirado en un lado del muelle, la mayor parte cubierta de redes y lista para subir a bordo.

Barricas de azafrán. Cientos y cientos de cajas de embalaje de madera, con naranjas. Naranjas Valencianas. Unos toneles de tabaco también. Jack podía olerlo. Todo. El aroma de las especias, sereno pero apagado. El cítrico agrio. El dulzor de la hoja. La esencia de las barricas de roble. La creosota del cáñamo y del cordaje. Aceite y grasa, óxido de hierro y pintura acre de cadenas y grúas, engranaje de cabrestantes y botalones de izado. "Cuando esté todo cargado", pensó Jack, "¿cuánto espacio quedará?"

—No es muy grande —dijo Ruby—. No cuando te acercas.

Tenía razón. ¿Sesenta metros quizás? O un poco más. Una tripulación de veinte personas, según Billy. Veinticuatro, apurando mucho. No era grande. Y en el *Maritime* no había nada de actividad en absoluto.

—¿Alguna noticia de Madrid? —preguntó Jack.

—No querrás saberlo. Emitieron esta mañana. Será la última emisión, me parece.

—¿Besteiro? —Asumió que debería haber sido Besteiro, aunque no estaba seguro por qué.

—Sí. Fue muy emotivo. Dijo que podía ver las banderas blancas en las ventanas de la gente, por toda la ciudad. Parece que Casado ha volado a Valencia y luego se irá al exilio. Besteiro dijo algo raro. Que le habían invitado a irse también. Esa fue la palabra que usó. Invitado. Como si fuera a una cena. Pero que había decidido quedarse. Al parecer Casado ha hablado por la radio también. Diciendo a todos que se vengan aquí. A Alicante. Dice que habrá barcos.

Jack miraba hacia la dársena, luego hacia atrás a la entrada del puerto, donde llegaban minuto a minuto más camiones y autobuses, tranvías y taxis, más y más soldados o familias, agrandando la masa de gente apiñada.

—Eso tiene que ser mentira —dijo—. Lo de los barcos. —Era una barbaridad.

—No es lo peor, Jack. Hemos recibido noticias toda la mañana. Las diputaciones provinciales en todas partes, jurándole lealtad al bando nacional.

En la entrada del puerto, se estaba formando una segunda muchedumbre a un ritmo constante. La mayoría de ellos eran hombres jóvenes. Cantando. *¡Franco! ¡Franco! ¡Franco!* Hubo unas cuantas peleas, pero los demás refugiados, los soldados incluidos, aceptaron en su gran mayoría esta humillación con sus cabezas agachadas, como si de alguna forma sintieran que se lo merecían. Más cantos de partidarios de la Falange. Y habían bajado las fotos enormes de los héroes republicanos que una vez adornaban el paseo marítimo, el malecón. Imágenes de Miaja, Rojo, Modesto y Líster. Las quemaban. Cuánto debían haber ansiado la llegada de este día, escondiéndose, como cucarachas, incluso aquí en este bastión, el más leal de la España republicana.

—¡Los barcos no vendrán! —vino su serenata—. ¡Los barcos no vendrán! ¡Pero Franco, sí! ¡Pero Franco, sí! —Como un grupo de aficionados al fútbol.

Toda la esperanza perdida. Jack miró atrás al *Stanbrook*. Ahora había guardias de asalto al pie de la pasarela y, hacia la mitad de ese puente, cuatro oficiales en traje y sombreros Homburg a juego, enfrascados en una conversación con el capitán Dickson. Detrás de ellos las grúas ya se habían puesto en marcha, una red de carga con cajones de naranjas columpiándose en el aire, y la cubierta del barco ajetreada, el brazo de la grúa esperando con impaciencia sobre las escotillas abiertas.

—¿Piensas que podrá sobrevivir? —preguntó Jack—. Me refiero a Besteiro. Me caía bien, sabes. A pesar de todo, me cayó bien.

¿Habría cambiado algo si buenos hombres como Besteiro no hubieran estado tan dispuestos a apoyar el golpe de Casado? Y, no por primera vez, se imaginaba como debía ser, como un líder, tener que elegir entre dos opciones imposibles, de sacrificar a unos cuantos de su gente para salvar al resto, lo que debía sentir al darse cuenta de que se había equivocado. En ese momento Ruby volvió a tocar su brazo.

—Jack, tengo que volver. Al trabajo.

—Te acompaño. Es peligroso, Ruby. Con aquellos matones en la calle. Y tú, vestida como la Pasionaria.

—Todo saldrá bien —le dijo—. Y, de todos modos, tienes cosas más importantes que hacer. Conseguir una travesía. Encontrar a los chicos también, Jack. Tráelos aquí. Volveré a las... ¿A qué hora? ¿A las ocho? Lo digo en serio. No me iré sin ellos.

Tuvo que ir todo el camino hasta Benalúa en tranvía y andar el resto, unos cuantos kilómetros, hasta los Doce Puentes antes de que los encontrara. Pero estaban casi invisibles dentro de esa marea humana que una vez había sido el orgullo de la España republicana y ahora una procesión de vagos vestidos de caqui. Y fueron ellos los que vieron a Jack primero.

—¿Adónde se van todos? —quiso saber Jack, mientras Fidel y Sergio le abrazaban—. Es mentira. Decídselo. Casado está mintiendo. No hay barcos.

Se rieron.

—¿Es que piensas que somos estúpidos, inglés? ¿Y realmente eres tan ingenuo? Nunca hay barcos de rescate para los soldados. Solo para los generales. Solo para los políticos. Bueno, así es la vida.

—¿Entonces, adónde vais vosotros?

—Quieres decir, dónde vamos nosotros, ¿no? —dijo Fidel—. ¿Has olvidado? ¿Lo de la libertad condicional?

—Estás loco. ¿A quién diablos le importa ya si soy prisionero o no?

—No fui yo —le dijo Fidel bruscamente— el que mató a uno de los agentes favoritos del camarada Stalin, y luego mintió sobre las circunstancias. O el que mató a uno de sus propios diplomáticos.

—Casi hubo otro —dijo Jack—. Ayer. —Miradas confundidas—. No importa. No realmente. —Se habían unido a la procesión pesada que avanzaba por la carretera costera hacia el puerto, hacia el inútil castillo, el que ya no podía proteger a ninguno de ellos. Había una línea de ferrocarril que salía hacia Elche, con rumbo al sur hacia Murcia. Al otro lado de las vías, dunas bajas, tramos de arena. Más barcos pesqueros abandonados, cuyas velas latinas aún los podrían haber llevado hasta la costa de África del Norte. Pero no hoy. Y, a lo largo de la playa también, en este lado del puerto, había cabañas, con techos de cañas, bares, con mesas y bancos, todos vacíos también—. Pero creo que hemos encontrado un barco. Un barco inglés —Jack les dijo—. Conozco algunos miembros de la tripulación.

—¿Es por eso por lo que viniste? —Sergio le sonrió—. ¿Para venir a buscarnos?

Jack ya no tenía el coraje para ser honesto. Se preguntó si aún hubiera seguido allí si Ruby no hubiera insistido en el viaje de sus compañeros a la seguridad como condición de su propio viaje.

—Por supuesto —mintió.

Los dos hombres se rieron otra vez, y alguien empezó a cantar. *¡Ay, Carmela!* Luego una canción que recordó de los guerrilleros en la Cueva de Covadonga. Solo recordaba el coro y el nombre de la canción, *Santa Bárbara Bendita*. Qué apropiado le pareció cuando se sumieron al canto, con el castillo de Santa Bárbara delante de ellos. Cuando ya se encontraban al abrigo del castillo e iban llegando al puerto, entonaron *la Internacional*, cómo no, y la horda andrajosa casi volvió a ser el batallón que fue una vez, recordando las luchas libradas: en Córdoba, Belchite, Teruel y a todo lo largo del Ebro. ¡Dios santo!, cómo habían luchado.

—¿Lo ves, inglés? —dijo Sergio—. Es allí adonde vamos. Hasta el final. Juntos. Es lo que hacen los soldados.

Eran las ocho de la tarde más o menos y, a su llegada, un grupo de bravos fascistas aún más grande que antes simplemente se esfumó. En el muelle, al pie de la pasarela del *Stanbrook*, había una mesa, un par de guardias de asalto, dos oficiales gestionando papeles y la cola de refugiados llegaba de allí hasta el edificio de la aduana. La red de carga de naranjas todavía colgaba de la grúa, exactamente en la misma posición en la que estaba cuando Jack se había ido.

—¿Es ese tu barco? —le preguntó Fidel.

—Nuestro barco —Jack lo corrigió. Pero vio la mirada que intercambiaron los dos hombres—. ¿Qué? —dijo.

—Mi querido amigo —Fidel agarró su brazo—, siempre me parecían curiosos los hombres viejos de mi pueblo, de mi familia. Cada uno de ellos solía decir lo mismo. "El Mundo ya no es lo que era". ¿Pero a mí? Siempre me pareció que el sol brillaba, que la vida era buena. Que también mejoraba. Poco a poco, pero mejorando. La rueda se gira y, a veces, mientras se gira, se vuelve hacia atrás, en la dirección desde la que ha venido. Pero, por lo general, suele girar hacia delante, hacia el progreso. Y luego entendí. Que aquellos ancianos estaban preparándose para morir, convenciéndose de que la vida ya no valía la pena vivirla. No queremos eso, inglés. No queremos morir desesperados. Separados y solos. No con nuestros sueños y esperanzas de la posible libertad de España robados. Es mejor así, inglés. De verdad.

—¿Cómo? —dijo Jack. Se sintió estúpido—. ¿Quieres decir que queréis quedaros aquí? ¿Pasar a la clandestinidad?

—¿Clandestinidad? —Sergio sonrió. Era una sonrisa triste—. Supongo que sí. Un día, todo cambiará. España volverá a ser feliz. Por alguna razón tenemos que quedarnos aquí todavía. Puede que formemos parte de eso. Una pequeña parte, tal vez.

—Los fascistas os encontrarán. —Jack estaba horrorizado. Era un plan estúpido—. Donde sea que os escondáis, os encontrarán. Y Ruby

—dijo—. Tenéis que pensar en Ruby. Ella jamás se iría sin vosotros dos.

—No —dijo Sergio—, no nos encontrarán. —Dijo las palabras con tanta convicción que Jack no podía evitar creérselo.

—Tu mano, compañero —dijo Fidel—. ¿Te molesta? —Jack se estaba frotando la maldita cosa otra vez. Ni siquiera se había dado cuenta de lo que estaba haciendo. Pero sí, admitió. Le molestaba—. Entonces deberías volver a casa, inglés. No te necesitamos aquí. Ya no. Encuentra la paz en tu propia tierra mientras que puedas. Déjanos a nosotros encontrar algún tipo de paz en la nuestra. ¿Y Ruby? Creo que necesita descubrir la paz en un lugar de su propia elección. Ve a buscarla, amigo mío. Puedes considerar revocada tu libertad condicional también. Ahora ya eres libre. Para ir a donde sea. Como nosotros.

—¿Dónde demonios has estado? —Jack gritó, mientras él y Ruby Waters se acercaron con dificultad el uno al otro en medio de la multitud—. ¿Y dónde está tu bolso?

Volvió a sentirse como aquella vez en la Plaza Mayor, en Madrid, una vez más. Por lo menos Ruby se había cambiado. Iba sin mono azul y pañoleta. Una sencilla chaqueta de lana, pantalones cómodos y una gorra que la hacía parecer una pequeña Dietrich.

—De veras, te agradezco tu preocupación, señor Telford. Pero no tus formas. Y ya que estamos con las preguntas incisivas, ¿dónde están los chicos?

—Estaba preocupado por ti. ¿No escuchaste los disparos? —Habían sido esporádicos. Unos disparos ocasionales durante la última hora—. ¿Ya están aquí? ¿Los nacionales?

—El señor Donald dice que podrían ser los de la Quinta Columna. Partidarios de la Falange. Dicen que el ejército de Franco —los italianos, por lo menos— estará aquí mañana.

—Más razón aún para salir esta noche, Ruby.

—¿En esto?

Miró arriba hacia la cubierta del *Stanbrook*. Los refugiados habían llenado cada hueco disponible, presionados contra las barandillas, alineados en las escaleras y en las secciones superiores de su superestructura, apiñados alrededor del puente de mando. Como las fotos que Jack había visto de viajes en ferrocarril por la India, miles de pasajeros más de los que los trenes estaban diseñados a llevar.

—He conseguido hablar con el capitán hace un rato —dijo—. Un galés. De Cardiff. Un hombre decente. Tiene instrucciones de no llevar a nadie a menos que sea absolutamente necesario.

—Obviamente ha decidido que ese debía ser el caso. Pero Jack…

No terminó su frase, pues, su atención fue atraída por una ola de movimientos propagándose entre las filas de espera: voces elevadas; niños respondiendo a las tensiones con lágrimas, con llantos de confusión. Jack también lo vio.

—Y descendió con ellos —murmuró, aunque supo que ya habían perdido el hilo de su conversación, cada uno con su atención puesta en la multitud, la atmósfera se volvió notablemente pesada—. Desastre humanitario, es lo que dijo Dickson. Besaría unas cuantas cabezas de bebé, y luego…

Todo ocurrió de repente, la oleada convirtiéndose en una marea. Escuchó las palabras *ataque aéreo* y *bombarderos*. Repetidas una y otra vez, las cabezas girándose hacia la ciudad, hacia un cielo crepuscular mortecino que enmarcaba Alicante, un cielo ya negro en el este, más allá de las luces verdes y rojas del puerto.

—¡Jack, los guardias!

Miró hacia atrás a la pasarela, donde los guardias de asalto y los oficiales de aduana empezaron a subir a empujones, casi pisoteando a los que estaban en su camino, por lo que la gente de la cola del muelle siguió su ejemplo. Llantos, peleas y gritos. Y el capitán, arriba en la cubierta, gritó órdenes a su tripulación, un par de marineros comenzaron a soltar las cuerdas que fijaban la pasarela.

—No —gritó Jack—. No pueden hacer eso. Por el amor de Dios, matarán a todos. —Debía haber cien personas solamente en la pasarela, muchos de ellos mujeres y niños. Telford comenzó a correr hacia ellos abriéndose paso entre la multitud, sin saber qué hacer, pero determinado a hacer lo que podía. Al menos intentarlo. Sin embargo, cuando llegó a la pasarela, le tiraron y empujaron hacia un lado aquellos que estaban intentando ayudar, miró hacia arriba a la cara del capitán Dickson. El tipo se había quitado su vieja gorra y se estaba rascando la cabeza, hablándoles tranquilamente a sus marineros, anularon la orden, y las cuerdas volvieron a su lugar.

—¿Significa que se va a llevar a todos? —dijo Ruby, quien había conseguido llegar hasta él.

—Veinte horas hasta Orán, dicen. Más o menos. Supongo que debe saber lo que hace. Y cuando hablé con él, le hablé de tu situación. Te dejará su cabina con mucho gusto, querida. Pero ya no hará falta, ¿verdad?

Las palabras salieron antes de que supiera que se estaban formando. Y, sin embargo, manaron de su boca con una angustia tan terrible que pensó que se iba a ahogar. Un dolor insoportable en su pecho, y una sensación abyecta de soledad, de desamparo. "No la puedes perder", gritó su voz interior. "Lucha por ella, hombre. Lucha". Pero allí estaba la expresión obstinada de Ruby. El orgullo de Jack. Su cansancio por todo eso. "Casi treinta y un años", quería decirle. "Y nada. Nada".

—Tengo que quedarme, Jack. —Señaló hacia la multitud. Seguían estando tensos, todavía con miedo por el rumor de un ataque, pero ya estaban más tranquilos, avanzando de una manera más ordenada por la pasarela. No había más inspecciones de papeles—. Esto no es nada, querido —dijo simplemente—. Imagínate cómo estará mañana. Cuando lleguen los italianos. Toda la gente que necesitará ayuda.

—Entonces yo también me quedaré. Contigo.

—No, Jack. Sabes que no es posible. Estás en una de sus malditas listas. Lo dijiste tú. En algún lugar. En una lista. Tú, Fidel, Sergio. Pero especialmente tú, señor Telford, mi querido amigo. E imagina el dolor, la culpa inaguantable, si te quedas por mí, y luego me entero de que… Bueno, no podría soportarlo. —Se puso sobre las puntas de los pies, puso sus brazos alrededor de su cintura, y enterró su cara, sus lágrimas, en su pecho—. Encuéntralos, Jack. Mantenlos a salvo. Y que Dios os bendiga a todos.

Luego desapareció como un fantasma en la noche.

—Tiene treinta minutos, señor Telford —Dickson le había dicho—. Luego nos vamos.

Jack había pensado en ir detrás de ella, intentar encontrar otra solución. Porque había más disparos y estaba ya casi fuera de sí de la preocupación que sintió por ella. Aunque ella tenía razón. Sabía que tenía razón. Puede que ella corra cierto riesgo, pero el destino de Jack, si se quedaba, ya estaría determinado. Y ella estaría protegida, hasta cierto punto, por esta nueva amistad entre Gran Bretaña y Franco. No, decidió, aunque su corazón de plomo ya le empezaba a doler por ella, se iría a Orán, esperaría allí hasta que fuera seguro para volver aquí a buscarla. Sería la cosa más sencilla, ¿no? A través del Servicio Diplomático. "Y, después de eso", pensó, "¡Dios mío, qué reencuentro tendremos!" Entonces salió en busca de Fidel y Sergio, su cabeza atontada llena de todas esas imágenes de Dorset, tranquilidad y jardines rurales idílicos.

"Estúpido, estúpido".

Porque cuando iba abriéndose paso entre los soldados y su equipamiento tirado a lo largo de la dársena, y siguió hasta el punto en el que terminaba la sección del norte, donde una luz verde parpadeaba en armonía con su compañera roja, vio a un grupo de hombres al otro extremo de la entrada congregándose alrededor del poste de la luz y sabía con lo que se iba a encontrar allí. Su padre. Y, tendido a los pies de su padre, dentro del círculo que habían formado los soldados, con la luz acariciando esa cara ensangrentada en un baño de color verde esmeralda, yacía el cuerpo de Sergio Sifre.

—¿Qué pasó? —gritó Jack, se metió entre los espectadores y se arrodilló al lado del chico—. ¡Díganme qué pasó! —gritó con rabia.

Tomó la cabeza del pobre Sergio entre sus manos. En el lado izquierdo había un limpio agujero de bala. Demasiado pequeño, demasiado limpio, demasiado perfecto para haberle matado, sin duda. Pero, en el otro lado, los dedos de Jack su hundieron en una masa de pulpa húmeda. Unos metros más allá, en los adoquines, una pistola automática. Detrás de esa pistola había otra.

—Hombre —dijo uno de los soldados, encogiéndose de hombros como si fuera algo obvio—, se dispararon entre ellos. —Jack vio que el hombre llevaba algo en sus manos. El bloc de dibujos de Sergio. Lorca. La señorita del abanico...

—Dame eso —dijo Jack, y agarró el libro.

El soldado volvió a alzar los hombros.

—No serán los últimos —dijo.

Jack miró a su alrededor buscando a Fidel, luego se puso de pie y miró hacia la orilla, hacia abajo a la oscuridad, hacia el vaivén de las aguas del muelle exterior. Había algo allí, flotando, sin forma, y Jack recordó las palabras que pensaba que ya había olvidado. "*Si nos volvemos a encontrar, uno de nosotros deberá morir*". Pero también recordó aquellas otras palabras. "*No queremos morir desesperados. Separados y solos. No con nuestros sueños y esperanzas de la posible libertad de España robados. Es mejor así, inglés. De verdad*".

Ya no le quedaban lágrimas. Ya no. Y vio a su padre alejándose por el muelle. Luego se detuvo, se volvió para mirarle. Imaginó que su padre le hablaba, aunque sabía que solo era su propia voz, sus propias palabras, en su propia cabeza. *"En la vida, a veces puede surgir una necesidad, como también una oportunidad, la de elegir con cuidado la manera en que salimos de ella, en vez de simplemente esperar hasta que caiga el telón".* La figura de su padre saludó, solo una vez, sonrió, contento de que su hijo le entendiera por fin. Luego siguió caminando. Y Jack supo que esta era la última vez; supo que no volvería a ver el espectro nunca más.

El *Stanbrook* iba navegando más allá del espigón en una oscuridad casi absoluta, las luces atenuadas, incluso las luces de navegación. Y casi dos mil personas a bordo contenían su respiración. Las cubiertas estaban llenas, los oficiales de Dickson tratando de convencer a los refugiados de bajar a las bodegas. Pero no se irían allí. Y Jack no les culpaba. En algún lugar, a su alrededor, estaban los submarinos italianos. Si atacan, no quisiera estar atrapado allí abajo tampoco.

Se apoyó en la barandilla de popa, observó la estela que el barco iba dejando detrás, y pensó en Ruby. Rezó para que estuviera a salvo. Pero, mientras rezaba, el llanto de una sirena les llegaba desde mas allá de las aguas, y volvió a oír los bombardeos. Vio los destellos cuando soltaron su carga sobre la ciudad dormida.

"No", pensó, "Fidel y Sergio no serán los últimos".

Epílogo

Domingo, 30 de abril de 1939

—¿Sale mañana, capitán?

Jack estaba de pie junto a la misma barandilla de popa, aunque el *Stanbrook* ahora estaba sentado sobre sus amarres, solo la vibración amortiguada en lo profundo del barco recordaba a su viaje, la insignia roja ondeando en la brisa en lo alto del asta, y la brisa tirando de la carta que Jack sostuvo en la mano.

—Un mes en Orán es suficiente para cualquiera, ¿no le parece, señor Telford?

Inhaló el aire rancio.

—Sobre todo este mes en particular —dijo Jack.

Finalmente había desembarcado hasta el último de los refugiados, se habían dirigido a los campos de refugiados establecidos por las autoridades francesas en la Avenida de Túnez. Pero había sido un largo camino.

—¿Puedo preguntarle si esa carta es de la misma señorita de la que pensó que podría necesitar mi cabina? —Dickson le preguntó—. Si es así, quizás ha sido mejor que no haya venido con nosotros después de todo.

El *Stanbrook* ni siquiera tuvo permiso para entrar al puerto durante algunos días. En vez de eso le obligaron a anclar en la bahía. Dos mil almas a bordo, dos aseos, nada de comida. Dickson había sacrificado su propia cabina y cualquier otro espacio de cabina disponible, en un esfuerzo de mitigar ligeramente el sufrimiento de las mujeres y los niños, cientos de ellos. Luego, cuando finalmente le permitieron atracar en el muelle, las autoridades seguían sin permitir a nadie desembarcar.

—Creo que hubiera tirado abajo la puerta de cada oficial francés de esta ciudad para ayudarlos.

Y así era, aunque Jack dudó si hasta la obstinada señorita Waters hubiera podido cambiar mucho la situación. Dejaron a los residentes españoles locales acercarse en botes de remo a un lado del barco para llevarles agua fresca, algunas provisiones modestas de comida. Para cuando las autoridades francesas habían cedido hasta el punto de permitirles desembarcar al menos a las mujeres y los niños, a los enfermos y heridos, que fueron llevados hasta el campo de refugiados, ya habían aguantado seis días a bordo del buque. Los hombres, en cambio, tendrían que sufrir otras tres semanas más el encierro, en unas condiciones terriblemente antihigiénicas, casi muriéndose de hambre, ningún lugar donde dormir, expuestos a los extremos de calor y frío, infestados de pulgas, y unas condiciones sanitarias mucho peor que cualquier cosa que los soldados entre ellos hubiesen experimentado en el campo de batalla.

—¿Servicio Diplomático, dijo? ¿Su chica? Eso podría habernos sido de utilidad.

"Mi chica", pensó Jack. "Qué expresión más curiosa. Y nada acertada". El enfado que sintió por Ruby se había intensificado cada vez más durante las últimas semanas. Todavía tenía pesadillas. Soñaba con Burgos. Con Fidel y Sergio. Con las profundidades oscuras de la dársena de Alicante y las tragedias adicionales que debían ocultar. Habían sacado informes de forma clandestina muy a menudo: los italianos habían llegado a la ciudad al día siguiente de la salida del *Stanbrook*; quince o veinte mil tropas republicanas atrapadas allí, y ahora estaban encarcelados en campos de concentración, en los castillos y en la plaza de toros, o simplemente condenados a muerte; más suicidios en las horas previas a la caída final; y, al día siguiente, Franco mismo había entrado a Madrid, triunfante. Se acabó todo. ¿Entonces hasta qué punto era realmente acertada la decisión de Ruby de quedarse? Podría haber estado aquí, con él.

—¿Eso cree? —dijo—. ¿No siente vergüenza a veces de ser británico? Nuestra propia gente aquí ha sido más que inútil, después de todo. Los franceses han sido bastante desgraciados. Pero por lo menos es comprensible. Allí están, con cientos de miles de refugiados españoles cruzando sus fronteras. Miles más aquí en Orán. Un problema enorme. —Porque el *Stanbrook* no estaba solo en el puerto. El *African Trader*, el *Lezardrieux* y el *Campillo* llegaron antes que ellos con sus propias cargas de miseria humana. Y el *Maritime* llegó poco después—. Y la querida Gran Bretaña hace alarde de los pocos cientos que ha acogido. No es de extrañar que los franceses hayan reaccionado con tanta dureza.

—La política, desde luego —dijo Dickson—. Gran Bretaña y Francia tienen que considerar sus relaciones con Franco. Él ahora es España, al fin y al cabo. Supongo que es una pequeña bendición que estos pobres diablos no fueran simplemente enviados de vuelta.

—En realidad es un pequeño consuelo. —Pero Jack pensaba: "Yo podría haber matado al cabrón. En Burgos. Yo podría haberlo hecho".

—Bueno, por lo menos he recuperado mi buque. Los dueños estarán encantados. Creo que sí. Aunque solo Dios sabe si algún día llegamos a tenerlo limpio de nuevo.

—¿Cómo lo soporta, capitán? Los franceses confiscaron su buque como garantía de los gastos de mantenimiento del campo de refugiados. Y nuestro propio gobierno, dueños también, dejan que el comité de refugiados de Negrín se haga cargo del pago para su recuperación. ¿Cuánto era? ¿Doscientos mil francos?

—Es un cuarto de millón, al fin y al cabo. Y sí, es una desgracia. Pero el viejo *Stanbrook* aportó lo suyo, ¿no es cierto? —El capitán Dickson dio una palmadita cariñosa a la barandilla del *Stanbrook*—. Y usted, señor Telford. ¿Qué será ahora de usted?

Jack miró la carta. Por lo menos Ruby estaba a salvo. Todavía se encontraba en Alicante y sin estar segura de adónde la enviarían ahora. Pero le podía escribir a la dirección en Alicante y allí, seguramente, le reenviarían cualquier correspondencia. Porque a ella le gustaría mantener el contacto. "Qué educada". ¿Qué es lo que había dicho? "Señor Telford, mi querido amigo". Y las lágrimas. Esas lágrimas desgarradoras. Aunque aquí estaban, volviendo a guardar las formas. A ella le gustaría mantener el contacto. Y la última frase. Todo su amor para Sergio y Fidel. ¿Cómo en el nombre de Dios podría decírselo alguna vez? Bueno, no lo haría, por supuesto.

—No estoy seguro, señor —dijo—. Le he enviado todos los artículos que le prometí a mi editor. Espero que lleguen bien. —Serían de interés. Jack estaba seguro de ello. Relatos de testigos de aquellos últimos días en Alicante. Los envió el día de su cumpleaños, el veinticinco. Luego:— Ah, y he renunciado a mi puesto.

—¿De verdad? —dijo Dickson—. El periódico no será lo mismo sin usted, señor Telford. Siempre espero con ilusión el domingo para leer el *Reynold's News* cuando estoy en casa. —Sydney Elliott estaría furioso, supuso Jack. Pero le parecía totalmente incorrecto permanecer en nómina cuando todavía se encontraba en esta situación—. Ah, mire — observó el capitán—, aquí viene Henry con noticias buenas, espero.

El Maquinista Jefe, Henry Lillystone. "Debe tener setenta años, como mínimo", pensó Jack. Pero era un buen hombre. Un mecánico fantástico. Jack había compartido cabina con él desde que se quedó vacío el buque. Lillystone le saludó.

—¿Viajas a casa con nosotros, Jack? —gritó.

—No, pero que tengas un buen viaje, Henry.

Y de repente Jack estaba solo otra vez. Encendió un cigarrillo. ¿Adónde iría? ¿O se quedaría? Había hecho unos amigos entre las familias de refugiados, y aún quedaba tanto trabajo que hacer. Las condiciones eran pésimas. No tan malas como las de los muchos otros campos en el norte de África, como decían, pero bastante malas. Pocas oportunidades de trabajo. Algunos de los hombres estaban considerando seriamente la oferta que les habían hecho —si a eso se le podía llamar oferta— de alistarse en la legión extranjera francesa. Otros ya se habían marchado, a los campos de trabajo en el ferrocarril francés transahariano, al tramo que actualmente estaba en construcción allá lejos, cerca de Béchar. A lo mejor había una historia allí, en algún lugar. Para asegurarse de que estos sobrevivientes de la República de España no fueran olvidados. Tal vez hará algo con los bocetos de Sergio. Quizás el maldito Pulitzer.

Sin embargo, ¿para quién lo escribiría? ¿La BBC quizás? Se acordó de aquel amigo del padre Lobo, Barea, el hombre que ahora trabajaba para el servicio mundial en Londres. Era una posibilidad. Jack le llamaría. No hacía falta volver a casa. Aún no. ¿Y no era extraño? Había comenzado todo esto con un único objetivo después de la muerte de Carter-Holt, el de escaparse y volver sano y salvo a Inglaterra. Supo que ya no tenía que temer represalias por eso. Quizás una conversación difícil con su padre, simplemente para expresarle sus condolencias, repetir el relato ficticio de sus últimos momentos. Y dudaba que le acusaran por la muerte de Fielding, aunque no estaba seguro. No hasta que hubiera recibido noticias de algo definido. Solo que ahora, con el camino despejado delante de él, después de todos estos meses, para emprender el viaje a Inglaterra, de alguna manera había perdido la voluntad de hacerlo.

"¿Y mantener el contacto?", se preguntó a sí mismo. "¿Eso era todo lo que siempre ha habido?", pensó. Bueno, en realidad no importaba lo que había pensado. Se había equivocado. Otra vez.

Telford soltó los dedos, y la carta de Ruby Waters se alejó volando con los vientos de África.

Notas históricas

Gran parte de esta novela se basa en hechos reales. Algunas son pura ficción. Y la mayoría se encuentra en ese turbio abismo entre los dos mundos. La novela representa, cómo no, una secuela del libro *El Blanco del Asesino (The Assassins Mark)* y, a modo de recordatorio, conviene mencionar que su relato está ambientado en el mes de septiembre del año 1938. Para entonces, la Guerra Civil Española ya había estado causando estragos durante más de dos años y su desenlace seguía pendiendo de un hilo. Todo comenzó cuando cuatro generales españoles, entre ellos el general Franco, decidieron derrocar el gobierno republicano, elegido democráticamente en julio de 1936. Poco después, Franco estableció un gobierno nacionalista "alternativo" con sede en Burgos, el cual introdujo su propia moneda, la peseta de Burgos y, aunque resulte sorprendente, un Departamento de Turismo Nacional. Su motivo era que necesitaba un plan de propaganda sofisticado para convencer al mundo de que sus propios rebeldes, y no el gobierno legítimo, eran "los buenos". Así pues, entre muchas otras estrategias de propaganda, empezaron a organizar unas excursiones en autobús que atrajeron a miles de viajeros internacionales, entre los años 1938 y 1945, para que la gente pudiera escuchar las versiones nacionalistas de la historia, visitar los puntos clave de la victoria de Franco y volver luego a sus propios países para "difundir aquel mensaje". Tuvieron mucho éxito. Y fue por esa razón por la que decidí ambientar *El Blanco del Asesino* en una de esas excursiones de autobús a través del norte de España y, asimismo, en la semana en que tuvo lugar la Crisis de Múnich.

Esta novela, *Hasta Que Caiga el Telón*, retoma el hilo de la acción en el punto en que la historia de *El Blanco del Asesino* lo dejó. Estaba interesado en seguir la guerra civil española hasta su fin. Es una novela, por supuesto, y se trata básicamente de un trabajo de ficción, pero muchos de los personajes que aparecen en sus páginas son reales. Por lo que pido perdón por adelantado si los he representado de manera incorrecta o injusta. Claro que las conversaciones que mantuvieron con los caracteres ficticios son inventadas, sin embargo, incluyen los siguientes personajes.

En Burgos: Josemaría Escrivá de Balaguer (padre Josemaría), quien fundó el Opus Dei en el año 1928; Pablo Merry del Val, jefe de la Oficina de Prensa Extranjera franquista, y la sede de Franco, por supuesto, que aún sigue allí, pero que es apenas visitado por el público, en el Palacio Muguiro, también conocido como el Palacio de la Isla, en el Paseo de la Isla en Burgos.

En San Pedro de Cardeña, a ocho millas al sureste de Burgos: el capellán vasco, Francisco de la Pasión (Victoriano) Gondra Muruaga, comúnmente conocido por los otros prisioneros como "Hermano(s) Mío(s)", pero aún más conocido, dentro de la Iglesia católica, como "Aita Patxi", fue liberado en el año 1939, murió de leucemia en 1974 y fue beatificado en 1989; Hyman Wallach, polaco-americano, fue liberado en 1939 y falleció en 1999; Edgar Acken, estadounidense, liberado en un intercambio de prisioneros a finales del año 1938, falleció en 1978; Bob Steck, judío-americano, liberado en 1939, murió en 2007; Lou Ornitz, estadounidense, liberado en un intercambio de prisioneros a finales del año 1938, falleció en 1983; Bob Doyle, irlandés, batallón británico, liberado en un intercambio de prisioneros en 1939, falleció en 2009; Chen Agen, chino, liberado en 1942, fecha de fallecimiento desconocida; Joe Norman, inglés (Salford), liberado en 1939; Frank Ryan, irlandés, liberado en 1940, murió en Dresde en 1944; y Clive Branson, artista inglés, liberado en un intercambio de prisioneros a finales del año 1938, falleció en Birmania en 1944.

En Madrid: El general Kotov, el alías del jefe soviético del NKVD, Leonid Eitingon, quien había ayudado a fundar el Cuerpo Guerrillero XIV de la República Española y quien más tarde (y más conocido por ese hecho) usó su protegido, Ramón Mercader, para asesinar a Trotsky en México; en el consulado británico, John y Mabel Milanes, así como la formidable señora Angela Norris, y sí, realmente habían dado la fiesta navideña, si bien tuvo lugar en la fecha del 27 de diciembre del año 1938; los amigos de Jack Telford en Madrid, Julián Besteiro, se negó a ir al exilio después del fracaso del general Casado de conseguir negociaciones de paz con Franco mediante su propio golpe, y murió en una cárcel fascista en septiembre del año 1940; Miguel San Andrés también fue encarcelado y murió en junio del año 1940; Rosario del Olmo Alenta, murió en Madrid en enero del año 2000; y el padre Leocadio Lobo, quien permaneció en Madrid durante la mayor parte del asedio y fue nombrado por la República Jefe de la Sección Técnica de las Confesiones y Congregaciones Religiosas a finales del año 1937, vivió en Nueva York hasta su muerte en el año 1959.

En Elda y Alicante: el presidente del Gobierno, Juan Negrín, permaneció en el exilio en Francia el resto de su vida y murió en Paris en 1956; Dolores Ibárruri, por supuesto, la Pasionaria, permaneció en el exilio hasta el año 1977 y murió en Madrid en el año 1989; Rafael Alberti, permaneció en el exilio hasta el año 1977 y murió en Cádiz en 1999; María Teresa León, permaneció en el exilio con Alberti hasta 1977 y murió en un sanatorio cerca de Madrid en 1988; el general Antonio Cordón García murió en el exilio en Roma en el año 1968; Julio Álvaro de Vayo murió en el exilio en Suiza en el año 1975; Segundo Blanco González murió en el exilio en México en el año 1957; el general Manuel Matallana Gómez, quien formó parte de la conspiración de Casado y quien podría haber tenido relaciones con la Quinta Columna, aunque más tarde fue encarcelado por los fascistas de Franco y murió en 1953; Paulino Gómez Saiz permaneció en el exilio en Colombia hasta su muerte en el año 1977; y el *Stanbrook*, cuyo capitán, Archibald Dickson, junto con el camarero del barco William Clark, los marineros preferentes Oskar Johansen y Ramón Charlín, el jefe de máquinas Henry Lillystone y el resto de su tripulación de veinte hombres, de marineros británicos, españoles, marroquíes, fue hundido por un submarino alemán en el Mar del Norte, con la pérdida de toda la tripulación, el 18 de noviembre de 1939. Las placas que conmemoran las hazañas del buque se pueden encontrar tanto en el puerto de Alicante como en el puerto de origen del capitán, en Cardiff.

¿Y qué ocurre con todos aquellos personajes que son ficticios pero que están basados en personas reales? Federick Barnard está inspirado en Bernard Bevan, un diplomático británico, autor de la obra fundamental *La Historia de la Arquitectura Española* (1938). Asimismo, el comandante Edwin está inspirado en grandes rasgos en el capitán Edward Christopher Lance, quien, en el año 1936, fue agregado militar en la embajada británica de Madrid y se convirtió supuestamente en una especie de

"Pimpinela Española", ayudando a los partidarios franquistas atrapados en la zona republicana a escapar, y quien se salvó por muy poco de un pelotón de fusilamiento cuando, él mismo, fue capturado durante esas mismas actividades en Valencia.

Finalmente, debo confirmar que los suicidios entre los republicanos atrapados en Alicante durante los últimos días de la guerra están ampliamente documentados. Igual que las casi incontables ejecuciones, decenas de miles de ellos, ordenados por el régimen de Franco en el periodo posterior a la Guerra Civil Española y detalladas en el libro *El Holocausto Español,* escrito por Paul Preston. La obra de Preston registra unos 200 000 soldados matados en combate, en ambos lados, otros 200 000 fusilados por escuadrones de la muerte durante el conflicto, alrededor de 150 000 matados en zonas nacionalistas, y unos 50 000 en zonas republicanas; pero hubo otros 20 000 más ejecutados por Franco en el periodo de posguerra. Sin embargo, algunas fuentes estiman que esa cifra asciende incluso a 100 000, teniendo en cuenta el número de desconocidos que murieron en los campos de concentración de Franco.

Agradecimientos

Mi lista de agradecimientos por las fuentes en las que he basado este libro es enorme, por lo que pido disculpas si, como es inevitable en esos casos, he omitido a alguien. He intentado agruparlas bajo rúbricas temáticas para que cualquier persona interesada en un elemento de la historia en particular pueda encontrar esas referencias con más facilidad. Y decidí comenzar por el reconocimiento a la inspiración principal de este libro, su precuela, *El Blanco del Asesino (The Assassin's Mark)*, ya que resulta evidente cuánto ha aportado a esta historia también.

Así pues, por la información sobre el turismo de las rutas de guerra de Franco: el artículo de Sandie Holguín para el *American Historical Review* titulado *National Spain Invites You: Battlefield Tourism during the Spanish Civil War* y, por permitirme el uso "razonable" de sus recursos relevantes, la Biblioteca de Colecciones Especiales de Mandeville de la Universidad de California.

Por la información relevante acerca de algunos aspectos específicos de la Guerra Civil Española: *We Saw Spain Die, Franco*, así como *The Spanish Holocaust,* todos de Paul Preston; *The Battle for Spain* de Antony Beevor; el sitio web del Ministerio de Justicia de España, *mapadefosas.mjusticia.es;* el sitio web fenomenal del periódico español, ABC (www.hemeroteca. abc.es), que permite la búsqueda y lectura de cada edición diaria del periódico durante todo el periodo de la Guerra Civil Española, y por las diversas ediciones publicadas respectivamente por los republicanos en Madrid y por el bando nacional tanto en Sevilla como en Córdoba, una forma maravillosa de conseguir una imagen "contemporánea" de cómo informaron del conflicto desde diferentes perspectivas, pero también una rica fuente de información para detalles triviales, desde los precios de venta al público hasta la programación de espectáculos de teatro; la edición de 1908 de *Spain and Portugal* de Baedeker (que seguía siendo bastante exacta en 1938-39); y *The Life and Death of the Spanish Republic*, el relato del testigo presencial Henry Buckley.

Sobre el Camino de Santiago en 1938: *El Camino de Santiago, de izquierda a derecha (1930-39)* de Fernando Lalanda; y el artículo *The Bernard Bevan Enigma* de Carlota Bustos Juez sobre el diplomático británico misterioso y su obra seminal de 1938, *History of Spanish Architecture,* con sus referencias al aún más conocido *Codex Calixtinus*, una guía del Camino para autoestopistas del siglo XII.

Sobre la participación de Gran Bretaña en la Guerra Civil Española: *La Conspiración del General Franco* de Ángel Viñas; *Franco's Friends* de Peter Day; el artículo *Major Hugh Pollard, MI6, and the Spanish Civil War* de Graham D. Macklin, publicado originalmente en el *Diario Histórico* en el año 2006; *The Spanish Pimpernel* de C E Lucas Phillips (1960); *Gibraltar y la Guerra Civil Española, 1936-39* de Julio Ponce Alberca; y el artículo *Los Sobornos a Generales de Franco y Juan March – Una Operación Supersecreta* de Ángel Viñas. Por supuesto, no existen pruebas de que los sobornos a los generales de Franco, con el fin de mantener a España al margen de la Segunda Guerra Mundial, fueran ofrecidos tan pronto como sugiero en la novela.

Sobre las Brigadas Internacionales y los campos de concentración Españoles: *British Volunteers in the Spanish Civil War: The British Battalion in the International Brigades, 1936 1939* de Richard Baxell; el blog de Nacho Eli García, *The Jaily News*; el artículo de 1997 *La Psicología en los Campos de Concentración de Franco* de Javier Bandrés y Rafael Llavona; las páginas del International Brigade Memorial Trust sobre *Prisoners at San Pedro de Cardeña*; *To Make the People Smile Again: A Memoir of the Spanish Civil War* de George M. Wheeler; el capítulo sobre *The Memory of British and Irish Prisoners in San Pedro de Cardeña* de David Convery en el libro *The Spanish Civil War – Exhuming a Buried Past*, escrito por Anindya Raychaudhuri; y por los emails personales muy útiles que recibí de Richard Baxell.

Sobre las unidades del Ejército Guerrillero de la República: el artículo de Barton Whaley sobre las *Guerrillas in the Spanish Civil War*, septiembre 1969; y el artículo *Las guerrillas en el Ejército Popular de la República (1936-39)*, febrero 2011, de Hernán Rodríguez Velasco.

Sobre el cerco de Madrid: el artículo de Carlos Menéndez-Otero,

Linguistic Pluralism and Dubbing in Spain, mayo 2013; la autobiografía *La Forja de un Rebelde,* trilogía escrita por Arturo Barea; *Madrid 1936/1939 − Una guía de la capital en Guerra* de Fernando Cohnen; *El hambre en el Madrid de la Guerra Civil (1936−1939)* de Laura y Carmen Gutiérrez Rueda; las páginas web *Spanish Sites: Madrid and the Spanish Civil War* del Doctor David Mathieson, así como el día magnífico que pasamos con David, en junio de 2016, visitando muchos de los lugares en Madrid mismo; el sitio web *Guerra en Madrid;* el artículo *Leocadio Lobo, Un Sacerdote Republicano* del año 2010 de José Luis González Gullón; y *The Spanish Pimpernel* de C.E. Lucas Phillips.

Sobre la historia del fútbol durante la Guerra Civil de España: *Soccer in Spain − Politics, Literature and Film* de Timothy J. Ashton; y el artículo de Matt Pottinger sobre *Football in the Spanish Civil War.*

Sobre los últimos días de la República: el artículo del año 1981 de José Ramón Valero Escandell S.B.H.A.C. sobre *El Final de la República: La Posición Yuste;* la página de Alicante Vivo sobre *La Posición Yuste*; la excursión guiada por Elda, Petrer y El Fondó, organizada por el International Brigade Memorial Trust, junto con Lorraine Hardy de la organización Labour International con sede en la Costa Blanca, en febrero 2016; *Alicante 1936-1939 − Tiempos de Guerra* de Luis Martínez Mira; la carta que escribió el capitán Archibald Dickson en Orán el 2 y 3 de abril de 1939 al editor del *Sunday Dispatch* en Londres, que relata el escape del SS *Stanbrook* del puerto de Alicante; y el artículo *El Stanbrook: Un Barco Mítico* de Juan Martínez Leal, publicado en el año 2005 en la revista de historia contemporánea, *Pasado y Memoria.* Existen muchos reportajes sobre las hazañas del *Stanbrook*, pero preferí lógicamente la versión de los eventos que contó su propio capitán. Generalmente, se dice que el *Stanbrook* había llevado a unos 3 000 almas a la libertad, aunque el capitán Dickson, quien las había contado, después de todo, dio un número total de 1 835, una cifra no menos significativa. Además, leí algunas secciones de *Los Invisibles: A History of Male Homosexuality in Spain, 1850-1939,* de Richard Cleminson y Francisco Vásquez García, como también varias versiones contemporáneas de suicidios cometidos en el paseo marítimo de Alicante el 28 y 29 de marzo de 1939.

Luego, dos menciones especiales para este libro. Primero, quiero darle las gracias a la gente de Pamplona. Estábamos verificando localidades y escribiendo secciones del libro en algunos de los lugares favoritos de Hemingway en compañía de mi hermana y su marido, cuando ella se cayó y se fracturó el fémur. Pasó un tiempo en el hospital público de Pamplona, bajo los cuidados del excelente servicio sanitario de España, significó una estancia prolongada en la ciudad, durante la cual nos hicieron sentir como en familia y nos trataron con un cariño excepcional. Segundo, fue una verdadera tragedia cuando, con el libro en sus últimas etapas, perdimos a nuestro querido amigo, José García Quesada (Chamorro), quien ha sido una gran inspiración para esta historia y quien, durante más de treinta años, me enseñó tanto sobre España y su cultura. Es un pequeño consuelo que sus hijos, María, Mónica y Pablo García Irles, así como su cuñado y amigo de toda la vida, Blas Andreu Gilabert, han participado activamente en el proceso de edición de la versión española, la versión que, a mi más profundo pesar, Chamorro ahora nunca leerá.

Por supuesto, nada de todo eso le resta ni la más mínima importancia a los reconocimientos que debo expresar por su gran contribución a: Kelly Thornhill del fabuloso Adventures in Spanish (traducción original al español); Cam-Lan Lien (proceso de revisión, edición y corrección de la versión española); Jo Field (corrección y edición general de la versión inglesa); Cathy Helms de Avalon Graphics (diseño de la tapa); Helen Hart y su equipo de SilverWood Books (publicación y proceso de distribución); Ann McCall (mi "lector ideal"); Pablo Fernando Zárate (asistencia adicional en el proceso de edición de la versión española); y los autores Elizabeth Buchan y Doctor David Mathieson por su gran apoyo.

Y un especial agradecimiento desde aquí a todos aquellos que han contribuido al proyecto de crowdfunding y al trabajo de promoción que han hecho posible esta publicación. ¡Gracias a todos!

Joan Roberts; Lee Conrad; Steph Wyeth; Joe C. Dwek CBE; Kelvin Ling; Sharon Powell y Kim Withers; John Haywood; Peter Booth; Ian Berry; Gary y Charo Titley; Ian Stewart; Tony Norbury; Beverly O'Sullivan; Anne Brown; Adrian Weir; Judy y Bob Jones; Liam Davies; Chris Remington; Julie Tift; Lord Ray Collins of Highbury; Solène Leti; Stuart Howard; Sharon y Nick Povey; Saras Anderson; Phil Burrows y Cath Roberts; Paul Cosgrove; Tony McQuade; Brendan Murphy; Maija y Simon Robinson; Alan Simpson; Kevan Nelson; Paul A. Golder; Linda Bishop; Sir Ian McCartney; y Paul Jeorrett.

www.ingramcontent.com/pod-product-compliance
Lightning Source LLC
Chambersburg PA
CBHW020421030726
47495CB00006B/1607